ARNALDUR INDRIÐASON
Frostnacht

# ARNALDUR INDRIÐASON

# Frostnacht

ISLAND KRIMI

Aus dem Isländischen von
Coletta Bürling

lübbe

Dieser Titel ist auch als Hörbuch und E-Book erschienen.

Die Bastei Lübbe AG verfolgt eine nachhaltige Buchproduktion. Wir
verwenden Papiere aus nachhaltiger Forstwirtschaft und verzichten
darauf, Bücher einzeln in Folie zu verpacken. Wir stellen unsere Bücher
in Deutschland und Europa (EU) her und arbeiten mit den Druckereien
kontinuierlich an einer positiven Ökobilanz.

*In Island duzt heutzutage jeder jeden. Man redet sich nur mit
dem Vornamen an. Dies wurde bei den Übersetzungen der
Island-Krimis von Arnaldur Indriðason beibehalten.*

Vollständige Paperbackausgabe
der bei Bastei Lübbe erschienenen Hardcoverausgabe

Copyright © 2005 by Arnaldur Indriðason
Titel der isländischen Originalausgabe: »Vetrarborgin«
Originalverlag: Forlagið, Reykjavík

Für die deutschsprachige Ausgabe:
Copyright © 2022 by Bastei Lübbe AG, Köln
Titelmotive: © shutterstock.com: Denis Belitsky | Yevhenii Chulovskyi
Umschlaggestaltung: FAVORITBUERO, München
Satz: hanseatenSatz-bremen, Bremen
Gesetzt aus der DTL Documenta ST
Druck und Verarbeitung: GGP Media GmbH, Pößneck
Printed in Germany
ISBN 978-3-404-18790-4

2   4   5   3   1

Sie finden uns im Internet unter:
luebbe.de
Bitte beachten Sie auch: lesejury.de

*Bin ich es denn, der noch lebt,*
*oder bin ich der, welcher starb?*

Steinn Steinarr, aus »Í KIRJUGARÐI«

## Eins

Sie konnten zwar schätzen, wie alt er war, doch weitaus schwieriger war es, festzustellen, aus welchem Teil der Welt er stammte.

Sie gingen davon aus, dass er etwa zehn Jahre alt war. Er trug einen grauen Kapuzenanorak, der offen stand, und eine Hose in grünen und braunen Tarnfarben, die an Militäruniformen erinnerte. Auf dem Rücken hatte er einen Schulranzen. An einem Fuß fehlte der Stiefel, und sie sahen, dass in der Socke ein Loch war. Ein Zeh lugte heraus. Der Junge hatte weder Handschuhe noch Mütze an. Sein schwarzes Haar war bereits am vereisten Untergrund festgefroren. Er lag auf dem Rücken, mit dem Gesicht zur Seite gedreht, die gebrochenen Augen schienen auf den Boden zu starren. Die Blutlache unter ihm war schon fast zu Eis geworden.

Elínborg kniete bei der Leiche nieder.

»Großer Gott«, stöhnte sie, »was geht in dieser Stadt eigentlich vor?«

Sie streckte die Hand aus, als wolle sie die Leiche berühren. Es hatte fast den Anschein, als habe sich der Junge dort zum Schlafen hingelegt. Der Anblick setzte ihr zu, sie schien nicht wahrhaben zu wollen, was sie sah.

»Nicht anrühren«, sagte Erlendur ruhig. Er und Sigurður Óli standen neben der Leiche.

»Ihm muss kalt gewesen sein«, murmelte Elínborg und zog ihre Hand zurück.

Es war Mitte Januar. Bis zur Jahreswende war der Winter erträglich gewesen, aber dann hatte die Kälte mit voller Wucht eingesetzt. Wie eine eisige Faust hielt sie die Erde umklammert, während der Nordwind um das Gebäude heulte und pfiff. Der Schnee stob über den Boden dahin und hatte sich hier und da zu kleinen Wehen angehäuft, von denen der oberste und feinste Schnee weitergeblasen wurde. Der Wind kam direkt vom Nordpol und war schneidend kalt, er drang bis unter die Kleidung und ging durch Mark und Bein. Erlendur schauderte und vergrub die Hände in den tiefen Taschen seines Wintermantels. Der Himmel war schwer verhangen, und obwohl es erst kurz nach vier war, wurde es bereits dunkel.

»Warum werden solche Militärhosen für Kinder hergestellt?«, fragte er.

Sie standen dicht bei der Leiche. Das Blaulicht der Streifenwagen zuckte über den Wohnblock und die umliegenden Häuser.

Einige Passanten waren bei den Autos stehen geblieben. Die ersten Reporter hatten sich eingefunden. Die Leute von der Spurensicherung machten Aufnahmen vom Tatort, und die Blitze der Kameras zuckten mit dem Blaulicht um die Wette. Man machte Skizzen von der Stelle, wo der Junge lag, ebenso von der nächsten Umgebung. Das war die erste Phase der Ermittlung.

»Solche Hosen sind in Mode«, entgegnete Elínborg.

»Hast du was dagegen, dass Kinder solche Hosen tragen?«, fragte Sigurður Óli.

»Ich weiß nicht«, sagte Erlendur. »Ja, ich finde es merkwürdig«, erklärte er dann.

Er sah an dem Wohnblock hoch. In einigen Wohnungen waren die Leute trotz der Kälte auf den Balkon hinausgetreten und starrten nach unten. Andere zogen es vor, drinnen zu bleiben, und begnügten sich damit, aus den Fenstern zu schauen. Die meisten Hausbewohner waren aber noch bei der Arbeit, und in ihren Fenstern brannte kein Licht. Man würde mit sämtlichen Bewohnern des Hauses sprechen müssen. Von dem Zeugen, der das Opfer gefunden hatte, wussten sie, dass der Junge in diesem Haus wohnte. Vielleicht war er allein zu Hause gewesen und auf dem Balkon herumgeklettert und heruntergefallen. In dem Fall würde es als tragischer Unfall registriert werden. Mit dieser Vorstellung konnte Erlendur sich eher anfreunden als mit dem Gedanken, den er nicht zu Ende denken mochte: dass der Junge ermordet worden war.

Er blickte sich um. Der Garten um den Wohnblock herum machte keinen gepflegten Eindruck. Mitten auf dem Grundstück befand sich ein kleiner Spielplatz mit zwei Schaukeln, von denen die eine kaputt war; der Sitz hing herunter und wurde vom Sturm durch die Luft gewirbelt. Außerdem gab es eine altersschwache, ursprünglich rot lackierte Rutschbahn, die inzwischen aber rostig und fleckig war, und eine einfache Wippe, deren Sitze aus Holzbrettern bestanden. Das eine Ende war am Boden festgefroren, das andere ragte wie ein überdimensionaler Gewehrlauf in die Luft.

»Wir müssen den anderen Stiefel finden«, sagte Sigurður Óli.

Alle drei blickten auf die löchrige Socke.

»Wie ist so etwas möglich«, seufzte Elínborg.

Mitarbeiter der Kriminalpolizei suchten das Grundstück nach Spuren ab, es wurde jedoch immer dunkler, und auf dem hart gefrorenen Boden schien es keine Abdrücke zu geben. Auf dem Rasen, der mit einer dicken Eisschicht bedeckt war, guckten nur an ein paar Stellen noch Grasbüschel heraus. Der Amtsarzt hatte den Tod festgestellt und suchte jetzt beim Haus Schutz vor dem Nordwind, wo er sich eine Zigarette anzündete. Er war sich nicht sicher, was den präzisen Zeitpunkt anging, aber wahrscheinlich war der Tod innerhalb der letzten Stunde eingetreten. Er wies darauf hin, dass man im gerichtsmedizinischen Institut Körpertemperatur und Frostgrade miteinander abgleichen müsste, um die genaue Zeit des Todes zu ermitteln. Auf den ersten Blick hatte der Arzt die Todesursache nicht ausmachen können. »Möglicherweise ein Sturz«, sagte er und schaute an dem düsteren Gebäude hoch.

Niemand hatte die Leiche angerührt. Der Gerichtsmediziner war bereits unterwegs. Wenn er es einrichten konnte, kam er selber zum Tatort, um sich gemeinsam mit den Kriminalbeamten ein Bild zu machen. Erlendur war beunruhigt über die Tatsache, dass sich inzwischen immer mehr Leute an der Giebelseite des Hauses versammelten und im scharfen Licht der Blitze die Leiche sehen konnten. Autos verlangsamten im Vorbeifahren das Tempo, Augen saugten die Szenerie in sich auf. Die Leute von der Spurensicherung waren damit beschäftigt, kleine Scheinwerfer aufzustellen, damit der Tatort besser sondiert werden konnte. Erlendur wies einen der Polizisten an, das Gelände abzuschirmen.

Von unten gesehen hatte es den Anschein, als seien alle Balkontüren auf den Etagen, die für einen solchen Sturz infrage kamen, geschlossen, ebenso wie die Fenster. Der Wohnblock war ein ziemlicher Koloss, sechs Stockwerke mit vier Treppenaufgängen. Das Gebäude wirkte heruntergekommen. Die Eisengeländer an den Balkons waren verrostet, der Außenanstrich war verblichen und blätterte an nicht wenigen Stellen ab. Von dort, wo Erlendur stand, sah er, dass in mindestens zwei verschiedenen Wohnungen die große Scheibe des Wohnzimmerfensters einen Sprung hatte. Niemand hatte sich darum gekümmert, sie auswechseln zu lassen.

»Ob das etwas mit Ausländerfeindlichkeit zu tun hat?«, fragte Sigurður Óli, der auf die Leiche hinunterschaute.

»Ich glaube, wir sollten uns nicht vorab auf etwas festlegen«, entgegnete Erlendur.

»Könnte es sein, dass er an der Fassade hochgeklettert ist?«, fragte Elínborg und schaute an dem Wohnblock hoch.

»Kinder kommen auf die unglaublichsten Einfälle«, sagte Sigurður Óli.

»Wir müssen in Erfahrung bringen, ob er tatsächlich hier an den Balkons herumgeturnt ist«, sagte Erlendur.

»Woher er wohl stammt?«, überlegte Sigurður Óli.

»Meiner Meinung nach ist er asiatischer Abstammung«, antwortete Elínborg.

»Also kann er Thailänder sein, Philippiner, Vietnamese, Koreaner, Japaner oder Chinese«, zählte Sigurður Óli auf.

»Sollten wir nicht lieber davon ausgehen, dass er Isländer ist, bis sich etwas anderes herausstellt?«, sagte Erlendur.

Sie standen schweigend in der Kälte neben dem Jungen, um den herum sich der Schnee anhäufte. Als Erlendurs Blick wieder auf die Schaulustigen am Ende des Hauses fiel, wo die Polizeiwagen standen, zog er sich den Mantel aus und breitete ihn über die Leiche.

»Ist das korrekt?«, fragte Elínborg und sah zu den Kollegen von der Spurensicherung hinüber. Im Grunde genommen durften sie sich nicht in der Nähe des Opfers aufhalten, bevor sie die Erlaubnis dazu erhalten hatten.

»Keine Ahnung«, sagte Erlendur.

»Nicht gerade professionell«, erklärte Sigurður Óli.

»Hat denn noch niemand den Jungen vermisst?«, fragte Erlendur, ohne auf Sigurður Ólis Bemerkung einzugehen. »Hat niemand hier in diesem Viertel nach einem vermissten Jungen in seinem Alter gefragt?«

»Das hab ich bereits auf dem Weg hierher recherchiert«,

entgegnete Elínborg. »Nein, bei der Polizei ist keine Meldung eingegangen.«

Erlendur schaute auf seinen Mantel hinunter. Ihm war kalt.

»Wer hat ihn gefunden?«

»Der Junge wurde in einen der Treppenaufgänge gebracht«, sagte Sigurður Óli. »Er hat auf uns gewartet, nachdem er uns mit seinem Handy verständigt hatte. Heutzutage scheinen ja alle Kinder Handys zu haben. Er sagt, dass er nach der Schule die Abkürzung quer über das Grundstück genommen und dabei die Leiche gefunden hat.«

»Ich unterhalte mich mit ihm«, sagte Erlendur. »Überprüft, ob ihr irgendwelche Spuren des Jungen hier im Umfeld finden könnt. Wenn er geblutet hat, könnte das durchaus der Fall sein. Vielleicht war es kein Sturz.«

»Ist das nicht Sache der Spurensicherung?«, brummte Sigurður Óli, aber das überhörten Elínborg und Erlendur.

»Er scheint nicht hier beim Haus angegriffen worden zu sein«, sagte Elínborg.

»Und seht zu, dass ihr den anderen Stiefel findet«, sagte Erlendur und setzte sich in Bewegung.

»Der Junge, der ihn gefunden hat...«, sagte Sigurður Óli.

»Ja?«, sagte Erlendur und drehte sich um.

»Er ist ebenfalls dunk...« Sigurður Óli zögerte.

»Was?«

»Er ist auch eines von diesen Zuwandererkindern«, sagte Sigurður Óli.


Der Junge saß auf den Stufen in einem der Treppenaufgänge, eine Polizistin stand bei ihm. Neben sich hatte er eine gelbe Plastiktüte, in der zusammengeknüllte Sportsachen waren. Er starrte Erlendur misstrauisch an. Sie hatten ihn nicht in einem der Streifenwagen warten lassen, weil das womöglich dazu geführt hätte, dass man ihn mit dem Tod des Jungen in Verbindung brachte.

Das Treppenhaus war dreckig, und der damit verbundene Gestank vermischte sich mit Zigarettenrauch und Essensgerüchen aus den einzelnen Wohnungen. Der Fußbodenbelag bestand aus zerschlissenem Linoleum. Die Wände waren mit etwas bekritzelt, was Erlendur kaum entziffern konnte. Die Eltern des Jungen waren noch bei der Arbeit, aber man hatte sie verständigt. Der dunkelhäutige Junge hatte schwarzes, glattes Haar, das noch feucht vom Duschen war, und große, auffallend weiße Zähne. Er trug Jeans und einen Winteranorak und hielt seine Mütze in der Hand.

»Scheußliche Kälte draußen«, sagte Erlendur und rieb sich die Hände.

Er erhielt keine Antwort.

Erlendur setzte sich neben den Jungen, der Stefán hieß und dreizehn Jahre alt war. Er wohnte im nächsten Block. Seine Mutter stammte von den Philippinen.

»Du musst doch geschockt gewesen sein, als du ihn gefunden hast«, sagte Erlendur nach längerem Schweigen.

»Ja.«

»Und du weißt, wer er ist, du hast ihn sofort erkannt?«

Stefán hatte der Polizei gesagt, wie der Junge hieß und wo er wohnte, nämlich in diesem Block, aber in einem anderen Treppenaufgang. Die Polizisten waren immer noch damit beschäftigt, seine Eltern ausfindig zu machen. Niemand antwortete auf das Klingeln. Über die Familie wusste Stefán nur, dass die Mutter des Jungen »Süßigkeiten machte« und dass er einen Bruder hatte. Er gab an, den Jungen nicht besonders gut gekannt zu haben, genauso wenig seinen Bruder. Die Leute seien auch erst vor Kurzem da eingezogen.

»Er wurde Elli genannt«, erklärte der Junge. »Er hieß Elías.«

»War er tot, als du ihn gefunden hast?«

»Ja, das glaube ich. Ich hab ihn geschüttelt, aber er rührte sich nicht.«

»Und du hast die Polizei angerufen?«, sagte Erlendur, der es für angebracht hielt, den Jungen etwas aufzumuntern. »Das hast du gut gemacht, das war genau richtig. Was meinst du damit, wenn du sagst, dass seine Mama Süßigkeiten macht?«

»Sie arbeitet in so 'ner Fabrik, wo sie Süßigkeiten herstellen.«

»Hast du eine Ahnung, was mit Elli passiert ist?«

»Nein.«

»Kennst du irgendwelche Freunde von ihm?«

»Nicht so richtig.«

»Was hast du getan, nachdem du ihn geschüttelt hast?«

»Nichts«, sagte der Junge. »Ich hab bloß bei der Polizei angerufen.«

»Du kennst also die Nummer?«

»Ja. Wenn ich aus der Schule nach Hause komme, bin ich ganz allein zu Haus, und Mama will wissen, was ich mache. Sie ...«

»Was?«

»Mama hat mir gesagt, ich soll sofort die Polizei anrufen, wenn ...«

»Wenn was?«

»Wenn irgendwas passiert.«

»Was glaubst du, was hier passiert ist?«

»Keine Ahnung.«

»Du bist hier in Island geboren?«

»Ja.«

»Elli auch, oder weißt du nichts darüber?«

Der Junge, der bislang nur auf das Linoleum gestarrt hatte, sah zu Erlendur auf.

»Ja«, antwortete er.

Elínborg flog mit der Außentür in den Hauseingang. Eine dünne Glasscheibe trennte Eingang und Treppenhaus, und Erlendur sah, dass sie seinen Mantel auf dem Arm hatte. Er lächelte den Jungen an und sagte zu ihm, dass er sich vielleicht noch ausführlicher mit ihm unterhalten müsse, stand auf und ging zu Elínborg.

»Du weißt doch, dass du Kinder nur im Beisein der Eltern oder Erziehungsberechtigten oder Leuten vom Jugendamt und wie sie alle heißen verhören darfst«, sagte sie brüsk und reichte ihm seinen Mantel.

»Ich habe ihn nicht verhört«, sagte Erlendur. »Hab ihn nur ganz allgemein nach ein paar Dingen gefragt.« Er sah auf den Mantel. »Hat man den Jungen schon weggebracht?«

»Sie bringen ihn gerade ins Leichenschauhaus. Es handelt sich nicht um einen Sturz. Sie haben eine Blutspur gefunden.«

Erlendurs Gesichtszüge verdunkelten sich.

»Der Junge kam von hinten in den Garten«, sagte Elínborg. »Da ist ein Fußgängerweg. Er sollte normalerweise beleuchtet sein, aber einer der Anwohner hier hat uns gesagt, dass an der einzigen Straßenlaterne dauernd die Birnen eingeschlagen werden. Der Junge ist über den Zaun geklettert, um in den Garten zu kommen. Wir haben Blutspuren am Zaun gefunden. Dort hat er auch seinen Stiefel verloren, wahrscheinlich, als er über den Zaun kletterte.«

Elínborg holte tief Atem.

»Jemand hat mit einem Messer auf ihn eingestochen. Er ist wahrscheinlich an einem Stich in den Bauch gestorben. Unter ihm befand sich eine Blutlache, die sofort festfror.«

Elínborg verstummte.

»Er war auf dem Weg nach Hause«, fügte sie dann hinzu.

»Kann man herausfinden, wo ihm der Stich versetzt wurde?«

»Das wird gerade versucht.«

»Hat man bereits festgestellt, wer seine Eltern sind?«

»Seine Mutter ist auf dem Weg. Sie heißt Sunee und stammt aus Thailand. Wir haben ihr noch nicht gesagt, was geschehen ist. Das wird furchtbar.«

»Du musst bei ihr sein«, sagte Erlendur. »Was ist mit dem Vater?«

»Ich weiß es nicht. An der Wohnungstür sind drei Namen. Der dritte Name ist Niran oder so ähnlich.«

»Wenn ich es richtig verstanden habe, hat er einen Bruder«, sagte Erlendur.

Er hielt die Außentür für Elínborg auf, und sie traten in den Nordwind hinaus. Elínborg wartete auf die Mutter, um mit ihr zum Leichenschauhaus zu fahren. Ein Polizist begleitete Stefán nach Hause, wo seine Aussage zu Protokoll genommen werden musste. Erlendur zog sich den Mantel an und ging wieder in den Garten. Dort, wo der Junge gelegen hatte, war der Boden dunkel.

*Gefällt bin ich zu Boden.*

Diese Zeile aus einem Gedicht von Jónas Hallgrímsson ging Erlendur durch den Kopf, als er reglos vor der Stelle stand, wo der Junge gelegen hatte. Er starrte zunächst eine Weile darauf und ließ dann seine Blicke an dem düster wirkenden Gebäude entlanggleiten. Schließlich ging er vorsichtig über das Eis hinüber zu dem Spielplatz im Garten, fasste an die kalte Eisenstange der Rutschbahn und spürte, wie die beißende Kälte ihm den Arm hochkroch.

*Gefällt bin ich zu Boden,*
*Gefroren und kann mich nicht lösen.*

*Zwei*

Elínborg begleitete die Mutter des Jungen zum Leichenschauhaus am Barónsstígur. Die kleine, zierliche Frau war
Mitte dreißig und wirkte nach einem langen Arbeitstag
müde. Das dichte, dunkle Haar umrahmte ein rundes und
freundliches Gesicht und war im Nacken zu einem Zopf
zusammengebunden. Nachdem die Polizei herausgefunden hatte, wo sie arbeitete, waren zwei Mitarbeiter damit
beauftragt worden, sie abzuholen. Sie brauchten geraume
Zeit, um ihr zu erklären, was passiert war und dass sie
mit ihnen kommen müsse. Als sie bei dem Wohnblock
eintrafen, setzte sich Elínborg zu ihr ins Auto und stellte
bald fest, dass ein Dolmetscher notwendig sein würde. Ein
Anruf beim Haus für Internationale Kontakte ergab, dass
man eine Dolmetscherin zum Leichenschauhaus schicken
würde.
Als Elínborg mit der Mutter dort erschien, war die Dolmetscherin noch nicht eingetroffen. Die beiden Frauen betraten unverzüglich das Gebäude und wurden vom Gerichtsmediziner in Empfang genommen. Als die Mutter ihren
Sohn erblickte, stieß sie einen Laut des Entsetzens aus und
sank Elínborg in die Arme. Sie rief etwas in ihrer Muttersprache, und in diesem Moment betrat die Dolmetscherin
den Raum, eine Isländerin in etwa demselben Alter wie die
Frau. Gemeinsam versuchten sie und Elínborg, die Mutter
zu beruhigen. Elínborg hatte den Eindruck, dass die beiden

sich kannten. Die Dolmetscherin sprach in beruhigendem Ton auf die Mutter ein, die vor Schmerz und ohnmächtiger Hilflosigkeit außer sich war. Sie riss sich los, warf sich über ihren Sohn und weinte hemmungslos.

Erst nach geraumer Zeit gelang es ihnen, die Frau aus dem Leichenschauhaus und zum Streifenwagen zu führen, der sie zurück zu ihrem Wohnblock brachte. Elínborg sprach mit der Dolmetscherin darüber, dass die Mutter sich mit ihrer Familie oder Freunden in Verbindung setzen müsse, mit jemandem, der ihr nahestand und dem sie vertraute, um nicht in dieser furchtbaren Situation ganz allein zu sein. Die Dolmetscherin gab das weiter, aber die Mutter zeigte keinerlei Reaktion und antwortete nicht.

Elínborg beschrieb der Dolmetscherin, wie Elías im Garten des Hauses aufgefunden worden war. Sie ging auf die Ermittlung ein und bat die Dolmetscherin, diese Informationen an die Mutter weiterzugeben.

»Ein Bruder von ihr lebt hier in Island«, sagte die Dolmetscherin. »Ich werde mich an ihn wenden.«

»Kennst du diese Frau?«, fragte Elínborg.

Die Dolmetscherin nickte.

»Bist du in Thailand gewesen?«

»Ja, einige Jahre. Ich war zuerst als Austauschschülerin dort.«

Die Dolmetscherin hieß Guðný. Sie war relativ klein, hatte dunkle Haare und trug eine große Brille. Sie hatte Jeans und einen dicken Pullover an, darüber einen schwarzen Mantel. Um die Schultern hatte sie ein weißes Wolltuch gelegt.

Als sie wieder vor dem Wohnblock eintrafen, wollte die Mutter die Stelle sehen, wo ihr Sohn aufgefunden worden war, und sie gingen mit ihr hinters Haus. Inzwischen war es stockfinster geworden, doch die Leute von der Spurensicherung hatten Scheinwerfer aufgestellt und das Gelände abgesperrt. Die Nachricht von dem Mord hatte sich wie ein Lauffeuer herumgesprochen. Elínborg bemerkte zwei Blumensträuße am Giebel des Hauses, vor dem sich immer mehr Leute versammelt hatten. Sie standen bei den Polizeiautos und verfolgten schweigend das Geschehen mit.

Als die Mutter das abgesperrte Gelände betrat, unterbrachen die Mitarbeiter der Spurensicherung ihre Arbeit und sahen sie an. Als sie mit der Dolmetscherin zu der Stelle gekommen war, wo man ihren Sohn gefunden hatte, begann sie wieder zu weinen. Sie kniete sich hin und legte die Hand auf die Erde.

Erlendur war immer noch am Tatort. Er hatte sie beobachtet und trat jetzt aus dem Dunkel heraus.

»Wir sollten jetzt mit ihr hinauf in die Wohnung gehen«, sagte er zu Elínborg, die zustimmend nickte.

Sie standen aber noch eine ganze Weile in der Kälte und warteten, bis die beiden Frauen sich von der Stelle abwandten. Elínborg und Erlendur folgten ihnen zu dem Treppenaufgang, zur Wohnung der Mutter. Elínborg stellte ihr Erlendur vor und sagte, er gehöre zu dem Team, das mit der Ermittlung befasst sei.

»Du würdest wahrscheinlich lieber später mit uns reden«, sagte Erlendur, »aber je früher wir die Informationen bekommen, desto besser, das ist leider eine Tatsache. Je mehr Zeit verstreicht, desto schwieriger wird es, den Täter zu finden.«

Erlendur machte eine Pause und bedeutete der Dolmetscherin, seine Worte zu übersetzen. Er war im Begriff fortzufahren, als die Mutter ihn ansah und etwas auf Thailändisch sagte.

»Wer hat das getan?«, fragte die Dolmetscherin fast gleichzeitig.

»Wir wissen es nicht«, sagte Erlendur, »aber wir werden es herausfinden.«

Die Mutter wandte sich mit angsterfüllter Miene der Dolmetscherin zu und sagte etwas.

»Sie hat noch einen Sohn und macht sich Sorgen, wo er ist«, sagte die Dolmetscherin.

»Hat sie eine Ahnung, wo er sein könnte?«, fragte Erlendur.

»Nein«, sagte die Dolmetscherin. »Er hätte um die gleiche Zeit aus der Schule zurück sein müssen wie sein jüngerer Bruder.«

»Er ist also älter?«

»Fünf Jahre älter«, erklärte die Dolmetscherin.

»Dann ist er wie alt?«

»Fünfzehn.«

Die Mutter ging rasch vor ihnen die Treppen in den fünften Stock hinauf, den zweitobersten. Erlendur war erstaunt, dass es keinen Aufzug gab.

Sunee schloss die Wohnungstür auf und begann zu rufen, noch bevor die Tür ganz auf war. Erlendur vermutete, dass es der Name ihres anderen Sohnes war. Sie rannte durch die Wohnung und sah gleich, dass niemand zu Hause war. Ratlos und seltsam allein blieb sie vor ihnen stehen, bis die Dolmetscherin den Arm um sie legte, sie ins Wohnzimmer führte und sich mit ihr aufs Sofa setzte. Elínborg und Erlendur folgten ihnen, und direkt im Anschluss betrat ein schlanker Mann den Raum, der die Treppe im Laufschritt genommen hatte. Er stellte sich Erlendur als Pastor der Gemeinde und als Sachverständiger in Krisenhilfe vor und bot seine Hilfe an.

»Wir müssen diesen Bruder finden«, sagte Elínborg. »Hoffentlich ist ihm nicht auch etwas zugestoßen.«

»Hoffentlich war er es nicht, der dafür verantwortlich ist«, sagte Erlendur.

Elínborg blickte ihn befremdet an.

»Was dir nicht alles in den Sinn kommt!«

Sie schauten sich in der Wohnung von Sunee um, die aus drei Zimmern bestand. Aus der Diele trat man direkt ins Wohnzimmer, von dort führte ein kleiner Korridor nach rechts zu zwei Schlafzimmern, während die Küche sich neben dem Wohnzimmer befand. Die Wohnung war sauber und ordentlich, und es roch nach asiatischen Gewürzen und exotischer Küche. Überall hingen Fotos an den Wänden oder waren auf den Tischen aufgestellt. Erlendur ging davon aus, dass es sich um die Verwandten der Mutter auf der anderen Seite des Erdballs handelte.

Erlendur stand unter einem roten Papierschirm mit einem gelben Drachen darauf, der als Lampenschirm unter der Decke befestigt war. Als die Dolmetscherin erklärte, einen Tee kochen zu wollen, folgte Elínborg ihr in die Küche. Sunee setzte sich aufs Sofa. Erlendur schwieg unterdessen und wartete darauf, dass die Dolmetscherin aus der Küche zurückkehren würde. Der Priester setzte sich zu Sunee aufs Sofa.

In der Küche erzählte Guðný Elínborg halblaut das, was sie über Sunee wusste. Sie stammte aus einem Dorf, das etwa zweihundert Kilometer von Bangkok entfernt war. In ihrem elterlichen Zuhause hatten drei Generationen sehr beengt unter einem Dach zusammengelebt. Sie hatte viele Geschwister, und im Alter von fünfzehn Jahren war Sunee zusammen mit zwei Brüdern in die Hauptstadt gezogen, wo sie schwer arbeiten musste, die meiste Zeit in Wäschereien. Sie lebte mit ihren Brüdern auf engstem Raum in einer primitiven Unterkunft zusammen, bis sie fast zwanzig war. Danach war sie auf sich selbst angewiesen gewesen, und sie hatte in einer großen Schneiderei gearbeitet, wo billige Kleidung für den westlichen Markt produziert wurde. Dort waren nur Frauen beschäftigt, und die Löhne waren niedrig. Um diese Zeit hatte sie in einem populären Vergnügungslokal in Bangkok einen Mann aus einer ganz anderen Welt kennengelernt, einen Isländer, der einige Jahre älter war als sie. Von Island hatte sie zu dem Zeitpunkt noch nie in ihrem Leben etwas gehört.

Während die Dolmetscherin Elínborg diese Geschichte erzählte und der Pastor tröstende Worte murmelte, ging Erlendur im Wohnzimmer auf und ab. Die Wohnung strahlte einen fernöstlichen Charme aus. In der Mitte der einen Wand befand sich ein kleiner Altar mit Schnittblumen, Räucherstäbchen, einer Schale mit Wasser und einem schönen Bild von einer ländlichen Gegend in Thailand. Seine Blicke schweiften über den Nippes, die Souvenirs und die eingerahmten Fotos, von denen einige zwei Jungen unterschiedlichen Alters zeigten. Erlendur vermutete, dass es der Tote und sein Bruder waren. Er griff nach einem Foto, von dem er annahm, dass es den älteren der Brüder zeigte, und fragte Sunee, ob das richtig sei. Sie nickte. Er bat sie, es für kurze Zeit ausleihen zu dürfen, brachte es zu dem Polizisten an der Tür und wies ihn an, das Foto zu vervielfältigen und an alle Polizeireviere zu schicken, um die Suche nach dem Jungen in die Wege zu leiten, und seine Schulkameraden, seine Lehrer und die Nachbarn zu befragen.

Erlendur hatte gerade sein Handy aus der Tasche geholt, als es prompt klingelte. Es war Sigurður Óli.

Er war der Blutspur, die der Junge hinterlassen hatte, gefolgt. Sie hatte ihn aus dem Garten heraus auf eine wenig befahrene Straße geführt, vorbei an Häusern und Gärten, und endete vor der Wand eines kleinen Transformatorenhäuschens, das mit Graffiti beschmiert war, etwa fünfhundert Meter von dem Wohnblock entfernt, in dem der Junge lebte. Ganz in der Nähe war auch seine Schule. Auf den ersten Blick hatte Sigurður Óli keinerlei Anzeichen eines Kampfes erkennen können. Die eintreffenden Polizisten nahmen in den umliegenden Gärten, auf Gehwegen, Straßen und dem Schulhof mit Taschenlampen die Suche nach der Mordwaffe auf.

»Halt mich auf dem Laufenden«, sagte Erlendur. »Von da aus ist es nicht weit zur Schule, sagst du?«

»Sie liegt eigentlich gleich daneben. Aber selbst wenn die Blutspur hier endet, muss das ja nicht bedeuten, dass der Stich dem Jungen hier beigebracht worden ist.«

»Ich weiß«, entgegnete Erlendur. »Unterhalte dich mit den Leuten in der Schule, mit dem Rektor und den anderen Lehrern. Wir müssen mit den Lehrern des Jungen und mit seinen Klassenkameraden reden. Ebenso mit seinen Freunden hier im Viertel, mit allen, die ihn kannten oder uns etwas über ihn sagen können.«

»Es ist meine alte Schule«, sagte Sigurður Óli und klang etwas flau.

»Tatsächlich?«, fragte Erlendur verwundert, denn Sigurður Óli vermied es möglichst, über sich selbst zu sprechen. »Bist du in diesem Viertel aufgewachsen?«

»Bin seitdem aber kaum je wieder hier gewesen«, sagte Sigurður Óli. »Wir haben nur zwei Jahre hier gewohnt, dann sind wir weggezogen.«

»Und?«

»Und nichts.«

»Glaubst du, dass sich die älteren Lehrer an dich erinnern?«

»Hoffentlich nicht«, sagte Sigurður Óli. »In welcher Klasse war er?«

Erlendur ging in die Küche.

»Wir müssen wissen, in welche Klasse der Junge gegangen ist«, wandte er sich an die Dolmetscherin.

Guðný ging ins Wohnzimmer, sprach mit Sunee und kehrte mit den gewünschten Informationen zurück.

»Hat es hier in diesem Viertel irgendwelche ausländerfeindlichen Ausschreitungen gegeben?«, fragte Erlendur.

»Nichts, was bis zu uns im Haus für Internationale Kontakte vorgedrungen wäre«, antwortete Guðný.

»Aber Vorurteile? Hat die Familie davon etwas zu spüren bekommen?«

»Das glaube ich kaum, jedenfalls nicht mehr, als es üblich ist.«

»Wir müssen herauskriegen, ob es hier in diesem Stadtviertel fremdenfeindliche Vorfälle gegeben hat oder unterschwellige Feindseligkeiten«, erklärte Erlendur Sigurður Óli am Telefon und sagte ihm, in welcher Klasse Elías gewesen war. »Auch ob in anderen Vierteln etwas vorgekommen ist. Ich kann mich erinnern, vor nicht allzu langer Zeit von irgendwelchen Zwischenfällen gehört zu haben. Irgendjemand hat zum Messer gegriffen. Wir müssen das mit einbeziehen.«

Der Tee war jetzt fertig, und Elínborg, Erlendur und die Dolmetscherin gingen zurück ins Wohnzimmer. Der Pastor zog sich zurück, und Guðný setzte sich zu Sunee. Elínborg holte sich einen Stuhl aus der Küche. Guðný redete auf Sunee ein, die zustimmend nickte. Erlendur hoffte, sie würde der Mutter erklären, dass die Ermittlung umso schneller vorankommen würde, je früher die Polizei genaue Informationen darüber bekam, was der Junge im Lauf des Tages unternommen hatte.

Erlendur hielt immer noch den Apparat in der Hand. Er wollte das Handy in die Tasche stecken, zögerte aber und starrte es eine ganze Weile an. Er musste an den Jungen denken, den Zeugen, der Elías gefunden hatte und bereits ein Handy besaß, weil seine Mutter sich Sorgen um ihn machte, wenn er nach der Schule allein war.

»Hat ihr Sohn ein Handy besessen?«, fragte er die Dolmetscherin, die seine Worte übersetzte.

»Nein«, erklärte sie.

»Und sein Bruder?«

»Nein«, antwortete Guðný. »Sie besitzen keine Handys. Nicht jeder kann sich so etwas leisten«, ergänzte sie, und Erlendur hatte das Gefühl, als habe sie das aus eigenem Antrieb hinzugefügt.

»Er geht hier ganz in der Nähe zur Schule«, sagte er.

»Ja, beide Jungen sind auf derselben Schule.«

»Wann hat Elías nachmittags frei?«

»Sein Stundenplan hängt am Kühlschrank«, sagte die Dolmetscherin. »Dienstags ist er gegen zwei Uhr fertig«, fügte sie hinzu und schaute auf die Uhr. »Es ist drei Stunden her, seit er sich auf den Heimweg gemacht hat.«

»Was hat er normalerweise nach der Schule gemacht? Kam er direkt nach Hause?«

»Davon geht sie aus«, erklärte die Dolmetscherin, nachdem sie Sunee gefragt hatte. »Sie weiß es aber nicht ganz genau. Manchmal hat er Fußball auf dem Schulhof gespielt, aber meist ist er allein nach Hause gekommen.«

»Was ist mit dem Vater des Jungen?«

»Er ist Schreiner und lebt hier in Reykjavík. Sie haben sich voriges Jahr scheiden lassen.«

»Ja, heißt er nicht Óðinn?«, sagte Erlendur. Er wusste, dass die Polizei versuchte, den Vater des Jungen zu erreichen, der noch nicht über den Tod seines Sohnes in Kenntnis gesetzt worden war.

»Sunee und er haben kaum noch Verbindung. Elías war

aber manchmal übers Wochenende bei ihm.«

»Ist ein Stiefvater im Spiel?«

»Nein«, erklärte die Dolmetscherin. »Sunee lebt mit ihren beiden Söhnen allein.«

»Ist der ältere Sohn unter normalen Umständen um diese Tageszeit schon zu Hause?«, fragte Erlendur.

»Sie kommen zu unterschiedlichen Zeiten nach Hause«, leitete die Dolmetscherin Sunees Antwort weiter.

»Es gibt also keine festen Zeiten?«, fragte Elínborg.

Guðný wandte sich Sunee zu, und sie redeten eine ganze Weile miteinander. Erlendur sah, dass die Dolmetscherin Sunee durch ihre Anwesenheit Halt gab. Guðný hatte ihm und Elínborg gegenüber erklärt, dass Sunee fast alles verstünde, was auf Isländisch zu ihr gesagt werde, und dass sie sich auch ganz gut verständlich machen könne, aber sie war sehr korrekt und gewissenhaft, und wenn es ihr notwendig zu sein schien, nahm sie Guðnýs Hilfe in Anspruch.

»Sie weiß nicht ganz genau, was die beiden tagsüber machen«, sagte die Dolmetscherin nach einer Weile, indem sie sich Elínborg und Erlendur zuwandte. »Beide haben einen Schlüssel für die Wohnung. Wenn Sunee Überstunden machen kann, ist sie erst um sechs Uhr in der Süßwarenfabrik fertig, hinzu kommt die Zeit für den Heimweg, sie muss womöglich auch noch einkaufen. Manchmal hat sie die Möglichkeit, noch weitere Überstunden zu machen, und dann ist sie noch später zu Hause. Sie muss so viel wie möglich arbeiten, um die Familie zu ernähren.«

»Sagen sie ihr nicht, wohin sie nach der Schule gehen?«, fragte Elínborg. »Müssen sie ihr nicht bei der Arbeit Bescheid sagen?«

»Sie darf während der Arbeitszeit nicht dauernd herumtelefonieren«, sagte die Dolmetscherin, nachdem sie Sunee gefragt hatte.

»Sie weiß also gar nicht, was die beiden machen, wenn die Schule aus ist?«, fragte Erlendur.

»Doch, das weiß sie. Sie sagen es ihr, aber erst, wenn die Familie abends zusammenkommt.«

»Spielen sie Fußball, oder treiben sie sonst irgendeinen Sport? Trainieren sie irgendwo? Nehmen sie an irgendwelchen Freizeitkursen teil?«

»Der Jüngere hat Fußball gespielt, aber heute hatte er kein Training«, sagte die Dolmetscherin. »Ihr müsst doch sehen, wie schwierig es ist, eine alleinstehende Mutter mit zwei Jungen zu sein«, fügte sie aus eigenem Antrieb hinzu. »Das ist alles andere als ein Zuckerschlecken. Es gibt kein Geld für Hobbykurse. Oder Handys.«

Erlendur nickte. »Du hast gesagt, sie hätte einen Bruder, der auch hier in Island lebt?«, sagte er.

»Ja, ich habe mich mit ihm in Verbindung gesetzt, und er ist auf dem Weg hierher.«

»Gibt es andere Verwandte oder Angehörige, mit denen Sunee reden könnte? Irgendjemand aus der Familie des Vaters? Könnte der ältere Sohn möglicherweise bei ihnen sein? Haben sie Großeltern?«

»Elías war manchmal bei seiner Oma. Sein isländischer Großvater lebt nicht mehr. Sunee hat aber viel Kontakt zu der Großmutter, die hier in Reykjavík lebt. Sie müsste auch benachrichtigt werden, sie heißt Sigríður.«

Die Dolmetscherin erhielt die Telefonnummer von Sunee und gab sie an Elínborg weiter, die ihr Handy herausholte.

»Könnte diese Frau nicht hierherkommen, damit Sunee nicht allein ist?«, fragte sie die Dolmetscherin.

Sunee hörte sich an, was Guðný sagte, und nickte zustimmend.

»Wir bitten sie, hierherzukommen«, sagte die Dolmetscherin.

In diesem Augenblick kam ein junger Mann zur Tür herein. Sunee sprang auf und lief ihm entgegen. Es stellte sich heraus, dass es ihr Bruder war. Sie umarmten sich, und als Sunee wieder in Tränen ausbrach, versuchte der Bruder, sie zu beruhigen. Er hieß Virote und war ein paar Jahre jünger als Sunee. Elínborg und Erlendur spürten die Trauer, die die Geschwister umgab, und sahen einander an. Ein Reporter kam schnaufend die Treppe hinauf, aber Elínborg wies ihn ab und begleitete ihn nach unten, sodass nur noch die Dolmetscherin und Erlendur mit den Geschwistern in der Wohnung zurückblieben. Die Dolmetscherin und der Bruder führten Sunee ins Wohnzimmer zurück und setzten sich mit ihr auf das Sofa.

Erlendur ging in den kleinen Flur, der zu den Schlafzimmern führte. Das größere Zimmer gehörte offensichtlich der Mutter, in dem anderen befand sich ein Etagenbett, in dem die Jungen schliefen. Erlendurs Blick fiel auf ein großes Plakat eines englischen Fußballclubs, den Erlendur aus den Zeitungen kannte. Ein etwas kleineres Plakat zeigte eine hübsche isländische Schlagersängerin. Auf einem kleinen Schreibtisch stand ein älterer Apple-Computer, und auf dem Fußboden lagen Schulbücher, Computerspiele und andere Spielsachen wie Pistolen, Schwerter und Dinosaurier. Die Betten waren nicht gemacht worden, und auf einem Stuhl lag ein Kleiderhaufen.

Typisches Jungenzimmer, dachte Erlendur und schob mit dem Fuß eine Socke weg. Die Dolmetscherin erschien in der Tür.

»Was für Leute sind das?«, fragte Erlendur.

Guðný zuckte mit den Achseln. »Ganz normale Menschen«, sagte sie, »Leute wie du und ich. Arme Leute.«

»Weißt du etwas darüber, ob sie wegen ihrer Hautfarbe Feindseligkeiten zu spüren bekommen haben?«

»Das glaube ich eigentlich weniger. Ich weiß zwar nicht so genau Bescheid, was Niran betrifft, aber ich habe den Eindruck, dass sich Sunee mit ihren beiden Söhnen hier gut eingelebt hat. Vorurteile gegenüber Fremden gibt es hier genauso wie überall sonst auch, und höchstwahrscheinlich haben sie auch etwas davon zu spüren bekommen. Nach meiner Erfahrung finden sich die meisten Vorurteile bei Menschen, die keine gute Erziehung genossen haben und über wenig Selbstvertrauen verfügen. Und womöglich unter Verwahrlosung und Vernachlässigung gelitten haben.«

»Was ist mit dem Bruder, lebt er schon lange hier?«

»Ja, seit ein paar Jahren. Er ist ungelernter Arbeiter und hat erst in Nordisland gearbeitet, in Akureyri, er lebt aber seit Kurzem in Reykjavík.«

»Und die beiden haben ein gutes Verhältnis zueinander?«

»Ja, ein sehr gutes.«

»Was kannst du mir sonst noch über Sunee sagen?«

»Sie ist vor rund zehn Jahren nach Island gekommen«, sagte Guðný, »und sie fühlt sich sehr wohl hier.«

Sunee hatte ihr einmal erzählt, dass sie ihren Augen nicht getraut hätte, wie kahl und kalt dieses Land war, als sie mit dem Zubringerbus von Keflavík nach Reykjavík fuhr. Als sie aus dem Flughafengebäude kam, empfand sie die Polarluft wie eine kalte Mauer. Es hatte geregnet, und der Himmel war schwer verhangen gewesen, sodass sie nur die flache Lavalandschaft und schemenhafte dunkle Berge in der Ferne sah. Sie hatte eine Gänsehaut bekommen, die Temperatur lag bei drei Grad. Es war Mitte Oktober gewesen, und sie war bei dreißig Grad Wärme ins Flugzeug gestiegen.

Sie heiratete den Isländer, den sie in Bangkok kennengelernt hatte. Er umwarb sie und lud sie immer wieder ein, und er war höflich. Er hatte ihr auf Englisch etwas über Island erzählt, eine Sprache, die sie nicht besonders gut beherrschte. Er schien genug Geld zu haben und kaufte Geschenke für sie, Kleider und Schmuck.

Als er wieder zurück nach Island musste, beschlossen sie, die Bekanntschaft fortzusetzen. Ihre Freundin, die etwas besser Englisch konnte, korrespondierte für sie mit ihm. Ein halbes Jahr später kam er wieder und blieb drei Wochen, und sie waren die ganze Zeit zusammen. Sie war angetan von ihm und von dem, was er ihr über Island erzählte. Obwohl die Insel klein, abgeschieden und kalt war, lebte dort eine der reichsten Nationen der Erde. Er sagte ihr, was er verdiente, und das war eine schwindelerregend hohe Summe im Vergleich zu dem, was in Bangkok üblich war. Falls sie dorthin zöge und fleißig war, würde sie bestimmt etwas für ihre Familie in Thailand abzweigen können.

Er trug sie über die Schwelle ihres neuen Zuhauses, einer Zweizimmerwohnung an der Snorrabraut, die ihm gehörte. Vom Hotel Loftleiðir aus, wo die Flughafenbusse hielten, waren sie zu Fuß gegangen. Sie hatten eine breite Ausfallstraße überquert, von der sie später erfuhr, dass sie Miklabraut hieß, und waren dann bei eiskaltem Nordwind die Snorrabraut entlanggegangen. Sie trug thailändische Sommerkleidung, eine dünne, seidene Hose, die er ihr gekauft hatte, eine hübsche Bluse, eine helle Sommerjacke und Sandalen aus Kunststoff. Der Zukünftige hatte sie nicht im Geringsten auf die Ankunft in Island vorbereitet.

Die Wohnung war schön, nachdem sie Ordnung geschaffen hatte. Sie bekam Arbeit in einer Süßwarenfabrik. Anfangs stimmte alles in ihrer Beziehung, aber das änderte sich, als sich herausstellte, dass beide dem Partner etwas vorgelogen hatten.

»Inwiefern?«, fragte Erlendur. »Worin bestanden die Lügen?«

»Er hatte das schon einmal gemacht«, sagte Guðný.

»Hatte was gemacht?«

»Sich eine Frau aus Thailand besorgt.«

»Hatte er das schon einmal getan?«

»Manche Männer noch öfter.«

»Und ist das … ist das legal?«

»Es ist nicht verboten.«

»Aber was war mit Sunee? Was hat sie ihm vorgelogen?«

»Als sie schon ein paar Jahre zusammengelebt hatten, hat sie ihren Sohn nachkommen lassen.«

Erlendur sah die Dolmetscherin an.

»Es stellte sich heraus, dass sie einen Sohn in Thailand besaß, von dem sie ihm nie erzählt hatte.«

»Das ist wohl Niran?«

»Ja, Niran. Er hat zwar auch einen isländischen Namen, aber er will Niran heißen und wird auch von allen so genannt.«

»Er ist also ein …«

»Halbbruder von Elías. Er ist Thailänder durch und durch und hat sich sehr schwer damit getan, hier Fuß zu fassen, wie so viele Kinder in einer solchen Situation.«

»Und Sunees Mann?«

»Sie haben sich zum Schluss scheiden lassen.«

»Niran«, sagte Erlendur zu sich selbst, wie um den Klang des Namens zu hören. »Bedeutet das etwas?«

»Es bedeutet ›ewig‹«, entgegnete Guðný.

»Ewig?«

»Thailändische Namen können genau wie die isländischen eine Bedeutung haben.«

»Und was bedeutet dann Sunee?«

»Etwas Gutes«, sagte Guðný. »Eine gute Sache.«

»Hatte Elías auch einen thailändischen Namen?«

»Ja, Aran. Ich bin mir aber nicht sicher, was das genau bedeutet. Ich muss Sunee fragen.«

»Steckt hinter solchen Namengebungen eine Tradition?«

»Thailänder benutzen solche Namen, um die bösen Geister zu verwirren, das ist so der Aberglaube. Kindern werden richtige Namen gegeben, aber dann werden doch nur diese Beinamen verwendet, um die bösen Geister in die Irre zu führen, die den Kindern Schaden zufügen könnten. Sie dürfen den richtigen Namen nicht wissen.«

Aus dem Wohnzimmer erklang Musik. Guðný und Erlendur verließen das Kinderzimmer. Sunees Bruder hatte gedämpfte thailändische Musik aufgelegt. Sunee saß zusammengekauert auf dem Sofa und fing an, halblaut mit sich selber zu reden.

Erlendur blickte fragend auf die Dolmetscherin.

»Sie spricht über ihren Sohn, über Niran.«

»Wir suchen nach ihm«, sagte Erlendur. »Wir werden ihn finden, sag ihr das. Wir finden ihn.«

Sunee schüttelte den Kopf und starrte vor sich hin.

»Sie glaubt, dass er auch tot ist«, sagte die Dolmetscherin.

*Drei*

Sigurður Óli war auf dem Weg zur Schule und beschleunigte seine Schritte. Die drei Polizisten, die ihm folgten, verteilten sich auf dem Schulhof und dem umliegenden Gelände, um nach der Mordwaffe zu suchen. Der Unterricht war beendet, und das Gebäude wirkte in der winterlichen Dunkelheit düster und tot. In einigen wenigen Fenstern brannte zwar Licht, aber der Haupteingang war verschlossen. Sigurður Óli hämmerte an die Tür. Seine ehemalige Schule war ein dreistöckiger grauer Kasten, an den eine Schwimmhalle und ein Werkraum angebaut waren. Erinnerungen an kalte Wintermorgen kamen Sigurður Óli in den Sinn: Kinder, die in Doppelreihen auf dem Schulhof standen, Schubsen und Anpflaumen, manchmal kam es auch zu Raufereien, bis die Lehrer eingriffen. Regen und Schneestürme und Dunkelheit den ganzen Herbst und den ganzen Winter, bis der Frühling kam, bis es wieder heller und das Wetter besser wurde und die Sonne schien. Sigurður Óli betrachtete den asphaltierten Schulhof, den Basketballplatz und den Fußballplatz, und er glaubte fast, die Rufe der Kinder von damals zu hören.

Er begann, gegen die Tür zu treten, und endlich erschien eine Hausmeisterin, eine Frau um die fünfzig, die die Tür öffnete und fragte, was der Krach zu bedeuten habe. Sigurður Óli stellte sich vor, wies sich aus und fragte, ob der Klassenlehrer der 5d noch in der Schule sei.

»Was ist denn los?«, fragte die Hausmeisterin.

»Nichts«, erwiderte Sigurður Óli. »Weißt du, ob der betreffende Lehrer oder die Lehrerin noch im Haus ist?«

»5d? Das ist Raum 304, im dritten Stock. Ich weiß nicht, ob Agnes schon gegangen ist, ich schau mal nach.«

Sigurður, der sich in dem Gebäude bestens auskannte, war bereits unterwegs zur Treppe und nahm mehrere Stufen auf einmal. Die fünfte Klasse war seinerzeit auch im dritten Stock gewesen, soweit er sich erinnern konnte. Vielleicht herrschte immer noch dasselbe System wie damals, Ende der siebziger Jahre des letzten Jahrhunderts, als er hier zur Schule gegangen war. Bei der Formulierung *in den siebziger Jahren des letzten Jahrhunderts* fühlte er sich gleich um zehn lange Jahre älter.

Sämtliche Klassenräume im dritten Stock waren verschlossen, und er nahm die Treppe im Laufschritt. Die Hausmeisterin hatte in der Zwischenzeit im Lehrerzimmer nachgeschaut und wartete jetzt in der Eingangshalle auf ihn, um ihm zu sagen, dass die Lehrerin bereits gegangen war.

»Hast du gesagt, dass sie Agnes heißt?«

»Ja«, sagte die Hausmeisterin.

»Ist der Rektor im Haus?«

»Ja, er ist in seinem Büro.«

Sigurður Óli schubste die Hausmeisterin beinahe um, als er in Richtung Lehrerzimmer losmarschierte. Er konnte sich noch daran erinnern, dass man vom Lehrerzimmer aus direkt in das Büro des Rektors gelangte. Die Tür stand offen, und er stürmte schnurstracks hinein. Er sah sofort, dass sein alter Rektor immer noch im Dienst war. Dieser war im Begriff, nach Hause zu gehen, und band sich gerade einen Schal um den Hals, als Sigurður Óli auftauchte.

»Worum geht es?«, fragte der Schulleiter verwundert.

»Es geht um die 5d«, sagte Sigurður Óli.

»Ja?«

»Da ist etwas vorgefallen.«

»Ist ein Kind von dir in dieser Klasse?«

»Nein, ich bin von der Kriminalpolizei. Ein Schüler aus der 5d wurde vorhin tot vor seinem Haus aufgefunden. Er hatte eine Stichwunde, an der er gestorben ist. Wir müssen mit sämtlichen Lehrern an der Schule reden, vor allem aber mit denen, die uns etwas über den Jungen sagen können, wir müssen ...«

»Was sagst du da?«, sagte der Schulleiter mit gepresster Stimme, und Sigurður Óli sah, dass er bleich wurde.

»... mit seinen Klassenkameraden reden, mit den Angestellten der Schule und anderen, die ihn kannten. Wir gehen davon aus, dass er ermordet wurde. Er erhielt einen Messerstich in den Bauch.«

Die Hausmeisterin war Sigurður Óli ins Büro des Rektors gefolgt. Sie stand in der Tür und sog hörbar den Atem ein, wobei sie sich unwillkürlich die Hand vor den Mund hielt und den Kriminalbeamten anstarrte, als würde sie ihren eigenen Ohren nicht trauen.

»Der Junge hat eine thailändische Mutter«, fuhr Sigurður Óli fort. »Gibt es viele solche Kinder in der Schule?«

»Viele solche ...?«, sagte der Rektor und sank langsam auf seinen Stuhl. Er ging auf die siebzig zu und war sein ganzes Leben an der Schule gewesen, freute sich aber jetzt darauf, in Pension gehen zu können. Seine ungläubige Miene verriet, dass er überhaupt nicht begriff, was vorging.

»Um wen handelt es sich?«, fragte die Hausmeisterin, die hinter Sigurður Óli stand. »Ist er tot?«

Sigurður Óli drehte sich um. »Entschuldige, aber wir unterhalten uns vielleicht später«, sagte er und machte ihr die Tür vor der Nase zu.

»Ich brauche die Klassenverzeichnisse mit den Adressen und den Namen der Eltern«, sagte er, während die Tür ins Schloss fiel und er sich wieder zu dem Schulleiter umdrehte. »Ich brauche eine Liste sämtlicher Lehrer des Jungen. Ich brauche Informationen über irgendwelche Auseinandersetzungen hier in der Schule, über Cliquen, falls es welche gibt, über den Umgang zwischen den Kindern unterschiedlicher Abstammung und unterschiedlicher Hautfarbe, über alles, was erklären kann, wieso es zu so etwas kommen konnte. Fällt dir in diesem Zusammenhang spontan etwas ein?«

»Mir ... mir fällt gar nichts ein, ich kann gar nicht glauben, was du da sagst! Stimmt das wirklich? Das kann doch gar nicht wahr sein!«

»Leider doch. Aber hier ist Eile geboten. Je mehr Zeit verstreicht ...«

»Um welchen Jungen handelt es sich?«, fiel ihm der Schulleiter ins Wort.

Sigurður Óli sagte ihm Elías' Namen. Der Rektor setzte sich an seinen Computer, rief die Homepage auf, dann die Klasse und ein Foto des Jungen.

»Früher kannte ich jedes Kind mit Namen, aber jetzt sind es so viele. Ist er das?«

»Ja, das ist er«, bestätigte Sigurður Óli, der das Foto betrachtete. Als er den Rektor nach Elías' Bruder fragte, suchte er nach dessen Klasse und einem Bild von Niran. Sie waren sich nicht unähnlich, die beiden Brüder, beide hatten pechschwarzes Haar, das ihnen bis in die Augen hing, einen dunklen Teint und braune Augen. Sie schickten eine Mail an die Polizei mit Nirans Bild als Attachment. Sigurður Óli rief im Dezernat an und gab Anweisung, das Foto mitsamt dem, das Erlendur geschickt hatte, in den Verteiler zu geben.

»Hat es hier in der Schule Auseinandersetzungen zwischen irgendwelchen Gruppen gegeben?«, fragte Sigurður Óli, nachdem er das Gespräch beendet hatte.

»Geht ihr davon aus, dass es etwas mit der Schule zu tun hat?«, fragte der Rektor, ohne die Augen vom Bildschirm abzuwenden. Elías' Bild füllte ihn aus und lächelte sie schüchtern an. Er blickte nicht direkt in die Kamera, sondern etwas mehr nach oben, als hätte der Fotograf ihm gesagt, er solle hochschauen, oder als sei er durch irgendetwas abgelenkt worden. Er hatte eine hohe Stirn, einen freimütigen Blick und fragende, offenherzige Augen.

»Wir müssen alle Möglichkeiten in Betracht ziehen«, sagte Sigurður Óli. »Etwas anderes kann ich nicht sagen.«

»Hat das etwas mit Rassismus zu tun? Was hast du eben gesagt?«

»Nichts anderes, als dass die Mutter des Jungen aus Thailand kommt«, sagte Sigurður Óli. »Nichts anderes. Wir wissen nicht, was vorgefallen ist.«

Sigurður Óli war froh, dass der Rektor sich offensichtlich nicht an ihn als Schüler erinnern konnte. Er war entschlossen, sich auf kein Gespräch über alte Zeiten, alte Pauker oder darüber, was aus den anderen in der Klasse geworden war, und anderen Quatsch dieser Art einzulassen.

»Bei mir ist nichts auf dem Schreibtisch gelandet«, sagte der Rektor, »oder zumindest nichts Ernstes, und es ist völlig absurd, dass daraus dieses schreckliche Ereignis resultieren könnte. Ich kann einfach nicht glauben, dass so etwas geschehen ist!«

»Das wirst du wohl müssen«, sagte Sigurður Óli.

Der Rektor druckte eine Liste mit den Namen von Elías' Klassenkameraden aus, die auch die Adressen, Telefonnummern und die Namen der Eltern oder Erziehungsberechtigten enthielt. Er reichte Sigurður Óli die Liste.

»Die Brüder haben im Herbst hier angefangen. Soll ich das nicht auch an die Mail-Adresse schicken, die du mir gegeben hast?«, fragte er. »Das ist entsetzlich«, stöhnte er dann und starrte wie gelähmt auf seinen Schreibtisch.

»Nur zu wahr«, sagte Sigurður Óli. »Ich bräuchte auch die Adresse und Telefonnummer seiner Klassenlehrerin. Was ist hier in der Schule vorgefallen?«

Der Schulleiter blickte ihn an. »Was meinst du damit?«

»Du hast gesagt, dass es etwas gegeben hat, aber nichts Ernstes«, sagte Sigurður Óli, »und dass es unvorstellbar ist, dass so etwas daraus resultiert. Was war das?«

Der Schulleiter zögerte.

»Was war das?«, wiederholte Sigurður Óli.

»Es gibt einen Lehrer an unserer Schule, der sehr dezidierte Äußerungen gegen den Zustrom von Einwanderern von sich gegeben hat.«

»Beispielsweise von Frauen aus Thailand?«

»Auch die. Leute aus Asien vor allem, von den Philippinen, aus Vietnam und solchen Ländern. Er hat da ausgesprochen rigorose Ansichten, aber es geht eben nur um Ansichten. Er würde sie nie auf solche Weise in die Tat umsetzen. Niemals.«

»Aber es ist dir trotzdem eingefallen. Wie heißt er?«

»Das ist absurd!«

»Wir müssen uns mit ihm unterhalten«, sagte Sigurður Óli.

»Er hat die Kinder fest im Griff«, sagte der Rektor, »das ist seine Art. Nach außen hin schroff und rau, aber er hat einen Draht zu den Kindern.«

»Hat er Elías unterrichtet?«

»Irgendwann bestimmt mal. Er ist Isländischlehrer und übernimmt viele Vertretungsstunden, sodass er vermutlich die allermeisten unserer Schüler unterrichtet hat.«

Der Schulleiter nannte den Namen des Mannes, den sich Sigurður Óli sofort notierte.

»Ich habe ihm einmal eine Rüge erteilen müssen. Wir dulden keine Ausländerfeindlichkeit an unserer Schule«, sagte der Schulleiter mit Nachdruck, »das darfst du mir glauben. So etwas lassen wir nicht durchgehen. Hier wird genau wie andernorts über Ausländerprobleme diskutiert, und nicht zuletzt vom Standpunkt derjenigen aus, die ins Land kommen. Hier herrscht vollkommene Gleichbehandlung, das gilt sowohl für die Lehrer als auch für die Schüler.«

Sigurður Óli hatte wieder das Gefühl, dass der Schulleiter zögerte.

»Was ist hier vorgefallen?«, insistierte er.

»Sie sind aufeinander losgegangen«, sagte der Rektor. »Er und Finnur, ein anderer Lehrer, und zwar hier im Lehrerzimmer. Die anderen mussten dazwischengehen. Er hatte irgendwelche Bemerkungen gemacht, die Finnur gegen den Strich gingen. Daraus wurde dann so eine Art Hahnenkampf.«

»Was für Bemerkungen?«

»Dazu wollte sich Finnur nicht äußern.«

»Gibt es noch andere, mit denen wir deiner Meinung nach reden sollten?«, fragte Sigurður Óli.

»Ich möchte niemanden da mit reinziehen, nur weil die betreffende Person irgendwelche Ansichten hat.«

»Du ziehst da niemanden mit rein«, entgegnete Sigurður Óli. »Dass der Junge überfallen worden ist, muss nichts mit irgendwelchen Ansichten zu tun haben, weit gefehlt. Das hier ist eine Ermittlung, und wir brauchen Informationen. Wir müssen uns mit den Leuten unterhalten. Wir müssen feststellen, was hier vorgefallen ist. Das hat nichts mit den Ansichten der Leute zu tun.«

»Egill, der Werken bei uns unterrichtet, war neulich in einen Streit verwickelt. Da war irgendeine Diskussion über die multikulturelle Gesellschaft im Gange oder etwas Ähnliches, ich weiß es nicht mehr. Er regt sich leicht auf. Und er ist immer bestens informiert. Vielleicht solltet ihr euch mit ihm unterhalten.«

»Wie viele Kinder ausländischer Abstammung sind hier an der Schule?«, fragte Sigurður Óli, während er sich den Namen des Werklehrers notierte.

»Schätzungsweise dreißig insgesamt. Wir sind eine große Schule.«

»Und bislang hat es keine nennenswerten Probleme deswegen gegeben?«

»Natürlich gibt es immer mal wieder Vorfälle, aber keine besorgniserregenden.«

»Was genau ist darunter zu verstehen?«

»Spottnamen und Pöbeleien, unbedeutende Raufereien. Nichts, was bis auf meinen Schreibtisch vorgedrungen wäre, aber die Kollegen reden darüber. Sie beobachten natürlich genau, was hier vor sich geht, und greifen im Zweifelsfall ein. Diskriminierungen jeglicher Art sind an dieser Schule unerwünscht, und das ist den Schülern klar. Sie sind auch sehr engagiert und melden solche Dinge gleich, dann greifen wir ein.«

»In jeder Schule gibt's irgendwelche Probleme, nehme ich an«, sagte Sigurður Óli. »Problemkinder. Mädchen und Jungen, die immer Unruhe stiften.«

»Solche Schüler gibt es in der Tat an jeder Schule.«

Der Rektor sah Sigurður Óli nachdenklich an. »Irgendwie habe ich das Gefühl, dass ich dich kenne«, sagte er auf einmal. »Wie war noch dein Name?«

Sigurður Óli stöhnte innerlich. »Sigurður Óli«, antwortete er.

»Sigurður Óli?«, wiederholte der Rektor nachdenklich.
»Sigurður Óli? Warst du hier an der Schule?«
»Das ist lange her. Vor 1980. Und nur ganz kurz.«
»Sigurður Óli?«, murmelte der Rektor ein weiteres Mal.
Sigurður Óli sah, dass der Mann sich an ihn zu erinnern
versuchte. Ihm war klar, dass es nicht mehr lange dauern
würde, bis der Kerl schaltete. Deswegen verabschiedete
er sich hastig. Die Polizei würde wiederkommen und mit
Schülern, Lehrern und anderem Personal reden. Er war
schon in der Tür, als der Groschen beim Rektor zu fallen
schien.
»Warst du dabei, als die große Randale siebenund...«
Den Rest des Satzes hörte Sigurður Óli nicht mehr, da er
bereits mit raschen Schritten das Lehrerzimmer durch-
querte. Die Hausmeisterin war nirgends zu sehen. So
spät am Tag war das Gebäude wie ausgestorben. Eigentlich wollte er geradewegs wieder in die Kälte hinaus, aber
dann hielt er inne und blickte nach oben. Er zögerte einen
Augenblick, ging dann aber wieder die Treppe hoch, und
kurz darauf war er im dritten Stock angelangt. An den
Wänden hingen die alten Klassenfotos, versehen mit den
Klassenbezeichnungen und den Jahreszahlen. Er fand das
Foto, das er suchte, blieb davor stehen und betrachtete
sich selbst als zwölfjährigen Schüler. Die Klasse hatte
sich in drei Reihen aufgestellt. Er selber stand in der hin-
tersten Reihe und starrte mit ernstem Gesichtsausdruck
direkt in die Kamera, in einem dünnen, wild gemusterten
Hemd mit ausladendem Kragen und der neuesten Disko-
Frisur.
Sigurður Óli starrte lange auf das Foto.
»Entsetzlich«, stöhnte er.

*Vier*

Erlendurs Handy gab keine Ruhe. Zuerst rief Sigurður Óli
an, berichtete ihm über sein Gespräch mit dem Rektor und
erklärte, auf dem Weg zur Klassenlehrerin des Jungen zu
sein und zu einem anderen Lehrer, der dagegen war, dass
Ausländer ins Land kamen. Als Nächstes meldete sich
Elínborg, die ihm sagte, ein Zeuge, der im gleichen Treppenaufgang wie Sunee wohnte, glaube, den älteren Bruder
tagsüber gesehen zu haben. Der Chef der Spurensicherung
schließlich informierte ihn über die Ansicht des Gerichts-
mediziners, dass der Junge nur einen Stich aufweise, der
mit einem sehr scharfen Gegenstand ausgeführt worden
sei, wahrscheinlich einem Messer.

»Mit was für einem Messer?«, fragte Erlendur.

»Die Klinge dürfte ziemlich breit gewesen sein und wohl
auch ziemlich dick, aber mit sehr scharfer Schneide«, erklärte der Chef der Spurensicherung. »Es ist keineswegs
gesagt, dass der Stich viel Kraft gekostet haben muss. Der
Junge könnte am Boden gelegen haben, als er erfolgte. Der
Anorak ist hinten dreckig, und er ist auch zerrissen. Da er
relativ neu ist, kann das womöglich bedeuten, dass es zu
einem Kampf gekommen ist. Er hat wohl versucht, sich zu
wehren. Das kann einen nicht überraschen, aber die einzige Verletzung ist dieser Messerstich, der nach Angaben
des Arztes in die Leber eingedrungen ist. Der Blutverlust
führte zum Tod.«

»Du gehst davon aus, dass keine große Kraftanstrengung notwendig war, um mit dem Messer so tief einzudringen?«

»Wäre denkbar.«

»Es könnte sich also auch um ein Kind oder einen Jugendlichen handeln, einen Gleichaltrigen womöglich?«

»Schwer zu sagen. Fest steht, dass es eine extrem scharfe Waffe war.«

»Und der Zeitpunkt des Todes?«

»Gemessen an der Körpertemperatur ist der Tod etwa eine Stunde zuvor eingetreten, also eine Stunde, bevor er gefunden wurde. Darüber solltest du mit dem Gerichtsmediziner reden.«

»Offensichtlich ist er also von der Schule aus direkt nach Hause gegangen.«

»Es hat den Anschein.«

Erlendur nahm wieder in dem Sessel gegenüber von den Geschwistern aus Thailand Platz. Guðný setzte sich neben sie auf das Sofa. Erlendur gab die Informationen, die er erhalten hatte, an die Dolmetscherin weiter. Sunee hörte schweigend zu. Sie hatte aufgehört zu weinen. Ihr Bruder warf eine Bemerkung ein, und sie sprachen eine ganze Weile halblaut miteinander.

»Worüber reden sie?«, fragte Erlendur.

»Der Anorak war heil, als er heute Morgen aus dem Haus ging. Er war nicht neu, aber er war völlig in Ordnung.«

»Es ist bestimmt zu einer handgreiflichen Auseinandersetzung gekommen«, sagte Erlendur. »Ich kann noch nichts dazu sagen, ob dieser Überfall auf Elías etwas mit Ausländerfeindlichkeit zu tun hat. Soweit ich weiß, gibt es an der Schule etwa dreißig Kinder ausländischer Herkunft. Wir müssen uns mit seinen Freunden unterhalten und mit allen anderen, zu denen er Kontakt hatte. Das gilt auch für seinen Bruder. Ich weiß, wie schwierig das ist, aber es wäre gut, wenn Sunee eine Liste mit den Namen der Klassenkameraden für uns zusammenstellen könnte. Falls sie sich nicht an die Namen erinnern kann, sollte sie uns etwas über diese Freunde sagen, wie alt sie sind oder so etwas, wo sie wohnen. Die Zeit drängt, ich hoffe, sie versteht das.«

»Kannst du dir vielleicht vorstellen, wie sie sich fühlt?«, fragte die Dolmetscherin unterkühlt.

»Ich habe so eine leise Ahnung«, erklärte Erlendur.

Elínborg klopfte an die Tür einer der Wohnungen im Erdgeschoss von Sunees Treppenaufgang. Die Tür öffnete sich, und ein uniformierter Polizist nahm sie in Empfang. Eine Zeugin, die sich bei ihnen gemeldet hatte, saß in ihrem Wohnzimmer und erwartete Elínborg. Die Frau, eine Witwe mit drei erwachsenen Kindern, war etwa fünfundsechzig Jahre alt und hieß Fanney. Sie hatte Kaffee für den Polizeibeamten gekocht, der sich zurückzog, als Elínborg eintraf. Die Frauen setzten sich mit einer Tasse Kaffee ins Wohnzimmer.

»Es ist einfach grauenvoll!«, sagte die Frau seufzend. »Und so etwas geschieht hier in unserem Haus! Wo soll das bloß noch enden?«

Die Wohnung lag im Dunkeln, und außer dem Licht in der Küche brannte nur im Wohnzimmer eine kleine Lampe. Der Grundriss war derselbe wie der von Sunees Wohnung, aber diese war mit dickem Teppichboden und grünen Tapeten im Flur und im Wohnzimmer ausgestattet.

»Kennst du diese Jungen?«, fragte Elínborg. »Die beiden Brüder?«

Sie war gezwungen, ohne Umschweife auf das Wesentliche zu sprechen zu kommen, denn die nächsten Aufgaben warteten bereits auf sie. Die Zeit drängte, und es galt, schnell zu sein, ohne dabei etwas zu übersehen.

»Ja, ein bisschen«, sagte Fanney. »Elías war ein reizender Junge. Sein Bruder war etwas unzugänglicher, aber er war auch ein sehr lieber Bursche.«

»Du hast gesagt, dass du ihn heute tagsüber gesehen hast«, sagte Elínborg, die versuchte, nicht zu erschöpft zu klingen. Ihre Tochter lag zu Hause mit Erbrechen und Fieber im Bett, und sie hatte in der Nacht zuvor wenig Schlaf bekommen. Eigentlich hatte sie nur auf einen Sprung im Dezernat vorbeischauen wollen, aber das änderte sich schlagartig, als die Meldung vom Tod des Jungen eintraf.

»Ich unterhalte mich manchmal draußen im Treppenhaus mit Sunee«, sagte Fanney, als hätte sie Elínborgs Frage nicht gehört. »Sie wohnen noch nicht lange hier. Es ist bestimmt sehr schwierig für sie so allein. Sunee muss sehr viel arbeiten, die Löhne sind ja weiß Gott nicht hoch hierzulande.«

»Wo war der Junge, als du ihn heute gesehen hast?«, fragte Elínborg.

»Hinter der Apotheke«, sagte Fanney.

»Wann war das?«, fragte Elínborg. »War er allein? Ist er in die Apotheke gegangen?«

»Ich bin so gegen zwei mit dem Bus aus der Stadt gekommen«, erklärte Fanney. »Auf dem Nachhauseweg komme ich an der Apotheke vorbei, und da habe ich ihn gesehen. Er war nicht allein, und er war nicht auf dem Weg in die Apotheke. Er war zusammen mit ein paar Kameraden, wahrscheinlich aus der Schule.«

»Und was haben sie da gemacht?«

»Nichts. Sie lungerten da bloß herum.«

»Hinter der Apotheke?«

»Ja. Man sieht gut in die Passage hinein, wenn man da vorbeigeht.«

»Wie viele Jungen waren es?«

»Fünf oder sechs. Ich weiß aber nicht, wer sie waren, ich habe sie nie zuvor gesehen.«

»Du bist dir da sicher?«

»Auf jeden Fall nicht so, dass sie mir aufgefallen wären«, sagte Fanney, während sie die leere Kaffeetasse abstellte.

»Waren sie im gleichen Alter wie Niran?«

»Ja, sie waren wohl im gleichen Alter. Auch dunkel.«

»Aber du hast sie nicht gekannt?«

»Nein.«

»Du bist also mit Sunee bekannt, hast du gesagt?«

»Ja.«

»Hast du in letzter Zeit mit ihr gesprochen?«

»Ja, vor ein paar Tagen. Ich habe sie hier draußen im Treppenhaus getroffen. Da kam sie gerade von der Arbeit zurück und war fix und fertig. Sie hat mir einiges über Thailand erzählt, sie spricht eine ganz einfache Sprache. Das ist gut.«

»Und was erzählt sie dir so?«

»Ich habe sie einmal gefragt, was das Schwierigste daran sei, hier in Island zu leben oder von Thailand nach hier zu ziehen, und sie hat geantwortet, dass die isländische Gesellschaft ziemlich in sich geschlossen sei im Vergleich zur thailändischen, wo alles viel persönlicher und offener sei. Dort reden alle mit allen, und Leute, die sich überhaupt nicht kennen, diskutieren problemlos über alles Mögliche miteinander. Wenn man draußen auf dem Bürgersteig sitzt und etwas isst, hat man keine Hemmungen, einem Fremden etwas anzubieten.«

»Das Wetter ist wohl auch etwas anders«, sagte Elínborg.

»Ja. In diesem herrlichen Klima sind die Menschen ziemlich viel draußen. Wir hingegen leben den größten Teil des Jahres innerhalb unserer eigenen vier Wände und in unserer eigenen Welt. Hier trifft man überall auf verschlossene Türen, nimm hier nur diesen Treppenaufgang. Ich sage nicht, ob das gut oder schlecht ist, aber es ist anders, das sind zwei ganz verschiedene Welten. Wenn man Sunee kennenlernt, hat man das Gefühl, dass das Leben in Thailand viel geruhsamer und entspannter ist. Ob ich wohl zu ihr nach oben gehen kann?«

»Du solltest vielleicht ein oder zwei Tage damit warten, sie weiß im Augenblick nicht, wo ihr der Kopf steht.«

»Die arme Frau«, sagte Fanney. »Dann ist jetzt wohl nichts mehr mit *sanuk, sanuk*.«

»Was meinst du damit?«

»Sie hat mir ein wenig Thailändisch beigebracht, wie *sanuk, sanuk*. Sie hat gesagt, es sei typisch für die Thailänder. Es bedeutet einfach, Spaß am Leben zu haben, etwas zu machen, was lustig und angenehm ist. Das Leben genießen! Sie hat mir auch das Begrüßungswort *bainai* beigebracht, aber das hat eine ganz andere Bedeutung. *Bainai* bedeutet nicht in unserem Sinne »Guten Tag«, sondern »Wohin des Wegs«, und ist gleichermaßen ein Gruß wie auch eine freundliche Frage. In dieser Frage verbirgt sich Wertschätzung. Thailänder haben Achtung vor ihren Mitmenschen.«

»Ihr seid also ziemlich gut miteinander bekannt.«

»Das kann man vielleicht so ausdrücken. Aber sie sagt mir nicht alles, die Gute.«

»Was meinst du damit?«

»Man sollte vielleicht so etwas nicht ausposaunen, aber ...«

»Aber was?«

»Sie hat Besuch bekommen.«

»Wir bekommen doch alle Besuche«, entgegnete Elínborg.

»Ja, sicher. Nein, ich habe überlegt, ob da ein Freund im Spiel ist oder so etwas. Das ist so mein Gefühl.«

»Hast du ihn gesehen?«

»Nein, aber ich hatte diesen Verdacht schon im letzten Sommer und jetzt auch wieder während des Winters. Das waren solche Besuche, du weißt, spätabends.«

»Und sonst nichts?«

»Nein, sonst nichts. Ich habe sie auch nie danach gefragt.«

»Du meinst damit aber nicht ihren früheren Ehemann?«

»Nein«, erklärte Fanney, »der kommt zu anderen Zeiten.«

Elínborg bedankte sich bei ihr für die Hilfe und verabschiedete sich. Sie holte ihr Handy aus der Tasche, wählte eine Nummer und war bereits im Hausflur, als die Verbindung zu Sigurður Óli zustande kam. Sie informierte ihn über die Gruppe von Jungen bei der Apotheke.

»Es könnten Schulkameraden gewesen sein«, sagte Elínborg, während sie rasch die paar Stufen hinunterging. »Er könnte zu Hause bei einem von denen sein. Sie schienen im gleichen Alter zu sein.«

»Ich glaube, Erlendur versucht, eine Liste der Freunde der beiden Jungen zu bekommen«, sagte Sigurður Óli. »Ich bin auf dem Weg zur Klassenlehrerin des Jüngeren. Sie heißt Agnes. Ich werde sie nach der Apotheke fragen, ob sie weiß, was es damit auf sich hat. Vielleicht sollten wir uns auch mit den Leuten in der Apotheke in Verbindung setzen, um in Erfahrung zu bringen, ob die Jungen häufig da herumgehangen haben.«

»Vielleicht hat sie noch offen«, sagte Elínborg. »Ich checke das.«

Nachdem Sigurður Óli das Gespräch mit Elínborg beendet hatte, nahm er im Laufschritt die Stufen zum Eingang eines Dreifamilienhauses in der Nähe der Schule. Elías' Lehrerin Agnes wohnte im ersten Stock und kam selber zur Tür. Er kannte sie von einem Bild, das er in der Schule gesehen hatte. Sie musterte Sigurður Óli in seinem dunklen Anzug, weißen Hemd und schwarzen Mantel, mit kurzen, korrekt geschnittenen Haaren und akkurat gebundenem Krawattenknoten eingehend und schnitt ihm das Wort ab, als er sich vorstellen wollte.

»Nein, danke«, sagte sie lächelnd. »Ich glaube an keinen Gott«, erklärte sie und machte ihm die Tür vor der Nase zu.

Sigurður Óli stand eine Weile verblüfft vor der Tür und klingelte dann noch einmal.

»Du hast wohl noch nichts gehört, oder?«, sagte er ernst, als die Frau die Tür wieder öffnete.

»Was gehört?«

»Ich bin von der Kriminalpolizei. Einer von deinen Schülern ist vor seinem Haus tot aufgefunden worden. Es hat den Anschein, als sei er erstochen worden.«

Die Miene der Frau war ein einziges Fragezeichen. »Was sagst du da«, sagte sie erschrocken, »erstochen? Wer?«

»Elías«, sagte Sigurður Óli.

»Elías?!«

Sigurður Óli nickte.

»Das glaube ich nicht! Wie denn? Warum denn? Was ... was redest du da eigentlich?«

»Darf ich vielleicht hereinkommen?«, fragte Sigurður Óli. »Wir brauchen Informationen über seine Klasse, seine Freunde und mit wem er Umgang hatte, ob er in der Schule Probleme hatte, ob er Feinde hatte. Es wäre hervorragend, wenn du uns weiterhelfen könntest. Wir stehen unter Zeitdruck. Je eher wir die Informationen erhalten, desto besser. Es ist mir sehr unangenehm, so bei dir hereinzuschneien, aber ...«

»Ich ... ich habe geglaubt, du wärst von irgendeiner Sekte«, stöhnte Agnes. »Du siehst so ...«

»Könnten wir uns vielleicht einen Augenblick hinsetzen?«

»Entschuldige«, sagte Agnes, »bitte sehr.«

Sie öffnete die Tür für Sigurður Óli, der eintrat. Aus dem kleinen Flur mit Spiegel konnte er in die Küche sehen, wo die Familie beim Abendessen saß. Drei Kinder, zwei Jungen und ein Mädchen, sahen ihn neugierig an, und der Vater stand auf, um ihn zu begrüßen. Agnes nahm ihren Mann beiseite, erklärte ihm leise diesen unerwarteten Besuch und führte Sigurður Óli anschließend in das Arbeitszimmer der Eheleute.

»Was ist mit dem Jungen passiert?«, fragte sie, nachdem sie die Tür hinter sich zugemacht hatte. »Ist er überfallen worden?«

»Es sieht so aus.«

»Großer Gott, das ist ... Der arme Junge. Wer bringt so etwas fertig?«

»Kannst du dir vorstellen, dass irgendjemand in der Schule oder in der Klasse ihm etwas Böses wollte?«

»Ganz und gar nicht«, erklärte Agnes. »Elías war ein besonders lieber Junge, und meiner Meinung nach mochten ihn alle. Und er war ein guter Schüler. Warum willst du das mit der Schule in Verbindung bringen? Habt ihr da irgendwelche Hinweise?«

»Nein, nichts«, antwortete Sigurður Óli unbeirrt. »Irgendwo müssen wir bloß anfangen. Du hast nicht bemerkt, dass er irgendwie gemobbt worden ist? Es ist nichts vorgefallen, was man mit diesem Angriff in Verbindung bringen könnte? Nichts, was dich beunruhigt hat?«

»Gar nichts«, entgegnete Agnes. »In unserer Schule ist meines Wissens nichts vorgefallen, was dazu hätte führen können. Nichts.«

Sie seufzte tief.

»Hast du etwas von einer Gruppe Jungen gehört, die bei der

Apotheke hier im Viertel herumlungern? Wahrscheinlich Freunde des Bruders, möglicherweise Zuwandererkinder?«

»Nein, darüber habe ich nichts gehört. Wie geht es der Mutter? Die arme Frau. Ich muss sie besuchen. Ich weiß gar nicht, was ich ihr sagen soll.«

»Soweit ich weiß, hält sie sich tapfer, den Umständen entsprechend«, sagte Sigurður Óli. »Kennst du sie, oder weißt du etwas über sie?«

»Das kann man eigentlich nicht sagen«, erwiderte Agnes. »Sie hat Probleme mit dem Isländischen, und deswegen wurde immer eine weitere Person als Betreuerin für die Brüder hinzugezogen, eine sehr nette Frau, Guðný heißt sie. Das kommt gar nicht so selten vor, wenn wir besseren Kontakt zu den Schülern und ihren Eltern bekommen wollen. Sie stammen aus Kroatien, aus Vietnam, sie kommen von den Philippinen und aus Polen. Katholiken, Moslems und Hindus. Ich habe Elías' Mutter ein paarmal getroffen, eine sehr liebenswürdige Frau. Es muss sehr schwierig für sie sein, dass sie völlig alleinstehend ist.«

»Wie sind diese Zuwanderer integriert?«, fragte Sigurður Óli. »Schaffen sie es, sich anzupassen?«

»Wir verwenden heutzutage lieber die Bezeichnung ›Kinder oder Leute mit Migrationshintergrund‹«, erklärte Agnes. »Einige brauchen länger als andere, um sich anzupassen. Am besten läuft es bei denen, die Isländisch verstehen und sprechen, die hier geboren sind, sie sind natürlich dann Isländer. Wie Elías. Mit Niran ist das eine andere Sache. Du weißt, dass sie Halbbrüder sind?«

»Ja«, entgegnete Sigurður Óli. Erlendur hatte ihm mitgeteilt, was er von der Dolmetscherin erfahren hatte. »Was ist mit Niran?«

»Darüber müsstest du eigentlich mit seinem Klassenlehrer

reden«, sagte Agnes. »Solche Kinder in halbwüchsigem Alter, die hierherkommen und die Sprache nicht beherrschen, haben schon manchmal Probleme.«

»Zu denen gehört also Niran«, sagte Sigurður Óli.

»Ja. Im Grunde genommen darf ich nicht so über betroffene Schüler reden, aber dies ist natürlich ein Sonderfall. Er scheint kaum Interesse daran zu haben, Isländisch zu lernen, bei ihm hapert es schon beim Lesen, und er versteht nicht sonderlich viel. Es ist ja auch schwer für die armen Kinder, Isländisch zu lernen, weil die Sprachen so unterschiedlich sind. Im Thailändischen ändert sich die Bedeutung der Wörter je nach der Tonhöhe. Isländisch ist da ganz anders.«

»Du hast gesagt, dass Elías ein guter Schüler war«, sagte Sigurður Óli.

»Das war er«, sagte Agnes. »Seine Mutter Sunee weiß, was sie will. Ihre Jungen sollen eine Ausbildung bekommen. Intelligent sind die beiden, auch wenn sie ansonsten sehr verschieden sind.«

»Inwiefern verschieden?«

»Elías kenne ich natürlich sehr viel besser«, erklärte Agnes, »aber ich habe auch seinen Bruder manchmal unterrichtet. Elías mochte wie gesagt jeder gern, er war gutherzig und immer freundlich zu allen. Allerdings hatte ich trotzdem nicht das Gefühl, dass der arme Kleine viele Freunde hatte.«

»Sie sind erst vor Kurzem hier in dieses Viertel gezogen«, sagte Sigurður Óli.

»Sein Bruder ist ganz anders als er«, sagte Agnes.

»Inwiefern anders?«

»Ich kenne ihn wie gesagt zwar nicht sehr gut, aber ich habe das Gefühl, dass er aus sehr viel härterem Holz geschnitzt ist. Er hat keine Angst, den Mund aufzumachen und sich zu wehren, und er ist stolz auf seine Abstammung, stolz darauf, ein Thai zu sein. Das findet man nicht häufig bei diesen Kindern oder ganz generell bei einem Kind. Sie scheinen nur ganz wenig über ihre Herkunft und Geschichte zu wissen. Ich habe das einmal gespürt, als ich eine Vertretungsstunde in seiner Klasse gab. Da hat er über seinen Urgroßvater geredet. Niran hat große Hochachtung vor ihm und all seinen Verwandten in Thailand.«

Sunees direkter Nachbar auf derselben Etage war ein Mann um die siebzig, der allein lebte. Er sagte aus, dass er keine Nachrichten gehört hätte und äußerst überrascht gewesen wäre, als er beim Nachhausekommen die Streifenwagen und die hektische Betriebsamkeit bemerkte. Es hatte ein wenig Ärger mit den Polizeibeamten am Hauseingang gegeben, denen er Rede und Antwort stehen musste, wer er war und wo er wohnte, und er hatte etwas gegen Ausfragerei dieser Art. Die Polizisten verweigerten jegliche Auskunft darüber, was vorgefallen war. Er war deswegen immer noch ziemlich aufgebracht, als er oben auf seiner Etage ankam. Dort wurde er von Erlendur in Empfang genommen, der sich als Mitarbeiter der Kriminalpolizei auswies.

»Was zum Kuckuck geht hier eigentlich vor?«, fragte der Mann kurzatmig vom Treppensteigen. In der Hand hielt er eine Einkaufstüte. Er war mittelgroß und trug einen abgewetzten Anzug und eine Krawatte, die zu nichts passte, und darüber einen grünen Anorak. Auf Erlendur machte er einen ungepflegten Eindruck, wie so viele alleinstehende Männer, mit denen er zu tun hatte. Der Mann war schlank, hatte Geheimratsecken und ziemlich große, vorspringende Augen, schmale Augenbrauen und eine hohe, intelligente Stirn.

Erlendur erklärte ihm die Zusammenhänge und sah, dass der Mann sichtlich erschrocken reagierte.

»Elías!«, stöhnte er und warf einen Blick auf Sunees Tür. »Was sagst du da? Der arme Junge! Wer hat das getan? Hat man den Täter bereits gefunden?«

Erlendur schüttelte den Kopf.

»Kennst du die Leute gut?«, fragte er.

»Ich kann es nicht fassen, all die Polizeiautos ... und das wegen Elías ... Was ist mit seiner Mutter? Die arme Frau, ihr muss es entsetzlich gehen!«

»Sie sind deine direkten Nachbarn gewesen, seit ...«, sagte Erlendur.

»Wer bringt so etwas fertig?«

»Du musst sie doch gekannt haben«, sagte Erlendur.

»Was? Ja, doch, natürlich habe ich sie gekannt. Elías ist manchmal für mich ins Geschäft gelaufen, ein äußerst liebenswürdiger Junge. Der hat die ganzen Treppen in null Komma nichts geschafft. Ich kann es einfach nicht glauben.«

»Ich muss dir ein paar Fragen stellen, wenn du nichts dagegen hast«, sagte Erlendur. »Als ihrem nächsten Nachbarn.«

»Mir?«

»Es dauert nicht lange.«

»Dann komm herein«, sagte der Mann und zog ein Schlüsselbund hervor. Als er Licht in der Wohnung gemacht hatte, bemerkte Erlendur einen großen Bücherschrank, eine alte Polstergarnitur und einen verschlissenen Teppich. An zwei Wänden im Wohnzimmer klebte eine weiße Raufasertapete, die an einigen Stellen Blasen hatte und angegilbt war. Der Mann, der dem kupfernen Türschild zufolge Gestur hieß, schloss die Tür hinter ihnen und bot Erlendur einen Platz auf dem Sofa an. Nachdem er sich den Winteranorak ausgezogen, die Plastiktüte in der Küche abgestellt und

Kaffee aufgesetzt hatte, nahm er Erlendur gegenüber in einen Sessel Platz.

»Was kannst du über Sunee und ihre beiden Jungen sagen?«, fragte Erlendur.

»Nur Gutes. Die Mutter ist ausgesprochen tüchtig, das muss sie ja auch sein, alleinstehend, wie sie ist. Die Jungen sind immer ausnehmend höflich zu mir gewesen. Elías hat kleine Botengänge für mich gemacht, und Niran ... Wo ist Niran? Wie hat er darauf reagiert?«, fragte Gestur, der in Sorge zu sein schien.

Erlendur zögerte.

»Er ist doch hoffentlich nicht auch angegriffen worden?«, stöhnte Gestur.

»Nein«, entgegnete Erlendur, »aber wir wissen nicht, wo er ist. Hast du eine Ahnung ...«

»Wo er sein könnte? Nein, ich habe keine Ahnung.«

Erlendur war ernsthaft besorgt wegen des älteren Bruders, aber tun konnte man wenig, außer hoffen, dass er bald nach Hause kommen oder gefunden werden würde. Es schien ihm noch zu früh, Nirans Foto an die Medien weiterzugeben.

»Hoffentlich trödelt er nur irgendwo herum«, sagte er.

»Wie standen die beiden Brüder zueinander?«

»Er hat sehr zu Niran aufgeschaut, Elías, meine ich. Ich glaube, er hat seinen Bruder vergöttert. Er hat sehr viel über ihn gesprochen. Wie Niran alle Computerspiele beherrscht und wie gut er Fußball spielen kann, und wie er ihn mitnahm, wenn er mit seinen Freunden ins Kino gegangen ist, obwohl alle viel älter waren. In Elías' Augen wusste Niran alles und konnte alles. Sie waren so verschieden, wie Brüder nur sein können. Elías freundet sich schnell mit anderen an, aber Niran ist sehr viel zurückhaltender und misstrauischer. Aber hochintelligent.

Er beobachtet alles sehr genau und reagiert blitzschnell. Er verlässt sich nicht auf den ersten Eindruck, er ist sehr argwöhnisch.«

»Du scheinst die beiden ganz gut zu kennen.«

»Elías ist ein bisschen einsam, der arme Junge. Er fühlte sich dort, wo sie früher gewohnt haben, wohler. Die Mutter kommt oft spät von der Arbeit nach Hause, und dann hat sich Elías oft ganz allein hier im Treppenhaus herumgetrieben oder unten im Keller in den Abstellräumen und den winkligen Gängen.«

»Und Sunee?«

»Wir könnten mehr von solchen tüchtigen Frauen gebrauchen. Sunee sorgt vorbildlich für sich und ihre Jungen. Ich bewundere sie.«

»Ist sie ganz auf sich selbst angewiesen?«

»Soweit ich weiß, ja. Ihr früherer Ehemann kümmert sich meines Wissens kaum um sie.«

»Hatte Elías Verbindung zu anderen hier im Haus?«

»Ich glaube nicht. Die Leute hier haben kaum Kontakt zueinander, es sind alles Mietwohnungen, und du weißt, was es für Typen gibt, die auf den Mietmarkt angewiesen sind. Dauernd wechseln die Mieter, Singles und Paare und alleinstehende Mütter wie Sunee, aber auch alleinerziehende Väter, Studenten. Einige werden rausgeworfen, andere wiederum bezahlen immer pünktlich die Miete.«

»Jemand besitzt also diesen ganzen Block?«

»Zumindest diesen Treppenaufgang, wahrscheinlich irgend so ein Spekulant, könnte ich mir vorstellen. Als ich die Wohnung gemietet habe, hat eine Frau von einem Maklerbüro sich darum gekümmert und mir eine Kontonummer gegeben. Falls irgendetwas ist, setze ich mich mit dem Maklerbüro in Verbindung.«

»Ist die Miete hoch?«

»Für Sunee ja, könnte ich mir vorstellen, es sei denn, sie hat einen anderen Mietvertrag als ich.«

Erlendur stand auf. Der Kaffee in der Kaffeemaschine stand unangerührt in der Küche, und der Duft durchzog die ganze Wohnung. Gestur stand ebenfalls auf, ohne ihm Kaffee anzubieten. Erlendur spähte in den dunklen Flur. In der Tür befand sich knapp oberhalb des Namensschilds ein Spion. Wenn man durch ihn hindurchblickte, sah man die Eingangstür zu Sunees Wohnung. Erlendur blickte Gestur in die Augen und bedankte sich.

*Fünf*

Wieder klingelte Erlendurs Handy. Die Nummer, die auf dem Display erschien, kannte er nicht, aber er wusste gleich, wer es war, als er die Stimme hörte.

»Stör ich dich?«, fragte Eva Lind.

»Nein«, sagte Erlendur, der lange nichts von seiner Tochter gehört hatte.

»Ich hab das mit dem Jungen im Fernsehen gesehen«, sagte Eva. »Ist das dein Fall?«

»Ja, es ist mein Fall und der von anderen. Von uns allen, denke ich.«

»Weißt du schon, wie es passiert ist?«

»Nein, wir wissen bisher nur sehr wenig.«

»Das ist ... das ist entsetzlich.«

»Ja.«

Eva verstummte.

»Alles in Ordnung bei dir?«, fragte Erlendur nach einer Weile.

»Ich würde dich gern treffen.«

»Dann tu das. Komm einfach bei mir vorbei.«

Eva schwieg wieder eine Weile.

»Ist sie nicht immer da?«, fragte sie schließlich.

»Wer?«

»Diese Frau, mit der du zusammen bist.«

»Valgerður? Nein, nur manchmal.«

»Ich will mich nicht aufdrängen.«

»Das tust du auch nicht.«

»Seid ihr zusammen?«

»Wir sind gut befreundet.«

»Ist sie nett?«

»Valgerður ist …« Erlendur zögerte. »Was meinst du mit ›nett‹?«

»Netter als Mama?«

»Ich glaube …«

»Sie muss ja besser als Mama sein, wenn du dich mit ihr abgibst. Und bestimmt besser als ich.«

»Sie ist nicht besser als andere«, sagte Erlendur. »Ich stelle keine Vergleiche zwischen euch an. Das solltest du auch nicht tun.«

»Ist das nicht die erste Frau, mit der du zusammen bist, seitdem du uns verlassen hast? Die muss ja was zu bieten haben.«

»Du solltest sie einmal treffen.«

»Ich möchte dich treffen.«

»Dann mach das.«

»Ciao.«

Eva legte auf.

Erlendur verstaute das Handy in der Tasche.

Vor zwei Tagen hatten er und Valgerður sich getroffen. Sie war spätabends zu ihm gekommen. Er hatte ihr ein Glas Chartreuse eingeschenkt, und sie stießen darauf an, dass Valgerður sich einen Rechtsanwalt genommen und offiziell die Scheidung eingereicht hatte.

Valgerður arbeitete als medizinisch-technische Assistentin im Nationalkrankenhaus. Erlendur hatte sie bei einer Mordermittlung kennengelernt. Es stellte sich heraus, dass sie privat Probleme hatte. Sie war mit einem Arzt verheiratet, der sie mehrere Male betrogen hatte. Und sie hatte ihn schließlich verlassen. Sie und Erlendur waren übereingekommen, nichts zu überstürzen. Sie waren nicht zusammengezogen, denn Valgerður wollte nach einer langen Ehe eine Weile für sich sein, und es war Jahre her, seit Erlendur mit einer Frau zusammengelebt hatte. Es bestand auch kein Grund zur Eile. Erlendur hatte nichts dagegen, allein zu sein. Manchmal rief sie ihn an, wenn sie zu Besuch kommen wollte. Manchmal trafen sie sich in einem Restaurant. Sie hatte es einmal geschafft, ihn mit ins Theater zu schleifen, irgendwas von Ibsen. Schon eine Viertelstunde nach Beginn des Stücks konnte er sich nicht mehr wach halten und nickte ein. Sie versuchte, ihn anzustoßen, aber es nutzte nichts. Er verschlief fast das ganze Stück bis zur Pause, deswegen beschlossen sie, nach Hause zu gehen. »All diese gekünstelte Dramatik sagt mir gar nichts«, sagte er entschuldigend. »Das Theater ist auch eine Art von Realität«, widersprach sie. »Das ist aber nichts im Vergleich zu dieser hier«, sagte er und reichte ihr den zweiten Band der *Erlebnisse berittener Postboten*. Erlendur hatte ihr einige seiner Bücher ausgeliehen, die von Katastrophen in Eis und Schnee und tragischen Menschenschicksalen handelten. Zuerst war sie nicht sonderlich davon angetan gewesen, aber je mehr sie von diesen Erzählungen las, desto spannender fand sie sie, nicht zuletzt, weil sie Erlendurs brennendes Interesse an diesem Stoff spürte.

»Der Rechtsanwalt ist der Ansicht, dass jedem die Hälfte des Besitzes zusteht«, sagte sie und nippte am Likör.

»Sehr gut«, sagte Erlendur. Er wusste, dass sie in einem großen Einfamilienhaus in der Nähe der katholischen Kirche gewohnt hatten, und hatte überlegt, wer von ihnen das Haus behalten würde. Er fragte, ob es eine Rolle für sie spiele.

»Nein«, erklärte sie. »Das Haus war ihm immer sehr viel wichtiger als mir. Soweit ich weiß, hat er sich auch eine neue Frau zugelegt.«

»Tatsächlich?«

»Eine aus dem Krankenhaus, eine junge Krankenschwester.«

»Kannst du dir vorstellen, dass man eine gute, aufrichtige Beziehung aufbauen kann, wenn beide Partner vorher fremdgegangen sind?«, fragte er, denn er war in Gedanken bei einem Vermisstenfall, den er bearbeitete.

»Ich nicht«, sagte Valgerður. »Es war doch er, der mich ständig betrogen hat, und zwar mit sämtlichen Frauen, die lange genug stillgestanden haben.«

»Ich spreche nicht über dich, sondern über einen Fall, den ich gerade bearbeite.«

»Die vermisste Frau?«

»Ja.«

»Sind sie beide fremdgegangen?«

Erlendur nickte. Er besprach nur ganz selten mit Außenstehenden die Fälle, die er gerade bearbeitete. Bei Valgerður machte eine Ausnahme, bei Eva Lind ebenfalls.

»Ich weiß es nicht«, antwortete Valgerður. »Es ist bestimmt schwierig, wenn beide sich unter solchen Umständen von ihren Partnern getrennt haben. Irgendwie muss das doch Auswirkungen haben.«

»Und warum sollte das gleiche Problem nicht wieder auftreten?«, fragte Erlendur.

»Du darfst aber die Liebe nicht ganz außer Acht lassen.«

»Die Liebe?«

»Du darfst die Liebe nicht unterschätzen. Manchmal sind beide Partner bereit, alles für eine neue Beziehung zu opfern. Vielleicht ist das die wahre Liebe.«

»Ja, aber was ist, wenn der eine Partner diese wahre Liebe in regelmäßigen Abständen neu findet?«, fragte Erlendur.

»Ist sie gegangen, weil er sie betrogen hat? Hat er wieder damit angefangen?«

»Ich weiß es nicht«, sagte Erlendur.

»Hat sich deine Frau scheiden lassen, weil du fremdgegangen bist?«

Die Frage überraschte ihn, und er musste unwillkürlich lächeln. »Nein«, sagte er. »Ich habe keine Ahnung, wie man so etwas betreibt. Fremdgehen ist, wenn man sich den Ausdruck anschaut, anscheinend etwas, was man betreibt. So ähnlich wie Hobbys oder Sport.«

»Du ziehst also in Erwägung, dass der Mann das Vertrauen dieser Frau missbraucht hat?«

Erlendur zuckte mit den Achseln.

»Weswegen ist sie auf einmal spurlos verschwunden?«

»Das ist genau die Frage.«

»Ihr habt sonst nichts herausgefunden?«

»Im Grunde genommen nicht.«

Valgerður schwieg eine Weile.

»Wie kannst du nur diesen Chartreuse trinken?«, hatte sie anschließend gefragt und eine Grimasse gezogen.

»Eine Marotte von mir«, antwortete er lächelnd.

Als Erlendur in Sunees Wohnung zurückkehrte, war ihre ehemalige Schwiegermutter eingetroffen, eine schlanke und agile Frau um die sechzig. Sie war die Treppe hinaufgeeilt und hatte Sunee, die sie auf dem Treppenabsatz erwartete, in die Arme genommen. Sunee schien froh zu sein, Elías' Großmutter bei sich zu haben. Erlendur hatte den Eindruck, als hätten sie ein gutes Verhältnis zueinander. Elías' Vater hatte man immer noch nicht erreicht. Er war weder zu Hause noch auf seinem Handy zu erreichen. Sunee glaubte, dass er vor Kurzem den Arbeitsplatz gewechselt hatte, wusste aber nicht, wie die Firma hieß, bei der er jetzt beschäftigt war.

Während die Frau halblaut mit Sunee spach, standen der

Bruder und die Dolmetscherin abseits. Erlendur betrachtete den roten Lampenschirm mit dem gelben Drachen. Er schien sich um einen kleinen Hund zu winden, aber Erlendur konnte nicht erkennen, ob der Hund dadurch beschützt oder bedroht wurde.

»Was für ein Schicksalsschlag«, stöhnte die Frau und sah zur Dolmetscherin hin, die sie zu kennen schien. »Wer kann denn so etwas getan haben?«

Sunee sagte etwas zu ihrem Bruder, und sie gingen gemeinsam mit Guðný in die Küche.

Die Frau warf Erlendur einen Blick zu.

»Und wer bist du?«, fragte sie.

Erlendur sagte, wer er war. Die Frau stellte sich als Sigríður vor. Sie wollte von Erlendur bis ins kleinste Detail wissen, was vorgefallen war, was die Polizei unternehme, ob es schon Mutmaßungen gebe und ob man schon irgendwelche Anhaltspunkte habe. Erlendur gab ihr, so gut er konnte, Auskunft, hatte aber nur sehr wenig zu berichten. Das schien sie zu irritieren, weil sie den Verdacht hegte, Erlendur wolle ihr Informationen vorenthalten. Als sie das andeutete, versicherte er ihr, dass das keineswegs der Fall war, die Ermittlung habe gerade erst begonnen, und sie hätten noch nicht viel in der Hand.

»Nicht viel in der Hand! Ein zehnjäriger Junge wird erstochen, und du sagst, ihr habt nichts in der Hand?«

»Mein aufrichtiges Beileid wegen des Jungen«, sagte Erlendur. »Wir tun selbstverständlich alles in unserer Macht Stehende, um herauszufinden, was passiert ist, und um den Schuldigen zu finden.«

Es war nicht das erste Mal, dass er sich in einer derartigen Situation befand und sich als Eindringling in die Privatsphäre von Menschen fühlte, die von tiefer Trauer wie gelähmt waren, weil etwas passiert war, das für sie vollkommen unverständlich und unerträglich war. Er kannte die Verweigerung und den Zorn. Das Geschehene war so überwältigend, dass es ihnen unmöglich war, den Tatsachen ins Auge zu sehen. Der Verstand suchte nach irgendwelchen Auswegen, um den Schmerz zu lindern – als könne man noch etwas ändern.

Erlendur war dieses Gefühl seit seiner Kindheit vertraut, als er und sein jüngerer Bruder Bergur sich in einem Unwetter verirrt hatten. Eine Zeit lang bestand durchaus Hoffnung, den Bruder irgendwo im Schnee vergraben zu finden, genau wie er selbst gefunden worden war, und diese Hoffnung ließ die Leute nicht in ihren Versuchen ermüden, auch als das Schicksal des Bruders längst besiegelt gewesen war. Seine Leiche wurde nie gefunden. Als die Hoffnung mit jedem Tag geringer wurde und im Lauf der nächsten Wochen und Monate erloschen war, trat eine Art gefühlsmäßiger Taubheit an ihre Stelle. Einigen gelang es, sie von sich abzuhalten. Andere, wie Erlendur, kultivierten dieses Gefühl und machten den Schmerz zu ihrem Lebensgefährten.

Er wusste, dass es in diesem Augenblick das Wichtigste war, Niran, den älteren Bruder, zu finden. Er hoffte, dass der Junge bald nach Hause zurückkehren würde und womöglich etwas Licht in den Fall bringen könnte. Je mehr Zeit verstrich, ohne dass er sich blicken ließ, desto wahrscheinlicher wurde es nach Erlendurs Meinung, dass sein Verschwinden etwas mit dem Mord an dem kleinen Jungen zu tun hatte.

Im schlimmsten Fall konnte aber auch Niran etwas zugestoßen sein, doch diesen Gedanken mochte er nicht zu Ende denken.

»Kann ich euch mit irgendetwas behilflich sein?«, fragte Sigríður.

»Hat sich der ältere Bruder bei dir gemeldet?«, fragte Erlendur.

»Niran? Nein. Seine Mutter macht sich große Sorgen seinetwegen.«

»Wir tun, was wir können«, sagte Erlendur.

»Denkt ihr, dass ihm auch etwas passiert ist?«, fragte Sigríður entsetzt.

»Ich glaube nicht«, erklärte Erlendur.

»Er muss nach Hause kommen«, sagte Sigríður. »Sunee muss ihn hier bei sich haben.«

»Er wird schon wieder auftauchen«, entgegnete Erlendur ruhig. »Hast du eine Vorstellung, wo er wohl sein könnte? Er hätte schon längst aus der Schule zu Hause sein müssen. Seine Mutter sagt, dass er heute kein Fußballtrainung oder etwas anderes vorhatte.«

»Ich habe keine Ahnung, wo er sein könnte«, sagte Sigríður. »Zu ihm habe ich nicht so viel Verbindung.«

»Was ist mit seinen alten Freunden aus der Zeit, als sie in der Snorrabraut wohnten?«, fragte Erlendur. »Könnte er bei denen sein?«

»Darüber weiß ich nichts.«

»Verstanden sich Niran und Elías gut?«, fragte Erlendur.

»Ja, das taten sie.«

»Sie wohnen noch nicht lange hier?«

»Nein, sie sind im vergangenen Frühjahr von der Snorrabraut hierhergezogen. Die Jungen mussten im Herbst die Schule wechseln. Ich glaube, das ist sehr schwierig für sie gewesen, zuerst die Scheidung und dann auch noch in ein ganz anderes Viertel umzuziehen, in eine neue Schule zu gehen.«

»Ich muss auch mit deinem Sohn sprechen«, sagte Erlendur.

»Ich auch«, sagte Sigríður. »Er arbeitet bei einem neuen

Bauunternehmen, aber an den Namen erinnere ich mich nicht.«

»Wenn ich es richtig verstanden habe, war Sunee nicht die erste ausländische Frau, mit der er verheiratet war.«

»Ich verstehe den Jungen nicht«, sagte Sigríður. »Ich habe nie begriffen, was in ihm vorgeht. Du hast vollkommen recht, Sunee war seine zweite Frau aus Thailand.«

»Und zwischen den Brüdern bestand wirklich ein gutes Verhältnis?«, fragte Erlendur vorsichtig.

»Ein gutes Verhältnis? Natürlich, was denn sonst? Worauf willst du eigentlich hinaus, selbstverständlich war das Verhältnis zwischen den beiden gut.«

Sie ging einen Schritt auf Erlendur zu.

»Geht ihr etwa davon aus, dass er es getan hat?«, flüsterte sie. »Glaubst du, dass Niran so über seinen Bruder hergefallen ist? Seid ihr völlig verrückt?«

»Auf keinen Fall«, erwiderte Erlendur. »Ich ...«

»Das wäre wohl eine wunderbare Lösung?«, sagte Sigríður höhnisch.

»Missversteh mich bitte nicht«, sagte Erlendur.

»Missverstehen! Ich missverstehe nichts«, zischte Sigríður mit zusammengebissenen Zähnen. »Du denkst wohl, dass es sich einfach nur um Thais handelt, die sich gegenseitig massakrieren? Wäre das nicht am allereinfachsten für dich und deinesgleichen? Das sind doch bloß Thais! Das geht uns gar nichts an. Ist es nicht das, was du sagen willst?«

Erlendur zögerte. Vielleicht war es zu früh, die nächsten Angehörigen nach dem Verhältnis zwischen den Brüdern zu befragen. Seine Fragen durften auf gar keinen Fall zu irgendwelchen Verdächtigungen führen und den Zorn und die Verzweiflung der Angehörigen noch vergrößern.

66

»Ich bitte um Entschuldigung, wenn ich etwas dergleichen angedeutet haben sollte«, sagte Erlendur ruhig. »Für uns ist aber das Allerwichtigste, die Wahrheit herauszufinden, wie unangenehm sie auch immer sein mag. Für mich kommt es nicht in Betracht, dass der ältere Bruder etwas damit zu tun haben könnte, aber je früher wir ihn finden, desto besser ist es für alle Beteiligten.«

»Niran wird sicher bald nach Hause kommen«, entgegnete Sigríður.

»Könnte er bei seinem früheren Stiefvater sein?«

»Das glaube ich nicht. Sie hatten kein gutes Verhältnis zueinander. Mein Sohn ...«

Sigríður hielt inne. Erlendur wartete geduldig.

»Ach, ich weiß nicht«, seufzte sie.

Sigríður erzählte ihm, dass sie bis vor Kurzem auf dem Land gewohnt habe und nur ein paarmal im Jahr nach Reykjavík gekommen sei. Sie besuchte immer die Familie ihres Sohns und übernachtete manchmal bei ihnen in der Wohnung an der Snorrabraut, obwohl sie klein war. Sie merkte es ihrem Sohn an, dass er sich nicht wohlfühlte, und obwohl Sunee sich nie beklagte, spürte sie, dass in der Ehe etwas nicht stimmte. Es war um die Zeit gewesen, als Sunee gestand, dass sie einen Sohn in Thailand hatte und ihn nach Island holen wollte.

Óðinn hatte seiner Mutter nicht erzählt, wie er Sunee kennengelernt hatte. Bevor sie ins Spiel kam, war er mit einer anderen Thailänderin verheiratet gewesen, die ihn nach drei Jahren verließ. Die hatte er aber nie persönlich kennengelernt, bevor er sie nach Island kommen ließ, sondern nur ein Bild von ihr gesehen. Sie hatte eine Aufenthaltsgenehmigung für einen Monat, und sie heirateten zwei Wochen nach ihrer Ankunft. Sie hatte alle notwendigen Papiere für eine gültige Eheschließung dabeigehabt.

»Sie ist dann später nach Dänemark gegangen«, sagte Sigríður. »Wahrscheinlich ist sie bloß hierhergekommen, um
sich einen isländischen Pass zu verschaffen.«

Als Nächstes erfuhr Sigríður, dass Óðinn Sunee kennengelernt und sie geheiratet hatte. Sunee und sie verstanden
sich auf Anhieb sehr gut, obwohl Sigríður nach dem, was
vorausgegangen war, zunächst recht skeptisch war, als sie
von der neuen Schwiegertochter hörte, und Zweifel hegte,
ob diese Verbindung halten würde. Sie bemühte sich aber
trotzdem, die Vorurteile beiseitezuschieben, und atmete auf, als sie Sunee die Hand schüttelte, denn sie spürte
gleich, aus welchem Holz sie geschnitzt war. Es dauerte
nicht lange, bis Sunee die heruntergekommene Wohnung
an der Snorrabraut in ein ordentliches und schönes Zuhause mit asiatischem Flair verwandelt hatte. Sie verschönerte
die Wohnung mit Sachen, die sie mitgebracht hatte oder
sich schicken ließ, Buddha-Statuen, Bilder und andere
schöne Gegenstände.

Obwohl Sigríður zu dieser Zeit nur sporadisch nach Reykjavík kam, versuchte sie, Sunee die Eingewöhnung in das
Leben in Island zu erleichtern. Ihre Schwiegertochter verstand die Sprache nicht und tat sich sehr schwer damit,
Isländisch zu lernen. Sie sprach auch nur wenig Englisch.
Sigríður wusste, dass ihr Sohn menschenscheu und zurückhaltend war und nicht viele Freunde hatte, die Sunee
helfen konnten, sich an die neuen Lebensumstände und
eine völlig andere Gesellschaft zu gewöhnen. Nach und
nach lernte Sunee zwar andere thailändische Frauen
kennen, die ihr halfen, sich zurechtzufinden, aber abgesehen von der Schwiegermutter hatte sie keine isländische
Freundin.

Sigríður bewunderte Sunee dafür, wie bereitwillig sie sich
mit Dunkelheit und Kälte und fremder Umgebung abfand.

»Man muss sich einfach dicker anziehen«, sagte sie nur, lächelnd und alles von der positiven Seite sehend. Der Sohn hatte einiges dagegen einzuwenden, dass seine Mutter sich ständig einmischte. Es kam zu einem Streit, als sie herausfand, dass er sich darüber ärgerte, dass Sunee Thailändisch mit dem kleinen Elías sprach, obwohl sie angefangen hatte, selber etwas Isländisch zu sprechen. »Ich weiß überhaupt nicht, was sie mit dem Jungen redet«, beklagte sich Óðinn bei seiner Mutter. »Er soll Isländisch reden, er ist ein Isländer! Das ist am besten für ihn, für seine Zukunft.«

Sigríður sagte, sie habe später herausgefunden, dass er mit seiner Ansicht nicht allein stand. Manche isländischen Ehemänner hatten ihren asiatischen Frauen sogar verboten, mit ihren Kindern in ihrer Muttersprache zu sprechen, weil sie selber die Sprache nicht verstanden. Wenn die Mutter schlecht oder gar kein Isländisch sprach, behinderte das die Sprachentwicklung der Kinder, was natürlich Einfluss auf die schulischen Leistungen hatte. Das galt in gewissem Sinne auch für Elías, der zwar sehr gut in Mathematik war, aber in Fächern wie Rechtschreiben und Isländisch weitaus schlechter stand.

Óðinn weigerte sich, mit seiner Mutter über die Scheidung zu sprechen, und hörte nicht auf sie, wenn sie von seinen Pflichten sprach.

»Das Ganze war ein Fehler«, sagte er nur, »ich hätte sie nie heiraten sollen!«

Sigríður war zu diesem Zeitpunkt bereits nach Reykjavík gezogen und stand in engem Kontakt mit Sunee und Elías, die sie als ihre Familie betrachtete. Sogar Niran, der sich sehr fremd fühlte, kam gut mit ihr aus, obwohl er sich kaum mit ihr unterhalten konnte. Sie versuchte, ihren Sohn dazu zu bewegen, Sunee bei der Scheidung das zu bezahlen, was ihr zustand, unter anderem einen Anteil an der Wohnung, aber er weigerte sich mit der Begründung, dass er die Wohnung besessen habe, bevor er Sunee kennengelernt hatte. Elías besuchte manchmal seine Großmutter und durfte bei ihr übernachten, er war ein lieber und guter Junge, der alles für seine Oma tun wollte.

Niran verstand sich von Anfang an nicht mit seinem Stiefvater und hatte darüber hinaus große Schwierigkeiten, sich in Island einzuleben. Er war neun Jahre alt, als er von Sunees jüngerem Bruder Virote nach Island gebracht wurde. Virote blieb in Island, bekam Arbeit in der Fischverarbeitung und träumte davon, ein Thai-Restaurant zu eröffnen.

»Niran hat Óðinn nie als seinen Vater akzeptiert, verständlicherweise«, sagte Sigríður. »Sie hatten nicht das Geringste gemeinsam.«

»Wer ist Nirans Vater?«, warf Erlendur ein.

Sigríður zuckte mit den Achseln. »Ich habe nie danach gefragt«, sagte sie.

»Es muss schwierig sein für einen Jungen, in diesem Alter und unter diesen Umständen nach Island zu kommen.«

»Natürlich war es sehr schwierig«, sagte Sigríður. »Und ist es noch. Er hat Probleme in der Schule und ist ein Außenseiter in der isländischen Gesellschaft.«

»Es gibt noch andere Jungen wie ihn«, sagte Erlendur. »Sie suchen Schutz beieinander, weil sie einen gemeinsamen Hintergrund haben. Es kommt immer wieder zu Auseinandersetzungen zwischen ihnen und isländischen Jugendlichen im gleichen Alter, allerdings kommt es relativ selten vor und ist meist auch recht harmlos. Wir stellen aber fest, dass immer häufiger Waffen wie Schlagringe und Messer verwendet werden.«

»Niran ist kein schlechter Junge«, sagte Sigríður, »aber ich weiß, dass Sunee sich seinetwegen Sorgen macht. Er war immer gut zu seinem Bruder. Sie hatten ein ganz besonders harmonisches Verhältnis zueinander. Darauf hat Sunee geachtet.«

Guðný kam aus der Küche zu ihnen.

»Sunee will sich auf den Weg machen und Niran suchen«, sagte sie. »Ich begleite sie.«

»Selbstverständlich«, sagte Erlendur. »Trotzdem hielte ich es für besser, noch etwas länger zu warten, ob er sich nicht doch einfindet.«

»Ich werde hierbleiben, falls er kommt«, erklärte Sigríður.

»Sunee kann nicht hier herumsitzen und warten«, sagte die Dolmetscherin. »Sie muss hinaus. Sie muss etwas unternehmen.«

»Das verstehe ich gut«, sagte Erlendur.

Sunee stand bereits im Korridor und zog sich einen dicken Anorak an. Die Tür zum Kinderzimmer stand offen, und sie schaute hinüber, ging zur Tür und sagte etwas. Guðný und Erlendur traten näher.

»Er hat etwas geträumt«, übersetzte die Dolmetscherin. »Als Elías heute Morgen aufgewacht ist, hat er ihr erzählt, was er heute Nacht geträumt hatte. Ein kleiner Vogel war zu ihm gekommen, und Elías hat ein Vogelhäuschen für ihn gezimmert.«

Sunee stand in der Tür zum Kinderzimmer und sprach zu Guðný.

»Er war ein bisschen böse auf seine Mama«, sagte die Dolmetscherin.

Sunee blickte Erlendur an und erzählte weiter.

»Er fühlte sich wohl in seinem Traum, denn er hatte einen Freund gefunden«, sagte die Dolmetscherin. »Er war ein bisschen böse, dass sie ihn geweckt hat. Elías hätte gern noch länger geträumt.«

Sunee rief sich diesen letzten Morgen mit Elías in Erinnerung. Er lag im Bett und versuchte, sich an den Traum mit dem Vogel zu klammern, während er sich in seinem zu klein gewordenen Pyjama unter das zu kleine Oberbett kuschelte. Die dünnen Beinchen schauten aus der Schlafanzughose hervor. Er lag auf der Seite und starrte im Dunkeln auf die Wand. Sie hatte Licht im Zimmer gemacht, aber er streckte die Hand nach dem Schalter aus und knipste es wieder aus. Sein Bruder war schon in der Küche. Sunee war bereits zu spät dran und fand ihr Portemonnaie nicht. Sie rief ihm zu, er müsse jetzt aufstehen. Sie wusste, wie gern er noch ein wenig länger unter dem warmen Oberbett liegen blieb, besonders wenn der Morgen kalt und dunkel war und ihn ein langer Schultag erwartete.

»Es ist wichtig, dass wir mit seinen Freunden sprechen«, sagte Erlendur, als Guðný Sunees Worte übersetzt hatte.

Sunee sah wieder in das Zimmer der Jungen.

»Hatte er viele Freunde?«, fragte Erlendur, und die Dolmetscherin wiederholte seine Frage auf Thailändisch.

»Ich glaube nicht, dass er hier in dem neuen Viertel viele Freunde hatte«, antwortete Sunee.

»Er hat davon geträumt«, sagte Erlendur.

»Er hat geträumt, einen guten Freund gefunden zu haben«, dolmetschte Guðný weiter. »Ich habe ihn geweckt, und er lag noch eine ganze Weile im Bett, bevor er endlich in die Küche kam. Ich war schon auf dem Weg nach draußen, als er endlich erschien, und ich hatte ihm mehrmals zugerufen, er müsse sich beeilen. Niran hatte bereits gefrühstückt und wartete auf ihn. Sie sind meist zusammen zur Schule gegangen. Irgendwann hatte Niran keine Lust mehr zu warten, und ich musste los.«

Sunee holte tief Luft.

»Ich konnte mich nicht einmal richtig von ihm verabschieden. Es war das Letzte, was ich ihn sagen hörte.«

»Was?«, fragte Erlendur und blickte unverwandt auf die Dolmetscherin.

Sunee sagte etwas. Sie sprach so leise, dass Guðný sich zu ihr herunterbeugen musste. Als sie sich wieder aufrichtete, übersetzte sie das Letzte, was Elías zu seiner Mutter gesagt hatte, bevor sie sich eilig auf den Weg zur Arbeit machte.

»Ich wollte, ich wäre nicht aufgewacht.«

*Sechs*

Erlendur erhielt die Mitteilung, dass man endlich Elías' Vater erreicht habe. Er hatte darum gebeten, seinen Sohn im Leichenschauhaus am Barónsstígur sehen zu können. Jetzt saß er in Erlendurs Büro im Hauptdezernat an der Hverfisgata und wartete auf ihn. Erlendur hatte sich von Sunee, ihrem Bruder und der Dolmetscherin vor dem Haus verabschiedet. Zwei Polizisten begleiteten sie auf der Suche nach Niran. Sigríður war in der Wohnung geblieben. Erlendur glaubte, dass er im Augenblick keine weiteren Informationen von Elías' Mutter bekommen konnte. Offensichtlich hatte sie nicht die geringste Ahnung, warum ihr Sohn überfallen worden war und weshalb Niran nicht nach Hause kam. Genauso wenig wusste sie, wo er sich im Augenblick aufhielt. Da sie noch nicht lange in diesem Viertel wohnten, kannte sie seine Freunde nur flüchtig, und die neue Wohngegend war ihr noch nicht vertraut. Erlendur verstand gut, weshalb sie nicht zu Hause bleiben und die weitere Entwicklung abwarten wollte. Die gesamte Polizei in Reykjavík fahndete nach Niran. Die Fotos von ihm waren an alle Reviere weitergeleitet worden. Er konnte in Gefahr sein. Er konnte aber auch auf der Flucht sein. Das Wichtigste war, ihn so schnell wie möglich zu finden.

Elínborg setzte sich mit Erlendur in Verbindung und berichtete ihm, dass sie mit den Angestellten in der Apotheke gesprochen habe, in deren Nähe Niran und seine Freunde manchmal herumlungerten, aber dort wusste man nichts von irgendwelchen Jungen. Ihnen war nicht aufgefallen, dass sich eine Gruppe Jugendlicher regelmäßig hinter dem Haus traf, und die Angestellten fielen aus allen Wolken, als Elínborg genauer nachhakte und sagte, dort würden sich dauernd alle möglichen Kinder aus der Schule herumtreiben. Die Wände seien beschmiert, und in dem kleinen Hinterhof wimmele es von Kippen. Elínborg sagte Erlendur, sie würde sich als Nächstes die Klassenkameraden von Elías vornehmen.

»Übrigens hat eine Mitbewohnerin im Haus, Fanney heißt sie, erwähnt, dass Sunee Besuch bekommen hat.«

»Was für Besuch?«

»Das war ziemlich unklar. Sie glaubt, dass Sunee vielleicht Männerbesuch bekam.«

»Ein Liebhaber?«

»Möglich, aber sie weiß es nicht genau und hat niemanden gesehen. Sie hat bloß das Gefühl. Seit dem letzten Sommer.«

»Wir müssen Sunee danach fragen«, sagte Erlendur. »Lass ihr Telefon überprüfen, wer bei ihr angerufen hat und wen sie angerufen hat.«

»In Ordnung.«

Das Handy klingelte wieder, als Erlendur auf den Parkplatz beim Dezernat einbog. Es war Valgerður, die die Nachricht von dem Mord gehört hatte und schockiert war. Eigentlich waren sie für diesen Abend verabredet gewesen, aber Erlendur sagte, dass daraus vermutlich nichts werden würde. Sie antwortete, dass es nicht so schlimm sei.

»Habt ihr eine Ahnung, was sich da abgespielt hat?«, fragte sie besorgt.

»Nicht die geringste«, antwortete Erlendur.

»Ich will dich nicht aufhalten, wir reden später miteinander«, sagte sie und verabschiedete sich.

Erlendur zog den Mantel eng um sich und beeilte sich, ins Haus zu kommen. Dabei ging ihm durch den Kopf, dass Niran es bei diesem Nordwind kaum lange draußen aushalten konnte. Der eisige, trockene Sturm war schneidend. Als er hochschaute, sah er einen frostbleichen Mond.

In der Eingangshalle war ein Mann mittleren Alters, der ziemlich erregt dem wachhabenden Beamten erklärte, dass sein Auto demoliert worden war. Der Mann beschwerte sich über die Polizei, dass ihnen so etwas egal sei, als ob es kein Verbrechen wäre, Schäden in Höhe von etlichen Tausenden zu verursachen. Erlendur bekam in der Eile nicht genau mit, um was es genau ging, aber es hörte sich so an, als sei das Auto zerkratzt worden.

Elías' Vater saß mit hängendem Kopf in Erlendurs Büro, ein schlanker Mann um die fünfzig mit Halbglatze, aber einigen Haarbüscheln über der Stirn. Seine Bartstoppeln waren ein paar Tage alt. Er hatte einen sehr kleinen Mund, aber große, vorspringende Zähne, was ihn etwas grobschlächtig aussehen ließ. Er stand auf, als Erlendur das Zimmer betrat, und sie begrüßten sich.

»Óðinn«, stellte sich der Mann mit leiser Stimme vor. Seine roten Augen verrieten, dass er geweint hatte.

Erlendur hängte seinen Mantel auf einen Bügel und setzte sich an seinen Schreibtisch. »Mein aufrichtiges Beileid wegen des Jungen«, sagte er. »Es gibt wohl kaum Worte für so eine Tragödie.«

Daraufhin schwieg er eine Weile und betrachtete den Mann. Óðinn hatte der Polizei gegenüber ausgesagt, dass er allein in seiner Wohnung an der Snorrabraut lebte. Auf dem Weg ins Büro hatte Erlendur erfahren, dass er völlig geschockt war, als die Polizei auftauchte und er die Nach-

richt von Elías' Tod erhielt. Er trug abgewetzte Jeans und
eine dünne, helle Windjacke und hatte einen Schal in den
Farben eines ausländischen Fußballvereins um den Hals
gewickelt.

»Hast du eine Ahnung, wo sich dein Stiefsohn aufhalten
könnte?«, fragte Erlendur.

»Niran? Was ist mit ihm?«

»Wir können ihn nicht finden. Er ist nicht nach Hause gekommen.«

»Ich habe keine Ahnung«, sagte der Mann. »Ich habe …« Er
brach den Satz ab.

»Ja?«, sagte Erlendur.

»Nichts«, sagte der Mann.

»Wann hast du zuletzt Verbindung zu deiner Familie gehabt?«

»Ich sehe sie ab und zu. Wir sind geschieden, wie du vielleicht weißt.«

»Du hast keine Idee, was da heute bei den Brüdern passiert
sein könnte?«

»Ich … Das ist furchtbar, ganz einfach furchtbar … Ich hätte
nie geglaubt, dass so was hierzulande passieren könnte.
Ein Kind zu überfallen!«

»Was glaubst du, was vorgefallen ist?«

»Liegt das nicht auf der Hand? Ist das nicht ein klarer Fall
von Rassismus? Gibt es etwa eine andere Erklärung dafür,
ein Kind zu überfallen?«

»Noch wissen wir keineswegs, was vorgefallen ist«, sagte
Erlendur. »Du hast also nicht vor Kurzem mit den Jungen
gesprochen oder sie getroffen?«

»Nein. Ich bin neulich mit Elías ins Kino gegangen. Zu
Niran hatte ich nie eine richtige Verbindung.«

»Und du kannst dir nicht vorstellen, was passiert sein
könnte?«

Óðinn schüttelte den Kopf.

»Geht ihr davon aus, dass Niran auch etwas passiert ist?«

»Das wissen wir nicht, es wird nach ihm gefahndet. Fällt dir vielleicht irgendetwas dazu ein?«

»Wo er sein könnte? Nein, gar nichts. Mir fällt gar nichts ein.«

»Sunee ist nach der Scheidung ausgezogen«, sagte Erlendur. »Die Jungen scheinen sich in dem neuen Viertel nicht besonders gut zurechtgefunden zu haben. Wusstest du darüber Bescheid?«

Óðinn antwortete nicht gleich.

»Hast du nicht gewusst, dass es Probleme gab?«

»Ich habe kaum noch Verbindung zu Sunee«, antwortete Óðinn schließlich. »Das war alles vorbei.«

»Ich frage ja auch nach den beiden Jungen«, sagte Erlendur. »Vor allem nach deinem Sohn.«

Óðinn schwieg.

»Elías hing immer sehr viel mehr an seiner Mutter«, sagte er schließlich. »Wir haben uns oft über seine Erziehung gestritten, aber da hat sie sich immer durchgesetzt. Sie hat sogar einen thailändischen Namen für Elías gehabt, sie hat ihn selten Elías genannt.«

»Sie ist weit weg von ihrer Heimat. Sie klammert sich an etwas, was sie in ihrem neuen Land mit der Vergangenheit verbindet«, sagte Erlendur.

Óðinn sah ihn stumm an.

»Deine Mutter hält große Stücke auf sie. Ich habe den Eindruck, dass die beiden sich gut verstehen. Sie kam sofort zu Sunee, als sie die Nachricht gehört hat.«

»Sie hatten immer einen guten Draht zueinander.«

»Wenn ich richtig verstanden habe, war Sunee deine zweite thailändische Frau?«

»Ja«, sagte Óðinn.

»Soweit ich weiß, warst du nicht sehr davon angetan, als Sunee gestand, einen älteren Sohn zu haben, den sie nach Island holen wollte«, sagte Erlendur.

»Geahnt hatte ich das schon«, sagte Óðinn. »Es hat mich nicht überrascht, obwohl sie mir gegenüber behauptet hat, sie sei alleinstehend. Und dann wollte sie Niran bei sich haben.«

»Wie fandest du das?«

»Ich war dagegen, dass der Junge kam, aber ich habe trotzdem nichts gesagt. Habe mich da rausgehalten und sie gewähren lassen.«

»Du hast dich aber nicht sofort von ihr scheiden lassen?«

»Sunee war ganz in Ordnung«, sagte Óðinn.

»In der Zeit, seit sie hier ist, hat sie nicht besonders viel Isländisch gelernt«, sagte Erlendur.

»Nein«, bestätigte Óðinn.

»Hast du ihr dabei geholfen?«

»Wieso fragst du danach? Was hat das mit dieser Sache zu tun? Solltest du dich nicht eher darauf konzentrieren, den ausfindig zu machen, der das getan hat, anstatt mir idiotische Fragen zu stellen, die überhaupt nichts mit der Sache zu tun haben? Was sollen diese Fragen?«

»Dein Sohn ist sehr wahrscheinlich heute Nachmittag angegriffen worden«, sagte Erlendur. »Wo warst du zu dem Zeitpunkt?«

»Bei der Arbeit«, erwiderte Óðinn. »Ich war auch bei der Arbeit, als die Polizei kam. Glaubst du etwa, ich hätte meinen eigenen Sohn umgebracht? Du hast sie wohl nicht mehr alle.«

Er sagte das, ohne die Stimme zu erheben und ohne in Erregung zu geraten, als sei die Unterstellung ganz einfach zu absurd, um sich aufzuregen.

»Die Erfahrung lehrt uns, dass oft die Familie damit zu

tun hat, wenn so etwas passiert«, antwortete Erlendur mit ausdrucksloser Miene. »Es ist nichts Unnatürliches an der Frage, wo du tagsüber warst.«

Óðinn schwieg.

»Gibt es Leute bei dir am Arbeitsplatz, die bestätigen können, wo du warst?«

»Ja, zwei. Ich finde es einfach unglaublich, dass ihr denkt, ich hätte etwas damit zu tun!«

»Das ist unsere Arbeit«, sagte Erlendur. »Vieles von dem, womit ich in Berührung komme, ist unglaublicher als das.«

»Willst du damit andeuten, dass ich den Jungen überfallen habe, um mich an Sunee zu rächen?«

Erlendur antwortete mit einem Achselzucken.

»Du spinnst wohl!«

»Bleib sitzen«, sagte Erlendur, als Óðinn aufsprang. »Wir müssen ganz einfach alle Möglichkeiten durchgehen. Weshalb solltest du Sunee etwas heimzahlen wollen?«

»Was meinst du eigentlich damit? Ich will ihr gar nichts heimzahlen!«

»Ich habe keinen Grund genannt«, konstatierte Erlendur, »sondern du. Du hast es selber gesagt.«

»Ich habe nichts dergleichen gesagt.«

Erlendur schwieg.

»Du versuchst, mich zu verunsichern«, sagte Óðinn und war jetzt sichtlich erregt. »Du willst mich dazu bringen, etwas zu sagen, was ich nicht sagen sollte. Du spielst irgendein Spiel mit mir!«

»Ich habe nur wiederholt, was du selber gesagt hast.«

»Verflucht noch mal!«, schrie Óðinn und trat gegen den Schreibtisch. Erlendur saß mit vor der Brust verschränkten Armen zurückgelehnt auf seinem Stuhl und sah ihn einfach nur an.

»Niemals würde ich meinem Sohn etwas antun!«, schrie Óðinn. »Niemals!«

Erlendur rührte sich nicht.

»Hast du schon mit ihrem Liebhaber gesprochen?«, fragte Óðinn.

»Liebhaber?«

»Hat sie dir nicht von ihm erzählt?«

»Wer ist er, dieser Liebhaber von Sunee?«

Óðinn schwieg und starrte Erlendur an, der sich wieder vorbeugte.

»Ist er der Grund dafür, dass du dich hast scheiden lassen?«, fragte Erlendur vorsichtig.

»Nein. Ich hab es erst neulich erfahren.«

»Was?«

»Dass sie sich mit jemandem trifft.«

*Sieben*

Elínborg stand bei einem von Elías' Klassenkameraden. Ihr
war kein Platz angeboten worden. Sie befanden sich in der
Küche, und der Vater des Jungen saß neben ihm. Außerdem saßen noch die Schwester und der jüngere Bruder mit
am Tisch. Die Mutter war zur Tür gekommen, als Elínborg
klingelte, und hatte sie widerstrebend hereingelassen. Die
Familie wohnte in einem kleinen Reihenhaus nicht weit
von dem Wohnblock, in dem Elías und Niran lebten. Elínborg hatte sie beim Abendessen gestört. Außer ihr waren
auch noch andere Kriminalbeamte unterwegs, um die Familien zu befragen, deren Kinder möglicherweise Kontakt
zu Elías gehabt hatten.
Elínborg entschuldigte sich ein ums andere Mal. Die Mutter erklärte, die Nachricht im Fernsehen gesehen zu haben.
Sie war schockiert. Der Vater zeigte keine besondere Reaktion, genauso wenig die Kinder.
Elínborg sah auf die Teller, Spaghetti mit Hackfleisch. Der
Geruch nach gebratenem Fleisch, vermischt mit Basilikum und Ketchup, durchzog das ganze Haus. Sie musste
an den leeren Kühlschrank bei sich zu Hause denken. Sie
war seit ewigen Zeiten nicht mehr zum Einkaufen gekommen.
»Zum Geburtstag von Biggi war er hier«, sagte die Mutter,
die am Tisch stand. »Wir wollten alle in der Klasse einladen. Ich fand, dass er ein außergewöhnlich liebens-

würdiger Junge war. Ich begreife einfach nicht, was passiert ist. Es hieß, er sei erstochen worden, so als hätte es jemand darauf abgesehen gehabt, ihm etwas anzutun. Es hörte sich so an, als sei er vorsätzlich angegriffen worden. Stimmt das?«

»Wir tappen noch im Dunkeln«, erklärte Elínborg. »Wir stehen mit den Ermittlungen erst am Anfang. Ich habe die Nachrichten nicht gesehen, aber ich bezweifle, dass sie diese Information von der Kriminalpolizei erhalten haben. Wir wissen im Augenblick noch sehr wenig. Deswegen würde ich mich gern ein bisschen mit dir unterhalten, Biggi«, sagte sie und wandte sich an den Jungen.

Biggi schaute sie mit großen Augen an.

»Du warst doch mit ihm befreundet, oder nicht?«, fragte Elínborg.

»Eigentlich nicht«, sagte Biggi. »Er war in meiner Klasse, aber ...«

»Biggi kennt ihn nicht besonders gut«, fiel ihm seine Mutter ins Wort und lächelte verlegen.

»Ich verstehe«, sagte Elínborg.

Der Vater saß schweigend am Küchentisch. Der Teller mit den Spaghetti stand vor ihm, aber es widerstrebte ihm offensichtlich, im Beisein der Kriminalbeamtin zu essen. Die Kinder hatten angefangen, sich die Nudeln reinzustopfen. Elínborg bekam deutlich zu spüren, dass sie den Hausfrieden störte.

»Hast du manchmal mit ihm gespielt?«, fragte sie.

»Ich glaube nicht, dass Biggi viel mit ihm gespielt hat«, erklärte der Vater.

Er war schlank und hatte ein hageres Gesicht mit dunklen Ringen unter den Augen. Sein Bart war einige Tage alt. Er trug eine blaue Latzhose, deren Oberteil er abgestreift hatte, als er sich an den Küchentisch setzte. Die Hände sahen abgearbeitet aus. Gesicht und Haare waren mit etwas bedeckt, was Elínborg für Zementstaub hielt, und daraus schloss sie unwillkürlich, dass er Maurer war.

»Ich hätte gern ...«, sagte Elínborg.

»Ich hätte gern in Frieden mit meiner Familie zu Abend gegessen«, sagte der Mann, »falls du nichts dagegen hast.«

»Das weiß ich«, sagte Elínborg, »und ich bitte nochmals um Entschuldigung für die Störung. Ich hätte nur gern Biggi ein paar Fragen gestellt, denn wir müssen so schnell wie möglich an Informationen herankommen. Es dauert gar nicht lange.«

»Das kannst du doch auch später machen«, erklärte der Vater.

Er schien Elínborg mit seinen Blicken durchbohren zu wollen. Seine Frau stand am Tisch und schwieg, und die Kinder schaufelten das Essen in sich hinein. Biggi sah Elínborg an, während er einige Nudeln aufsaugte.

»Weißt du, ob Elías allein war, als er von der Schule nach Hause ging?«, fragte Elínborg.

Biggi schüttelte mit vollem Mund den Kopf.

Der Mann schaute seine Frau an.

»Ich glaube nicht, dass es irgendetwas mit Birgir zu tun hat«, sagte er.

»Er war wirklich nett, dieser Junge, höflich und gut erzogen«, sagte die Frau. »Und er war der Einzige, der sich nach der Geburtstagsfeier bedankt hat, und er hat auch nicht so herumgetobt wie die anderen Jungen.«

Sie blickte zu ihrem Mann, während sie das sagte, als würde sie sich dafür entschuldigen, Elías zur Geburtstagsparty ihres Sohnes eingeladen zu haben. Elínborg ließ ihre Blicke von den Eltern zu den Kindern wandern, die aufgehört hatten zu essen und ängstlich auf ihre Eltern starrten. Sie spürten, dass sich ein Streit anbahnte.

»Wann war der Geburtstag?«, fragte Elínborg, indem sie sich der Mutter zuwandte.

»Vor drei Wochen.«

»Also kurz vor Weihnachten? War es nicht ein gelungenes Fest?«

»Ja, alles hat prima geklappt, nicht wahr, Biggi?«, fragte die Frau und sah ihren Sohn an. Den Blicken ihres Mannes wich sie aus.

Biggi nickte zustimmend, schaute dabei aber seinen Vater an und wusste nicht genau, ob er das sagen durfte, was er sagen wollte.

»Würdest du uns jetzt bitte in Ruhe lassen«, sagte der Mann und stand auf. »Wir möchten essen.«

»Hast du Elías gesehen, als er zur Geburtstagsfeier kam?«

»Ich arbeite achtzehn Stunden am Tag«, erklärte der Mann.

»Er ist nie zu Hause«, warf die Frau ein. »Es besteht kein Grund, so abweisend zu ihr zu sein«, wies sie ihren Mann zurecht und warf ihm einen Blick aus den Augenwinkeln zu.

»Hast du etwas gegen Ausländer?«

»Ich habe nichts gegen diese Leute«, sagte der Mann. »Unser Birgir kannte diesen Jungen gar nicht, und sie waren nicht befreundet. Wir können dir nicht weiterhelfen. Würdest du uns jetzt bitte in Ruhe lassen!«

»Selbstverständlich«, sagte Elínborg, während sie auf den Spaghettiteller blickte. Sie zögerte noch einen Augenblick, gab dann aber auf und verließ das Haus.


»Es war ein ganz normaler Tag in der Schule«, sagte Elías' Klassenlehrerin Agnes zu Sigurður Óli. »Das kann ich, glaube ich, sagen. Außer, dass ich ihm einen anderen Platz zugewiesen habe. Das habe ich schon eine ganze Zeit vorgehabt, aber erst heute Morgen gemacht.«

Sie saßen immer noch im Arbeitszimmer in Agnes' Wohnung. Sie hatte eine Zigarette aus einer Schublade gefischt. Sigurður Óli beobachtete, wie sie verstohlen zur Tür blickte, sich direkt ans Fenster setzte und den Rauch hinausblies. Es war ihm unverständlich, weshalb sich Menschen unbedingt mit Rauchen umbringen wollten, denn er war überzeugt, dass Rauchen schädlicher war als irgendetwas anderes auf der Welt. Darüber hielt er manchmal Vorträge im Dezernat, von denen Erlendur als Raucher keinerlei Notiz nahm. Nur einmal hatte er ihm entgegnet, dass nichts auf der Welt schädlicher sei als starrköpfige Asketen wie Sigurður Óli.

»Elías kam etwas zu spät«, sagte Agnes. »Das kam nicht häufig vor bei ihm, obwohl er manchmal etwas herumgetrödelt hat. Er verließ das Klassenzimmer oft als Letzter und holte als Letzter die Bücher aus dem Schulranzen und so. Er war mit seinen Gedanken immer ganz woanders. Er war so eine Art ›Stewardess‹.« Agnes deutete mit den Fingern Anführungszeichen an.

»Stewardess?«

»So nennt Vilhjálmur, unser Sportlehrer, sie. Er stammt von den Westmännerinseln.«

Sigurður Óli sah sie verständnislos an.

»Damit meint er die Kinder, die nach dem Sport als Letzte den Umkleideraum verlassen.«

»Du hast ihn umgesetzt?«, fragte Sigurður Óli, der keine Ahnung hatte, was das mit den Stewardessen und den Westmännerinseln sollte.

»Das ist durchaus üblich«, antwortete Agnes. »Und es geschieht aus den unterschiedlichsten Gründen. Ich habe es nur indirekt seinetwegen getan. Elías war in Mathematik besonders gut, er war nicht nur allen anderen in der Klasse weit voraus, sondern auch in dem gesamten Jahrgang der

Beste. Der Junge, der neben ihm saß, der arme Birgir oder Biggi, wie er genannt wird, tut sich hingegen schwer damit zu kapieren, wieso zwei plus zwei vier ist.«

Agnes blickte Sigurður Óli an. »So sollte man eigentlich nicht reden«, erklärte sie verlegen. »Aber wie dem auch sei: Biggis Mutter kam zu mir und hat mir gesagt, dass der Junge oft darüber klagt, dass er ein Versager ist und dass er nichts kapiert. Als sie versuchte, aus ihm herauszulocken, was los sei, sagte er, dass Elías in allem viel besser sei als er. Der Mutter war das im Grunde genommen regelrecht peinlich, aber so etwas kommt gar nicht so selten vor, und das Problem ist einfach zu lösen. Ich habe Elías einen anderen Platz zugewiesen und ihn neben ein ganz liebes Mädchen gesetzt, das auch eine gute Schülerin ist.«

Agnes inhalierte den Rauch tief und blies ihn aus dem Fenster.

»Aber was war mit Elías? Hatte er denn keine Schwierigkeiten?«

»Doch«, sagte Agnes, »er tat sich schwer im Isländischen. Die Brüder unterhielten sich in ihrer Muttersprache miteinander. Zu Hause bei ihnen wurde auch Thailändisch gesprochen. So was kann Kinder überfordern und dadurch verwirren.«

Sie drückte die Zigarette aus.

»Heute Morgen kam Elías also etwas zu spät?«, fragte Sigurður Óli.

Agnes, die den Stummel immer noch zwischen den Fingern hielt, nickte.

»Ich hatte bereits angefangen, die Namen der Kinder vorzulesen, als er endlich erschien. Die ganze Klasse sah zu, wie er zu seinem Platz ging und sich setzte. Seine Haare waren verwuschelt und er sah so aus, als sei er noch nicht richtig wach. Ich habe gefragt, ob alles in Ordnung mit ihm sei, woraufhin er genickt hat. Aber er war irgendwie so abwesend. Er saß am Pult und hatte den Schulranzen vor sich auf dem Tisch, schaute aus dem Fenster auf den Spielplatz und schien sich ganz und gar in seiner eigenen Welt zu befinden. Er hörte mich gar nicht, als der Unterricht begann, sondern saß nur da und starrte zum Fenster hinaus. Ich bin zu ihm hingegangen und habe ihn gefragt, woran er dachte.

›An den Vogel‹, sagte er.

›Was für einen Vogel?‹, fragte ich.

›Von dem ich geträumt habe. Der Vogel, der gestorben ist.‹«

Agnes steckte den Zigarettenstummel in die Tasche und schloss das Fenster. Es war kalt im Zimmer geworden, und sie schauderte leicht, als sie aufstand. Laut der Vorhersage sollte sich das Wetter im Lauf des Abends und der Nacht noch verschlimmern.

»Ich bin nicht darauf eingegangen«, sagte sie. »Kinder erzählen oft solche Sachen. Danach habe ich ihn dann erst gegen Mittag wieder gesehen, in der Freistunde und beim Mittagessen, habe ihm aber keine besondere Aufmerksamkeit geschenkt. Sie hatten den Rest des Morgens Kunstunterricht bei Brynhildur, du solltest dich auch mit ihr unterhalten. Nachmittags hatten sie dann zwei Stunden bei mir, und die letzte Stunde war Sport bei Vilhjálmur. Er hat Elías heute als Letzter unterrichtet.«

»Er steht als Nächster auf meiner Liste«, sagte Sigurður Óli. »Kannst du mir etwas über ...« – er blätterte in seinem Notizbuch, um den Namen zu finden, den der Rektor ihm genannt hatte – »... diesen Kjartan sagen, der Isländisch unterrichtet?«

»Kjartan ist alles andere als eine Frohnatur«, antwortete sie. »Das wirst du schnell feststellen können. Er hält mit seinen Ansichten nicht hinterm Berg. Kein besonders angenehmer Zeitgenosse. Er war früher ein Ass im Handball, glaube ich, aber dann ist irgendetwas vorgefallen. Ich kenne die Geschichte nicht gut genug. Unintelligent ist er nicht. Er unterrichtet meist in den älteren Jahrgangsstufen.«

Sigurður Óli nickte, steckte sein Notizbuch wieder ein und verabschiedete sich von Agnes. Auf dem Weg zum Auto meldete sich sein Handy, es war seine Frau Bergþóra. Sie hatte die Fernsehnachrichten gesehen und wusste, dass er spät nach Hause kommen würde.

»Das ist ja grauenvoll«, sagte sie. »Ist er wirklich erstochen worden?«

»Ja«, sagte Sigurður Óli. »Ich habe jede Menge zu tun, wir wissen gar nicht, wo wir anfangen sollen. Geh einfach ins Bett und warte nicht auf mich.«

»Habt ihr schon irgendwelche Anhaltspunkte, wer das getan hat?«

»Nein. Und sein älterer Bruder ist nicht aufzufinden. Es könnte sein, dass er etwas weiß. Das glaubt Erlendur zumindest.«

»Dass er es getan hat?«

»Nein, aber ...«

»Ist es nicht wahrscheinlicher, dass er auch überfallen worden ist? Wie sieht Erlendur das?«

»Ich werd ihn fragen«, sagte Sigurður Óli kurz angebunden. Bergþóra gab manchmal unabsichtlich zu verstehen, dass sie in Sachen Ermittlungsarbeit mehr von Erlendur hielt als von ihrem Ehemann. Sigurður Óli wusste, dass es nicht böse gemeint war, aber trotzdem ging es ihm auf die Nerven.

Er zog eine Grimasse. Mit falschen Reaktionen konnte er Bergþóra in Rage bringen. Er war müde und schlecht aufgelegt, und außerdem wusste er, weshalb sie ihn möglichst bald zu Hause haben wollte. Ein Einfall von Bergþóra – vor einigen Tagen hatte sie ihm den Vorschlag unterbreitet, ein Kind aus dem Ausland zu adoptieren, weil sie zusammen keine Kinder bekommen konnten. Sigurður Óli war nicht sehr angetan von dieser Idee und hatte zögernd vorgeschlagen, die Sache eine Weile auf sich beruhen zu lassen. Die Versuche, ein Kind zu zeugen, hatten ihre Ehe stark belastet. Er war der Meinung, dass sie jetzt erst einmal ein Jahr verstreichen lassen sollten, und zwar ohne sich über das Kinderkriegen oder eine Adoption Gedanken zu machen. Bergþóra war ungeduldiger, sie sehnte sich nach einem Kind.

»Okay, vielleicht sollte man sich da nicht einmischen«, erklärte Bergþóra am Telefon.

»Es ist durchaus denkbar, dass sein Bruder ebenfalls überfallen worden ist«, sagte Sigurður Óli. »Wir untersuchen alle Möglichkeiten.«

Nach längerem Schweigen fragte Bergþóra: »Hat Erlendur diese Frau schon gefunden?«

»Nein, man hat sie noch nicht gefunden.«

»Heißt das, dass ihr in dieser Sache noch keinen Schritt weitergekommen seid?«

»Nein, eigentlich nicht.«

»Wenn ich schon eingeschlafen bin, weckst du mich dann?«

»Mach ich«, sagte Sigurður, und sie beendeten das Gespräch.

*Acht*

In der Turnhalle spielten die Jungen Fußball. Sie kämpften um jeden Ball und schreckten nicht vor hartem körperlichem Einsatz zurück. Sigurður Óli beobachtete, wie einer ein Tackling versuchte, das durchaus beinbruchverdächtig aussah. Der betroffene Junge brüllte vor Schmerz, als er zu Boden ging, und hielt sich den Knöchel.

»Reißt euch zusammen, Jungs!«, rief der Trainer durch die Halle. »So geht es nicht, Geiri. Her zu mir, Raggi«, rief er dem Jungen zu, der sich nach dem Fall mühsam wieder hochrappelte. Er schickte einen anderen Jungen für Raggi ins Spiel, das mit unverminderter Härte weiterging. Da viel mehr Jungen beim Training waren, als auf dem Spielfeld eingesetzt werden konnten, wechselte der Trainer ständig aus. Sigurður Óli hielt sich im Hintergrund und beobachtete das Spiel. Der Trainer war Vilhjálmur, Elías' Sportlehrer. Er verdiente sich zusätzliches Geld, indem er Jugendmannschaften trainierte, das hatte ihm Vilhjálmurs Frau gesagt, als er bei ihnen zu Hause vorgesprochen hatte. Sie hatte ihm gesagt, er würde ihren Mann in der Sporthalle finden.

Das Training ging zu Ende. Vilhjálmur griff zur Pfeife, die ihm um den Hals hing. Ein Junge, der unzufrieden mit dem Resultat zu sein schien, trat mit aller Kraft gegen den Ball, der einen Mitspieler am Hinterkopf traf. Daraus entstand ein wildes Gerangel, aber Vilhjálmur pfiff noch einmal und rief den Jungen zu, sie sollten mit diesem Blödsinn aufhören und sich schleunigst unter die Dusche begeben. Er schien die Jungen gut unter Kontrolle zu haben, denn sie hörten sofort mit der Balgerei auf.

»Ist das nicht ein bisschen zu viel Geholze?«, fragte Sigurður Óli und ging auf Vilhjálmur zu. Die Jungen glotzten ihn auf dem Weg in die Umkleidekabinen an. Sie hatten noch nie so einen Dressman in der Sporthalle gesehen.

»Sie können manchmal über die Stränge schlagen«, erklärte Vilhjálmur, ein untersetzter, bulliger Mann um die dreißig, und gab Sigurður Óli die Hand. Dann sammelte er die Bälle ein, warf sie in einen Verschlag und verschloss ihn. »Diese Kinder müssen abgehärtet werden. Sie kommen faul und fett vom Pizzafressen und Computerspielen hierher, und ich bringe sie auf Trab. Du bist wegen Elías hier?«, fragte er.

»Du hast ihn heute zuletzt unterrichtet«, sagte Sigurður Óli.

Vilhjámur hatte von dem Mord erfahren und erklärte, es kaum glauben zu können. »Das hat einen irgendwie völlig aus der Bahn geworfen«, sagte er. »Elías war ein prima Junge. Er war gut in Sport, und ich glaube, er hatte sehr viel Spaß an Fußball. Man weiß überhaupt nicht, was man sagen soll.«

»Ist dir heute irgendetwas Besonderes oder Ungewöhnliches an seinem Verhalten aufgefallen?«

»Es war ein ganz normaler Tag. Ich habe sie ein bisschen laufen und übers Pferd springen lassen und dann in zwei Mannschaften aufgeteilt. Fußball und Handball machen ihnen am meisten Spaß.«

»Glaubst du, dass Elías anschließend direkt nach Hause gegangen ist?«

»Ich habe keine Ahnung, wohin er gegangen ist«, antwortete Vilhjálmur.

»Ging er als Letzter hinaus?«

»Elías war immer der Letzte«, sagte Vilhjálmur.

»War er so eine ›Stewardess‹?«

»Kommst du auch von den Westmännerinseln?«

»Nein, nicht ganz. Du bist aber ...«

»Ich bin mit zwölf Jahren weggezogen.«

»Hat Elías häufig so gebummelt?«

»Er war einfach so«, sagte Vilhjálmur. »Er brauchte immer so lange. Er brauchte lange, um sich die Sportsachen anzuziehen. Er hat immer herumgetrödelt, und man musste ihm Beine machen.«

»Was hat er denn immer getan?«

»Tja, wahrscheinlich war er in seine eigene Welt versunken.«

»Heute auch?«

»Bestimmt, aber ich habe nicht darauf geachtet, denn ich musste zu einer Besprechung.«

»Hast du gesehen, ob irgendjemand draußen auf ihn gewartet hat? Ob er sich mit jemandem treffen wollte? Ob er Angst davor gehabt hat, nach Hause zu gehen? Hast du ihm etwas angemerkt, oder hat er dir gegenüber so etwas erwähnt?«

»Nein, nichts dergleichen. Ich habe nichts Ungewöhnliches hier draußen vor der Halle bemerkt. Die Kinder machten sich auf den Nachhauseweg. Ich glaube nicht, dass jemand auf ihn gewartet hat. Ansonsten habe ich mir über so was keine Gedanken gemacht, an so was denkt man normalerweise nicht.«

»Nein, erst nachher«, sagte Sigurður Óli.

»Genau. Aber wie gesagt, ich habe nichts Ungewöhnliches bemerkt. Während der Stunde habe ich keine Anzeichen von Furcht an ihm festgestellt. Er hat nichts zu mir gesagt, sondern war genau wie immer. Hier ist ja auch nie zuvor etwas Derartiges passiert, niemals. Ich begreife nicht, warum jemand Elías überfallen haben könnte, ich begreife es einfach nicht. Es ist ungeheuerlich.«

»Du kennst Kjartan, den Isländischlehrer an eurer Schule?«

»Ja.«

»Er hat ganz eigene Ansichten über Zuwanderer.«

»Ja, das ist sehr milde ausgedrückt.«

»Bist du mit diesen Ansichten einverstanden?«

»Ich? Nein. Meines Erachtens tickt er nicht richtig. Er ...«

»Was?«

»Er ist etwas verbittert«, sagte Vilhjálmur. »Hast du schon mit ihm geredet?«

»Nein.«

»Eine ehemalige Sportkanone«, erklärte Vilhjálmur. »Ich kann mich genau an ihn als Handballer erinnern, er war verdammt gut. Und dann ist irgendetwas vorgefallen, er verletzte sich schlimm und musste aufhören. Damals wollte er Profi werden und war kurz davor, nach Spanien zu gehen. Ich glaube, das sitzt immer noch tief in ihm. Er ist kein sympathischer Mensch.«

Aus den Umkleidekabinen der Jungen hörte man lautes Geschrei. Vilhjálmur setzte sich in Bewegung, um für Ordnung zu sorgen.

»Ihr wisst noch gar nicht, was passiert ist?«, fragte er.

»Noch nicht«, sagte Sigurður Óli.

»Hoffentlich erwischt ihr diesen Dreckskerl. Das hat wohl was mit Rassismus zu tun?«

»Wir wissen noch gar nichts.«

Die Ehefrau des Isländischlehrers Kjartan war über dreißig und etwas jünger als Kjartan. Sie machte einen ungepflegten Eindruck und sah in ihrer Jogginghose aus irgendeinem Grund unvorteilhafter aus als nötig. Hinter ihr standen zwei Kinder. Sigurður Óli spähte an ihnen vorbei in die dunkle Wohnung. Die Eheleute schienen nicht sonderlich auf Ordnung bedacht zu sein. Er musste unwillkürlich an seine eigene Wohnung denken, wo alles immer superaufgeräumt und sauber war, und er freute sich innerlich darüber, während er draußen in der Kälte stand und dem Wind ausgesetzt war. Die Wohnung befand sich im Souterrain eines Vierfamilienhauses.

Die Frau rief nach ihrem Mann, der zur Tür kam, ebenfalls in einer Jogginghose. Dazu trug er ein Unterhemd, unter dem sich deutlich der Ansatz eines Bierbauchs abzeichnete, weil es mindestens zwei Nummern zu klein zu sein schien. Er schien es damit bewenden zu lassen, sich einmal pro Woche zu rasieren. Er sah verbittert aus, was Sigurður Óli nicht so recht einzuschätzen vermochte, aber da war auch etwas um die Augen, was deutlich Ablehnung und Wut verriet. Diese Miene und dieses Gesicht kamen ihm bekannt vor, und er erinnerte sich an das, was Vilhjálmur über einen gefallenen Stern am Sporthimmel gesagt hatte. Von der Vergangenheit gezeichnet, hätte Erlendur gesagt. Er gab manchmal Dinge von sich, die Sigurður Óli unerträglich fand, weil er sie nicht verstand, etwas aus diesen alten Dokumentarberichten, die das Einzige waren, wofür Erlendur Interesse aufbrachte. Zwischen ihnen lagen Welten, was das Denken betraf. Während Erlendur sich in seiner Freizeit in isländische Geschichte oder Dichtung vertiefte, saß Sigurður Óli vor dem Fernseher und sah sich amerikanische Krimis an, vor sich eine Schüssel Popcorn und eine Coladose. Als er bei der Kriminalpolizei begann, waren solche Serien sein Vorbild gewesen. Er war nicht der Einzige, der davon überzeugt war, dass die Polizei sich ein besseres Image schaffen müsse. Immer noch traten Neuanwärter ihren Dienst bei der Polizei an, die wie amerikanische Fernsehcops gekleidet waren, in Jeans und mit der Baseballmütze verkehrt herum auf dem Kopf.

»Ist es wegen des Jungen?«, fragte Kjartan, machte aber keine Anstalten, Sigurður Óli aus der Kälte ins Haus zu bitten.

»Wegen Elías, ja.«

»Meines Erachtens war so etwas nur eine Frage der Zeit«, erklärte Kjartan, und in seiner Stimme schwang Ungeduld mit. »Solche Leute sollte man gar nicht erst ins Land lassen«, fuhr er fort. »Daraus kann nur Unfrieden entstehen. Es musste früher oder später zu so etwas kommen, ob es nun diesen Jungen in dieser Schule und in diesem Viertel erwischt oder einen anderen zu einem anderen Zeitpunkt, das tut gar nichts zur Sache. Es wäre geschehen, und es wird auch wieder geschehen, so viel steht fest.«

Bei Kjartans Anblick, der breitbeinig vor ihm stand, die eine Hand am Türrahmen und die andere an der Tür, erinnerte sich Sigurður Óli immer deutlicher an das, was damals mit Kjartan geschehen war. Sigurður Óli hatte sich schon immer sehr für Sport interessiert, auch wenn ihm letzten Endes American Football und Baseball wichtiger waren als der Sport in Island. Dieser Mann war seinerzeit ein hoffnungsvoller Stern am isländischen Handballhimmel gewesen, er wurde ganz jung in die Nationalmannschaft aufgenommen, zog sich dann aber diese Verletzung zu und musste aufhören, als er gerade erst Anfang zwanzig war. Die Medien waren eine Zeit lang voll davon, aber dann verschwand Kjartan genauso schnell wieder von der Bildfläche, wie er dort aufgetaucht war.

»Du glaubst also, dass es etwas mit Ausländerfeindlichkeit zu tun hat?«, fragte Sigurður Óli, während es ihm durch den Sinn ging, dass es nicht einfach gewesen sein musste, die Handballkarriere frühzeitig zu beenden. Wäre es anders gelaufen, würde er vermutlich jetzt am Ende einer glänzenden Laufbahn stehen, statt an einer Grundschule zu unterrichten.

»Kommt irgendetwas anderes infrage?«, fragte Kjartan zurück.

»Du hast Elías unterrichtet«, sagte Sigurður Óli.

»Ja, in Vertretungsstunden.«

»Was für ein Schüler war er?«

»Ich kenne ihn überhaupt nicht. Ich habe gehört, dass er erstochen worden ist, mehr weiß ich nicht. Es hat keinen Zweck, mir Fragen zu stellen. Ich bin nicht der Hüter dieser Kinder, ich arbeite ja nicht in einem Kinderhort!«

Sigurður Óli blickte ihn fragend an.

»In der Klasse sind noch drei andere von seiner Sorte«, fuhr Kjartan fort. »Und mehr als dreißig in der ganzen Schule. Man nimmt es überhaupt nicht mehr wahr, wenn neue in die Schule kommen. Es wimmelt ja nur so von denen. Guck dich doch im Kolaport-Markt um, da kommst du dir vor wie in Hongkong. Kein Mensch interessiert sich dafür, niemanden schert es, was aus unserem Land wird.«

»Ich ...«

»Findest du, dass das in Ordnung ist?«

»Darum geht es nicht«, sagte Sigurður Óli.

»Ich kann dir nicht weiterhelfen«, sagte Kjartan und machte Anstalten, die Tür zu schließen.

»Findest du es zu viel verlangt, ein paar Fragen zu beantworten?«, sagte Sigurður Óli. »Wir können das allerdings auch im Dezernat erledigen, wenn dir das lieber ist. Dort haben wir auch mehr Ruhe.«

»Komm mir bloß nicht mit Drohungen«, entgegnete Kjartan, ohne sich einschüchtern zu lassen. »Ich sag dir doch, ich weiß gar nichts über diese Angelegenheit.«

»Er hat vielleicht Angst vor dir gehabt«, sagte Sigurður Óli. »Du scheinst ihm nicht gerade wohlgesonnen gewesen zu sein. Oder anderen Kindern, die du unterrichtest.«

»He, ich habe dem Jungen nichts getan«, erklärte Kjartan. »Ich pass nicht auf, was die Kinder nach der Schule machen, das liegt nicht in meiner Verantwortung.«

»Falls sich herausstellt, dass du ihm in irgendeiner Form gedroht hast, weil du ihn nicht als Isländer akzeptiert hast, werden wir uns demnächst etwas intensiver miteinander unterhalten müssen.«

»Mannomann, da krieg ich ja richtig Schiss«, sagte Kjartan. »Lass mich in Frieden! Ich weiß nicht, was mit dem Jungen passiert ist, und es geht mich auch nichts an.«

»Was für eine Auseinandersetzung war das zwischen dir und deinem Kollegen Finnur?«, fragte Sigurður Óli.

»Auseinandersetzung?«, echote Kjartan.

»Im Lehrerzimmer«, sagte Sigurður Óli. »Was ist da vorgefallen?«

»Das war keine Auseinandersetzung«, behauptete Kjartan. »Wir sind ein bisschen aneinandergeraten. Er ist einer von denen, die das alles in Ordnung finden, je mehr Ausländer ins Land strömen, desto besser. Der gibt nichts anderes von sich als das abgedroschene Geschwätz der Linken. Das habe ich ihm gesagt, und darüber hat er sich etwas aufgeregt.«

»Findest du es in Ordnung?«, fragte Sigurður Óli.

»Was?«

»So über Leute zu reden? Bist du sicher, dass du den richtigen Job hast?«

»Verdammt noch mal, was geht dich das an! Hast du etwa

den richtigen Job? Dauernd bei Leuten rumzuschnüffeln, die dich nichts angehen?«

»Vielleicht nicht«, erwiderte Sigurður Óli. »Hast du nicht mal Handball gespielt?«, fragte er. »Warst du nicht mal ein Ass?«

Kjartan zögerte einen Augenblick. Er schien etwas sagen zu wollen, etwas Beleidigendes, um zu zeigen, wie egal es ihm war, was Sigurður Óli zu ihm sagte oder über ihn dachte. Ihm fiel aber nichts ein, und deswegen schlug er Sigurður Óli schweigend die Tür vor der Nase zu.

»Du wärst ein super Vorbild geworden«, sagte Sigurður Óli zur Tür.


Später am Abend kehrte Erlendur zu Sunees Wohnblock zurück. Die Suche nach Niran war erfolglos gewesen. Sunee und ihr Bruder waren inzwischen wieder zu Hause. Die Polizei fahndete nach dem Jungen, und die Bevölkerung wurde gebeten, sich in ihrer Umgebung nach einem Jungen asiatischer Abstammung umzusehen, einem eher schmächtigen, fünfzehnjährigen Jungen in einem blauen Winteranorak und mit schwarzer Mütze auf dem Kopf, und sich mit eventuell sachdienlichen Hinweisen telefonisch an die Polizei zu wenden.

Óðinn, Elías' Vater, nahm ebenfalls an der Suche teil. Als er und Sunee sich trafen, redeten sie eine ganze Weile unter vier Augen miteinander. Am Abend zuvor hatte er mit Erlendur über seine Ehe gesprochen und gesagt, dass er nach der Scheidung Elías zu sich nehmen wollte, aber der Junge hatte darauf bestanden, bei seiner Mutter zu bleiben, deswegen habe er nichts unternommen. Er konnte Erlendur so gut wie nichts über diesen neuen Mann in Sunees Leben sagen. Vielleicht war die Beziehung auch schon wieder zu Ende, Óðinn wusste nichts darüber.

Erlendur hielt vor dem Gebäude an. Er fuhr einen über dreißig Jahre alten Ford Falcon, den er im Herbst zuvor gekauft hatte, einen schwarzen Wagen mit weißer Innenausstattung. Er ließ den Motor laufen und zündete sich eine Zigarette an. Es war die letzte in der Schachtel. Er knüllte die Schachtel zusammen und war im Begriff, sie auf den Rücksitz zu werfen, wie er es immer in seinem alten Auto getan hatte. Jetzt hielt er aber inne und steckte die leere Schachtel in die Manteltasche, dieses Auto hier war ihm etwas wert.

Erlendur führte die Zigarette zum Mund und inhalierte tief. Vertrauen, dachte er. Er musste diesen Menschen Vertrauen entgegenbringen. Er dachte an die Frau, nach der er in den vergangenen Wochen gesucht hatte. Auf seinem Schreibtisch stapelten sich die Fälle, und einer der dringlichsten hatte seiner Meinung nach indirekt etwas mit einem Ehebruch zu tun. Es handelte sich um einen Vermisstenfall, und Erlendur ging davon aus, dass dies alles mit einem Seitensprung zu tun hatte. Diese Meinung teilten jedoch nicht alle.

Eine Frau hatte kurz vor Weihnachten ihr Zuhause verlassen und war seitdem nicht wieder aufgetaucht. Bis zu dem Zeitpunkt, als der Junge vor dem Block aufgefunden worden war, hatte Erlendur sich so in diesen Fall verbissen, dass Elínborg und Sigurður Óli überzeugt waren, jetzt habe wohl wieder einmal sein altbekannter Starrsinn die Oberhand gewonnen. Alle wussten, dass Erlendur es nicht ertrug, ungelöste Fälle auf seinem Schreibtisch zu haben, vor allem nicht, wenn es um vermisste Personen ging. Wenn andere den Kopf schüttelten und sich selber versicherten, dass sie alles in ihrer Macht Stehende getan hatten, ließ Erlendur nicht locker und weigerte sich aufzugeben.

Die Frau hieß Ellen. Ihr Ehemann machte sich verständlicherweise große Sorgen ihretwegen. Sie waren um die vierzig und hatten zwei Jahre zuvor geheiratet. Als sie sich kennenlernten, waren beide verheiratet gewesen. Die Ehefrau des Mannes war Referatsleiterin im öffentlichen Dienst, und sie hatten drei Kinder zwischen drei und vierzehn Jahren. Die Frau wiederum war mit einem Banker verheiratet, und sie hatten zwei Kinder im Teenageralter. Beide schienen ein glückliches Leben zu führen, und es mangelte ihnen an nichts. Er hatte einen guten Job bei einem expandierenden IT-Unternehmen, sie war in der Tourismusbranche tätig und organisierte Abenteuersafaris ins unbewohnte isländische Hochland. Sie lernten sich kennen, als er mit einigen Geschäftspartnern aus Schweden eine Fahrt ins Ungewisse unternahm, die sie auf Europas größten Gletscher Vatnajökull führte. Ellen hatte die Reise organisiert und die Gruppe zum Vatnajökull begleitet. Daraus entwickelte sich eine Liebesbeziehung, die sie anderthalb Jahre lang geheim hielten.

Zunächst handelte es sich lediglich um eine spannende Abwechslung vom alltäglichen Trott, wenn man dem Ehemann Glauben schenken wollte. Es war nicht schwierig für sie, sich zu verabreden. Sie war von Berufs wegen viel von zu Hause weg, und er konnte immer irgendwelche Ausreden finden. Er spielte beispielsweise Golf, wofür seine Ex-Ehefrau nicht das geringste Interesse aufbringen konnte. Es kam sogar vor, dass er einen Pokal kaufte, in den er etwas wie »Dritter Rang auf dem Borgarholt-Turnier« eingravieren ließ, um ihn seiner Frau zu zeigen. Er fand das irgendwie witzig, denn er spielte zwar viel Golf, gewann aber so gut wie nie.

Erlendur drückte die Zigarette aus. Er konnte sich an die Pokale zu Hause bei dem Mann erinnern. Er hatte sie nicht weggeworfen, und Erlendur überlegte, wieso er sie behielt. Sie waren Requisiten in einem Lügengespinst gewesen, für die es keinen Bedarf mehr gab. Es sei denn, er spann die Lüge weiter und erzählte jedem, der es wissen wollte, dass er die Preise gewonnen habe. Vielleicht bewahrte er sie aber auch zur Erinnerung an einen gelungenen Seitensprung auf. Wenn er imstande war, seine Ehefrau zu belügen und vorgetäuschte Erfolge auf Siegestrophäen eingravieren zu lassen, gab es dann irgendwelche Grenzen für Lug und Trug?

Mit dieser Frage hatte Erlendur gerungen, seitdem er sich mit dem Fall befasste. Was zunächst als Eskapade und Abwechslung im Leben begonnen hatte oder vielleicht sogar als blinde Leidenschaft, hatte tragisch geendet.

Erlendur schreckte aus seinen Gedanken hoch, als an die Seitenscheibe geklopft wurde. Die Scheiben waren von innen so beschlagen, dass er Elínborg erst erkannte, nachdem er die Autotür geöffnet hatte.

»Ich muss so langsam nach Hause«, sagte sie.

»Setz dich einen Augenblick zu mir«, sagte Erlendur.

»Was für ein Wahnsinn«, erklärte sie, ging vorne um das Auto herum und setzte sich auf den Beifahrersitz. »Was machst du hier eigentlich ganz allein im Auto?«, fragte sie nach längerem Schweigen.

»Ich habe über die verschwundene Frau nachgedacht«, sagte Erlendur.

»Du weißt, dass sie sich umgebracht hat«, sagte Elínborg.

»Die Leiche wird auftauchen. Die treibt bestimmt im nächsten Frühjahr irgendwo an der Küste von Reykjanes an. Sie ist seit mehr als drei Wochen verschollen. Niemand weiß, wo sie sein könnte. Niemand versteckt sie. Sie hat sich mit niemandem in Verbindung gesetzt. Sie hatte kein Geld dabei, und wir haben festgestellt, dass sie ihre Karte seitdem nicht mehr benutzt hat. Sie ist mit Sicherheit nicht außer Landes gegangen. Die einzigen Spuren, die wir haben, führen ins Meer.«

Elínborg zögerte einen Moment. »Es sei denn, du glaubst, dass der neue Ehemann sie ermordet hat.«

»Er hat sich Trophäen für angebliche Siege anfertigen lassen, die komplett erfunden waren«, sagte Erlendur. »Er wusste, dass seine Exfrau sich nicht für Golf interessierte und nie die Sportnachrichten las oder sich mit anderen über Golf unterhielt. Das hat sie mir selber gesagt. Er hat auch niemand anderem die Pokale gezeigt, nur ihr, denn es ging ihm darum, einen plausiblen Grund für seine Abwesenheit zu haben. Erst nach der Scheidung hat er sie auch anderen gezeigt und damit angegeben. Wenn das nicht moralisch völlig inakzeptabel ist ...«

»Du konzentrierst dich also jetzt auf ihn?«

»Es läuft alles immer wieder auf dasselbe hinaus«, antwortete Erlendur.

»Vermisstenmeldungen und Verbrechen«, sagte Elínborg, die Erlendur oft darüber reden gehört hatte, dass spurloses Verschwinden ein »speziell isländisches Verbrechen« sei. Seine Theorie beruhte darauf, dass man in Island nicht viel Aufhebens davon machte, wenn Menschen verschwanden. In den allermeisten Fällen war man davon überzeugt, dass es ganz »natürliche« Erklärungen dafür gab in einem Land, wo die Selbstmordrate relativ hoch ist. Erlendur ging aber noch weiter und führte die Gleichgültigkeit gegenüber Vermisstenfällen auf die Mentalität der Isländer zurück, die über Jahrhunderte hinweg mit dem unbarmherzigen Wetter auf der Insel leben mussten. Dabei waren immer wieder Menschen zu Tode gekommen oder einfach verschwunden, als seien sie vom Erdboden verschluckt worden. Niemand kannte solche Geschichten von Menschen, die spurlos verschwunden waren, besser als Erlendur. Seine Theorie war, dass es im Schutze dieser gleichgültigen Einstellung gegenüber Vermisstenfällen ein Leichtes war, ein Verbrechen zu begehen. Bei Besprechungen mit Elínborg und Sigurður Óli und anderen Kollegen hatte er oft versucht, das Verschwinden der Frau mit seiner Theorie in Einklang zu bringen, war aber auf taube Ohren gestoßen.

»Geh nach Hause«, sagte Erlendur, »und kümmere dich um deine Tochter. Ist Sunee wieder da?«

»Ja, sie sind vorhin zurückgekommen«, antwortete Elínborg. »Óðinn war auch dabei, aber ich glaube, er ist wieder gegangen. Niran haben sie nicht gefunden. O Gott, ich hoffe bloß, dass ihm nichts zugestoßen ist.«

»Ich denke, dass er wieder auftauchen wird«, sagte Erlendur.

»Du und deine Theorien über verschollene Personen«, sagte Elínborg und öffnete die Tür. »Hast du derzeit irgendeine Verbindung zu deiner Tochter?«

»Sieh zu, dass du nach Hause kommst«, sagte Erlendur.

»Ich habe mich mit Guðný, der Dolmetscherin, unterhalten. Sie sagt, dass Sunee versucht hat, ihren Söhnen beizubringen, was sie in ihrer eigenen Kindheit gelernt hat, nämlich älteren Menschen Achtung entgegenzubringen. Das gehört wohl zu den Grundprinzipien der Erziehung in Thailand. Dadurch werden sie stark geprägt. Ebenso wichtig ist es, dass sie Verantwortung übernehmen lernen. Alte Menschen, die Großmutter, der Großvater, Urgroßmutter und Urgroßvater, ihnen gebührt Ehrerbietung. Die Älteren geben ihre Erfahrung an die Jüngeren weiter, die wiederum für ihr gesichertes Alter sorgen. Und es ist keineswegs ein Zwang, sondern eine Selbstverständlichkeit. Und Kinder sind ...« Elínborg seufzte tief, denn sie musste an Elías denken. »Guðný sagt, dass in Thailand die

Älteren im Bus für die Kinder aufstehen und ihnen ihren Platz überlassen.«

Sie schwiegen.

»Das ist alles so neu für uns. Einwanderer, Ausländerprobleme ... Wir kennen uns damit so wenig aus«, sagte Erlendur schließlich.

»Das stimmt. Ich glaube aber trotzdem, dass wir zumindest versuchen, unser Bestes zu tun.«

»Ganz bestimmt, aber jetzt mach endlich, dass du nach Hause kommst.«

»Wir sehen uns morgen«, sagte Elínborg, stieg aus dem Auto und schlug die Tür hinter sich zu.

Erlendur bedauerte es, keine Zigarette mehr zu haben. Ihm war nicht sonderlich wohl bei dem Gedanken, wieder zu Sunee in die Wohnung zu gehen. Ihm fiel seine Tochter Eva Lind ein. Zu Weihnachten war sie kurz zu Besuch gekommen, aber seitdem hatte er sie nicht mehr gesehen. Der Mann, mit dem sie zusammenlebte, war kurz vor den Feiertagen in Litla-Hraun eingebuchtet worden, und sie glaubte ernsthaft, dass Erlendur sich für ihn einsetzen würde. Der Freund versorgte sie mit Dope. Er war zu drei Jahren Gefängnis wegen Imports von Kokain und Speed verurteilt worden, und unter den gegebenen Umständen sah Eva wohl schwierige Zeiten auf sich zukommen.

Die Beziehung zwischen Eva Lind und Erlendur hatte sich in den vergangenen Monaten verschlechtert, doch Erlendur war nicht ganz klar, weshalb. Eva hatte schon seit Langem keinen Willen mehr gezeigt, von den Drogen wegzukommen, und solange dieser Zustand anhielt, entfernte sie sich immer mehr von ihm. Sie hatte eine Entziehungskur mitgemacht, aber nicht freiwillig, und war anschließend gleich wieder rückfällig geworden. Auch ihr Bruder Sindri hatte sich eingeschaltet, um sie zur Vernunft zu bringen, aber vergeblich. Die beiden Geschwister hatten sich immer gut verstanden, doch die Verbindung zwischen Vater und Tochter war problematisch und hing in erster Linie davon ab, in was für einer Verfassung sie war. Die seltenen Male, wo sie gut drauf war, war sie bereit, mit ihrem Vater zu reden. Dann kamen wieder Zeiten, wo sie nichts von sich hören ließ und nichts von ihm wissen wollte.

Erlendur schloss den Ford Falcon ab und schaute an dem sechsstöckigen Monstrum von einem Haus hoch, das drohend in den Himmel ragte. Er nahm sich vor, mit dem Vermieter zu reden, in der Hoffnung, dass das ein Licht auf Sunees Verhältnisse werfen konnte. Er zögerte es noch etwas hinaus, zu ihr hochzugehen. Stattdessen begab er sich hinter das Gebäude. Die Untersuchungen am Tatort waren beendet, die Leute von der Spurensicherung hatten ihre Geräte zusammengepackt, und alles war wieder so, als sei nie etwas an diesem Ort geschehen.

Noch einmal ging er zu dem Spielplatz hinüber. Der Frost war so schneidend, dass er die Hände tief in die Taschen bohrte. Lange Zeit stand er da, ohne sich zu bewegen. Im Lauf des Tages hatte er auch die Nachricht erhalten, dass Marian Briem, sein ehemaliger Boss, in die Abteilung für Palliativmedizin des Nationalkrankenhauses verlegt worden war. Marian Briem war schon seit vielen Jahren pensioniert. Jetzt ging es also auf das Ende zu. Ihre Beziehung Freundschaft zu nennen, wäre zu viel gesagt. Für Erlendur war sie eher eine Belastung gewesen, denn Marian Briem war fast die einzige Person in Erlendurs Leben, die ständig alles hinterfragt und von ihm gefordert hatte, ihm Rede und Antwort zu stehen. Marian Briem, das neugierigste Geschöpf unter der Sonne, eine lebendige Datenbank für isländische Kriminalfälle, war Erlendur nach der Pensionierung noch oft von Nutzen gewesen. Da Marian Briem keine Angehörigen hatte, stellte Erlendur Ersatz für alles dar, für Freunde, Kollegen und Familie.

Der eisige Wind umpfiff Erlendur auf dem Spielplatz, wo Elías den Tod gefunden hatte. Seine Gedanken schweiften über Berge und Hochebenen zu einem anderen Kind, dessen Hand ihm entglitten war und das ihm wie ein Schatten durchs Leben folgte.

Erlendur sah hoch. Er wusste, dass er es nicht länger aufschieben konnte, mit Sunee zu reden. Er drehte sich um und verließ raschen Schritts das Gelände hinter dem Haus. Als er zum Eingang kam, bemerkte er, dass die Tür zum Kellerraum, wo die Mülltonnen untergestellt wurden, offen stand, nicht weit, nur einen kleinen Spalt. Dem hatte er bislang überhaupt keine Beachtung geschenkt. Die Tür schloss direkt an die Wand des Eingangs an und war in derselben Farbe wie der Rest des Gebäudes gestrichen. Dass die Tür aufstand, musste aber nicht unbedingt etwas zu bedeuten haben. Alle möglichen Personen konnten ihren Müll weggebracht haben. Der wachhabende Polizist am Eingang wärmte sich im Hauseingang.

Erlendur zögerte einen Moment, bevor er auf die Tür zuging und sie öffnete. Drinnen war es stockfinster, er suchte nach einem Schalter und machte das Licht an. An der Decke hing eine nackte Birne. Die Mülltonnen standen aufgereiht an den Wänden und unter der Müllschluckerrampe. In dem kalten Raum roch es säuerlich nach Essensresten und anderem Abfall. Erlendur zögerte, dann knipste er das Licht wieder aus und lehnte die Tür wie vorher an.

Im gleichen Augenblick hörte er das Schluchzen.

Er brauchte eine ganze Weile, um das Geräusch einzuordnen. Vielleicht hatte er sich auch verhört. Vielleicht interpretierte er es falsch. Er riss die Tür zum Müllkeller wieder auf und knipste das Licht wieder an.

»Ist da jemand?«, rief er.

Als keine Antwort kam, betrat er den Raum, rückte die Mülltonnen hin und her und sah sich gründlich um. Als er die Tonne unter der Müllschluckerrampe wegschob, kauerte hinter ihr ein schwarzhaariger Junge und vergrub den Kopf zwischen den Knien, als wolle er sich unsichtbar machen.

»Niran?«, sagte Erlendur.

Der Junge rührte sich nicht.

»Bist du das, Niran?«

Der Junge antwortete ihm nicht. Erlendur kniete sich hin und versuchte, ihn dazu zu bringen aufzublicken, aber er erreichte damit nur, dass er den Kopf umso tiefer zwischen den Knien vergrub. Er hielt die Beine fest umklammert.

»Komm, lass uns hier rausgehen«, sagte Erlendur, aber der Junge tat, als sei Erlendur gar nicht anwesend.

»Deine Mutter sucht nach dir.«

Erlendur griff nach der Hand des Jungen. Sie war kalt wie ein Eiszapfen. Niran hielt seinen Kopf immer noch zwischen den Knien. Es hatte ganz den Anschein, als ginge er davon aus, dass Erlendur verschwinden und ihn in Ruhe lassen würde.

Nach einiger Zeit wurde Erlendur klar, dass er nichts ausrichten konnte. Er erhob er sich langsam, verließ rückwärts den Kellerraum und klingelte bei Sunee an. In der Gegensprechanlage meldete sich die Dolmetscherin. Erlendur gab ihr zu verstehen, dass er den Jungen wahrscheinlich gefunden habe, er sei wohlauf, aber seine Mutter müsse herunterkommen und mit ihm reden. In Windeseile kam Sunee nach unten und mit ihr der Bruder, die ehemalige Schwiegermutter und die Dolmetscherin. Erlendur hielt sie an der Tür zurück und ließ nur Sunee in den Müllkeller gehen.

Als sie den zusammengekauerten Jungen unter der Rampe erblickte, stieß sie einen leisen Schrei aus, lief zu ihm hin und umarmte ihn. Dann erst gab der Junge seine Haltung auf und warf sich seiner Mutter in die Arme.

Irgendwann tief in der Nacht kam Erlendur nach Hause in seine »Höhle«, wie Eva Lind seine Wohnung zu einer Zeit genannt hatte, als er noch daran glaubte, dass ihre Beziehung sich bessern würde. Sie behauptete, er würde sich darin verkriechen, um die Einsamkeit zu beweihräuchern. Das waren aber nicht genau ihre Worte gewesen, denn Eva hatte einen sehr begrenzten Wortschatz, aber das war es, was sie meinte. Er machte kein Licht. Der schwache Schein der Straßenbeleuchtung warf ein fahles Licht ins Wohnzimmer, wo seine Bücher standen. Er ließ sich auf seinen Sessel fallen. So hatte er oft allein im Dunkeln gesessen und zum großen Wohnzimmerfenster hinausgeschaut und nichts als den endlosen Himmel gesehen. Bei klarem Winterwetter glitzerten die Sterne. Manchmal beobachtete er den Mond, wenn er in seinem kalten und fernen Glanz am Fenster vorbeiwanderte. Wenn der Himmel wie jetzt verhangen und finster war, starrte Erlendur in die Finsternis hinaus, als wolle er seine müden Gedanken ins Leere entsorgen.

Er sah Elías vor sich, wie er im Garten des Wohnblocks lag, und wieder kam ihm die Erinnerung an einen anderen Jungen vor all diesen Jahren, dieser schier endlosen Ewigkeit, einen Jungen, der in den entfesselten Elementen den Tod gefunden hatte. Es war sein Bruder gewesen, acht Jahre alt. Erst jetzt, als er in seiner eigenen Wohnung allein mit sich und der nächtlichen Stille war, wurde ihm klar, was für einen tiefen Eindruck der tote Junge heute bei ihm hinterlassen hatte. Die Erinnerung an seinen

Bruder stürmte unausweichlich auf Erlendur ein. Die Wunde, die sein Tod hinterlassen hatte, war nie verheilt. Schuldgefühle hatten Erlendur sein ganzes Leben lang verfolgt, weil er glaubte, er trüge die Schuld am Schicksal seines Bruders. Er hätte der Hüter seines Bruders sein müssen, hatte aber versagt. Außer ihm selber hatte kein anderer je diese ungerechtfertigte Forderung an ihn gestellt. Kein einziger Mensch hatte jemals ein Wort darüber verloren, dass er versagt hatte. Aber wenn er seinen Bruder nicht im Schneesturm aus den Augen verloren hätte, hätten sie beide gefunden werden können, als die Suche nach ihnen aufgenommen wurde und Erlendur in erstaunlich guter Verfassung aus dem Schnee ausgegraben wurde.

Er sah Niran vor sich, als Sunee ihn weinend aus dem Müllkeller herausführte. Ging es ihm ebenso, hatte er vielleicht auch das Gefühl, dass er der Hüter seines Bruders hätte sein müssen?

Erlendur stöhnte tief auf und schloss die Augen. Diese endlosen Gedanken, die sich auf dem Weg in einen traumlosen Schlaf wie Glassplitter in sein Bewusstsein bohrten.

Er denkt an Elínborg, die sich vollkommen erschöpft an ihre Tochter schmiegt, als wolle sie sie vor allem Bösen bewahren.

Er sieht Sigurður Óli vor sich, der sich mit sorgenvoller Miene nach Hause schleicht und darauf achtet, Bergþóra nicht zu wecken.

Elías liegt im Garten des Wohnblocks mit zerrissenem Anorak, und die gebrochenen Augen starren in den stiebenden Schnee.

Óðinn geht in seiner Wohnung an der Snorrabraut auf und ab.

Niran liegt in seinem Zimmer, und seine Lippen bewegen sich in schweigender Angst.

Sunee sitzt allein auf dem Sofa und weint lautlos unter dem gelben Drachen.

Die Frau, die er sucht, wird von Wellen hin und her gewiegt.

Sein achtjähriger Bruder liegt erfroren im Schneesturm, der ein ganzes Leben währen wird.

In einem Traum voller Sonne wippt ein kleiner Vogel vor seinem neuen Vogelhaus mit dem Schwanz und singt für seinen Freund.

*Neun*

Als Erlendur, Elínborg und Sigurður Óli am nächsten Morgen bei der Schule eintrafen, hatte es gerade zur großen Pause geklingelt. Die Kinder gingen alle still nach draußen. Sämtliche Hauseingänge standen weit offen, und Lehrer und Hausmeister steuerten den Strom der Kinder. Früh am Morgen hatte es geschneit. Die Jüngeren nutzten jede Minute, um im Schnee herumzutollen, während die älteren Jahrgänge sich etwas gelassener gaben, sie standen, an die Wände gelehnt, herum oder schlenderten in kleinen Grüppchen zum Kiosk.

Erlendur wusste, dass die Kinder in Elías' Klasse psychologisch betreut wurden, was einige der Eltern, die ihre Kinder selbst zur Schule gebracht hatten, nutzten, um sich mit den Lehrern über ihre Besorgnisse wegen ihrer Kinder zu unterhalten. Der Schulleiter hatte verfügt, dass sich mittags alle Schüler und das gesamte Schulpersonal in der Aula zu einer Gedenkstunde für Elías einfinden sollten. Der zuständige Gemeindepfarrer und ein Vertreter der Polizei würden die Kinder anschließend bitten, dass sich alle, die etwas dazu sagen konnten, was Elías am gestrigen Tag unternommen hatte, oder sonst etwas wussten, was der Kriminalpolizei bei den Ermittlungen weiterhelfen könnte, bei den Lehrern, beim Rektor oder unter verschiedenen Telefonnummern direkt bei der Polizei melden konnten. Dort konnte man anrufen, ohne seinen Namen sagen zu müssen. Allen, auch den unbedeutendsten Hinweisen würde nachgegangen werden. Elínborgs und Sigurður Ólis Aufgabe war es jetzt, sich mit den Klassenkameraden von Elías über den letzten Tag in seinem Leben zu unterhalten, aber dazu brauchten sie die Einwilligung der Eltern. Elías' Klassenlehrerin Agnes war sehr kooperativ und hatte sich schon am frühen Morgen telefonisch mit den Eltern in Verbindung gesetzt und von den meisten das Einverständnis erhalten, dass die Kriminalpolizei im Beisein eines Vertreters des Jugendamts mit den Kindern reden durfte. Sie hatte ausdrücklich hervorgehoben, dass es sich nicht um eine Vernehmung im eigentlichen Sinne handelte, sondern nur um Informationsbeschaffung. Einige wollte dabei sein, wenn ihr Kind befragt wurde, und warteten mit besorgter Miene auf dem Korridor. Elínborg und Sigurður Óli war ein leer stehendes Klassenzimmer zur Verfügung gestellt worden, und sie hatten angefangen, mit den Kindern zu sprechen.

Erlendur unterhielt sich unterdessen mit dem Schulleiter und fragte vor allem nach dem Werklehrer. Ihm war zu Ohren gekommen, dass dieser, genau wie der Isländischlehrer, eine negative Einstellung Ausländern gegenüber zum Ausdruck gebracht hatte. Der Rektor, der mit dem Vertreter der Polizei die Gedenkstunde in der Aula vorbereitete, machte einen ziemlich hektischen Eindruck. Er schickte Erlendur zum Werkraum, wo er aber niemanden vorfand. Als er zurück ins Lehrerzimmer kam, erfuhr er, dass der Werklehrer vermutlich in seinem Auto auf dem Parkplatz vor der Schule anzutreffen war. Erlendur glaubte herauszuhören, dass er sich in der großen Pause manchmal in sein Auto verzog, um dort rauchen zu können.

Die Ermittlung konzentrierte sich immer noch auf das engste Umfeld des Jungen, die Schule und das Viertel. Es hatte sich herausgestellt, dass ein mehrfach verurteilter Straftäter unweit des Wohnblocks lebte, in den Sunee mit ihren Söhnen eingezogen war. Man hatte ihn morgens zu einem Verhör ins Dezernat gebracht, aber da er sturzbetrunken war, griff er einen Polizeibeamten an und wurde kurzerhand in eine Zelle gesteckt. Gegen Morgen hatte man einen Hausdurchsuchungsbefehl erwirkt, aber in der Wohnung des Mannes hatte man bislang noch nichts finden können, was mit dem Mord an Elías in Verbindung gebracht werden konnte. Die Polizei knöpfte sich auch einige andere Personen vor, denen ein Überfall mit einem Messer zuzutrauen war, Geldeintreiber und solche, die mit dem Gesetz in Konflikt geraten waren, weil sie sich mit Zuwanderern und sogar mit Touristen angelegt hatten.

Niran hatte, seit er gefunden worden war, noch keine Aussage gemacht. In der Nacht wurde ein Jugendpsychiater hinzugezogen und ein Experte vom Jugendamt, aber Niran saß nur, in eine Decke gewickelt, da und schwieg. Man stellte ihm wieder und wieder dieselben Fragen, wo er den ganzen Tag gewesen wäre, ob er etwas über das Schicksal seines Bruders wüsste. Ob er wüsste, was geschehen war und wer zu einer solchen Tat fähig sein könnte; wann er seinen Bruder zuletzt gesehen habe, über was sie geredet hätten. Mit solchen Fragen wurde Niran überhäuft, nicht zuletzt auch von seiner Mutter, aber Niran öffnete den Mund nicht, sondern saß schweigend da und starrte vor sich hin. Er schien sich in andere Welt zurückgezogen zu haben, in eine Sicherheit hinein, die nur er kannte.

Nach einer Weile beförderte Erlendur das Sachverständigenteam hinaus und fuhr ebenfalls nach Hause, damit Sunee und Niran zur Ruhe kommen konnten. Sigríður, die ehemalige Schwiegermutter, war bereits gegangen, und auch die Dolmetscherin machte sich auf den Weg. Sunees Bruder war als Einziger noch geblieben.

Die Tatsache, dass Sunee einen Freund hatte, schien geheim gehalten worden zu sein. Als Erlendur die Dolmetscherin danach fragte, hatte sie keine Ahnung, worauf er anspielte, und erklärte, nie von einem neuen Mann gehört zu haben. Das Gleiche sagte die Schwiegermutter. Sie fiel aus allen Wolken. Erst als Erlendur den Bruder Virote darauf ansprach, erhielt er eine Reaktion. Er wusste von einem Mann im Leben seiner Schwester, aber die Beziehung bestand seinen Worten zufolge noch nicht sehr lange. Er hatte den Mann auch noch nie getroffen und wusste nicht, wer er war. Erlendur wollte Sunee nicht gleich damit behelligen, nachdem sie ihren Sohn wiedergefunden hatte, aber er bat Virote, sie nach diesem Mann zu fragen und sich dann mit ihm in Verbindung zu setzen. Virote hatte sich jedoch bis jetzt noch nicht gemeldet.

Erlendur hatte keine Mühe, das metallicgraue Auto des Werklehrers zu finden. Er klopfte an die Scheibe auf der Fahrerseite, und der Mann ließ das Fenster herunter. Die Zigarette, die er zwischen den Fingern hielt, qualmte in die Winterluft hinaus.

»Darf ich mich einen Augenblick zu dir ins Auto setzen?«, fragte Erlendur. »Ich bin von der Kriminalpolizei.«

Der Werklehrer grunzte und sah sich gezwungen, zustimmend zu nicken, da er sich wohl kaum weigern konnte, mit Erlendur zu reden. Offensichtlich hatte er etwas dagegen, in seiner Zigarettenpause gestört zu werden. Erlendur ließ sich dadurch nicht beirren, sondern setzte sich auf den Beifahrersitz und zog eine Schachtel Zigaretten heraus.

»Du heißt Egill, nicht wahr?«

»Ja doch.«

»Hast du was dagegen, wenn ich mir auch eine anstecke?«, fragte Erlendur und zog eine Zigarette aus der Packung.

Egills Gesicht verzog sich zu einer Grimasse. Erlendur wusste nicht, wie er sie zu interpretieren hatte.

»Unsereins wird ja nirgends mehr geduldet«, bemerkte der Werklehrer.

Erlendur zündete sich die Zigarette an. Beide saßen eine Weile schweigend da und genossen es zu rauchen.

»Du bist natürlich wegen des Jungen hier?«, fragte Egill schließlich. Er war um die fünfzig, ein vierschrötiger Typ mit großer Nase und vorspringenden Wangenknochen, für den es, massiv wie er war, nicht besonders bequem war, sich auf den Fahrersitz zu klemmen. Seine Glatze kompensierte er mit einem Bart. Wenn er die Zigarette zum Mund führte, verschwand sie fast völlig in seinen Pranken. Ganz oben auf der Glatze thronte eine ziemlich große rosa Beule, die Erlendur heimlich beäugte, wenn er sicher war, dass Egill es nicht bemerkte. Die Beule faszinierte ihn, ohne dass er wusste, warum.

»War er gut im Werkunterricht?«, fragte Erlendur.

»Eigentlich ja«, antwortete Egill und streckte die Hand aus, um die Zigarette im Aschenbecher auszudrücken. Dabei knackten seine Knochen. »Wisst ihr schon, was im Einzelnen passiert ist?«

»Nein«, sagte Erlendur, »außer, dass er hier unweit der Schule erstochen wurde.«

»So langsam dreht hier in dieser Gesellschaft jeder durch«, brummte Egill. »Und ihr tut nichts dagegen. Ist das womöglich ein spezifisch isländisches Phänomen, diese Nachlässigkeit gegenüber Verbrechern, kannst du mir das sagen?«

Erlendur war sich nicht sicher, worauf der Werklehrer hinauswollte.

»Ich habe vor Kurzem in der Zeitung gelesen«, fuhr Egill fort, »dass irgendwelche Wahnsinnigen, weil sie irgendwem einen geringfügigen Geldbetrag schuldeten, bei Leuten in die Wohnung eingedrungen sind, dort alles demoliert und den Hausherrn brutal zusammengeschlagen haben. Sie wurden dabei geschnappt, nach dem Verhör wurden aber alle wieder freigelassen! Das ist doch totaler Schwachsinn!«

»Ich ...« Erlendur kam gar nicht dazu, ihm zu antworten.

»Derartige Typen müssten sofort hinter Schloss und Riegel gebracht werden, wenn man sie gefasst hat«, fuhr Egill fort. »Wenn sie so auf frischer Tat ertappt werden oder ein Geständnis ablegen, müssten sie doch unverzüglich verurteilt werden. Die müssten mindestens zehn Jahre hinter Gitter, aber ihr lasst sie einfach wieder laufen, als sei gar nichts vorgefallen. Da muss es einen ja nicht wundern, wenn hier alles zum Teufel geht! Weshalb kriegen solche Gewohnheitsverbrecher stets und ständig so milde Urteile? Woran liegt es eigentlich, dass man in unserer Gesellschaft diesem kriminellen Gesocks gegenüber so duldsam ist?«

»So sind die Gesetze«, sagte Erlendur, »die sind immer auf der Seite von solchen Leuten.«

»Dann muss man die Gesetze ändern«, erklärte Egill aufgebracht.

»Ich habe gehört, dass du etwas gegen Ausländer hast«, sagte Erlendur, der nicht zum ersten Mal zu hören bekam, was für milde Urteile gefällt wurden und wie glimpflich Gewalttäter davonkamen.

»Wer sagt, dass ich was gegen Ausländer habe?«, fragte Egill und klang verwundert.

»Niemand Spezielles«, sagte Erlendur.

»Ist es wegen der Versammlung neulich?«

»Versammlung?«

»Ich habe mir erlaubt, eine Lanze für Jónas Hallgrímsson zu brechen. Irgendjemand aus einer bestimmten Jahrgangsstufe hat bei einer Elternversammlung vorgeschlagen, hier an der Schule die ersten Strophen von ›*Ísland, farsœlda Frón*/Island, liebliches Land‹ mit den Kindern zu singen, da sie gerade Jónas durchnahmen. Manchmal wird ja auch was Vernünftiges hier an der Schule unterrichtet. Daraufhin empörten sich einige Eltern und fragten, ob hier an unserer Schule keine Rücksicht auf Schüler mit Migrationshintergrund genommen würde. Als ob es rassistisch wäre, isländische Lieder zu singen! Daraus entwickelte sich eine Diskussion, bei der ich auch das Wort ergriffen und gefragt habe, ob diese Leute eigentlich eine Ahnung hätten, wovon sie redeten, ich glaube, ich habe das genauso ausgedrückt. Deswegen haben sich einige beim Rektor über mich beschwert. Sie empfanden das als eine Unverschämtheit. Das hat mir der alte Leisetreter zitternd und schlotternd gesagt. Ich habe ihm vorgeschlagen, er solle mir doch einfach kündigen, ich hätte hier mehr als ein Vierteljahrhundert unterrichtet und wäre deswegen überglücklich, wenn jemand mich rausschmeißen würde. Ich habe nicht den Mumm dazu, selber die Biege zu machen.«

Eine weitere Zigarette erschien in Egills Pranke. Erlendur schaute sich wieder verstohlen die Beule an, und es kam ihm so vor, als hätte sie sich gerötet. Egill hatte vermutlich beim Gedanken an diesen Elternabend der Zorn gepackt. Oder möglicherweise war es das Vierteljahrhundert, das er mit Werkunterricht an dieser Schule verschwendet zu haben glaubte.

»Ich habe nichts gegen Zuwanderer«, sagte Egill und zündete sich die Zigarette an. »Aber ich bin dagegen, alles auszumerzen, was isländisch und patriotisch ist. Nur um dem gerecht zu werden, was angeblich im Namen einer multikulturellen Gesellschaft angesagt ist. Was heißt das überhaupt? Multikulturelle Gesellschaft? Ich bin auch gegen die Rechten. Und ich bin dagegen, dass ich hier in meiner Klapperkiste rauchen muss. Aber was kann ich schon ausrichten?«

»Es ging aber wohl noch um mehr als nur um Jónas Hallgrímsson«, sagte Erlendur. »Es ging auch um irgendwelche Bemerkungen über asiatische Frauen, über die sich die Leute aufgeregt haben. Soweit ich weiß, hast du deinem Unmut darüber Ausdruck verliehen, dass sie ins Land kommen.«

»Meinem Unmut Ausdruck verliehen!«, wiederholte Egill. »Ich habe nichts gegen irgendwelche Zuwanderer! Diese Typen auf der Versammlung haben mich angemacht, und ich habe ihnen meine Meinung gesagt. Ansichten dürfen wir ja schließlich noch haben. Ich habe gesagt, dass ich es verheerend finde, unter welchen Umständen viele von diesen Frauen ins Land kommen. Angeblich fliehen sie in erster Linie vor der entwürdigenden Armut und gehen davon aus, dass sie hier ein besseres Leben finden. Etwas in der Art habe ich von mir gegeben, und ich habe nichts Schlechtes über diese Frauen gesagt. Ich habe Respekt vor dem Selbsterhaltungsstreben in jeglicher Form, und ich glaube, dass diese Frauen sich hier sehr bewährt haben.«

Egill hustete und beugte sich unter Mühen zum Aschenbecher vor, um die Zigarette auszudrücken.

»Ich glaube, das gilt für sämtliche Kreaturen aus aller Herren Länder, die nach Island kommen und sich hier niederlassen«, fuhr er fort. »Aber das bedeutet auf keinen Fall, dass wir unsere isländische Kultur nicht hochhalten und pflegen dürfen, und zwar vor allem in den Schulen. Ich bin ganz im Gegenteil der Ansicht, dass wir, je mehr Ausländer ins Land kommen, umso mehr Gewicht darauf legen müssen, ihnen unsere Geschichte und unsere Kultur zu vermitteln, und dass wir dafür sorgen müssen, dass diejenigen, die tatsächlich hier in der Kälte leben wollen, sie nicht einfach ignorieren. Den Religionsunterricht sollten wir fördern, anstatt ihn wie etwas, für das man sich schämt, unter den Tisch fallen zu lassen. Das war es, was ich zu denen gesagt habe, die die multikulturelle Gesellschaft bejubelten. Ich bin der Ansicht, dass diejenigen, die hier leben wollen, es gerne dürfen und dass wir ihnen in jeder Form helfen sollten, aber das darf nicht bedeuten, dass wir unsere Sprache und Tradition vernachlässigen.«

»Solltest du nicht...«

»Es ist doch wohl das Mindeste, dass wir unsere eigenen Traditionen pflegen dürfen, auch wenn hier Leute mit anderem kulturellen Hintergrund hinziehen.«

»Solltest du nicht schon längst wieder unterrichten?«, fragte Erlendur, als er endlich zu Wort kam. Egill schien nicht bemerkt zu haben, dass die große Pause schon längst zu Ende war.

»Ich habe eine Freistunde«, entgegnete Egill brummend. »Ich bin ganz und gar damit einverstanden, dass unsere Gesellschaft im Begriff ist, sich zu ändern, und deswegen muss man gleich von Anfang an positiv darauf reagieren. Es ist wichtig, gleich einzugreifen und Vorurteile auszuräumen. Alle sollen die gleichen Chancen haben, und wenn Kinder ausländischer Abstammung sich schwerer mit den schulischen Leistungen und der Ausbildung tun, dann muss man Maßnahmen ergreifen. Und damit muss man gleich im Kindergarten anfangen. Im Übrigen bin ich der Meinung, dass ihr eure Zeit nicht mit mir verschwenden solltet, auch wenn ich auf Elternversammlungen die Klappe aufreiße. Es gibt doch wahrlich naheliegendere Dinge zu tun, wenn Kinder erstochen werden.«

»Man sammelt Informationen, darin besteht die Arbeit. Hast du speziell mit Elías oder Niran zu tun gehabt?«

»Nein, nicht mehr als andere. Sie sind auch noch nicht lange an der Schule. Soweit ich weiß, sind sie erst letztes Frühjahr in dieses Viertel gezogen und kamen dann im Herbst an unsere Schule. Ich habe Elías unterrichtet, zuletzt vorgestern, glaube ich. Er war geschickt mit den Händen, der Junge. In dieser Altersstufe machen wir keine komplizierten Sachen, wir sägen ein bisschen und so was.«

»Hat er sich gut in die Klasse eingefügt?«

»Den Eindruck hatte ich. Er war halt einfach eines von den Kindern.«

»Hast du etwas von Auseinandersetzungen zwischen dunkelhäutigen Kindern und den anderen bemerkt?«

»Eigentlich kaum«, sagte Egill und strich sich den Bart. »Aber es bilden sich gewisse Cliquen, das kann man immer beobachten. Ich bin nicht sonderlich angetan von Kjartan, unserem Isländischlehrer. Ich glaube, seinetwegen gibt es da einige Spannungen. So ganz richtig tickt er nicht, der Ärmste. Mit dem Handball war es aus, als die Karriere zum Greifen nah war. So was kann einen Menschen kaputtmachen. Mit dem solltest du über diese Dinge reden, der weiß da besser Bescheid.«

Sie schwiegen. Auf dem Schulhof war alles ruhig.

»Es geht also alles zum Teufel«, sagte Erlendur schließlich.

»Ich fürchte, ja.«

Sie saßen noch eine ganze Weile in dem zugequalmten Auto. Mit einem Mal fiel Erlendur ein, dass Sigurður Óli früher an dieser Schule gewesen war, und ganz spontan fragte er Egill danach. Der musste eine Weile nachdenken, bis er sich an diesen Jungen erinnern konnte, der vor vielen Jahren die Schule besucht hatte und ziemlich von sich eingenommen gewesen war.

»Wirklich komisch, an was man sich im Zusammenhang mit den Kindern erinnert und an was nicht«, sagte Egill. »Ich glaube, sein Vater war Klempner.«

»Klempner?«, sagte Erlendur, der über Sigurður Óli nichts wusste, was über die Arbeit hinausging, obwohl sie bereits seit Jahren zusammenarbeiteten. Sie unterhielten sich nie über ihr Privatleben, und das passte beiden ausgezeichnet in den Kram. Das zumindest hatten sie gemeinsam.

»Ja, Klempner und ein unverbesserlicher Kommunist«, fügte Egill hinzu. »Er sorgte damals für einiges Aufsehen, denn er erschien bei sämtlichen Elternversammlungen oder wenn in der Schule sonst etwas los war. Das war sehr ungewöhnlich, denn die anderen Väter ließen sich nie mit ihren Kindern hier blicken. Der Kerl erschien aber dauernd und ließ geharnischte Reden über die verdammten Reaktionäre vom Stapel.«

»Und die Mutter?«

»Die habe ich nie getroffen«, sagte Egill. »Er hatte irgendeinen Spitznamen, der Kerl, das hatte was mit Klempnern zu tun. Mein Bruder ist ebenfalls Klempner, und er wusste sofort, um wen es sich handelt. Wie haben sie ihn doch noch genannt?«

Erlendur beäugte noch einmal heimlich die Beule, die jetzt wieder blass geworden war.

»Wieso kann ich mich nicht daran erinnern?«, fragte Egill.

»Ich brauch das nicht zu wissen«, erklärte Erlendur.

»Doch, jetzt erinnere ich mich. Sie nannten ihn den ›Dauertropf‹.«


Finnur war Klassenlehrer in der dritten Jahrgangsstufe. Er saß im Lehrerzimmer, denn seine Klasse hatte Musikunterricht. Elínborg störte ihn beim Korrigieren.

»Wenn ich richtig verstanden habe, ist es zwischen dir und

einem anderen Lehrer hier, Kjartan, zu einem Eklat gekommen«, sagte Elínborg, nachdem sie sich vorgestellt hatte. Die Sekretärin hatte ihr gesagt, wo Finnur zu finden war.

»Kjartan und ich sind keine Freunde«, erklärte Finnur. Er war gut dreißig Jahre alt und schlank, hatte eine dunkle, dichte Mähne und trug Jeans und eine Fleecejacke.

»Was ist zwischen euch vorgefallen?«

»Habt ihr schon mit ihm gesprochen?«

»Ja, das hat mein Kollege getan.«

»Und?«

»Und nichts. Was ist vorgefallen?«

»Kjartan ist ein Vollidiot«, antwortete Finnur. »Er sollte eigentlich nicht unterrichten dürfen, aber das ist meine ganz private Ansicht.«

»Hat er irgendwelche Bemerkungen fallen lassen?«

»Das macht er ständig. Allerdings passt er auf, dass er nicht zu weit geht, sonst würde er hier an der Schule nicht alt werden. Unter vier Augen ist er aber nicht so zurückhaltend.«

»Was hat er gesagt?«

»Es ging um die ausländischen Einwandererkinder mit dunkler Hautfarbe. Ich glaube aber nicht, dass er etwas mit diesem entsetzlichen Vorfall zu tun hat.«

Finnur zögerte einen Augenblick.

»Ich wusste, dass er mich in Harnisch bringen wollte. Ich finde es völlig in Ordnung, wenn Leute aus anderen Weltgegenden hierherkommen, und mir ist es auch egal, mit was für Absichten sie das tun, falls sie nicht direkt kriminell sind. Es spielt auch keine Rolle, ob sie aus Europa oder Asien kommen. Wir brauchen diese Menschen, und es bereichert unser Leben. Kjartan will das Land völlig abschotten. Darüber sind wir uns in die Haare geraten, allerdings war er auch ungewöhnlich reizbar.«

»Wann war das?«

»Gestern Morgen. Wir streiten uns ständig. Wir brauchen uns kaum anzusehen, und schon sprühen die Funken.«

»Seid ihr oft aneinandergeraten?«

Finnur nickte. »Lehrer sind im Allgemeinen sehr für Gleichberechtigung, etwas anderes kommt für sie nicht infrage. Sie achten auch darauf, dass unter den Schülern keine Diskriminierungen stattfinden. Darum sind wir immer bemüht, und es ist sozusagen allen Lehrern eine heilige Pflicht.«

»Aber Kjartan ist da eine Ausnahme, oder?«

»Er ist einfach unerträglich. Man sollte ihn eigentlich beim Schulamt anzeigen. Solche Lehrer wie er haben an der Schule nichts zu suchen.«

»Ist...?«, setzte Elínborg an.

»Es hängt wahrscheinlich mit meinem Bruder zusammen«, unterbrach Finnur sie. »Er ist mit einer Thailänderin verheiratet, deswegen verhält sich Kjartan mir gegenüber so. Mein Bruder hat vor acht Jahren eine Frau in Thailand kennengelernt. Sie haben zwei Töchter und sind die besten Menschen, die ich kenne. Deswegen nehme ich mir die Sache wahrscheinlich auch so zu Herzen. Ich ertrage es nicht, wie er redet, und das weiß er.«

*Zehn*

Als Erlendur aus Egills Auto stieg, klingelte sein Handy. Es war die Dolmetscherin Guðný, die jetzt wieder bei Sunee war. Erlendur hatte sie gebeten, Sunee Tag und Nacht zur Seite zu stehen und ihn anzurufen, sobald etwas geschähe. Niran war nach einer schwierigen Nacht aufgewacht, und sein Zustand war unverändert. Er weigerte sich immer noch, mit jemandem zu reden. Sunee verlangte, dass man ihn in Ruhe ließe. Sie wollte nicht, dass er von irgendwelchen Psychologen umgeben war, und verbat sich solche Besuche. Ebenso wenig wollte sie, dass die Polizei bei ihr aus und ein ging. Erlendur sagte, er würde vorbeischauen, und beendete das Gespräch.

Elínborg und Sigurður Óli trugen immer noch Informationen der Klassenkameraden über Elías zusammen, als Erlendur das Schulgebäude wieder betrat. Er hörte ihnen eine Weile zu. Allem Anschein nach brachten die Kinder alle möglichen Anschuldigungen gegeneinander vor, aber nur wenig davon schien direkt etwas mit Elías zu tun zu haben. Einer hatte zwei Mädchen auf den Arm genommen, ein anderer durfte beim Fußball nicht mit dabei sein, einer hatte einem Jungen mit solcher Wucht einen Schneeball verpasst, dass der losheulte. Sigurður Óli blickte in Erlendurs Richtung und gab ihm zu verstehen, dass er mit so etwas also nun seine Zeit verbrachte. Die Kinder waren verängstigt wegen Elías' Schicksal, einige weinten.

Erlendur setzte sich mit dem Chef des Rauschgiftdezernats in Verbindung und bat ihn darum, sich die Akten mit den Drogendelikten genauer anzusehen, die in dem Viertel vorgefallen waren und möglicherweise in irgendeiner Form mit dieser Schule in Verbindung standen.

Der Rektor sah wirr und ungepflegt aus und schien in der Nacht nicht gut geschlafen zu haben. Vor seinem Büro hatten sich diejenigen eingefunden, die mittags in der Aula zu den Kindern sprechen würden, Vertreter der Kirche, des Elternverbands und der Polizei. Sie scharten sich um den Rektor, der aber die Lage nicht im Griff zu haben schien. Als seine Sekretärin erschien und erklärte, dass er einige wichtige Telefonanrufe beantworten müsse, wehrte er sie mit einer Handbewegung ab. Erlendur sah sich die Leute an und zog sich zurück. Er folgte der Sekretärin und erfuhr von ihr, wo Nirans Klassenlehrer zu finden war.

Die Sekretärin schaute Erlendur, der vor ihr stand, unschlüssig an.

»Sonst noch etwas?«, fragte sie.

»Würdest du sagen, dass diese Schule hier multikulturell ausgerichtet ist?«, fragte er schließlich.

»Das kann man vielleicht so ausdrücken«, sagte die Sekretärin. »Rund zehn Prozent der Schüler sind ausländischer Abstammung.«

»Und damit sind im Prinzip alle zufrieden?«

»Es klappt alles sehr gut.«

»Gibt es gar keine Probleme deswegen?«

»Nichts, was der Erwähnung wert wäre, das glaube ich zumindest«, fügte sie wie entschuldigend hinzu.

Nirans Klassenlehrerin war eine Frau um die dreißig, die genau wie die anderen ganz offensichtlich schockiert war. In der Öffentlichkeit wurde bereits über die Situation der

Zuwanderer und die Verantwortung der Gemeinschaft ihnen gegenüber diskutiert, und zahlreiche Experten ließen sich darüber aus, was in dieser Hinsicht bereits erreicht und was noch zu tun wäre, damit sich dergleichen nicht wiederholen würde. Man suchte nach denen, die die Verantwortung trugen: Hatte das System gegenüber den Zuwanderern versagt? War das vielleicht nur der Anfang von etwas Größerem? Man sprach von unterschwelliger Ausländerfeindlichkeit, die zum Ausbruch gekommen sei, und dass man darauf mit verstärkter Diskussion und Aufklärung reagieren müsse. In diesem Zusammenhang sei vor allem der Schulunterricht besser zu nutzen, denn hier könne man über Vorurteile reden und sie so aus der Welt schaffen.

In Nirans Klasse war der Unterricht in vollem Gang, als Erlendur an die Tür klopfte. Er entschuldigte sich für die Störung. Die Lehrerin sah ihn mit einem schwachen Lächeln an. Sie wusste gleich, worum es ging, und bat um einen Augenblick Geduld. Kurz darauf kam sie auf den Korridor hinaus und stellte sich vor, sie hieß Edda Brá. Ihre kleine Hand verschwand in Erlendurs großer, als sie ihn mit ernster Miene begrüßte. Sie hatte kurz geschnittene, dunkle Haare und trug Jeans und einen dicken Pullover.

»Ich weiß eigentlich kaum, was ich über Niran sagen soll«, erklärte sie ohne Umschweife, als hätte sie die Kriminalpolizei früher oder später erwartet. Vielleicht wollte sie das Ganze aber auch nur so schnell wie möglich hinter sich bringen. Die Klasse wartete auf sie.

»Niran kann schwierig sein, und manchmal muss ich mich gesondert mit ihm befassen«, fuhr sie fort. »Er ist kaum imstande, Isländisch zu schreiben, und auch beim Sprechen hapert es sehr, deswegen ist es schwierig, mit ihm in Kontakt zu kommen. Er macht so gut wie wie nie Hausaufgaben und scheint nicht das geringste Interesse am Lernen zu haben. Ich habe seinen Bruder zwar nie unterrichtet, aber soweit ich weiß, war er ein äußerst lieber Junge. Niran ist anders, er schafft es, alle anderen Jungen gegen sich aufzubringen, und dann kommt es häufig genug zu Prügeleien. Zuletzt vorgestern. Ich weiß, wie schwierig es für Kinder ist, die Schule zu wechseln, und er hat von Anfang an Probleme gehabt.«

»Er ist mit neun Jahren nach Island gekommen, und ihm ist es nicht richtig gelungen, sich hier einzuleben«, sagte Erlendur.

»Damit steht er nicht allein«, sagte Edda. »Diejenigen, die schon in fortgeschrittenem Alter hierherkommen, tun sich sehr schwer und finden sich nicht zurecht.«

»Was ist denn da vorgestern passiert?«, fragte Erlendur.

»Du solltest vielleicht mit dem anderen Jungen reden.«

»Ist das ein Junge aus seiner Klasse?«

»Die Kinder haben heute Morgen darüber geredet«, sagte Edda. »Dieser Junge kommt aus problematischen Verhältnissen und hat hier in der Schule immer wieder Schwierigkeiten gemacht. Er und andere haben sich mit Niran und seinen Freunden angelegt. Rede du mit ihm und bring in Erfahrung, was er zu sagen hat, ich bekomme nichts aus ihm heraus. Er heißt Guðmundur und wird ›Gummi‹ genannt.«

»Warum nicht«, sagte Erlendur.

Edda Brá ging in das Klassenzimmer zurück und kam kurze Zeit später mit einem Jungen im Schlepptau wieder heraus, den sie vor Erlendur hinstellte. Erlendur war sehr beeindruckt, wie entschlossen sie vorging. Sie verschwendete keine Zeit auf überflüssiges Gerede, sie wusste, was Sache war und wie man etwas anpacken musste. Edda Brá, dachte er, was für ein Name ist das eigentlich?

»Du hast gesagt, ich würde mein Handy wiederbekommen«, sagte das Bürschlein wehleidig und sah Erlendur an.
»Das ist das Einzige, was diese Kinder verstehen«, sagte Edda Brá und sah Erlendur an. »Ich wollte nicht vor der ganzen Klasse herausposaunen, dass die Kriminalpolizei etwas von ihm will. Da wären bestimmt alle ausgeflippt, so, wie die Dinge liegen. Sag mir Bescheid, wenn ich noch etwas für dich tun kann«, fügte sie hinzu, und mit diesen Worten ging sie zurück ins Klassenzimmer.
»Gummi?«, sagte Erlendur.
Der Junge schaute zu ihm hoch. Die Oberlippe war etwas geschwollen und die Nase verkratzt. Er war groß für sein Alter und hatte blonde Haare. Aus seinen Augen konnte man tiefes Misstrauen herauslesen.
»Bist du bei der Polizei?«, fragte er.
Erlendur nickte und ging mit dem Jungen hinter eine Trennwand, die dazu diente, einen länglichen Tisch mit mehreren Computern abzuschirmen. Erlendur ließ sich auf dem Tisch nieder, der Junge setzte sich vor ihn auf einen Stuhl.
»Hast du so ein Bullenabzeichen?«, fragte Gummi. »Kann ich das mal sehen?«
»So ein Abzeichen habe ich nicht«, sagte Erlendur, »wahrscheinlich meinst du so ein Ding, wie es die Bullen in Kinofilmen tragen. Aber das sind ja auch keine richtigen Bullen, sondern nur irgendwelche blöden Schauspieler.«
Gummi starrte Erlendur an, als hätte er für einen Augenblick das Gehör verloren.
»Was ist vorgestern zwischen dir und Niran vorgefallen?«, fragte Erlendur.
»Was hat das mit ...«, begann Gummi, und das Misstrauen, das in seinen Augen zu lesen war, schwang auch in seiner Stimme mit.

»Pure Neugierde«, unterbrach Erlendur ihn. »Es ist gar nicht so wichtig, mach dir darüber keine Gedanken.«

Gummi zögerte immer noch.

»Er hat mich angegriffen«, sagte er schließlich.

»Und warum?«

»Weiß ich doch nicht.«

»Hat er auch noch andere angegriffen außer dir?«

»Ich weiß nicht. Er ist auf einmal auf mich losgegangen.«

»Weshalb?«

»Keine Ahnung«, wiederholte Gummi.

Erlendur überlegte. Er stand auf und warf einen Blick über die Trennwand, dann setzte er sich wieder. Er durfte nicht zu viel Zeit mit Gummi vertun.

»Weißt du, was mit Jungs passiert, die die Polizei anlügen?«, sagte er.

»Ich lüg doch gar nicht«, sagte Gummi, dessen Augen sich weiteten.

»Wir rufen sofort bei den Eltern an und und sagen ihnen, was Sache ist, dass ihr Kind versucht hat, die Polizei anzulügen, und dann müssen alle ins Dezernat kommen, wo sie verhört werden. Dann wird das Weitere entschieden. Wir können dich also, wenn du nach der Schule freihast, mit deinem Papa und deiner Mama abholen und ...«

»Er ist total ausgerastet, als ich das gesagt habe.«

»Was hast du gesagt?«

Gummi zögerte wieder, schien sich dann aber einen Ruck zu geben.

»Dass er braun wie Kacke ist. Er hat aber noch viel Schlimmeres zu mir gesagt«, fügte Gummi rasch hinzu.

Erlendur zog eine Grimasse. »Und da wunderst du dich, dass er über dich hergefallen ist?«

»Er ist ein Blödmann!«

»Und du bist das nicht?«

»Die lassen einen nie in Ruhe.«

»Die?«

»Seine Freunde, die sind auch aus Thailand oder von den Philippinen. Die hängen da bei der Apotheke rum.«

Erlendur erinnerte sich an das, was Elínborg über ein paar Jungen bei der Apotheke gesagt hatte, als sie gestern Abend im Auto den Stand der Dinge durchgingen.

»Ist das eine Bande?«

Gummi zögerte. Erlendur wartete ab. Er wusste, dass Gummi jetzt scharf darüber nachdachte, ob er erzählen sollte, was genau passiert war, um so Erlendur ihm gewogen zu machen. Oder ob er so tun sollte, als wüsste er von nichts, und nur mit Nein antworten sollte und hoffen, dass sich der Kripo-Mann damit zufriedengeben würde.

»So war das nicht«, sagte Gummi schließlich. »Die haben angefangen.«

»Womit?«

»Uns anzumachen.«

»Euch anzumachen?«

»Die glauben, die sind was Besseres als wir. Dass sie was Besonderes sind. Besser als wir Isländer. Weil sie aus Thailand oder Vietnam oder von den Philippinen kommen. Die sagen, dass da alles viel besser ist als hier, viel toller.«

»Und ihr prügelt euch?«

Gummi gab ihm keine Antwort, sondern sah zu Boden.

»Weißt du, was mit Nirans Bruder Elías passiert ist?«, fragte Erlendur.

»Nein«, sagte Gummi immer noch mit gesenktem Blick. »Er war nicht bei denen.«

»Und was sagst du deinen Eltern, woher du die Schrammen im Gesicht hast?«

Gummi blickte hoch.

»Das ist denen doch scheißegal.«

Elínborg und Sigurður Óli erschienen auf einmal auf dem Gang, und Erlendur gab Gummi ein Zeichen, dass er gehen könne. Sie sahen zu, wie er die Tür zum Klassenzimmer hinter sich schloss.

»Hat's was gebracht?«, fragte Erlendur.

»Gar nichts«, antwortete Elínborg. »Ein Kind, mit dem ich gesprochen habe, sagte allerdings, dass dieser Kjartan, der Isländischlehrer, ›mega-ätzend‹ wäre. Es hörte sich so an, als habe er die Schüler genervt, aber ich habe nicht herausgekriegt, was genau es war.«

»Bei mir war alles *honky-dory*«, erklärte Sigurður Óli.

»›Honky-dory‹?«, knurrte Erlendur. »Musst du dich immer so bescheuert ausdrücken?«

»Was ...?«

»*Honky-dory* ist hier gar nichts!«

Aus jedem Krankenzimmer hörte man in regelmäßigen Abständen das Piepen von Armaturen, aber es war still in dem Zimmer, in dem Marian Briem lag. Erlendur stand am Fußende des Betts. Marian schien zu schlafen. Das Gesicht war nur noch Haut und Knochen, die Augen waren tief eingesunken. Die Hände lagen auf dem Oberbett, lange, schmale Finger mit langen, nikotingelben, nicht manikürten Nägeln. Es waren bereits einige Tage vergangen, ohne dass jemand zu Besuch gekommen war. Erlendur hatte sich eigens danach erkundigt. Wahrscheinlich würde auch niemand zur Beerdigung kommen, überlegte er. Marian Briem war immer alleinstehend gewesen und hatte nie etwas anderes sein wollen. Bei nicht wenigen Besuchen in den letzten Jahren hatte Erlendur über seine eigene Zukunft, das Alleinsein und die Vereinsamung nachgedacht. Marian Briem hatte sich lange Zeit als eine Art Gewissen von Erlendur betrachtet und war nicht müde geworden,

Erlendur über seine Privatangelegenheiten auszufragen, vor allem die Scheidung und die Verbindung zu seinen Kindern, die er einfach zurückließ, ohne sich um sie zu kümmern, kamen immer wieder zur Sprache. Erlendur verspürte zwar eine gewisse Achtung vor Marian, aber nichtsdestoweniger nervte ihn diese Neugier. Nicht selten waren zwischen ihnen die Fetzen geflogen. Marian Briem, Erlendurs Boss während der ersten Jahre, in denen er eine harte Schule durchlief, war der Meinung, eine besondere Beziehung zu ihm zu haben und Einfluss auf seine Entwicklung gehabt zu haben, nachdem er bei der Kripo angefangen hatte.

»Willst du nicht endlich was im Hinblick auf deine Kinder unternehmen?«, hatte Marian ihn einmal mit sehr vorwurfsvollem Unterton gefragt.

Das hatte sich in einer dunklen Kellerwohnung zugetragen, in der es eine Auseinandersetzung zwischen drei Seeleuten gegeben hatte, die eine Woche auf Sauftour gewesen waren. Einer von ihnen hatte ein Messer gezückt und dreimal auf seinen Kumpel eingestochen, weil der etwas Beleidigendes über seine Freundin gesagt hatte. Der Mann wurde ins Krankenhaus eingeliefert, wo er seinen Verletzungen erlag. Die beiden anderen landeten im Untersuchungsgefängnis. Am Tatort war überall Blut. Der Mann war fast verblutet, während seine beiden Kumpels weitergesoffen hatten. Am nächsten Morgen sah die Zeitungsfrau durchs Kellerfenster, dass da ein Mensch in seinem Blut lag, und sie verständigte die Polizei. Die beiden anderen Männer hatten weitergesoffen, bis sie umfielen, und als sie geweckt wurden, hatten sie nicht die geringste Ahnung, was passiert war.

»Ich tu, was ich kann«, sagte Erlendur, während er auf eine Blutlache am Boden starrte. »Misch dich da nicht ein.«

»Irgendjemand muss das aber tun«, erklärte Marian Briem.
»Du kannst mir doch nicht sagen, dass du dich in der gegenwärtigen Situation wohlfühlst.«

»Es geht dich nichts an, wie es mir geht«, beharrte Erlendur.

»Es geht mich etwas an, wenn es sich auf deine Arbeit auswirkt.«

»Es wirkt sich nicht auf meine Arbeit aus. Ich finde schon eine Lösung. Mach dir darüber keine Gedanken.«

»Glaubst du, dass aus ihnen etwas wird?«

»Aus wem?«

»Aus deinen Kindern?«

»Hör doch endlich auf damit«, sagte Erlendur und starrte auf das Blut.

»Du solltest mal darüber nachdenken, wie es ist, ohne Vater aufzuwachsen.«

Auf dem Tisch lag das blutige Messer.

»Kein schwierig zu lösender Fall«, erklärte Marian.

»Die gibt's nur selten in dieser Stadt«, sagte Erlendur.

Und jetzt stand er vor dem ausgemergelten Körper und wusste, was er seinerzeit nicht gesehen hatte: dass Marian Briem ihm zu helfen versucht hatte.

Erlendur hatte selber keine plausible Erklärung dafür, weshalb er bei der Scheidung zwei Kinder zurückließ und so gut wie keinen Versuch machte, auf seinem Umgangsrecht zu bestehen.

Seine Exfrau hasste ihn und schwor heilige Eide, dass er seine Kinder nie wieder zu Gesicht bekommen würde, nicht einen einzigen Tag, und er unternahm keine großen Anstrengungen dagegen. Später jedoch, als er herausfand, in welchem Zustand seine beiden Kinder waren, bereute er diese Unterlassung mehr als alles andere in seinem Leben.

Marian Briem öffnete langsam die Augen und sah Erlendur am Fußende stehen.

Erlendur fielen die Worte seiner Mutter über einen alten Verwandten ein, der im Sterben lag. Sie hatte ihn besucht und an seinem Bett gesessen. Als sie nach Hause kam, hatte sie darüber gesprochen, dass er so seltsam ausgezehrt gewesen sei.

»Erlendur, liest du mir etwas vor?«

»Selbstverständlich«, sagte Erlendur.

»Deine Geschichte«, sagte Marian, »und die deines Bruders.«

Erlendur schwieg.

»Du hast … mir irgendwann mal … gesagt, dass es sie gibt … in deinen Katastrophenbüchern.«

»Es gibt sie«, bestätigte Erlendur.

»Liest … du … sie mir vor?«

In diesem Augenblick klingelte Erlendurs Handy. Marian sah zu ihm hoch. Die Rufton-Melodie hatte Elínborg an einem Regentag, als sie beim Amtsgericht warten mussten, für ihn ausgewählt, die Anfangstöne der Neunten von Beethoven. Die *Ode an die Freude* erfüllte das Sterbezimmer.

»Wo kommt diese Musik her?«, fragte Marian und klang wie weggetreten von den starken Schmerzmitteln.

Als es Erlendur endlich gelang, das Telefon aus seiner Jackentasche zu fischen, verstummte die Ode.

»Ja, hallo«, sagte Erlendur.

Er hörte, dass jemand am anderen Ende der Leitung war, aber es kam keine Antwort.

»Hallo«, sagte er noch einmal, lauter.

Keine Antwort.

»Wer ist da?«

Er war im Begriff, das Gespräch abzubrechen, als am anderen Ende der Leitung aufgelegt wurde.

»Das mach ich«, sagte Erlendur, »ich lese dir die Geschichte vor.«

»Ich hoffe bloß ... dass ... dass das hier bald ... ein Ende nimmt«, sagte Marian Briem. Die Stimme war heiser und zitterte ein wenig wegen der Anstrengung, die das Sprechen kostete. »Es ist ... kein Vergnügen ... das hier ...«

Erlendur musste lächeln. Wieder begann das Telefon zu klingeln. *Ode an die Freude.*

»Ja«, sagte er.

Keine Antwort.

»Was soll denn dieser Blödsinn?«, stieß Erlendur hervor. »Wer ist am Apparat?«

Immer noch Schweigen in der Leitung.

»Wer ist da?«, wiederholte Erlendur.

»Ich ...«

»Ja? Hallo?«

»O Gott, ich kann nicht«, sagte eine weibliche Stimme an seinem Ohr.

Erlendur erschrak, als er die Verzweiflung in der Stimme hörte. Zunächst glaubte er, es sei seine Tochter. Sie hatte ihn einmal in höchster Not angerufen und um Hilfe gebeten. Aber das hier war nicht Eva.

»Wer ist denn da?«, fragte Erlendur und war sehr viel entgegenkommender, als er hörte, dass die Frau am anderen Ende der Leitung weinte.

»O Gott«, sagte sie wieder, und es hörte sich so an, als sei sie nicht imstande, einen Satz auf die Reihe zu bringen.

Eine Weile herrschte Schweigen in der Leitung.

»So kann es nicht weitergehen«, sagte sie dann und legte wieder auf.

»Was? Hallo?«

Erlendur rief ins Telefon, hörte aber nur das Besetztzeichen. Er kontrollierte die Rufnummernanzeige, doch da war keine neue Nummer zu sehen. Er sah, dass Marian Briem wieder eingeschlafen war. Sein Blick fiel wieder auf das Handy, und urplötzlich sah er vor seinem inneren Auge das blauweiße Antlitz einer Frau, die von den Wellen gewiegt wurde und mit toten Augen zu ihm hochstarrte.

## Elf

Erlendur befand sich im Verhörzimmer und war in Gedanken bei dem Anruf, den er im Krankenhaus erhalten hatte. *O Gott, ich kann nicht*, erklang die schwache Stimme wieder und wieder in seinem Kopf. Der Gedanke ließ ihn nicht los, dass die Frau, die kurz vor Weihnachten verschwunden war, sich nach all dieser Zeit zum ersten Mal gemeldet hatte. Seine Handynummer hätte sie ohne Schwierigkeiten in der Telefonzentrale der Polizei erhalten können, es war sein Diensttelefon. Sein Name tauchte immer wieder im Zusammenhang mit Ermittlungen in den Medien auf, beispielsweise im Zusammenhang mit dem Verschwinden der Frau und jetzt mit Elías' Tod. Da Erlendur die Stimme der Frau nicht kannte, konnte er nicht entscheiden, ob sie es gewesen war. Er hatte vor, bei nächster Gelegenheit mit dem Ehemann zu reden.

Er erinnerte sich, einmal gelesen zu haben, dass nur fünf Prozent der Ehen oder Verbindungen, die mit einem Ehebruch begannen, für den Rest des Lebens hielten. Er fand nicht, dass das ein hoher Prozentsatz war. Und seine Gedanken kreisten darum, dass es wohl schwierig war, eine vertrauensvolle Beziehung zu jemandem aufzubauen, wenn man zuvor einen anderen betrogen hatte. Möglicherweise war Betrug aber auch ein zu hartes Wort. Vielleicht hatten sich die früheren Beziehungen dieser Menschen gewandelt, und im entscheidenden Moment war eine neue

Liebe erwacht. So etwas kam vor, das hatte es schon immer gegeben. Wenn man den Aussagen ihrer besten Freunde Glauben schenken durfte, war die vermisste Frau überzeugt gewesen, die wahre Liebe gefunden zu haben. Sie war dem neuen Mann von ganzem Herzen zugetan.

Das gaben diese Freunde, mit denen sie auch nach der Scheidung Kontakt hielt, besonders deutlich zu verstehen, als Erlendur nach Erklärungen für das Verschwinden suchte. Sie verließ ihren Ehemann, und es gab eine große Hochzeit mit dem anderen. Sie wurde als ausgesprochen rationaler Mensch beschrieben, doch so jemand konnte wie verwandelt sein, wenn auf einmal Gefühle ins Spiel kamen. Die Freunde hatten keinerlei Zweifel daran, dass ihre Liebe zu dem neuen Mann echt war, und sie erklärten, die frühere Ehe sei gescheitert gewesen. Sie selbst war aber »ganz verändert«, wie eine Freundin es ausdrückte. Als Erlendur um eine nähere Erklärung bat, stellte sich heraus, dass die Frau nach der Scheidung ziemlich exaltiert gewesen war, sie redete über ein ganz neues Leben und dass sie sich nie besser gefühlt hätte. Die Hochzeit wurde riesengroß gefeiert, ein besonders beliebter Pfarrer nahm die Trauung vor, und viele Freunde und Bekannte freuten sich an einem schönen Sommertag mit den Brautleuten. Anschließend fuhren sie drei Wochen in die Toskana, von wo sie erholt, braun gebrannt und glückstrahlend zurückkehrten.

Das Einzige, was bei dieser prächtigen Hochzeit fehlte, waren ihre Kinder. Ihr früherer Mann weigerte sich, sie an »dieser Farce« teilnehmen zu lassen.

Schon nach relativ kurzer Zeit war das Hochgefühl aus der Beziehung verschwunden und hatte sich in sein Gegenteil verkehrt. Die Freundinnen beschrieben den Zustand so, dass die Frau nach und nach in Trauer und Reue versank und schließlich unter schweren Schuldgefühlen litt. Dazu trug nicht unwesentlich bei, dass die Exfrau ihres neuen Mannes sie ständig beschuldigte, ihre Familie zerstört zu haben. Seine Kinder zogen zu ihnen und erinnerten sie ständig an ihre Verantwortung, während sie gleichzeitig um ihre eigenen Kinder kämpfen musste. Die Folge war, dass sie in quälende Depressionen verfiel.

Es war nicht die erste Scheidung ihres neuen Mannes wegen eines Seitensprungs gewesen. Erlendur fand heraus, dass er dreimal geheiratet hatte. Seine erste Frau lebte in Hafnarfjörður, sie hatte schon vor langer Zeit wieder geheiratet und ein Kind mit diesem Mann bekommen. Bei ihnen hatte sich der gleiche Prozess nach dem gleichen Muster abgespielt. Der Mann hatte die Tatsache, dass er immer seltener zu Hause war, mit Besprechungen, Dienstreisen und Golfturnieren erklärt. Eines Tages aber verkündete er ihr völlig überraschend, dass es nun zu Ende sei, sie hätten sich auseinandergelebt und er habe vor, auszuziehen. Das brach über die Frau herein wie ein Blitz aus heiterem Himmel. Sie hatte nicht wahrgenommen, dass die Beziehung abgekühlt war, sondern ihr war nur seine häufige Abwesenheit aufgefallen.

Erlendur unterhielt sich ebenfalls mit Ehefrau Nummer zwei. Sie hatte nicht wieder geheiratet, und Erlendur merkte ihr an, dass sie die Scheidung immer noch nicht verwunden hatte. Sie beschrieb ihm ganz genau, was sich abgespielt hatte, und machte sich selber Vorwürfe, keinen Argwohn geschöpft zu haben. Erlendur ergriff ihre Partei und erklärte, sie könne wahrscheinlich von Glück reden, ihn losgeworden zu sein. Sie lächelte schwach. »Ich denke vor allem an die Kinder«, sagte sie. Sie sagte, sie hätte nicht gewusst, dass er verheiratet war, als er seine ersten Annäherungsversuche machte. Erst als die Beziehung bereits einige Monate bestand, erklärte er ihr sehr verlegen, dass er ihr etwas sagen müsse. Sie befanden sich in einem kleinen Hotel auf dem Land, er hatte sie dazu eingeladen, eine Nacht mit ihm zu verbringen. Abends im Speisesaal eröffnete er ihr, verheiratet zu sein. Als sie ihn ungläubig anstarrte, beeilte er sich, ihr zu versichern, dass seine Ehe gescheitert sei, es sei nur noch eine Frage der Zeit, wann er seine Frau verließe, und sie wisse das auch. Sie machte ihm schwere Vorwürfe, ihr nichts von einer Ehefrau gesagt zu haben, aber es gelang ihm, sie zu beruhigen und sie wieder auf seine Seite zu ziehen.

Diese Aussagen und das, was er von anderen Leuten, die mit der verschwundenen Frau in Verbindung gestanden hatten, erfahren hatte, führten dazu, dass Erlendur dem Ehemann nicht über den Weg traute. Je mehr Zeit verstrich, desto größer war die Wahrscheinlichkeit, dass die Frau Selbstmord begangen hatte, und die Tatsache, dass sie unter Depressionen gelitten hatte, unterstützte diese Theorie. Der überraschende Anruf ließ aber in Erlendur wieder die Hoffnung aufkommen, dass sie ihren Mann nur verlassen hatte und nicht wollte, dass er ihren Aufenthaltsort erfuhr, dass sie sich versteckt hielt und nicht wusste, an wen sie sich wenden sollte.

Es waren nur zwei Jahre seit der wunderbaren Hochzeit vergangen, als die Frau einer Freundin anvertraute, dass ihr Mann an den Wochenenden an Golfturnieren teilnahm, von denen sie nie etwas gehört hatte.

Erlendur schreckte aus seinen Gedanken hoch und nickte Sigurður Óli zu, der sich zu ihm in den Verhörraum setzte. Die Vernehmung konnte beginnen. Der Mann, der ihnen gegenübersaß, war Mitte vierzig und bereits mit dem Gesetz in Konflikt geraten, als er noch keine zwanzig war.

Seine Vergehen waren unterschiedlich schwer gewesen, Einbrüche, Raubüberfälle und mitunter grobe Körperverletzungen. Er wohnte drei Häuser von Sunees Wohnblock entfernt. Die Polizei hatte eine Liste mit den Namen von allen Vorbestraften, die immer wieder rückfällig geworden waren und denen Elías auf dem Nachhauseweg von der Schule möglicherweise über den Weg gelaufen sein konnte. Derjenige, der jetzt vor ihnen saß, stand ganz oben auf der Liste.

Die Polizei hatte eine Genehmigung zur Hausdurchsuchung, als er abgeholt wurde. Jede Menge illegaler Pornos waren zum Vorschein gekommen, unter anderem mit Kindern. Das reichte schon, um wieder einmal Anklage gegen ihn zu erheben.

Der Mann, der Andrés hieß, blickte Erlendur und Sigurður Óli abwechselnd an und schien auf das Schlimmste gefasst zu sein. Man sah ihm an, dass er Alkoholiker war. Sein Gesichtsausdruck war stumpf, die kleinen Augen blickten unstet und fragend. Er war eher kleinwüchsig und wirkte gedrungen.

Erlendur, der Andrés mehr als einmal festgenommen hatte, kannte ihn gut.

»Weshalb belämmert ihr mich denn jetzt schon wieder?«, fragte Andrés, der nach einer langen Sauftour struppig und abgerissen aussah. »Was geht hier eigentlich ab?«

Er versuchte, seine Stimme männlich klingen zu lassen, aber sie überschlug sich.

»Kennst du einen Jungen namens Elías, der ganz in deiner Nähe wohnt?«, fragte Erlendur. »Ein dunkelhäutiger Junge thailändischer Abstammung. Zehn Jahre alt.«

Das Tonbandgerät, das zwischen ihnen auf dem Tisch stand, surrte ein wenig. Im Hinblick auf den Zustand, in dem Andrés sich befunden hatte, als er nachts ins Untersuchungsgefängnis gebracht worden war, schien seine Aussage, nichts vom Mord an Elías gehört zu haben, durchaus glaubwürdig. Allerdings war andererseits kein Verlass auf das, was er von sich gab. So war es schon immer gewesen.

»Ich weiß nichts über irgendeinen Elías«, sagte Andrés. »Wollt ihr mich verklagen? Wegen was soll's denn diesmal sein? Ich hab nichts gemacht. Warum fallt ihr einfach über einen her?«

»Mach dir keine Gedanken darüber«, sagte Sigurður Óli.

»Von was für einem Elías redet ihr?«, fragte Andrés und sah Erlendur an.

»Kannst du dich erinnern, wo du gestern am späten Nachmittag warst?«

»Zu Hause«, antwortete Andrés. »Ich war zu Hause, und zwar den ganzen Tag, den ganzen Tag gestern, meine ich. Um was für einen Jungen geht es eigentlich?«

»Ein zehnjähriger Junge wurde ganz bei dir in der Nähe erstochen«, antwortete Erlendur. »War gestern jemand bei dir, der deine Aussage bestätigen kann?«

»Ein Junge wurde umgebracht?«, fragte Andrés sichtlich erschrocken. »Wer ...? Erstochen?«

»Weißt du überhaupt, was heute für ein Tag ist?«, erkundigte sich Erlendur.

Andrés schüttelte den Kopf.

»Ich muss dich bitten, ins Mikrofon zu sprechen«, schaltete sich Sigurður Óli ein.

»Ich hab keine Ahnung. Ich habe keinen Jungen angegriffen, ich weiß nichts von einem Überfall. Ich weiß gar nichts. Ich habe nichts verbrochen. Könnt ihr einen nicht in Ruhe lassen?«

»Aber du kennst den Jungen vielleicht?«, fragte Erlendur. Wieder schüttelte Andrés den Kopf, und Sigurður Óli deutete mit dem Finger auf das Aufnahmegerät.

»Ich weiß nicht, wovon du redest.«

»Er hat einen fünf Jahre älteren Bruder«, sagte Erlendur. »Sie sind im letzten Frühjahr in das Viertel gezogen. Du lebst doch schon seit fünf Jahren dort und musst doch so ungefähr wissen, wer in der Nachbarschaft lebt. Du kriegst doch mit, was um dich herum passiert. Stell dich doch nicht so an!«

»Anstellen! Ich hab überhaupt nichts gemacht.«

»Kennst du diesen Jungen?«, fragte Erlendur, zog ein Foto von Elías aus der Jackentasche und reichte es Andrés.

Er nahm es entgegen und betrachtete das Gesicht des Kindes lange.

»Den kenn ich nicht«, sagte er.

»Er ist dir nie über den Weg gelaufen?«, fragte Erlendur.

Vor dem Verhör hatte Erlendur erfahren, dass bei der Hausdurchsuchung keinerlei Hinweise gefunden wurden, dass Elías oder Niran in der Wohnung gewesen waren. Andrés hatte sich jedoch sehr merkwürdig verhalten, als die Polizei sich gewaltsam Zutritt zu seiner Wohnung verschafft hatte. Auf das Hämmern an der Tür hatte er nicht reagiert. Als die Tür aufgebrochen wurde, schlug den Polizisten zunächst nur ein entsetzlicher Mief aus der völlig verdreckten Wohnung entgegen. Die Tür war mit zwei Extraschlössern gesichert gewesen, und Andrés hatte sich unter seinem Bett versteckt, wo ihn die Polizisten widerstrebend hervorzogen, während er um Hilfe schrie. Er wehrte sich aus Leibeskräften und hatte offensichtlich keine Vorstellung, dass er sich in Polizeigewahrsam befand, sondern schien sich mit einem imaginären Feind herumzuschlagen, den er flehentlich um Schonung bat.

»Kann sein, dass ich ihn irgendwann mal gesehen habe, aber ich kenne ihn überhaupt nicht«, sagte Andrés. »Ich habe ihm nichts getan.«

Seine Blicke irrten unstet zwischen Erlendur und Sigurður Óli hin und her, als sei er gezwungen, eine Entscheidung zu treffen, und schwanke noch. Vielleicht glaubte er, sich herauslavieren zu können. Sigurður Óli wollte etwas sagen, aber Erlendur stieß ihn an und bedeutete ihm zu schweigen. Das schien Andrés zu gefallen.

»Würdet ihr mich in Ruhe lassen, wenn ...?«, sagte er schließlich.

»Wenn was?«, sagte Erlendur.

»Lasst ihr mich dann nach Hause gehen?«

»Deine Wohnung war vollgestopft mit Kinderpornos«, sagte Sigurður Óli, dem man seinen Abscheu anhören konnte. Erlendur hatte ihm mehr als einmal eingeschärft, sich zusammenzureißen und Straftäter emotionslos zu behandeln. Nichts nervte Sigurður aber mehr als Rückfalltäter wie Andrés.

»Wenn was?«, wiederholte Erlendur.

»Wenn ich euch was sage.«

»Ich habe dir gesagt, dass du hier keine Zicken machen sollst«, sagte Erlendur. »Sag gefälligst, was du sagen willst, und mach nicht ewig Ausflüchte.«

»Er ist vor ungefähr einem Jahr in das Viertel gezogen.«

»Elías ist im letzten Frühjahr umgezogen, das hab ich doch gesagt.«

»Ich rede nicht von dem Jungen«, sagte Andrés und sah wieder von einem zum anderen.

»Von wem denn?«

»Der Typ ist gealtert. Das war das Erste, was ich bemerkt habe.«

»Von wem redest du eigentlich?«, stieß Sigurður Óli hervor.

»Von einem Mann, der bestimmt mehr Pornos in seinem Besitz hat als ich«, erklärte Andrés.

Sigurður Óli und Erlendur sahen einander an.

»Ich hab nie jemanden umgebracht«, sagte Andrés. »Das weißt du, Erlendur, du musst mir glauben. Ich hab nie jemanden umgebracht.«

»Hör auf, mich zu deinem Vertrauten zu machen.«

»Ich hab nie jemanden umgebracht«, wiederholte Andrés. Erlendur sah ihn schweigend an.

»Ich hab niemanden umgebracht«, sagte Andrés wieder.

»Du bringst alles um, was du anrührst.«

»Über was für einen Mann redest du?«, fragte Sigurður Óli. »Wer ist da in das Viertel gezogen?«

Andrés ging gar nicht auf ihn ein, sondern starrte weiterhin Erlendur an.

»Was für ein Mann ist das, Andrés?«, fragte Erlendur.

Andrés lehnte sich vor und drehte den Kopf ein wenig wie ein altes Mütterchen, das ein Kind freundlich begrüßt.

»Er ist ein Albtraum, den ich nie loswerde.«

*Zwölf*

Elínborg wartete darauf, mit Elías' früherer Klassenlehrerin zu sprechen, die die Brüder unterrichtet hatte, als sie noch an der Snorrabraut lebten und dort zur Schule gingen. Man teilte Elínborg mit, dass die Konferenz bald zu Ende sei. Sie setzte sich neben der Tür des Lehrerzimmers auf einen Stuhl, um zu warten. Ihre Gedanken kreisten um ihre jüngste Tochter, die immer noch mit einer Grippe im Bett lag. Elínborgs Mann konnte tagsüber eine Zeit lang bei ihr sein, später am Tag würde sie ihn zu Hause ablösen.

Die Tür zum Lehrerzimmer ging auf, und eine Frau mittleren Alters kam heraus und begrüßte sie. Man hatte ihr in der Konferenz die Nachricht übermittelt, dass die Kriminalpolizei sie sprechen wolle. Elínborg gab ihr die Hand, stellte sich vor und sagte ihr, um was es ging, nämlich um den Mord an Elías, von dem sie bestimmt gehört habe. Die Frau nickte bekümmert.

»Wir haben auf der Konferenz auch darüber gesprochen«, sagte sie leise. »Es fehlen einem die Worte für so etwas ... für so eine Untat. Wer ist zu so etwas fähig? Wer ist imstande, über ein Kind herzufallen?«

»Wir werden es herausfinden«, sagte Elínborg und schaute sich nach einem Ort um, wo sie sich in Ruhe unterhalten konnten.

Die Frau, die Emilía hieß, war von kleiner und zarter Statur. Ihr dunkles, bereits leicht ergrautes Haar hatte sie im Nacken zusammengebunden. Sie schlug vor, dass sie sich in ihr Klassenzimmer setzten, die Kinder seien gerade im Musikunterricht, und der Raum stünde leer. Elínborg folgte ihr dorthin. In dem Raum hingen an den Wänden Zeichnungen, und man sah, dass sie von Kindern in unterschiedlichem Alter angefertigt worden waren. Es gab ganz schlichte Bilder im Strichmännchenstil, aber auch nahezu realistisch wirkende Porträts. Elínborg bemerkte einige wenige Zeichnungen von isländischen Bauernhöfen zu Füßen eines Berges und mit leuchtend blauem Himmel, einigen Wolkenbällchen und einer strahlenden Sonne. Sie konnte sich daran erinnern, dass das auch schon zu ihrer Schulzeit ein beliebtes Motiv gewesen war, und wunderte sich im Stillen über dessen Langlebigkeit.

»Das hier stammt von Elías«, sagte Emilía und nahm ein Bild aus der Schublade des Lehrerpults. »Sie haben seinerzeit die Bilder nicht abgeholt, als die beiden die Schule wechselten. Dieses hier habe ich nicht wegwerfen mögen, denn man kann daran deutlich sehen, dass er Zeichentalent hatte.«

Elínborg betrachtete das Bild. Sie musste der Lehrerin zustimmen, Elías war wirklich sehr begabt. Er hatte ein Frauenantlitz mit extrem großen, braunen Augen, dunklem Haar und strahlendem Lächeln gezeichnet, der Hintergrund war in hellen und klaren Farben gehalten.

»Das stellt seine Mutter dar«, sagte Emilía lächelnd. »Die arme Frau, was sie durchmachen muss!«

»Hast du ihn schon unterrichtet, als er eingeschult wurde?«, erkundigte sich Elínborg.

»Ja, vom ersten Schuljahr an, kaum zu glauben, das war erst vor vier Jahren. Er war immer so ein lieber und guter Junge, die ganze Zeit. Ein bisschen verträumt. Deswegen fiel es ihm manchmal etwas schwer, sich auf das Lernen zu konzentrieren, und es hat einige Mühe gekostet, ihn dazu anzuhalten. Er konnte stundenlang Löcher in die Luft starren und befand sich dann wohl irgendwo in seiner eigenen Welt.«

Emilía schwieg eine Weile nachdenklich.

»Es muss furchtbar schwierig für Sunee sein«, sagte sie schließlich.

»Ja natürlich, enorm schwierig«, stimmte Elínborg ihr zu.

»Sie war immer sehr besorgt um ihre Jungen«, sagte die Lehrerin und deutete auf die Zeichnung. »Ich habe beide unterrichtet, auch Niran, Elías' Bruder. Er sprach sehr schlecht Isländisch. Soweit ich weiß, haben sie meist Thailändisch zu Hause gesprochen. Ich habe Sunee gegenüber erwähnt, dass daraus Probleme für die Jungen entstehen könnten. Sie spricht ja selber nicht viel Isländisch, und sie fand es besser, eine Dolmetscherin dabeizuhaben, wenn sie zu den Elternversammlungen kam.«

»Den Vater, hast du den seinerzeit kennengelernt?«, fragte Elínborg.

»Nein, überhaupt nicht. Er ist nie zu irgendwelchen Veranstaltungen gekommen, weder zur Weihnachtsfeier noch sonst irgendwann. Bei Elternabenden ist er nie erschienen, sie kam immer allein.«

»Es könnte sein, dass Elías mit dem Umzug in ein anderes Viertel und der neuen Schule Probleme hatte«, sagte Elínborg. »Es ist keineswegs sicher, dass er sich wirklich in der neuen Schule eingelebt hat. Er besaß noch keine Freunde und war sehr viel allein mit sich.«

»Das will ich gern glauben«, sagte Emilía. »Ich kann mich gut erinnern, wie es war, als er hier in der Schule anfing. Er klammerte sich an seine Mutter, und der Elternsprecher der Klasse und ich brauchten eine ganze Zeit, bis wir ihn dazu gebracht hatten, sich zu beruhigen und zu begreifen, dass alles in Ordnung war, auch wenn Sunee wegging.«

»Und Niran?«

»Die Brüder sind ganz und gar verschieden«, sagte Emilía. »Niran ist hart im Nehmen, der kommt überall durch. Er ist alles andere als ein schüchterner Junge.«

»Kamen sie gut miteinander aus?«

»Ich hatte den Eindruck, dass Niran sich liebevoll um seinen kleinen Bruder kümmerte, und Elías hat Niran vergöttert. Es hat so viele Zeichnungen von ihm gemacht. Die beiden unterschieden sich aber vor allem darin, dass Elías sich anpassen, sich in die Klasse einfügen wollte, während Niran rebellischer war. Er war gegen die Klasse, gegen die Lehrer, die Schulleitung, die älteren Schüler. Es gab hier eine Gruppe von fünf oder sechs Einwandererkindern, mit denen Niran den meisten Umgang hatte. Sie hielten sich abseits und kümmerten sich kaum um den Unterrichtsstoff, denn sie hatten nicht das geringste Interesse beispielsweise an der isländischen Geschichte oder dergleichen. Einmal kam es auch zu Auseinandersetzungen zwischen ihnen und einigen isländischen Kindern. Aber nicht während der Schulzeit. Das war irgendwann abends, die Jungen hatten sich mit Knüppeln bewaffnet, und ein paar Fensterscheiben gingen kaputt. Man hört ja hin und wieder von so etwas. Du wirst das sicherlich kennen.«

»Ja, das tun wir«, antwortete Elínborg. »Meist geht es dabei um Mädchen.«

»Kurz darauf zogen aber die beiden schlimmsten Rabauken von hier weg, und gleich wurde es viel ruhiger. Es braucht ja nur ein paar davon. Und dann haben Elías und Niran die Schule gewechselt, und ich habe keinen von beiden seitdem wieder gesehen. Und dann hört man auf einmal den

Namen und alles in den Nachrichten und begreift überhaupt nicht, wie es dazu kommen konnte.«

Emilía sprach rasch, ihre Worte überstürzten sich beinahe. Elínborg hatte nicht vor, sich zu dem Fall äußern, und ging nicht auf ihre Frage ein, wie es den Brüdern ergangen sei, nachdem sie umgezogen waren, oder auf Fragen nach Sunees Privatleben. Emilía war von Natur aus neugierig und machte keinen Hehl daraus. Elínborg fand sie sympathisch, aber da sie nichts preisgeben durfte, antwortete sie nur ausweichend, dass sich die Ermittlungen noch im Anfangsstadium befänden. Emilías Neugierde war verständlich, denn der Mord an Elías war das beherrschende Thema in den Medien. Die Polizei hatte die Aussagen von zahlreichen Menschen zu Protokoll genommen, wahrscheinlich an die hundert im ganzen Viertel, in den umliegenden Wohnblocks, in der Schule, in den Geschäften und Kiosken. Man zeigte ihnen Bilder von Elías und versuchte, so genau wie möglich herauszufinden, was er an diesem Tag unternommen hatte. Zeugen, die ihn eventuell auf dem Schulweg hätten gesehen haben können, waren gebeten worden, sich zu melden, aber dabei war noch nichts Zuverlässiges herausgekommen. Das Einzige, was die Kriminalpolizei sicher wusste, war, dass Elías allein die Schule verlassen hatte und direkt nach Hause wollte, aber dann wohl unterwegs angegriffen worden war.

Elínborg lächelte und sah auf die Uhr. Sie bedankte sich für die informativen Antworten. Emilía begleitete sie den Korridor entlang zu einer der Außentüren. Dort gaben sie sich die Hand.

»Ihr wisst also noch gar nichts?«, fragte Emilía.

»Nein«, antwortete Elínborg. »Wir wissen noch gar nichts.«

»Also dann«, sagte Emilía. »Ich muss nämlich ... Ist Sunee noch mit ihrem Mann zusammen?«

»Nein.«

»Ich frage wegen einer anderen Zeichnung von Elías«, beeilte sich Emilía zu sagen. »Auf dem Bild war auch seine Mutter zu sehen. Er hat sie sehr häufig gemalt. Hierauf war an ihrer Seite jedoch noch ein Mann. Das Bild stammt aus diesem Frühjahr, nachdem sie schon umgezogen waren, aber die Jungen noch hier zur Schule gingen. Ich kann mich erinnern, dass ich Elías spontan gefragt habe, wer das denn sei. Das kam mir in diesem Moment so in den Sinn.«

Ja, das kann ich mir vorstellen, dachte Elínborg. Es hatte ganz den Anschein, als sei Emilía sich selber darüber im Klaren, wie neugierig sie war.

»Und er hat geantwortet, dass es ein Freund seiner Mutter sei.«

»Tatsächlich?«, sagte Elínborg. »Hast du den Jungen gefragt, wie er hieß?«

»Ja, das habe ich«, entgegnete Emilía lächelnd, »aber Elías sagte, er wüsste es nicht. Oder er hat mir vielleicht den Namen nicht nennen wollen.«

»Und dieser Mann auf der Zeichnung, wie ...?«

»Hätte gut ein Isländer sein können.«

»Ein Isländer?«

»Ja. Ich wollte nicht aufdringlich sein. Ich erinnere mich, dass es mir so vorkam, als würde Elías ihn mögen.«

Im Verhörraum lehnte Andrés sich zurück. Man hörte ein leises Klicken, als das Tonband abgelaufen war. Sigurður Óli streckte die Hand nach dem Apparat aus, drehte die Kassette um und setzte das Gerät wieder in Gang. Erlendur behielt Andrés die ganze Zeit im Auge.

»Was meinst du damit, ein Albtraum, den du nicht loswirst?«, fragte er. »Was willst du damit sagen?«

»Ich bezweifle, dass du es hören möchtest«, entgegnete Andrés. Ich bezweifle, dass irgendjemand so etwas Schreckliches hören möchte.«

»Was ist das für ein Mann?«, fragte Sigurður Óli. »Und willst du damit sagen, dass er dir etwas angetan hat?«

Andrés schwieg.

»Willst du damit sagen, dass es sich um einen Kinderschänder handelt?«, fragte Erlendur.

Andrés saß stumm da und blickte Erlendur an. »Ich hatte ihn jahrelang nicht gesehen«, sagte er schließlich. »Und auf einmal plötzlich ... Es ist wahrscheinlich ein Jahr her.«

Wieder verstummte Andrés.

»Und was weiter?«

»Es war, als träfe man seinen eigenen Henker«, erklärte Andrés. »Er hat mich aber nicht gesehen. Er weiß nicht, dass ich von ihm weiß. Ich hab herausgefunden, wo er wohnt.«

»Wo ist das? Wo wohnt er, und wer ist dieser Mann?« Sigurður Óli bombardierte Andrés mit Fragen, aber der saß unbeweglich auf seinem Stuhl und sah Sigurður Óli an, als hätte er mit all dem überhaupt nichts zu tun.

»Kann sein, dass ich ihn eines Tages besuchen gehe und Hallo sage«, erklärte Andrés. »Ich denke, ich würde es heute mit ihm aufnehmen können. Ich wäre wahrscheinlich stärker als er.«

»Aber du müsstest dir erst Mut antrinken«, warf Erlendur ein.

Darauf erhielt er keine Antwort.

»Und früher musstest du dich immer verstecken?«

»Ich habe mich immer versteckt. Du solltest ja am besten wissen, dass ich darin ganz schön clever bin. Ich hab immer wieder neue Verstecke gefunden und versucht, mich so unsichtbar wie möglich zu machen.«

»Glaubst du, dass er dem Jungen was angetan haben kann?«, fragte Erlendur.

»Vielleicht hat er ja damit aufgehört, ich weiß es nicht. Wie gesagt, ich hab ihn all die Jahre nicht gesehen, und jetzt ist er auf einmal sozusagen mein Nachbar. Urplötzlich geht er auf der anderen Straßenseite an meinem Haus vorbei. Du kannst dir nicht vorstellen, was ich wirklich gesehen habe, als er da entlangging. Ich meine hier oben«, sagte Andrés und tippte sich mit dem Zeigefinger an die Schläfe.

»Könnte es sein, dass wir ihn irgendwo in unseren Karteien gespeichert haben?«, fragte Erlendur.

»Das bezweifle ich.«

»Wirst du uns sagen, wo wir ihn finden können?«, fragte Sigurður Óli.

Andrés antwortete ihm nicht.

»Wer ist dieser Mann?«, fragte Sigurður Óli und versuchte es mit einer neuen Methode. »Wir können dir dabei helfen, ihn zu fassen zu kriegen, wenn du Anzeige erstatten willst. Wir können ihn mit deiner Hilfe einbuchten. Willst du das? Willst du uns sagen, wo er ist, damit wir ihn hinter Schloss und Riegel bringen können?«

Andrés lachte ihm ins Gesicht.

»Das is ja 'ne originelle Type«, sagte er, zu Erlendur gewandt. Dann hörte er plötzlich auf zu lachen und lehnte sich zu Sigurður Óli hinüber.

»Wer würde denn einer verkrachten Existenz wie mir glauben?«

Erlendurs Handy meldete sich, und die *Ode an die Freude* erklang im Verhörzimmer. Erlendur beeilte sich, das Telefon zu finden. Der Rufton nervte ihn. Er drückte auf die Antworttaste. Sigurður Óli beobachtete ihn. Erlendurs Gesicht verfinsterte sich beim Zuhören. Er beendete das Gespräch abrupt und sprang leise fluchend auf.

»Verdammt noch mal, wo soll das noch enden«, knurrte er

zwischen zusammengebissenen Zähnen und stürmte aus
dem Zimmer.

Der Polizist hatte Verdacht geschöpft, als er wieder zum
Wohnblock zurückgekehrt war. Die Dolmetscherin war im
Auto weggefahren und hatte ihn gebeten, Milch und Brot
für die thailändische Frau und den Jungen zu kaufen, die
allein in der Wohnung zurückgeblieben waren. Er war seit
zwei Jahren bei der Polizei und fand die Arbeit nicht unangenehmer als vieles andere. Er hatte sich mit Schlägereien
im Stadtzentrum befassen müssen, wenn am Wochenende das Nachtleben voll im Gange war. Er hatte entsetzliche
Unfälle mit Todesopfern gesehen. So etwas erschütterte
ihn aber nicht sonderlich. Man zählte ihn zum hoffnungs-
vollen Nachwuchs, und er hatte vor, es bei der Polizei zu
etwas zu bringen. Jetzt war es seine Aufgabe, die Tür der
Thailänderin zu bewachen. Den ganzen Morgen waren
Sachverständige die Treppe zu ihr nach oben marschiert,
die er zuvor nach Namen, Stellung und Zweck des Besuchs
befragt hatte. Er ließ alle herein, aber sie kamen fast genauso schnell wieder herunter. Die Thailänderin wollte mit
ihrem Sohn in Ruhe gelassen werden, das verstand er gut.
Sie machte Furchtbares mit.
Dann war auf einmal die Dolmetscherin im Laufschritt
nach unten gekommen, hatte ihm einen Tausendkronenschein in die Hand gedrückt und ihn gebeten, ein paar
Sachen für Mutter und Sohn einzukaufen. Er protestierte
gutmütig, schüttelte lächelnd den Kopf und erklärte, seinen Posten nicht verlassen zu dürfen. Es täte ihm leid, es
ginge nicht. Er sei Polizist, kein Laufbursche.
»Es dauert doch nur fünf Minuten«, bat die Dolmetscherin.
»Ich würde es ja selber erledigen, aber ich bin sehr in Eile.«
Damit rannte sie zum Auto und fuhr davon.

Er blieb mit dem Zettel und dem Tausendkronenschein in der Hand zurück und rang eine Weile mit seinem Gewissen. Dann trabte er los. Er war überhaupt nicht lange weg gewesen, wie er diesem Erlendur am Telefon erklärte, der ihn derart mit Verwünschungen überschüttete, dass er beinahe losgeflennt hätte. Vielleicht hätte er ja einen Kollegen anfordern sollen. Vielleicht hätte er nie diesen blödsinnigen Botengang ausführen dürfen, der ihn daran erinnerte, wie er als kleiner Junge dauernd von seiner Mutter ins Geschäft geschickt worden war. Vielleicht hatte es daran gelegen, dass solche Aufträge so selbstverständlich für ihn waren. Im Laden vergaß er sich für einen Moment und blätterte in einem Klatschblatt, das über die Scheidung eines aus den Medien bekannten Ehepaars berichtete. Das traute er sich aber nicht, diesem Erlendur gegenüber zu erwähnen. Der Typ war so aufgebracht, dass er Angst hatte, er würde auf ihn losgehen.

Als er aus dem Laden zurückkam, rannte er die Treppe hinauf, betätigte die Klingel und klopfte an die Tür, erhielt aber keine Antwort. Schließlich griff er nach der Klinke. Die Tür war unverschlossen, und er rief »Hallo« in den Flur. Niemand antwortete ihm. Er trat ein und rief ein paar weitere Male, erhielt aber keine Antwort. Die Wohnung war leer.

Er stand wie ein begossener Pudel mit der Einkaufstüte in der Hand da und traute sich kaum, im Dezernat anzurufen und mitzuteilen, dass Sunee und ihr Sohn verschwunden waren.

*Dreizehn*

Erlendur machte den Polizisten für Sunees und Nirans Verschwinden nicht verantwortlich, obwohl der Mann sich eines unglaublichen und unbegreiflichen Dienstvergehens schuldig gemacht hatte. Er war davon überzeugt, dass die Dolmetscherin der Mutter und deren Sohn behilflich gewesen war, unterzutauchen. Sie war es gewesen, die die beiden als Letzte gesehen und den Polizisten überredet hatte, seinen Posten kurz zu verlassen, um dann wahrscheinlich die beiden an einen Ort zu bringen, den sie sich weigerte preiszugeben. Nachdem Erlendur dem Polizisten gehörig den Marsch geblasen hatte, gab er Anweisung, die Dolmetscherin zu ihm zu bringen. Unterdessen suchte die Polizei nach Hinweisen, wohin Sunee mit ihrem Sohn gegangen sein könnte. Ihr Telefon hatte keinen Nummern- oder Anrufspeicher, daher beantragte Erlendur beim Gericht, eine Liste derjenigen Telefonnummern ausgehändigt zu bekommen, von denen in den letzten Wochen bei Sunee angerufen worden war, und ebenso eine Liste der Gespräche, die in dieser Zeit von der Wohnung aus getätigt worden waren.

Elínborg berichtete Erlendur telefonisch darüber, was bei dem Gespräch mit Elías' früherer Lehrerin herausgekommen war.

»Hast du nicht den Eindruck, dass Sunee versucht, Niran zu schützen, indem sie wegläuft?«, fragte sie Erlendur, als er ihr vom Verschwinden der beiden erzählt hatte.

»Vermutlich wird etwas in der Richtung dahinterstecken«, antwortete Erlendur. »Die Frage ist nur, vor was sie ihn zu schützen glaubt.«

»Vielleicht hat er ihr etwas gesagt.«

Erlendur hatte das Gespräch mit Elínborg gerade beendet, als sich das Handy aufs Neue meldete. Der Chef des Rauschgiftdezernats teilte ihm mit, dass sie ein Mädchen in der Schule ausfindig gemacht hatten, das beim Versuch, Drogen auf dem Schulgelände zu verkaufen, erwischt worden war. Sie war vorher nicht mit der Polizei in Berührung gekommen, aber ihre ältere Schwester war der Abteilung als Junkie bestens bekannt und schon oft wegen Drogenverstößen festgenommen worden. Der ältere Bruder der beiden Schwestern, ein grobschlächtiger Typ, saß wegen Totschlags in Litla-Hraun ein; er hatte einen Passanten in der Innenstadt so brutal angegriffen, dass der Mann später seinen Verletzungen erlag.

»Eine Topmannschaft also«, sagte Erlendur.

»Erste Sahne«, sagte der Chef des Rauschgiftdezernats. »Willst du dich mit dem Mädchen befassen?«

»Ja, lass sie abholen«, sagte Erlendur.

In diesem Augenblick erschien Guðný in der Wohnung. Erlendur unterbrach das Gespräch und steckte das Telefon in die Manteltasche.

»Wo sind die beiden?«, fragte er barsch und baute sich vor ihr auf. »Warum haben sie sich aus dem Staub gemacht? Und wohin hast du sie gebracht?«

»Bringst du allen Ernstes mich damit in Verbindung?«, war ihre Gegenfrage.

»Du hast den Polizeiposten hinters Licht geführt«, sagte Erlendur, »danach bist du dann zurückgekommen, um sie abzuholen. Wir müssen wissen, was mit ihnen ist. Ich könnte dich in Gewahrsam nehmen lassen, weil du die

Polizei bei der Arbeit behindert hast. Davor würde ich im Zweifelsfall nicht zurückschrecken.«

»Ich habe nicht das Geringste damit zu tun«, sagte Guðný. »Ich bin nicht zurückgekommen und habe sie geholt. Und komm mir bloß nicht mit Drohungen. Falls du vorhast, mich ›in Gewahrsam nehmen‹ zu lassen, dann tu's doch!«

»Wir brauchen ein paar Erklärungen von dir«, sagte Sigurður Óli, der inzwischen eingetroffen war und ihr Gespräch gehört hatte. »Du hast als Letzte mit ihnen gesprochen. Weshalb haben sie sich abgesetzt?«

»Ich habe nicht die geringste Ahnung«, stöhnte Guðný. »Ich war genauso überrascht wie ihr, als mich die Polizei verständigt hat. Als ich sie vor so etwa ...«, sie schaute auf ihre Armbanduhr, um sich zu vergewissern, »... vor etwa einer Dreiviertelstunde verließ, deutete nichts darauf hin, dass Sunee wegwollte. Sie sagte bloß, dass sie ein paar Sachen aus dem Lebensmittelladen brauche. Ich musste zu einer Besprechung und war schon viel zu spät dran. Der Polizist war so liebenswürdig, ihr zu helfen. Ich hatte keinen Verdacht, dass sie uns austricksen wollte, davon hat sie nichts gesagt. Mir ist es egal, ob ihr mir glaubt oder nicht, aber ich wusste wirklich nichts davon.«

»Weißt du, wohin sie gegangen sein könnten?«, fragte Sigurður Óli.

»Nein, keine Ahnung. Ich weiß nicht einmal, ob sie sich tatsächlich verstecken. Vielleicht kommt sie ja gleich zurück und ist nur kurz mal weg gewesen. Vielleicht versteckt sie sich ja gar nicht. Habt ihr das überhaupt in Erwägung gezogen?«

»Hat sie heute Morgen mit jemandem telefoniert?«, fragte Sigurður Óli.

Guðný berichtete ihnen, dass sie morgens früh zu Sunee gekommen war. Als sie eintraf, stand der Polizist vor der Tür, und in einem Streifenwagen auf dem Parkplatz des Hauses saßen zwei weitere Polizeibeamte. Etwas später fuhr der Streifenwagen weg. Sunee hatte gleich damit angefangen, dass sie und Niran in Ruhe gelassen werden wollten, weil es dem Jungen nicht gut ging. Sie hatte ihn noch nicht zum Sprechen gebracht, und wenn sie das nicht schaffte, würde es weder den Polizisten noch einem von diesen Sachverständigen gelingen. Sie bräuchte jetzt Zeit mit Niran allein, um ihn aus seiner Abkapselung herauszuholen. Der Tod seines Bruder hatte ihm offensichtlich einen furchtbaren Schock versetzt, und sie wollte ihm helfen, so gut sie es vermochte. Guðný hatte eine Weile mit ihnen zusammengesessen und ihre Hilfe angeboten. Als Sunee hörte, dass Guðný wieder wegwollte, begann sie, darüber zu reden, dass sie etwas einkaufen müsse.

»Wusste sie, dass der Streifenwagen nicht mehr da war?«, fragte Erlendur.

»Ja, sie hat gesehen, wie er losfuhr.«

»Wo ist dieser verdammte Wagen eigentlich hin?«, wollte Erlendur von Sigurður Óli wissen, der die Antwort auch parat hatte. Der Wagen war wegen eines schweren Verkehrsunfalls an einer viel befahrenen Kreuzung ein paar Straßen weiter wegbeordert worden, weil er am nächsten beim Unfallort war. Man war davon ausgegangen, dass er für einen kurzen Einsatz zu entbehren war.

Erlendur schüttelte verständnislos den Kopf.

»Wo lebt Sunees Freund?«, fragte er Guðný.

»Ich habe euch bereits gesagt, dass mir nichts über einen Freund bekannt ist«, erklärte Guðný zögernd.

»Könnte es sein, dass sie bei ihm Zuflucht sucht?«, sagte Erlendur.

»Viele Zufluchtsmöglichkeiten scheint sie ja nicht zu haben«, mischte sich Sigurður Óli ein.

»Wer ist dieser Mann?«, fragte Erlendur und warf Sigurður Óli einen ärgerlichen Blick zu. Er hatte manchmal die Angewohnheit, sich einzumischen, und das ging Erlendur auf die Nerven.

»Ich weiß nichts von einem Freund«, wiederholte Guðný.

»Vielleicht sind sie ja bei ihrer ehemaligen Schwiegermutter. Habt ihr das schon überprüft? Oder bei ihrem Bruder.«

»Das werden wir als Erstes kontrollieren.«

In diesem Augenblick kam Elínborg herein.

»Wie können sie denn verschwunden sein?!«, fragte sie. »Wurde das Haus hier nicht überwacht?«

»Sie hat Angst«, erklärte Guðný. »Wer würde an ihrer Stelle keine Angst haben? Der Grund für ihr Verschwinden kann nur der sein, dass sie ihren Sohn, der noch am Leben ist, schützen will. An etwas anderes kann sie im Augenblick gar nicht denken, das liegt auf der Hand. Sie vertraut nur auf sich selbst, so, wie sie es schon immer tun musste.«

»Warum hat sie kein Vertrauen zu uns?«, fragte Elínborg. »Hat sie einen Grund dafür, misstrauisch zu sein?«

Guðný blickte sie an. »Ich weiß es nicht«, sagte sie. »Ich habe nicht auf all eure Fragen eine Antwort.«

»Wer ist ihr Freund?«, fragte Erlendur wieder. »Was für eine Beziehung besteht zwischen ihm und Sunee? Wann haben sie sich kennengelernt? War er der Grund dafür, dass Sunee sich von ihrem Mann hat scheiden lassen? Wie gut kennt er die Jungen? Wie kam er mit ihnen zurecht?«

Guðný blickte von einem zum anderen. »Sie hat vor einiger Zeit einen Mann kennengelernt«, sagte sie schließlich.

»Ja und?«, sagte Erlendur ungeduldig.

»Ich glaube nicht, dass sie bei ihm ist. Über Sunees und Óðinns Scheidung weiß ich nichts, und ich weiß auch nicht genau, wann dieser andere Mann ins Spiel kam.«

»Wer ist er?«

»Sunees Freund.«

»Freund, wie ist das gemeint?«, fragte Erlendur.

Sigurður Óli bedeutete Elínborg, sich ihren Kommentar dazu zu verkneifen, auf was für einem Niveau diese Ermittlung angelangt war. Guðný sah sie an, wandte sich dann Sigurður Óli und zuletzt Erlendur zu und zuckte die Achseln.

»Wo arbeitet er? Weißt du, wo er wohnt?«

»Sunee hat nie über ihn geredet. Ich weiß nicht einmal, wie er heißt.«

»Warum bist du der Meinung, dass sie nicht zu ihm gegangen ist? Du hast gesagt, sie würde nicht zu ihm gehen, warum glaubst du das?«

»Es ist nur ein so Gefühl von mir«, entgegnete Guðný.

Erlendur erinnerte sich an die Worte von Sunees Exmann, der gesagt hatte, dass sie einen Freund hatte, aber sonst wusste er nichts über ihn, im Gegensatz zu Virote. Virote wusste über ihn Bescheid. Und jetzt gab Guðný endlich zu, dass sie ebenfalls von seiner Existenz wusste. Elías' frühere Lehrerin war der Meinung, dass es sich um einen Isländer handelte.

»Ist er Isländer?«, fragte Erlendur.

»Ja«, antwortete Guðný.

»Und besteht diese Beziehung schon lange?«

»Das weiß ich nicht so genau.«

»Da ist noch etwas anderes, wo wir schon über Vertrauen reden«, sagte Erlendur. »Ich weiß, dass du nicht alle unsere Fragen beantworten kannst. Aber da ist eine Frage, an der wir nicht vorbeikommen, auch wenn wir das wollten, und das ist die Frage nach Niran. Jetzt, wo Sunee mit ihm geflüchtet ist, drängt sie sich immer mehr auf.«

»Wovon redest du?«, fragte die Dolmetscherin.

Elínborg und Sigurður Óli sahen sich an, als wäre ihnen völlig schleierhaft, worauf Erlendur hinauswollte.

»Warum hat sie sich mit Niran abgesetzt?«, fragte Erlendur und senkte die Stimme.

»Ich weiß es nicht«, war Guðnýs Antwort.

»Könnte es sein, dass sie versucht, mit ihm außer Landes zu gehen?«

»Außer Landes?«

»Warum nicht?«

»Meiner Meinung nach versucht sie, ihn zu beschützen, aber genau weiß ich das natürlich nicht. Nein, ich glaube nicht, dass sie versucht, ihn außer Landes zu bringen. Ich glaube, sie hat auch gar keine Vorstellung, wie sie das anfangen sollte.«

»Sie könnte jemanden kennen. Einen oder mehrere.«

»Das ist doch absurd!«

»Ich bin ebenfalls der Meinung, dass sie versucht, Niran zu beschützen«, gab Erlendur zu. »Ich glaube, sie ist mit ihm untergetaucht, weil er ihr endlich etwas gesagt hat. Er weiß, was geschehen ist.«

»Ich kann nicht glauben, dass du andeuten willst, Niran habe etwas mit dem Mord an seinem Bruder zu tun!«, sagte Guðný stockend, sichtlich schockiert.

»Wir dürfen nichts außer Acht lassen, und es ist alles andere als hilfreich, dass Sunee mit dem Jungen verschwunden ist. Kann sein, dass sie ihn dadurch schützen will, aber es kann genauso gut sein, dass sie etwas weiß, wovon wir nichts wissen. Ich gehe davon aus, dass er ihr etwas Wichtiges gesagt hat.«

»Falls Niran sich etwas hätte zuschulden kommen lassen, würde Sunee uns das sagen. Ich kenne sie. Sie würde den Jungen nicht decken.«

»Wir müssen alle Möglichkeiten in Betracht ziehen.«

»Aber das ist völlig ausgeschlossen!«, rief die Dolmetscherin.

»Sag mir nicht, was ausgeschlossen ist und was nicht«, erwiderte Erlendur.

»Du kannst sie auf jeden Fall hier nicht wie im Gefängnis halten«, sagte Guðný. »Du kannst sie nicht in dieser Wohnung einsperren! Sie dürfen doch hingehen, wo sie wollen.«

»Ich möchte nur, dass ihnen nichts zustößt«, sagte Erlendur. »Sie müssen uns Bescheid sagen, wohin sie gehen.«

»Blödsinn«, erklärte Guðný.

»Da ist sie ja!«

Sigurður Óli starrte zur Tür hinaus ins Treppenhaus, wo Sunee und ihr Bruder standen. Niran war nicht bei ihnen. Guðný ging zu ihnen und sagte etwas auf Thailändisch. Virote antwortete ihr.

Sunee blickte Erlendur unschlüssig an. »Niran nichts tun«, sagte sie.

»Wo ist er?«, fragte Erlendur.

Sunee sprach lange mit Guðný.

»Sie ist sich nicht sicher, ob sie auf ihn aufpassen kann«, übersetzte Guðný. »Da, wo er jetzt ist, ist er in Sicherheit. Sunee weiß, dass du ihn vernehmen möchtest, aber sie sagt, dass es überflüssig ist. Er hat nichts getan und weiß nichts. Er kam gestern Abend allein nach Hause, und da hat er seinen toten Bruder gesehen und die Polizei und bekam einen Schock. Er hat sich versteckt und war erst heute Morgen in der Lage, mit seiner Mutter zu reden. Er hat Sunee versichert, dass er nicht weiß, was mit seinem Bruder passiert ist. Er hat nichts damit zu tun, und er und Elías haben sich tagsüber weder getroffen noch gesehen. Er hatte Angst.«

»Angst wovor?«

»Dass ihm das Gleiche passiert«, antwortete Guðný.

»Würdest du bitte Sunee sagen, dass es nicht richtig ist, den Jungen zu verstecken. Das ist verdächtig und vielleicht sogar gefährlich, solange wir noch keine Anhaltspunkte in dem Fall haben. Wir wissen nicht, was mit Elías passiert ist, und wenn sie glaubt, dass Niran in Gefahr ist, muss sie ihn uns anvertrauen. Sonst verschlimmert sie die Lage nur noch.«

Guðný übersetzte simultan, was Erlendur sagte. Sunee begann bereits, den Kopf zu schütteln, noch bevor die Dolmetscherin geendet hatte.

»Niran nichts tun«, sagte sie und blickte Erlendur feindselig an.

»Würdest du sie bitten, uns zu sagen, wo ihr Sohn ist«, insistierte Erlendur.

»Sie sagt, dass du dir keine Sorgen um ihn zu machen brauchst«, erklärte Guðný, »und sie bittet dich, lieber denjenigen zu finden, der Elías auf dem Gewissen hat. Gibt es da etwas Neues?«

»Nein«, sagte Erlendur. Er versuchte, sich vorzustellen, wie er sich an Sunees Stelle verhalten würde. Vielleicht tat sie das Richtige. Das konnte man nicht wissen.

»Wir haben erfahren, dass du einen neuen Mann kennengelernt hast, einen Isländer«, sagte Erlendur. »Ich bin noch gar nicht dazu gekommen, dich danach zu fragen.«

Guðný übersetzte.

»Er hat nichts mit der Sache zu tun«, erklärte Sunee.

»Wer ist dieser Mann?«, fragte Sigurður Óli. »Was kannst du uns über ihn sagen?«

»Nichts«, sagte Sunee.

»Weißt du, wo wir ihn finden können?«

»Nein.«

»Ist er bei der Arbeit? Weißt du, wo er arbeitet?«

»Das geht euch gar nichts an.«

»Was für eine Beziehung habt ihr?«

»Er ist mein Freund.«

»Was für ein Freund?«

»Ich verstehe die Frage nicht.«

»Ist er mehr als nur ein Freund?«

»Nein, nicht mehr.«

»Glaubst du, dass dieser Mann etwas mit dem Mord an deinem Sohn zu tun hat?«

»Nein«, erklärte Sunee.

»Reicht das jetzt?«, fragte Guðný.

Erlendur nickte. »Wir unterhalten uns später ausführlicher mit ihr. Versuch bitte, ihr klarzumachen, dass sie nichts damit rettet, wenn sie Niran versteckt.«

»Höchstens sein Leben«, sagte Guðný. »Versetz dich doch mal in ihre Lage. Versuch zu verstehen, was sie durchmacht!«

Sie gingen wieder nach unten und nahmen in Erlendurs Auto Platz.

»Wer ist diese verständnisvolle Dometscherin eigentlich?«, fragte Erlendur und zog eine Schachtel Zigaretten heraus.

»Willst du etwa rauchen?«, ließ Sigurður Óli sich auf dem Rücksitz vernehmen.

»Guðný?«, sagte Elínborg. »Sie hat viele Jahre in Thailand gelebt und reist immer noch regelmäßig hin, weil sie Land und Leute liebt. Sie arbeitet im Sommer als Reiseleiterin dort. Ich finde, dass sie sich in dieser schwierigen Situation großartig verhalten hat. Ich finde sie sympathisch.«

»Sie findet dich unausstehlich«, sagte Sigurður Óli zu Erlendur.

Erlendur steckte sich eine Zigarette an und bemühte sich, den Rauch nach hinten zu blasen. »Hast du noch etwas mehr aus Andrés herausgekriegt?«, fragte er.

Sigurður Óli war zunächst noch im Verhörzimmer zurückgeblieben, nachdem Erlendur aufgesprungen und hinaus-
gerannt war. Er hatte versucht, Andrés dazu zu bringen,
den Namen des Mannes zu nennen, der vor nicht allzu langer Zeit in das Viertel gezogen war, aber ohne Erfolg. Sigurður Óli setzte Elínborg über das Verhör in Kenntnis und
erklärte, dass Andrés seiner Meinung nach dummes Zeug
daherredete, um von sich selber abzulenken. Das sei ja eine
durchaus bekannte, wenn auch abgedroschene Methode.

»Er wollte mir nicht mal sagen, wie er aussieht oder sonst
irgendwelche Informationen über ihn geben«, sagte Sigurður Óli.

»Falls er sich an Andrés in seiner Kindheit vergangen hat,
ist er auf jeden Fall etwas älter als er«, sagte Erlendur. »Ich
weiß nicht, er könnte vielleicht heute so zwischen sechzig
und siebzig sein. Irgendwie glaube ich aber nicht, dass wir
es mit jemandem zu tun haben, der Kinder missbraucht,
das sind keine Mörder. Zumindest nicht im wörtlichen
Sinne.«

Es war der zweite Tag der Ermittlung, und die Informationen, die ihnen vorlagen, reichten nicht aus, um irgendwelche Schlüsse daraus ziehen zu können. Niemand hatte
sich gemeldet, der Elías an diesem Tag gesehen hatte. Das
Transformatorenhäuschen, neben dem auf ihn eingestochen worden war, befand sich an einem Fußweg, der sich
wegen der gegenüberliegenden Garagen verengte. Von den
obersten Wohnungen der Häuser in der Nähe war der Tatort einsehbar, und die Polizei hatte festgestellt, wer die In-
haber waren, aber keiner hatte etwas Ungewöhnliches oder
Verdächtiges bemerkt. Im Übrigen war auch kaum jemand
zu der Zeit zu Hause gewesen, als der Überfall stattgefunden hatte.

Erlendurs Aufmerksamkeit richtete sich auf die Schule.

Elínborg berichtete ihnen davon, dass Niran auf der früheren Schule zu einer Gruppe von Einwandererkindern gehört hatte, die oft in Auseinandersetzungen verwickelt gewesen war. Das sei in der neuen Schule nicht anders gewesen. Erlendur wies auf die Clique hin, von der einer der Schüler behauptet hatte, sie hingen bei der Apotheke herum und würden manchmal Streit mit anderen Mitschülern vom Zaun brechen.

»Und dann haben wir noch einen Päderasten und einen Rückfalltäter und einen isländischen Freund«, warf Sigurður Óli ein. »Und nicht zu vergessen einen Lehrer mit ausländerfeindlicher Einstellung, der in der Schule böses Blut macht. Super Kombination.«

Es war klar, dass Niran ein wichtiger Zeuge in dem Fall sein musste. Die Tatsache, dass er mithilfe seiner Mutter geflohen war und sich versteckt hielt, unterstrich das noch mehr. Er war ihnen auf die denkbar dümmste Weise entwischt. Erlendur erging sich wortreich darüber und drückte sich nicht sehr gewählt aus. Er gab sich selber die Schuld daran, wie es gelaufen war, und niemand anderem.

»Wie hätten wir das vorhersehen können?«, widersprach Elínborg, der es jetzt reichte. »Sunee zeigte sich sehr kooperationsbereit. Es gab nichts, was darauf hindeutete, dass sie so etwas Verrücktes tun würde.«

»Wir müssen uns sofort den Vater, die Schwiegermutter und den Bruder vorknöpfen«, sagte Sigurður Óli. »Das sind die Menschen, die ihr nahestehen, die Leute, die ihr helfen würden.«

Erlendur sah die beiden an. »Ich glaube, die Frau hat mich heute angerufen«, sagte er nach einer Weile.

»Die Frau, die vermisst wird?«, fragte Elínborg.

»Ich glaube, ja«, sagte Erlendur und berichtete ihnen von dem Anruf, den er im Krankenhaus bei Marian Briem erhalten hatte. »Sie hat nur gesagt: *So kann es nicht weitergehen,* und dann aufgelegt.«

»So kann es nicht weitergehen?«, wiederholte Elínborg, »So kann es nicht weitergehen. Was meint sie damit?«

»Falls es denn diese Frau ist«, sagte Erlendur. »Allerdings weiß ich nicht, wer es sonst gewesen sein könnte. Das heißt wohl, ich muss wieder mal zu dem Ehemann, um ihm mitzuteilen, dass sie möglicherweise noch am Leben ist. Er hat die ganze Zeit nichts von ihr gehört, und jetzt ruft sie mich an. Möglicherweise weiß er ja auch, was da abgeht. Was mag das bedeuten: *So kann es nicht weitergehen?* Es hört sich beinahe so an, als würden die beiden da gemeinsam etwas drehen. Könnte es sein, dass sie beide hinter der Sache stecken und uns gemeinsam hinters Licht führen?«

»Hatte sie eine Lebensversicherungspolice mit hoher Prämie?«, fragte Sigurður Óli.

»Nein«, antwortete Erlendur, »so etwas steckt nicht dahinter. Das ist kein Hollywoodschinken.«

»Hast du ihn in Verdacht, dass er sie umgebracht hat?«, fragte Elínborg.

»Sie sollte nicht am Leben sein, diese Frau«, sagte Erlendur. »Nichts deutet auf etwas anderes hin, als dass sie sich umgebracht hat. Dieser Anruf passt überhaupt nicht zu dem, was wir bisher erfahren haben.«

»Was wirst du ihrem Mann sagen?«, fragte Elínborg.

Erlendur hatte darüber bereits nachgedacht, seit er den Anruf erhalten hatte. Seine eh schon schlechte Meinung von dem Ehemann war nur noch negativer geworden, je mehr über ihn ans Licht gekommen war. Er schien ein Typ zu sein, der nicht genug kriegen konnte, anders konnte man es nicht ausdrücken. Fremdzugehen schien eine Obsession von ihm zu sein. Die Arbeitskollegen und

Freunde, mit denen Erlendur gesprochen hatte, sagten nichts Schlechtes über ihn, aber einige erwähnten, dass er schon immer eine Schwäche für das weibliche Geschlecht gehabt habe, einige bezeichneten ihn als einen Schürzenjäger. Obwohl er verheiratet war, stellte er bedenkenlos anderen Frauen nach. Einer erzählte, dass sie einmal im Kollegenkreis gemeinsam ausgegangen seien, um einen draufzumachen. Der Mann habe an dem Abend heftig mit einer Frau geflirtet, die ihn offenbar auch attraktiv fand. Er hatte sich unauffällig den Ehering abgestreift und ihn in einem Blumentopf in die Erde gesteckt; am nächsten Tag musste er wieder in das Lokal, um ihn auszugraben.

Das sei aber noch gewesen, bevor er die Frau kennenlernte, die nun verschwunden war. Erlendur ging davon aus, dass die Frau hingegen keineswegs für amouröse Abenteuer zu haben war. Der Mann hatte heftig mit ihr geflirtet und selbstverständlich geheim gehalten, dass er verheiratet war. Danach hatte sich die Affäre weiterentwickelt, viel weiter, als sie sich je hätte träumen lassen – bis es kein Zurück mehr gab. Nun waren sie aneinander gebunden, und die Frau quälte sich mit schweren Schuldgefühlen, Schwermut und Einsamkeit herum. Der Ehemann hatte keine Ahnung, was in seiner Frau vor sich ging. Als Erlendur ihn nach der psychischen Verfassung seiner Frau kurz vor ihrem Verschwinden befragte, sagte er: »Sie war richtig gut drauf. Sie hat nie etwas darüber verlauten lassen, dass es ihr schlecht ging.« Als Erlendur nachhakte und ihn darauf ansprach, dass seine Frau den Verdacht gehabt hatte, er betrüge sie nach nur zwei Jahren Ehe, zuckte er mit den Achseln, als sei das etwas, um das sich Erlendur nicht zu kümmern habe und das mit der Sache nichts zu tun habe. Als Erlendur nicht lockerließ, erklärte der Mann, das sei seine Privatangelegenheit und ginge niemand anderen etwas an.

Es gab keine Zeugen für das Verschwinden der Frau. Sie hatte sich bei der Arbeit krankgemeldet und war tagsüber allein zu Haus. Die Kinder ihres Mannes waren bei der Mutter. Als er gegen sechs nach Hause kam, war sie nicht da. Er hatte tagsüber nicht mit ihr gesprochen. Als er im Laufe des Abends nichts von ihr hörte, wurde er unruhig und verbrachte eine schlaflose Nacht. Am nächsten Tag ging er zur Arbeit und rief in regelmäßigen Abständen zu Hause an, doch niemand nahm ab. Er telefonierte auch mit den gemeinsamen Freunden, ihren Kollegen und allen anderen, bei denen sie sich eventuell hätte aufhalten können, aber sie war nirgends aufzufinden. Der Tag verging, und es widerstrebte ihm, sich mit der Polizei in Verbindung zu setzen. Als sie jedoch am nächsten Morgen immer noch nicht aufgetaucht war, griff er endlich zum Telefon und meldete seine Frau als vermisst. Er wusste nicht einmal, was sie angehabt hatte, als sie das Haus verließ. Die Nachbarn hatten nichts bemerkt, und es stellte sich heraus, dass niemand von den gemeinsamen Bekannten und oder ihren alten Freunden etwas über ihren Verbleib wusste. Sie besaß ein eigenes Auto, aber es war nicht angerührt worden und stand vor dem Haus. Sie hatte auch kein Taxi bestellt.

Erlendur sah im Geiste vor sich, wie sie das Haus verließ und allein und einsam in die winterliche Dunkelheit hinausging. Als er das erste Mal in das Haus kam, waren die Häuser in der Nachbarschaft mit schönen Lichterketten geschmückt, aber er ging davon aus, dass sie so etwas sicher nicht wahrgenommen hatte.

»Wenn eine Verbindung unter solchen Umständen zustande kommt, kann man dem Partner doch nicht mehr vertrauen, verdammt noch mal«, sagte Elínborg ungehalten.

So klang sie immer, wenn sie auf diesen Fall zu sprechen kamen.

»Und da haben wir noch die Frage, was mit der vierten Frau ist«, ließ Sigurður Óli sich vernehmen. »Existiert sie tatsächlich?«

»Der Mann streitet rundheraus ab, fremdgegangen zu sein, und ich habe nichts in der Hand, womit man es ihm nachweisen könnte«, sagte Erlendur. »Wir haben nur die Aussage der einen Freundin. Ihr gegenüber hatte die Frau den Verdacht geäußert, dass der Mann sich heimlich mit einer anderen treffe. Sie schien das alles sehr zu bereuen.«

»Und jetzt meldet sie sich auf einmal bei dir, nachdem sie deinen Namen im Zusammenhang mit dem Mord in den Zeitungen gesehen hat?«, fragte Elínborg.

»Ein Anruf wie aus einem Grab«, sagte Erlendur.

Sie saßen eine Weile schweigend im Auto, während ihre Gedanken um die verschwundene Frau, aber auch um Sunee und den kleinen Elías kreisten.

»Glaubst du das eigentlich wirklich?«, fragte Elínborg auf einmal. »Das mit Niran? Dass er am Tod seines Bruders beteiligt war?«

»Nein«, sagte Erlendur, »ganz und gar nicht.«

»Sie sorgt aber dafür, dass ihr Sohn untertauchen kann, sonst wäre sie ja wohl mit ihm daheimgeblieben«, warf Sigurður Óli ein.

»Vielleicht hat er Angst«, sagte Erlendur. »Vielleicht haben sie beide Angst.«

»Niran hat sich vielleicht mit einem oder mehreren angelegt, die ihm gedroht haben«, sagte Elínborg.

»Möglich«, pflichtete Sigurður Óli bei.

»Er muss zumindest irgendetwas gesagt haben, was diese panische Reaktion bei Sunee hervorgerufen hat«, sagte Elínborg.

»Übrigens, wie steht es um Marian Briem?«, erkundigte sich Sigurður Óli.

»Es geht dem Ende zu«, sagte Erlendur.

Er stand am Fenster seines Büros in der Hverfisgata, rauchte und sah dem stiebenden Schnee auf der Straße zu. Die Dunkelheit brach herein, und der Frost umklammerte mit eisigem Griff die Stadt, deren Tempo sich jetzt verlangsamte, bevor sie schlafen ging.

Es summte in der Telefonanlage auf seinem Schreibtisch, und ihm wurde gesagt, dass unten in der Eingangshalle ein junger Mann nach ihm fragen würde, der Sindri Snær hieß. Erlendur ließ ihn sofort zu sich heraufkommen, und bald erschien der Junge in der Tür.

»Ich dachte, ich schau mal kurz bei dir rein, ich bin auf dem Weg zu einem Treffen«, sagte er.

»Komm rein«, sagte Erlendur. »Was für ein Treffen?«

»Bei den Anonymen Alkoholikern«, antwortete Sindri.

»Das ist hier in der Hverfisgata.«

»Ist dir in deinem Aufzug nicht kalt?«, fragte Erlendur und deutete auf Sindris dünne Sommerjacke.

»Nicht besonders«, sagte Sindri.

»Setz dich doch. Möchtest du einen Kaffee?«

»Nein danke. Ich hab von dem Mord gehört. Arbeitest du an dem Fall?«

»Zusammen mit anderen.«

»Wisst ihr schon was?«

»Nein.«

Sindri war vor einiger Zeit aus den Ostfjorden, wo er in einer Fischfabrik gearbeitet hatte, nach Reykjavík gezogen. Im Osten war ihm etwas über seinen Vater und das furchtbare Schicksal des Bruders zu Ohren gekommen. Er hatte auch erfahren, dass Erlendur alle paar Jahre in den Osten fuhr, um dort in den Bergen zu wandern, wo er als Kind beinahe umgekommen war. Sindri war seinem Vater gegenüber nicht so nachtragend wie Eva Lind. Vor nicht allzu langer Zeit hatte er noch überhaupt nichts von ihm wissen wollen. Jetzt kam es aber hin und wieder vor, dass er bei ihm hereinschneite, sowohl zu Hause als auch im Dezernat.

»Hast du was von Eva gehört?«, fragte Sindri.

»Sie hat angerufen und nach Valgerður gefragt.«

»Deiner Frau?«

»Sie ist nicht meine Frau«, erklärte Erlendur.

»Eva sagt was anderes. Sie sagt, dass sie schon so gut wie bei dir eingezogen ist.«

»Macht sie sich Gedanken wegen Valgerður?«

Sindri nickte und holte eine Schachtel Zigaretten aus der Tasche.

»Ich weiß es nicht. Vielleicht denkt sie, dass sie dir wichtiger ist.«

»Wichtiger ist? Wichtiger als wer?«

Sindri inhalierte tief und blies den Rauch durch die Nase aus.

»Als sie?«, fragte Erlendur.

Sindri zuckte mit den Achseln.

»Hat sie das dir gegenüber angedeutet?«

»Nein«, sagte Sindri.

»Eva hat sich lange nicht bei mir gemeldet, abgesehen von diesem Anruf gestern. Glaubst du, dass das der Grund dafür ist?«

»Möglich. Ich hab das Gefühl, sie versucht, sich jetzt hochzurappeln. Sie ist nicht mehr mit diesem Dealer zusammen, und sie hat mir gesagt, dass sie sich wieder einen Job suchen will.«

»Haben wir das nicht schon mal gehört?«

»Ja.«

»Und wie geht's dir?«

»Super«, erklärte Sindri und stand auf. Er drückte die Zigarette im Aschenbecher auf dem Schreibtisch aus. »Hast du vor, in diesem Sommer wieder in die Ostfjorde zu fahren?«

»Ich habe noch keinen Gedanken daran verschwendet. Warum?«

»Nur so. Ich hab mir mal das Haus angeschaut, als ich da im Osten gearbeitet habe. Kann mich nicht erinnern, ob ich es dir schon gesagt habe.«

»Der Hof ist verlassen.«

»Macht einen trostlosen Eindruck. Vielleicht auch, weil man weiß, weswegen ihr weggezogen seid.«

Sindri öffnete die Tür. »Du sagst mir vielleicht, wenn du wieder in die Ostfjorde fährst?«

Er schloss die Tür leise hinter sich, ohne die Antwort abzuwarten. Erlendur saß hinter seinem Schreibtisch und starrte auf die Tür. Er hatte das Gefühl, wieder auf den Hof zurückversetzt zu sein, dorthin, wo er auf die Welt gekommen und aufgewachsen war. Das Haus stand immer noch zu Füßen der Berge. Er hatte darin übernachtet, wenn er seine Heimat aus schwer zu fassenden Gründen besuchte. Vielleicht, um wieder die Stimmen aus der Vergangenheit zu hören und sich an das zu erinnern, was er einmal besessen und geliebt hatte.

In diesem Haus, das jetzt schutz- und leblos Wind und Wetter ausgesetzt war, hatte er zum ersten Mal das unbekannte, schauderhafte Wort gehört, das sich tief in sein Bewusstsein eingegraben hatte.

Mörder.

*Vierzehn*

Das Mädchen erinnerte ihn ein wenig an Eva Lind, obwohl sie jünger und etwas pummeliger war. Eva war zeit ihres Lebens spindeldürr gewesen. Das Mädchen hatte eine kurze, schwarze Lederjacke an und darunter ein dünnes, grünes T-Shirt und verschmutzte Militärhosen. Die eine Augenbraue war gepierced, die Lippen waren schwarz und das eine Auge dunkel umrahmt. Sie gab sich taff und saß Erlendur mit einer Miene gegenüber, die Trotz und eine zutiefst ablehnende Haltung gegen alles verriet, was mit der Polizei zu tun hatte. Elínborg saß neben Erlendur und sah das Mädchen mit einem Gesichtsausdruck an, der verriet, dass sie es am liebsten sofort in die Waschmaschine stecken und auf Start drücken wollte.

Die ältere Schwester, die in allem das Vorbild dieses Teenagers zu sein schien, hatten sie bereits verhört. Die riss ganz schön die Klappe auf, sie hatte ja auch schon jede Menge Lebenserfahrung und war mehrfach wegen Drogendelikten verurteilt worden. Da es nie gelungen war, sie mit größeren Mengen zu erwischen, hatte sie immer nur kurze Strafen auf Bewährung bekommen. Sie weigerte sich wie gewöhnlich, die Namen derer zu verraten, für die sie dealte, und als sie gefragt wurde, ob ihr klar sei, was sie ihrer Schwester damit antäte, sie in die Drogenszene hineinzuziehen, lachte sie ihnen ins Gesicht und erklärte: *»Go get a life.«*

Erlendur war bemüht, der jüngeren Schwester begreiflich zu machen, dass es ihm egal war, was sie da in der Schule trieb. Dealer fielen nicht in sein Ressort, deswegen würde sie seinetwegen keine Schwierigkeiten bekommen, aber falls sie seine Fragen nicht beantwortete, würde er dafür sorgen, dass sie die nächsten zwei Jahre in einem Milchbetrieb untergebracht würde.

»Milchbetrieb? Was ist das denn?«

»Von da kommt die Milch«, sagte Elínborg.

»Ich trinke keine Milch«, sagte das Mädchen mit weit aufgerissenen Augen, als wäre das ihre Rettung.

Erlendur sah sie an und konnte sich trotz allem eines Lächelns nicht erwehren. Vor ihm saß ein klassisches Beispiel für all das, was ein Menschenleben deprimierend machen konnte: ein junges Mädchen, das nichts anderes kannte als Vernachlässigung und Elend. Sie kam aus einer typischen Problemfamilie und war ohne jede Fürsorge aufgewachsen. Das Mädchen konnte letzten Endes nichts dafür, was aus ihr geworden war. Die große Schwester, ihr Vorbild und vielleicht eine von denen, die sich um sie hätten kümmern sollen, hatte sie dazu gebracht, Drogen zu verkaufen und selbstverständlich auch selber zu nehmen. Und das war vielleicht noch nicht einmal das Schlimmste. Er wusste von seiner Tochter, wie Schulden beglichen wurden; wie man sich ein Gramm von dem Zeug organisierte, und was man manchmal auf sich nehmen musste, um sich den Kick zu kaufen, er hatte eine Vorstellung davon, was für ein Leben dieses junge Mädchen führte.

Sie wurde Heddý genannt und entsprach ziemlich genau dem Bild, das man bei der Polizei von den jugendlichen Dealern an den Schulen hatte. Sie stand kurz vor der mittleren Reife, wohnte in diesem Viertel und hing mit Jungen ab, die um die zwanzig waren, den Freunden ihrer großen

Schwester. Sie war die Zwischenhändlerin, und in der Schule war ihnen bereits einiges über sie zu Ohren gekommen.

»Hast du Elías gekannt? Den Jungen, der ermordet wurde?«, fragte Erlendur.

Sie befanden sich im Verhörzimmer. Das Mädchen wurde von einer Vertreterin des Jugendamts begleitet. Ihre Eltern hatte man nicht erreichen können. Sie wusste, weshalb sie vorgeladen worden war, die Frau vom Jugendamt hatte ihr gesagt, dass es nur um das Sammeln von Informationen wegen des Mordes ging.

»Nein«, erklärte Heddý, »ich habe ihn nicht gekannt. Ich hab keine Ahnung, wer ihn umgebracht hat. Ich war es jedenfalls nicht.«

»Niemand behauptet, dass du es gewesen bist«, sagte Erlendur.

»Ich war es ja auch nicht.«

»Weißt du, ob er …« Erlendur zögerte. Er hatte fragen wollen, ob es zu Konflikten mit anderen in der Schule gekommen sei, aber er war sich nicht sicher, ob sie das Wort verstehen würde. Deswegen machte er einen neuen Ansatz: »Weißt du, ob er in der Schule irgendwelche speziellen Feinde hatte?«

»Nein«, erwiderte das Mädchen. »Ich weiß überhaupt nichts. Ich weiß gar nichts über diesen Elías. Und ich verkaufe da auch nichts. Das ist Quatsch!«

»Hast du versucht, ihm Dope anzudrehen?«, fragte Elínborg.

»Was ist das denn für eine Tussi?«, stieß das Mädchen hervor. »Mit Tussis wie dir rede ich nicht.«

Elínborg lächelte. »Hast du ihm Dope verkauft?«, fragte sie noch einmal. »Uns ist zu Ohren gekommen, dass du die jüngeren Schüler dazu zwingst, dir Geld zu geben, und sogar dazu, dir Dope abzukaufen. Wahrscheinlich hat dir deine große Schwester beigebracht, wie man so etwas anstellt, die hat ja Erfahrung darin, wie man Kindern Angst einjagt. Vielleicht hast du ja selber auch Schiss vor deiner großen Schwester, aber das ist uns völlig egal. Ein Mädchen wie du ist uns so schnuppe wie nur irgendwas.«

»Also, hör mal...«, ließ sich die Frau vom Jugendamt vernehmen.

»Du hast gehört, was sie zu mir gesagt hat«, unterbrach Elínborg und wandte sich der Beamtin zu, einer Frau um die dreißig. »Da hast du den Mund nicht aufgemacht, und das solltest du jetzt auch nicht tun. Wir möchten wissen, ob Elías Angst vor dir hatte«, fuhr sie fort und sah wieder Heddý an. »Ob du ihn verfolgt und mit einem Messer auf ihn eingestochen hast. Uns ist bekannt, dass du dir einen Spaß daraus machst, Jüngere zu schikanieren, weil es das Einzige ist, was du in deinem erbärmlichen Leben gelernt hast. Hast du Elías angegriffen?«

Heddý glotzte Elínborg an.

»Nein«, sagte sie nach längerem Schweigen. »Ich hab überhaupt nix mit ihm zu tun gehabt.«

»Kennst du seinen Bruder?«

»Niran kenne ich«, sagte sie.

»Was meinst du mit kennen?«, fragte Erlendur. »Seid ihr befreundet?«

»Nehee«, antwortete sie, »wir sind nicht befreundet. Diese Reisfresser finde ich ätzend, die halte ich mir vom Hals. Ich hatte nichts mit ihm zu tun und weiß nicht, wer über ihn hergefallen ist.«

»Und wieso kennst du Niran?«

Das Mädchen grinste, und ihre großen Schneidezähne kamen zum Vorschein, die in keinem Verhältnis zu ihrem kleinen Mund und dem kindlichen Gesicht standen.

»Die sind es doch, die den Handel unter sich haben«, sagte sie. »Diese verdammten Reisfresser, die dealen.«

Marian Briem schlief, als Erlendur gegen Abend ins Krankenhaus kam. In der Abteilung für Palliativmedizin war es still. Irgendwo lief ein Radiogerät mit den Wetternachrichten. Die Temperaturen waren auf unter zehn Grad minus gesunken, was sich durch den scharfen, trockenen Nordwind noch eisiger anfühlte. Bei dieser Kälte waren nur wenige unterwegs. Die Leute blieben zu Hause, machten sämtliche Lampen an und drehten die Heizung auf. Im Fernsehen wurden spanische und italienische Filme mit viel Sonne, blauem Himmel, südlicher Wärme und kräftigen Farben gezeigt.

Marian öffnete die Augen, nachdem Erlendur einige Minuten am Fußende gestanden hatte. Die eine Hand, die auf dem Oberbett gelegen hatte, hob sich ein wenig. Erlendur zögerte einen Augenblick, trat dann aber näher, ergriff die Hand und setzte sich auf die Bettkante.

»Wie geht es dir?«, fragte er.

Marian Briem schloss die Augen und schüttelte den großen Kopf, als spiele das keine Rolle mehr. Die Abschiedsstunde stand bevor, es blieb nicht mehr viel Zeit. Erlendur bemerkte einen kleinen Handspiegel auf dem Nachttisch neben dem Bett und überlegte, was der da zu suchen hatte. Seines Wissens hatte Marian Briem nie Wert auf Äußerliches gelegt.

»Der Fall ... Kommt ihr voran?«

Erlendur begriff, über was er reden sollte. Selbst auf dem Totenbett dachte Marian Briem noch an die neuesten Ermittlungen.

Müde Augen sahen Erlendur an, und er konnte die Frage in ihnen lesen, die ihn selber Tag und Nacht beschäftigte:

Wer bringt so etwas fertig? Wie kann so etwas passieren?

Erlendur berichtete vom Gang der Ermittlung. Marian Briem schloss die Augen und lauschte. Erlendur hatte so etwas wie Gewissensbisse, denn er war nicht aus purem Mitgefühl zu Besuch gekommen. Ihm lag die Frage nach etwas auf dem Herzen, von dem er wusste, dass es in den Akten der Kriminalpolizei nicht zu finden war. Erlendur ging sehr behutsam vor. Es half ihm auch selber, den Fall in aller Ruhe durchzugehen. Einmal öffnete Marian Briem während des Berichts die Augen, und Erlendur glaubte schon, dass er aufhören solle, aber dann kam das Zeichen zum Weitermachen.

»Da ist eine Sache, nach der ich dich fragen möchte«, sagte Erlendur, als er zum Schluss von Andrés berichtet hatte. Es hatte ganz den Anschein, als schliefe Marian, die Augen waren geschlossen, und die Atemzüge waren kaum zu hören. Die Hand in Erlendurs Pranke war völlig kraftlos. Es hatte aber ganz den Anschein, als sei Marian Briem durchaus klar, dass dies kein reiner Höflichkeitsbesuch vonseiten Erlendurs war. Die Augen öffneten sich einen schmalen Spalt, und der Griff der Hand verstärkte sich etwas zum Zeichen dafür, dass Erlendur fortfahren sollte.

»Es ist wegen Andrés«, sagte Erlendur.

Marian drückte fester zu.

»Er hat uns von einem Mann erzählt, den er kennt, und gab dabei zu verstehen, dass es sich um einen Kinderschänder handelt, wollte aber nicht mit dem Namen herausrücken. Er hat Andrés als Kind etwas angetan. Wir wissen nur, dass er jetzt in dem Viertel lebt, wo der Mord stattgefunden hat, aber wir haben keinen Namen und keine Beschreibung. Ich bin mir fast sicher, dass er nicht in unseren Karteien zu finden ist. Andrés hat behauptet, dazu sei derjenige viel zu gerissen. Mir fiel ein, dass du uns vielleicht helfen könntest. Es gibt zurzeit noch keine bestimmten Anhaltspunkte in der Ermittlung, und wir müssen allem nachgehen, was verdächtig ist, das brauche ich dir nicht zu sagen. Und wie immer ist Eile geboten, in diesem Fall vielleicht mehr als je zuvor. Ich habe gedacht, du könntest uns womöglich helfen, unnötige Umwege zu vermeiden.«

Auf Erlendurs Worte folgte langes Schweigen, sodass er glaubte, Marian Briem sei eingeschlafen. Die Hand war wieder kraftlos, und über dem Gesicht lag Frieden.

»Andrés...?«, sagte Marian endlich, und es klang mehr wie ein Stöhnen oder Seufzen.

»Ich hab alles überprüft«, sagte Erlendur. »Er ist in Reykjavík geboren und aufgewachsen. Wenn etwas Derartiges vorgefallen ist, dann höchstwahrscheinlich hier in Reykjavík. Wir wissen es aber nicht, Andrés schweigt sich aus.«

Marian blieb stumm. Erlendur befürchtete schon, dass es hoffnungslos sei. Er wartete auch auf nichts Bestimmtes, sondern wollte es auf einen Versuch ankommen lassen. Er wusste, zu was Marian Briem fähig war, er kannte dieses phänomenale Gedächtnis und diese Fähigkeit, die heterogensten Dinge in Sekundenschnelle miteinander zu kombinieren. Vielleicht missbrauchte er die Situation, vielleicht ging er zu weit. Er beschloss, es dabei bewenden zu lassen. Marian sollte in Frieden sterben können.

»... er hatte ...«, hörte er auf einmal, und die Hand griff wieder fester zu.

Erlendur glaubte, ein kleines Lächeln um den Mund spielen zu sehen. Er hielt es zunächst für einen Irrtum, aber dann stellte er fest, dass Marian Briem tatsächlich lächelte.

»... Stiefvater«, stöhnte Marian.

Dann war wieder alles still.

»Erlendur«, sagte Marian nach längerer Zeit. Die Augen

waren noch geschlossen, doch das Gesicht verzog sich wieder zu einem Lächeln.

»Ja«, sagte Erlendur.

»Es ist ... keine ... Zeit mehr ...«

»Ich weiß«, sagte Erlendur. »Ich ...«

Er wusste nicht, was er sagen sollte. Er wusste nicht, wie er Abschied nehmen sollte, fand die Worte nicht, die den letzten Abschied auf dieser Erde zum Ausdruck brachten. Was konnte man sagen? Marians Hand lag immer noch in der seinen. Erlendur versuchte, die richtigen Worte zu finden, etwas von dem er glaubte, dass Marian es hören wollte. Als ihm nichts einfiel, saß er stumm auf der Bettkante und hielt die alte Hand mit den nikotingelben Fingern und den langen Nägeln.

»Lies ... mir ... vor ...«, sagte Marian.

Marian bot die letzten Kräfte auf. Erlendur beugte sich vor, um besser zu verstehen.

»Lies ...«

Marian Briem tastete kraftlos nach dem Spiegel auf dem Nachttisch. Erlendur streckte die Hand danach aus und reichte ihn Marian.

Erlendur zog das abgegriffene und zerfledderte Buch heraus, das er mitgebracht hatte, und öffnete es an der Stelle, die er schon oft aufgeschlagen hatte, und begann zu lesen.

*Jahrhundertelang konnte man von Eskifjörður nach Fljótsdalshérað nur über die hohen Berge hinter Eskifjörður gelangen. Es handelte sich um einen alten Reitweg, der nördlich des Flusses über den Bergrücken Langihryggur am Innri-Steinsá entlang ins Vínárdalur mit seinen sanften Hängen führte und über eine Geröllhalde hoch am Urðarklettur vorbei, wo man das Gebiet verließ, das zum Eskifjörður gehörte. Nördlich davon liegt das Þverá-Tal zwi-*

*schen den Bergen Andri und Harðskafi, und noch weiter*
*nördlich sind Hólafjall und Selfjall.*
*Im Inneren des Eskifjörður lag früher der Hof Bakkaselshjá-*
*leiga. Heute ist der Hof verlassen, aber um die Mitte des*
*Jahrhunderts lebte dort der Bauer Sveinn Erlendsson mit*
*seiner Frau Áslaug Bergsdóttir und zwei Söhnen, acht und*
*zehn Jahre alt. Sveinn besaß ein paar Schafe . . .*

Erlendur hörte auf zu lesen.
»Marian!«, flüsterte er.
Tiefes Schweigen herrschte im Krankenzimmer. Während
das Winterdunkel sich über die Stadt senkte, verwandelte
sie sich in ein wogendes Lichtermeer. Erlendur sah sein
Spiegelbild im Fenster, das auf den Hof des Krankenhauses
hinausging. Das große Fenster war wie ein verschwomme-
nes Gemälde, ein Stillleben mit ihnen beiden in der Todesstunde. Er starrte in das Fenster, bis sein eigenes Gesicht
Konturen annahm, und das Bild wurde zum Refrain eines
Gedichts, an das er sich nun erinnerte:
*. . . bin ich es denn, der noch lebt, oder bin ich der, welcher*
*starb?*
Erlendur kam wieder zu sich, als der Spiegel zu Boden fiel
und zerbrach. Er griff nach der kraftlosen Hand und fühlte
den Puls. Marian Briem war aus der Welt gegangen.

*Fünfzehn*

Erlendur parkte den Ford Falcon auf dem Parkplatz vor seinem Wohnblock. Er ließ den Motor noch eine Weile laufen, bevor er ihn abstellte. Trotz seines Alters lief der Wagen einwandfrei, und im Leerlauf schnurrte der Motor angenehm vor sich hin. Erlendur war so begeistert von seinem Auto, dass er manchmal, wenn es seine Zeit erlaubte, aus der Stadt herausfuhr. Das hatte er nie zuvor getan. Einmal hatte er auch Marian Briem zu einer solchen Spritztour eingeladen, und sie waren zum Kleifarvatn gefahren. Auf dem Weg zum See berichtete er Marian, wie der damals aktuelle Fall gelöst worden war. Das alte Skelett, das auf dem Grund des Sees gefunden worden war, stand in Verbindung zu einer Gruppe isländischer Studenten in der DDR. Marian Briem interessierte sich brennend für diesen Fall. Erlendur hatte das Gefühl, sich um seinen ehemaligen Boss kümmern zu müssen. Er wusste, dass es keine anderen Angehörigen gab, wenn die Todesstunde nahte.

Bei dem Gedanken verzog er das Gesicht und strich über das schmale, elfenbeinweiße Lenkrad. Er würde Marian Briem nie wieder treffen, jetzt gab es nur noch die Erinnerungen, und die waren sehr gemischt. Er dachte an die Zeit, die ihm noch auf der Erde blieb, es dauerte nicht mehr lange, bis neue Generationen nachrückten und es mit der Zukunft aufnahmen. Seine Zeit verstrich, ohne dass er es merkte, denn er hatte keinen anderen Lebens-inhalt als seine Arbeit. Bevor er sichs versah, würde er wie Marian Briem in einem Krankenzimmer liegen und dem Tod ins Auge blicken.

Erlendur war bestätigt worden, dass es niemanden gab, der sich um die weiteren Schritte kümmern würde. Er hatte mit einer Krankenschwester darüber gesprochen, weil Marian Briem ihn gebeten hatte, die Bestattung aus-zurichten.

Auf dem Nachhauseweg vom Krankenhaus hatte Erlendur noch bei Sunee hereingeschaut. Ihr Bruder war bei ihr, aber auch Guðný, die Dolmetscherin, die sich allerdings gerade verabschieden wollte, als Erlendur eintraf. Sie bot ihm an zu bleiben, was er dankend akzeptierte.

»Kommst du aus einem bestimmten Anlass?«, fragte Guðný. »Gibt es etwas Neues?«

»Nein, noch nicht«, sagte Erlendur, was Guðný an Sunee weitergab.

»Will sie mir jetzt vielleicht sagen, wo Niran steckt?«, frag-te er.

Guðný redete mit Sunee, die den Kopf schüttelte und Er-lendur entschlossen anschaute.

»Sie ist der Meinung, dass er da, wo er sich befindet, besser aufgehoben ist. Und sie möchte wissen, wann Elías' Leiche freigegeben wird.«

»Sehr bald«, antwortete Erlendur. »Die Sache wird vorran-gig behandelt, und seine sterblichen Überreste werden nur so lange zurückgehalten, wie es für die Autopsie notwen-dig ist.«

Erlendur setzte sich auf den Sessel, der unter dem gelben Drachen stand. In der Wohnung war es nun viel ruhiger als zuvor. Die Geschwister saßen Seite an Seite auf dem Sofa und rauchten. Erlendur war es nicht bewusst gewesen, dass Sunee rauchte. Sie sah schlecht aus, die dunklen Ringe unter den Augen sprachen eine deutliche Sprache und zeugten von ihrer Sorge und Trauer.

»Wie gefällt es dir hier in dieser neuen Wohngegend?«, fragte Erlendur.

»Hier lässt sich's gut leben. Das Viertel ist sehr ruhig«, übersetzte Guðný.

»Hast du irgendwelche Leute in der näheren Umgebung, beispielsweise hier im Haus, kennengelernt?«

»Ein bisschen.«

»Hast du Probleme damit gehabt, dass du aus Thailand bist? Hast du Ausländerfeindlichkeit zu spüren bekommen?«

»Manchmal ein bisschen, wenn ich ausgehe.«

»Und deine Jungen?«

»Elías hat sich nie beklagt, aber da war ein Lehrer, den er nicht mochte.«

»Kjartan?«

»Ja.«

»Weshalb nicht?«

»Die Schule hat ihm Spaß gemacht, aber nicht, wenn er Unterricht bei Kjartan hatte.«

»Und Niran?«

»Er will wieder nach Hause.«

»Nach Thailand?«

»Ja. Aber ich möchte ihn bei mir haben. Für ihn war die Umstellung sehr schwer, aber ich wollte ihn bei mir haben.«

»Óðinn war nicht sehr erfreut, von Niran zu erfahren, nachdem ihr schon längst verheiratet wart.«

»Nein.«

»War das der Grund für die Scheidung?«

Sunee hörte Guðný aufmerksam zu, solange sie die Frage übersetzte. Dann sah sie Erlendur an.

»Vielleicht«, sagte sie. »Vielleicht war es einer der Gründe. Die beiden haben sich von Anfang an nicht verstanden.«

»Ich würde gern etwas über deinen Freund wissen«, sagte Erlendur. »Kannst du mir etwas über ihn sagen? War er der Grund, weshalb Óðinn und du euch getrennt habt?«

»Nein«, erklärte Sunee. »Zwischen mir und Óðinn war alles vorbei, als ich ihn kennenlernte.«

»Wer ist er?«

»Ein guter Freund von mir.«

»Warum willst du uns nichts über ihn sagen?«

Sunee antwortete nicht.

»Ist es vielleicht deswegen, weil er das nicht will?«

Sunee schwieg weiterhin.

»Ist ihm diese Beziehung peinlich?«

Sunee blickte ihn an und schien etwas sagen zu wollen, unterließ es aber.

»Ist Niran bei ihm?«

»Frag mich nicht nach ihm. Er hat nichts mit dieser Sache zu tun.«

»Es ist sehr wichtig für uns, mit Niran zu reden«, sagte Erlendur. »Nicht, weil wir glauben, er hätte sich etwas zuschulden kommen lassen, sondern weil wir der Meinung sind, dass er etwas weiß, was uns weiterhelfen kann. Vielleicht lässt du dir die Sache bis morgen durch den Kopf gehen?«

Guðný gab das an Sunee weiter, die aber nicht darauf einging.

»Vermisst du Thailand nicht?«, fragte Erlendur.

»Ich bin seit Elías' Geburt dreimal dort gewesen«, sagte Sunee. »Meine Angehörigen kommen zur Beerdigung. Es wird gut sein, sie zu treffen, aber ich vermisse Thailand nicht.«

»Du willst also Elías hier begraben lassen?«

»Natürlich.«

Sunee schwieg eine Weile. »Ich möchte hier leben und in Ruhe gelassen werden«, erklärte sie dann. »Ich bin in der Hoffnung auf ein besseres Leben hierhergekommen und war der Meinung, es gefunden zu haben. Ich wusste nichts über Island, bevor ich kam, nicht einmal, dass es existierte. Es wurde aber zu meinem Traumland. Und dann passierte dieses Entsetzliche. Vielleicht gehe ich wieder nach Hause, zusammen mit Niran. Vielleicht gehören wir nicht hierher.«

»Aus einer allerdings sehr unzuverlässigen Quelle haben wir erfahren, dass Niran Umgang mit Jungen hat, die mit Drogen zu schaffen haben.«

»Das ist ausgeschlossen.«

»Du weißt, was ein Geldeintreiber ist?«

Sunee nickte.

»Hat Niran Schwierigkeiten wegen solcher Leute gehabt?«

»Nein«, gab Guðný Sunees Antwort weiter. »Niran hat nie etwas mit Drogen zu tun gehabt. Wer so etwas sagt, lügt.«


Erlendur stellte den Motor ab und stieg in die klirrende Kälte hinaus. Er zog den Mantel eng um sich und ging langsam auf den Eingang seines Wohnblocks zu. Er betrat seine Wohnung und machte Licht. Kein Mond schien, der am Fenster entlangwanderte, der Himmel war schwer verhangen, und der Wind heulte um das Haus.

Er wusste nicht, wie lange er gesessen und an Marian Briem gedacht hatte, als es plötzlich an seine Tür klopfte. Wahrscheinlich war er eingeschlafen, aber er war sich nicht sicher. Er stand auf und öffnete die Tür. Eine Gestalt tauchte aus der Dunkelheit des Korridors auf und begrüßte ihn. Es war Eva Lind.

Erlendur war überrascht. Er hatte seine Tochter lange nicht

gesehen. Ihre Beziehung war nun schon geraume Zeit so schlecht gewesen, dass er sogar damit gerechnet hatte, er würde sie nie wiedersehen. Er hatte sich zu dem Entschluss durchgerungen, ihr nicht ständig hinterherzuspionieren, sie aus irgendwelchen Absteigen für Junkies herauszuholen oder sich einzumischen, wenn ihr Name in irgendwelchen Polizeiberichten auftauchte. Er hörte auf mit den Versuchen, sie zu sich nach Hause zu holen und sich um sie zu kümmern oder sie dazu zu bringen, eine Entziehungskur zu machen. Nichts davon hatte irgendetwas genützt, sondern immer genau das Gegenteil bewirkt. Je mehr sie voneinander sahen, desto mehr verschlechterte sich ihre Beziehung. Eva Lind hatte nach einer Fehlgeburt unter schweren Depressionen gelitten, aber er konnte nichts für sie tun. Seine gut gemeinten Versuche hatten auch in dieser Situation genau die entgegengesetzte Wirkung gehabt, Eva legte alles als anmaßendes Verhalten und Einmischerei aus. Zum Schluss hatte er dennoch dafür gesorgt, dass sie sich einer Entziehungskur unterzog. Als das nichts brachte, gab er es auf. Er kannte ähnliche Beispiele aus seiner Arbeit. Viele Eltern von Drogenabhängigen gaben ihre Kinder, die tiefer und tiefer sanken, ohne Vernunft anzunehmen oder den geringsten Willen zur Zusammenarbeit zu zeigen, zum Schluss auf.

Er hatte sich entschlossen, sie völlig in Ruhe zu lassen, und sie verhielt sich entsprechend. Ihm war bewusst, dass er nur noch ganz selten mit seiner Tochter Kontakt haben würde. Er kannte sie kaum, weil sie ständig unter Drogen stand, die sie in einen anderen Menschen verwandelten. Es war ein hoffnungsloser Kampf. Das Gift war nicht Eva Lind. Das wusste er, obwohl sie selbst nie so tief gesunken war, das als Entschuldigung für etwas zu verwenden. Das Gift war die eine Eva Lind, aber es gab auch eine andere. Meistens war es schwierig, die beiden auseinanderzuhalten, aber es war möglich. Obwohl es an und für sich keinen Trost bedeutete, war er sich darüber vollkommen im Klaren.

»Darf ich reinkommen?«, fragte Eva Lind.

Er freute sich mehr darüber, sie wiederzusehen, als er vor sich selber zugeben wollte. Sie trug nicht mehr ihre schwarze, hässliche Lederjacke, sondern einen rötlichen langen Mantel. Die Haare waren sauber und zu einem Pferdeschwanz zusammengebunden, sie war kaum geschminkt, und er sah keine Piercings mehr. Die Lippen waren nicht schwarz, sondern blass. Unter dem Mantel kamen ein dicker, grüner Pullover, eine Jeans und schwarze, kniehohe Lederstiefel zum Vorschein.

»Selbstverständlich«, sagte er und hielt die Tür für sie auf.

»Fürchterlich dunkel ist es immer bei dir«, sagte sie, während sie sich ins Wohnzimmer begab. Er schloss die Wohnungstür und ging hinter ihr her. Sie schob den Zeitungsstapel auf dem Sofa zur Seite, setzte sich und kramte eine Zigarettenschachtel hervor, die sie ihm hinhielt. Er gab ihr mit einer Handbewegung zu verstehen, dass sie gerne rauchen könne, nahm aber selber keine.

»Was gibt's Neues bei dir?«, fragte er und setzte sich in seinen Sessel. Alles schien unverändert zu sein, es war, als sei sie erst vorgestern ausgezogen und würde jetzt mal auf einen Sprung hereinschauen.

»*Same old*«, entgegnete Eva Lind.

»*Same old*, wieso hast du eigentlich was gegen Isländisch?«, fragte er.

»Bei dir ändert sich auch nichts, oder?« Eva blickte sich um, sah die Bücherregale und die Bücherstapel. In der Küche standen zwei Stühle am Tisch, ein Topf und eine Kaffeekanne auf dem Herd.

»Und du? Änderst du dich?«

Eva Lind zuckte die Achseln und gab ihm keine Antwort. Vielleicht wollte sie nicht mit ihm über sich selber reden. Das endete meist im Streit und war ermüdend. Er wollte sie nicht vor den Kopf stoßen und danach fragen, wo sie die ganze Zeit gewesen war – oder in was für einer Verfassung sie war. Sie hatte ihm mehr als einmal deutlich gemacht, dass es ihn nichts anginge, was sie trieb. Es sei ihn noch nie etwas angegangen, und das sei seine eigene Schuld.

»Sindri hat bei mir im Büro vorbeigeschaut«, sagte er und betrachtete das Gesicht seiner Tochter. Sie erinnerte ihn oft an seine Mutter, die Augen und die Wangenpartie hatte sie von ihr.

»Ich hab vor einer Woche oder so mit ihm gesprochen«, sagte sie. »Er arbeitet in Kópavogur und verkauft Bauholz oder so was. Worüber habt ihr geredet?«

»Nichts Besonderes«, sagte Erlendur. »Er war auf dem Weg zu einem Treffen der Anonymen Alkoholiker.«

»Wir haben über dich gesprochen.«

»Über mich?«

»Das machen wir immer, wenn wir uns treffen. Er hat gesagt, dass er Verbindung zu dir hat.«

»Er ruft manchmal an«, sagte Erlendur, »und manchmal kommt er auch zu Besuch. Wieso redet ihr über mich? Was gibt's da zu reden?«

»Nur so«, sagte Eva. »Was für 'n komischer Kauz du bist. Du bist ja auch unser Vater, da ist doch nichts Merkwürdiges dabei, dass wir über dich reden. Sindri redet nicht schlecht über dich, besser, als ich dachte.«

»Sindri ist in Ordnung«, entgegnete Erlendur. »Er verdient sich ja auch schließlich seinen Lebensunterhalt selbst.«

Er hatte nicht vorgehabt, ihr Vorwürfe zu machen, und er hatte auch keine Andeutungen machen wollen, das war ihm einfach so herausgerutscht. Er sah, dass es Eva naheging. Er wusste ja nicht einmal, ob sie Arbeit hatte oder nicht.

»Ich bin nicht gekommen, um mich mit dir zu streiten«, sagte sie.

»Nein, ich weiß«, erwiderte er. »Es hat ja auch keinen Zweck, mit dir zu streiten, das hat sich immer wieder herausgestellt. Genauso gut könnte man rausgehen und in den Wind brüllen. Ich habe keine Ahnung, was du machst oder wo du die ganze Zeit gewesen bist, und das ist gut so. Das geht mich nichts an, da hast du recht. Es geht mich nichts an. Möchtest du Kaffee?«

»Okay«, sagte Eva.

Sie drückte die Zigarette aus und nahm gleich die nächste aus der Schachtel, zündete sie aber noch nicht an. Erlendur ging in die Küche und setzte Kaffee auf, und bald begann das Kaffeewasser rülpsend in die Kanne zu tröpfeln. Er fand eine Packung Kekse, doch da das Verfallsdatum schon mehr als einen Monat überschritten war, wanderten sie in den Abfalleimer. Mit zwei großen Kaffeebechern in der Hand kehrte er ins Wohnzimmer zurück.

»Wie kommst du mit der Ermittlung vorwärts?«

»Kaum«, antwortete Erlendur.

»Wisst ihr denn, was da vorgefallen ist?«

»Nein«, sagte Erlendur, »möglicherweise werden in der Nähe der Schule Drogen verkauft, vielleicht sogar auch in der Schule selbst«, sagte er und nannte den Namen der beiden Schwestern, die Eva aber nicht kannte. Sie wusste, dass auf Schulhöfen mit Drogen gedealt wurde, das hatte sie vor ein paar Jahren selber auch gemacht.

Erlendur holte die Kaffeekanne aus der Küche, schenkte ein und setzte sich anschließend wieder in seinen Sessel. Während sie den Kaffee tranken, betrachtete er seine Tochter eingehender. Es kam ihm so vor, als sehe sie älter aus, seit er sie das letzte Mal gesehen hatte, älter und vielleicht auch reifer. Erst nach einiger Zeit begriff er, was geschehen war. Eva schien nicht mehr die freche Göre zu sein, die ständig gegen ihn rebellierte und ihn anschnauzte, wenn ihr der Sinn danach stand. In diesem Mantel wirkte sie eher wie eine junge Frau. Die pubertäre Aufmüpfigkeit, die sie so lange an den Tag gelegt hatte, war verschwunden.

»Sindri und ich haben auch viel über deinen Bruder gesprochen, der gestorben ist«, sagte Eva, während sie sich die nächste Zigarette anzündete.

Sie sagte das so unbefangen, als handele es sich um irgendeine x-beliebige Zeitungsmeldung. Für einen Augenblick stieg in Erlendur die Wut auf seine Tochter hoch. Was mischte sie sich da ein! Ein ganzes Menschenalter war seit dem Tod seines Bruder vergangen, aber die Erinnerung daran wühlte Erlendur immer noch auf. Er hatte nie zuvor mit jemandem über seinen Bruder gesprochen, erst Eva hatte einmal die Einzelheiten darüber aus ihm herausgelockt. Manchmal bereute er es, sich dadurch verwundbar gemacht zu haben.

»Was habt ihr denn über ihn gesagt?«

»Sindri hat mir erzählt, wie er von dieser Geschichte erfahren hat, als er da in den Ostfjorden gearbeitet hat. Die Leute konnten sich gut an dich und deinen Bruder und an Oma und Opa erinnern, Leute, von denen wir beide nie im Leben etwas gehört hatten.«

Sindri hatte Erlendur davon erzählt, als er eines Tages urplötzlich bei ihm auftauchte, nachdem er nach Reykjavík zurückgekehrt war. Er hatte ihm gesagt, was er über Erlendur und seinen Bruder und den Vater und die schicksalhafte Nacht in den Bergen erfahren hatte, als das Unwetter aus heiterem Himmel über sie hereinbrach.

»Wir haben darüber gesprochen, was er gehört hat«, sagte Eva Lind.

»Was er gehört hat«, echote Erlendur. »Wozu redet ihr beide über ...«

»Vielleicht habe ich deswegen diesen Traum gehabt«, fiel ihm Eva ins Wort. »Weil wir über ihn gesprochen haben, deinen Bruder.«

»Was hast du geträumt?«

»Wusstest du, dass manche Leute ihre Träume aufschreiben? Das mach ich nicht, aber eine Freundin von mir notiert sich alles, was sie träumt. Ich träum sowieso nie was, oder ich kann mich nicht daran erinnern. Mir hat einer gesagt, dass wir alle träumen, aber nur einige können ihre Träume erinnern.«

»Sich an ihre Träume erinnern«, korrigierte Erlendur. »Worüber redet ihr beiden?«

»Wie hieß dein Bruder?«, fragte Eva, ohne auf seine Frage einzugehen.

»Er hieß Bergur«, sagte Erlendur. »Mein Bruder hieß Bergur. Was hat Sindri da in den Ostfjorden gehört?«

»Hätte man ihn nicht finden müssen?«, fragte Eva.

»Es wurde nichts unversucht gelassen«, sagte Erlendur. »Die Rettungsmannschaften und die Leute aus der Gegend, alle, die dazu imstande waren, haben nach uns gesucht. Ich wurde gefunden. Wir hatten uns bei dem Unwetter aus den Augen verloren. Er wurde nicht gefunden.«

»Ja, aber ich meine doch, hätte er nicht später gefunden werden müssen?«, sagte Eva, die jetzt genauso störrisch klang wie früher seine Mutter. »Irgendwelche Überreste, Knochen?«

Erlendur wusste nur zu gut, worüber Eva sprach, obwohl er sich nichts anmerken ließ. Sindri hatte wahrscheinlich in den Ostfjorden davon gehört, wo man immer noch über die Jungen redete, die vor vielen Jahren mit ihrem Vater vom Schneesturm überrascht wurden und sich verirrten. Erlendur waren verschiedene Spekulationen zu Ohren gekommen, bevor er mit seinen Eltern nach Reykjavík zog. Jetzt saß ihm seine Tochter gegenüber, die nur das wenige über die Sache wusste, was Erlendur ihr erzählt hatte, und wollte über die Gerüchte reden, die über den Verbleib des Kindes kursierten. Nach all dieser Zeit kreuzte sie auf einmal wieder bei ihm auf, um mit ihm über seinen Bruder, über die Erinnerungen zu reden, die ihn seit seinem zehnten Lebensjahr quälten.

»Das muss nicht sein«, sagte Erlendur. »Hast du was dagegen, wenn wir uns über etwas anderes unterhalten?«

»Warum willst du nicht darüber reden? Warum ist das so schwierig für dich?«

»Bist du deswegen gekommen? Um mir zu sagen, was du geträumt hast?«

»Weshalb ist er nie gefunden worden?«, fragte Eva.

Er verstand diese Hartnäckigkeit seiner Tochter nicht. Er vermied es, zu viel über die Sache nachzudenken. Es hatte damals Aufsehen erregt, dass die sterblichen Überreste seines Bruders nie gefunden wurden, nicht mal eine Mütze, ein Schal oder Handschuh. Nichts. Die Menschen spekulierten darüber, weshalb.

»Ich will nicht darüber reden«, sagte er. »Vielleicht später mal. Erzähl mir lieber was über dich. Wir haben uns lange nicht gesehen. Was hast du so getrieben?«

»Du warst dabei«, bohrte Eva weiter und ließ nicht locker. »Du warst in diesem Traum. Ich hab noch nie so klar von etwas geträumt. Von dir hab ich nicht geträumt, seit ich klein war, und da wusste ich nicht einmal, wie du aussiehst.«

Erlendur schwieg. Seine Mutter hatte versucht, ihm beizubringen, dass man Träume ernst nehmen sollte, aber er hatte sich immer dagegen gesträubt und war nicht darauf eingegangen. Erst in den letzten Jahren hatte sich seine Einstellung etwas geändert.

Trotz allem war seine Neugierde jetzt erwacht. Eva hatte behauptet, nie etwas zu träumen oder sich nicht an das zu erinnern, was sie träumte, und dasselbe hatte seine Mutter gesagt. Die Träume seiner Mutter hatten erst angefangen, als sie über dreißig war; sie hatte von Todesfällen, Geburten, unvorhergesehenen Gästen und vielem anderen geträumt, was erstaunlich häufig in Erfüllung ging. Doch den Tod ihres Sohnes sah sie nicht voraus, und nur ein einziges Mal nach seinem Tod erschien er ihr in einem Traum, den sie Erlendur daraufhin erzählt hatte: Es war Sommer, und der Junge stand in der Haustür und lehnte sich an den Pfosten. Er kehrte seiner Mutter den Rücken zu, und sie konnte nur seine Umrisse sehen. So verging eine ganze Zeit. Und sosehr sie es versuchte, es gelang ihr nicht, sich ihm zu nähern. Sie hatte das Gefühl, sich nach ihm auszustrecken, aber er schien sie nicht wahrzunehmen. Dann straffte er sich, neigte den Kopf und vergrub die Hände in den Hosentaschen, wie es manchmal seine Art war, ging in die Sonne hinaus ... und verschwand. Das geschah sechs Jahre nach dem Unglück, und sie waren bereits nach Reykjavík umgezogen.

Erlendur selber träumte nie von seinem Bruder und erinnerte sich darüber hinaus nur selten an seine Träume. Es konnte aber passieren, dass er sich zu intensiv in den einen oder anderen Fall hineindachte. Das konnte ihm schlechte Träume in der Nacht bescheren, auch wenn er morgens nicht mehr genau wusste, was er geträumt hatte. Er brauchte lange, um zu verarbeiten, dass Eva nach all der Zeit zu ihm gekommen war, um ihm von ihrem Traum zu erzählen, der sie beide betraf.

»Was hast du geträumt, Eva?«, fragte er zögernd. »Was geschah da in deinem Traum?«

»Sag mir zuerst, wie er gestorben ist.«

»Das weißt du«, sagte Erlendur. »Er ist im Unwetter oben in den Bergen erfroren. Ein mörderischer Schneesturm brach über uns herein, und wir versanken im Schnee.«

»Und warum wurde er nie gefunden?«

»Worauf willst du hinaus, Eva?«

»Du hast mir nicht alles gesagt, oder?«

»Alles, was?«

»Sindri hat mir gesagt, wie es hätte passiert sein können.«

»Wieso reden die Leute in den Ostfjorden immer noch darüber?«, sagte Erlendur. »Was glauben die zu wissen?«

»In meinem Traum ist er nämlich nicht erfroren, und das passt ganz genau zu dem, was Sindri gesagt hat.«

»Würdest du bitte aufhören, darüber zu reden«, sagte Erlendur. »Schluss damit. Ich will nicht darüber reden, nicht jetzt. Später, Eva, das verspreche ich dir.«

»Aber ...«

»Du musst doch spüren, dass ich es nicht möchte«, sagte er. »Vielleicht ist es am besten, wenn du jetzt gehst. Ich ... ich habe derzeit viel um die Ohren, und es war ein anstrengender Tag. Wir sprechen später darüber.«

Er stand auf. Eva starrte ihn schweigend an, sie begriff seine Reaktion nicht. Es hatte ganz den Anschein, als würde das Unglück ihren Vater immer noch genauso sehr erschüttern wie damals, als sei es ihm in all diesen Jahren nicht gelungen, damit fertig zu werden.

»Willst du den Traum nicht hören?«

»Nicht jetzt.«

»In Ordnung«, sagte sie und stand auf.

»Grüß Sindri von mir, wenn du ihn siehst«, sagte Erlendur und strich sich über die Haare.

»Mach ich«, antwortete Eva Lind.
»Nett, dich gesehen zu haben«, sagte er verlegen.
»Gleichfalls.«

Als sie fort war, stand er lange wie in eine andere Welt
entrückt vor den Bücherregalen. Eva hatte ein besonderes
Händchen dafür, seine wunden Stellen zu berühren, das
schaffte niemand anderes. Er war noch nicht bereit, sich
mit Spekulationen über den Verbleib seines Bruders zu
befassen. Irgendwann hatte er Eva versprochen, ihr die
ganze Geschichte zu erzählen, aber dazu war es noch nicht
gekommen. Sie konnte nicht einfach in sein Leben hinein-
platzen und Antworten verlangen, wenn es ihr in den
Kram passte.
Das Buch, aus dem er Marian Briem vorgelesen hatte, lag
auf dem Wohnzimmertisch, und er nahm es zur Hand.
Wie in so vielen der Bücher, die er besaß, ging es darin um
Katastrophen und verhängnisvolle Schicksale in Islands
Einöden. Dieses hier war insofern etwas Besonderes, als
es einen kurzen Abschnitt über etwas enthielt, das sich
vor vielen Jahren ereignet hatte, als ein Vater und seine
beiden Söhne in einem furchtbaren Schneesturm gelandet waren.
Erlendur schlug wie so oft zuvor diesen Abschnitt auf. Die
einzelnen Zeitzeugenberichte in diesem Buch waren zwar
unterschiedlich lang, aber ähnlich strukturiert. Erst kam
der Titel, dann der Untertitel oder die Nennung des Ge-
währsmanns. Der Bericht selbst begann gewöhnlich mit
der Beschreibung der lokalen Verhältnisse, dann wurde
das Ereignis nacherzählt, und zum Schluss kam eine resü-
mierende Schlussbemerkung. Diesen Bericht hatte er öfter
als alles andere in seinem Leben gelesen, und er kannte
ihn Wort für Wort auswendig. Der Stil war sachlich und

unpersönlich, auch wenn es um den einsamen Tod eines achtjährigen Jungen ging. Von der Zerrüttung, die dieses Ereignis bei den Überlebenden hinterließ, war keine Rede. Diese Geschichte würde nie zu Papier gebracht werden.

Er schaute von dem Buch hoch und dachte an das, was er Marian Briem hatte sagen wollen, aber nicht über die Lippen gebracht hatte. Er wusste, dass es keine Rolle mehr spielte. Es war nicht seine Art, etwas zu sagen, was nicht zu ihm passte, das hatte ihm schon immer widerstrebt. Er hätte nur gern die Worte gesagt, die ihm in der Todesstunde in den Sinn gekommen waren, als er Zeuge wurde, wie dieser einsame Mensch die letzte Reise antrat.

Danke für dein Geleit.

*Sechzehn*

Die Polizei konzentrierte sich auf die Suche nach Niran, der immer noch spurlos verschwunden war. Mithilfe des Schulpersonals hatte man Informationen über seine Freunde gesammelt, Jungen, die er kannte und mit denen er oft zusammen war. Parallel dazu lief die Fahndung nach einer anderen Person, von der nur Erlendur wusste. Sie fußte auf Marian Briems Erinnerung an Andrés' Stiefvater. Erlendur wollte nicht, dass die Fahndung an die große Glocke gehängt wurde, denn es konnte genauso gut sein, dass Andrés ihnen etwas vorlog; es wäre nicht das erste Mal gewesen.

Die Nachricht, dass Sunee, die Mutter des Mordopfers, ihren älteren Sohn in Sicherheit gebracht hatte, erregte einige Aufmerksamkeit in den Medien und in der Öffentlichkeit. Man warf der Kriminalpolizei dilettantisches Vorgehen vor. Sie hatte einen Kronzeugen entkommen lassen, oder, was noch schlimmer war, ihn wegen eigener Unfähigkeit zur Flucht veranlasst. Als dann noch der Verdacht aufkam, dass die Kriminalpolizei versucht hatte, diese Informationen geheim zu halten wie so vieles andere, was mit dieser Ermittlung zusammenhing, wurde heftig über die Informationspflicht und den Mangel an Kooperationswillen mit den Medien diskutiert.

Erlendur hatte eine ausgesprochene Abneigung dagegen, Reporter und Journalisten über den Stand der Ermittlungen in Kenntnis zu setzen, wie es so schön hieß. Er hatte sich lange auf die Meinung versteift, dass die Ermittlungen der Kriminalpolizei die Medien nichts angingen und dass es deren Erfolg sogar abträglich sei, wenn man ständig Auskunft über den neuesten Stand geben müsse. Sigurður Óli teilte seine Ansicht jedoch ganz und gar nicht. Er hielt es für selbstverständlich, Informationen weiterzugeben, sofern sie die Ermittlungsinteressen nicht beeinträchtigten.

»Ermittlungsinteressen?«, fragte Erlendur. »Wer erfindet solche Unwörter? Diese Leute können mich mal! Wir sollten keine verdammten Informationen weitergeben, bevor wir nicht selber wissen, was vorgefallen ist. Das bringt gar nichts.«

Sie saßen zu dritt in seinem Büro. Für den Nachmittag war eine Pressekonferenz anberaumt worden, um den Medien entgegenzukommen, aber Erlendur hatte es abgelehnt, sich dort blicken zu lassen, was zu einigen Querelen zwischen ihm und seinen Vorgesetzten geführt hatte. Zum Schluss einigte man sich darauf, dass Sigurður Óli als Sprecher der Kriminalpolizei und Kontaktperson zu den Medien auftrat, zusammen mit dem Polizeipräsidenten. Erlendur fand es idiotisch, Kraft und Zeit mit so etwas zu vergeuden.

Tags zuvor hatte Erlendur noch einmal mit Óðinn, Elías' Vater, gesprochen, nachdem sich herausgestellt hatte, dass Niran verschwunden war und Sunee sich weigerte, sein Versteck preiszugeben. Erlendur fuhr zu ihm in seine Wohnung an der Snorrabraut. Óðinn hatte sich einige Tage freigenommen. Er hatte die Nacht offenbar nicht gut geschlafen, er wirkte ungepflegt und machte einen schlecht gelaunten Eindruck.

Da Sunees ehemalige Schwiegermutter Sigríður sich ebenfalls freigenommen hatte, traf Sigurður Óli sie auch zu

Hause an. Sie erklärte, auf dem Weg zu Sunee gewesen zu sein, als sie die Nachricht gehört hatte. Sie begreife nicht, was da vorging. Sie hatte Sunee angeboten, über Nacht bei ihr in der Wohnung zu bleiben, aber das hatte Sunee abgelehnt. Sigríður sagte, sie wisse nichts darüber, was Sunee unternommen habe, und habe auch keine Ahnung, was aus Niran geworden war. Sie versuchte, sich in Sunee hineinzuversetzen, um zu verstehen, weshalb sie so panisch reagierte. Als Sigurður Óli andeutete, dass sie womöglich etwas zu verbergen hätte, fand Sigríður das völlig aus der Luft gegriffen. Sie ging davon aus, dass Sunee ihren Sohn schützen wollte.

Man hielt es für sehr wahrscheinlich, dass Sunee sich an jemanden von der thailändischen Gemeinschaft in Reykjavík gewendet hatte. Elínborg unterhielt sich lange mit ihrem Bruder Virote. Sie wusste nicht, ob er log, als er behauptete, von nichts zu wissen. Er machte sich große Sorgen um seine Schwester und Niran und kritisierte die Polizei, die so etwas hatte geschehen lassen. Elínborg war ohne Dolmetscherin zu Virote gefahren, dessen Isländischkenntnisse kaum besser waren als Sunees. Sie fragte mehrere Male nach Niran, aber Virote blieb standhaft bei seiner Aussage.

»Ich kann gut verstehen, dass du mir nicht sagen willst, wo Niran ist«, sagte Elínborg. »Trotzdem musst du begreifen, dass es das Beste für ihn ist, aus seinem Versteck herauszukommen.«

»Ich nicht wissen von Niran«, erklärte Virote. »Sunee nicht mir sagen.«

»Deswegen musst du uns helfen«, sagte Elínborg.

»Ich nicht wissen.«

»Weshalb hat Sunee das getan?«, fragte Elínborg.

»Ich nicht wissen, was sie tun. Haben Angst, Angst um Niran.«

»Weshalb?«

»Ich gar nicht wissen.«

Der Bruder blieb bei dem, was er gesagt hatte, und Elínborg gab schließlich auf.

»Wir müssen Niran finden und ihm sagen, dass er uns vertrauen kann«, sagte Erlendur. »Das muss Sunee doch verstehen.«

»Er kann sich ja wohl kaum lange in seinem Versteck halten«, gab Elínborg zu bedenken. »Sunee will doch bestimmt, dass er bei Elías' Beerdigung dabei ist, etwas anderes kommt ja wohl kaum infrage.«

»Sie könnte aber auch versuchen, dem Jungen zur Flucht zu verhelfen«, sagte Sigurður Óli. »Dieser seltsame Schachzug bringt Niran in den Fokus der Ermittlungen, also das, was er womöglich weiß und getan hat. Das dürfen wir nicht übersehen.«

»Ich kann mir nicht vorstellen, dass er seinem Bruder etwas angetan hat«, sagte Elínborg. »Das scheint mir nicht wahrscheinlich. Es kann gut sein, dass er etwas weiß und dass er Angst hat oder so etwas, aber meiner Meinung nach hat er nichts direkt mit dem Vorgefallenen zu tun.«

»Ach, wenn wir uns doch bloß darauf verlassen könnten, was du dir so vorstellen kannst, Elínborg«, sagte Sigurður Óli. »Wär die Welt dann nicht *honky-dory*?«

»Was soll denn das mit diesem verdammten *honky-dory*?«

Sigurður Óli lächelte.

»Sunee wurde gesagt, dass es noch nicht feststeht, wann die Leiche zur Beerdigung freigegen wird«, sagte Erlendur. »Es könnte sein, dass sie damit Zeit zu gewinnen versucht. Aber Zeit wozu?«

»Wartet sie darauf, dass wir den Fall lösen?«, sagte Sigurður Óli. »Wie auch immer wir das anpacken wollen.«

»In der Schule beziehungsweise in dem Wohnviertel hat

es kleinere ausländerfeindliche Zwischenfälle gegeben«, sagte Erlendur, »und daran war Niran in irgendeiner Form beteiligt. Elías hatte aber nicht unbedingt etwas damit zu tun, sondern immer nur Niran. Als Elías überfallen wird, verschwindet Niran, oder besser, er kommt nicht nach Hause. Als er das endlich tut, steht er ganz augenscheinlich unter starkem Schock. Vielleicht hat er gesehen, was passiert ist, vielleicht hat er aber auch nur davon gehört. Er stand unter Schock, als ich ihn im Keller bei den Mülltonnen fand, da hatte er sich versteckt und fühlte sich sicher. Niran hat seiner Mutter gesagt, was er weiß, und ihre Reaktion darauf war, ihn zu verstecken. Was schließen wir daraus?«

»Sie wissen, was vorgefallen ist«, sagte Sigurður Óli. »Niran weiß es und hat es seiner Mutter gesagt.«

Erlendur sah Elínborg an.

»Irgendetwas ist passiert, während Niran mit seiner Mutter allein war«, sagte sie. »Mehr wissen wir nicht, alles andere ist Spekulation. Es muss gar nicht sein, dass sie etwas wissen. Sie hat gerade einen Sohn verloren und will nicht noch einen verlieren.«

»Aber was ist mit dem, was unser kleiner Junkie ausgesagt hat, dass Niran und seine Freunde dealen?«

»Diesem Mädchen kann man doch kein Wort glauben«, sagte Elínborg.

»Kann es sein, dass Sunee sich bei uns nicht mehr sicher gefühlt hat«, gab Erlendur zu bedenken, »in dieser isländischen Gesellschaft? Kann das eine Erklärung dafür sein, warum sie ihren Sohn versteckt hält? Wir haben keine Ahnung, wie es den Zuwanderern in unserem Land geht. Wir haben keine Ahnung, was es heißt, seine Heimat zu verlassen, mit einem Mal hier zu leben, eine Familie zu gründen und in unserer Gesellschaft funktionieren zu müssen, wenn man vom anderen Ende des Erdballs kommt. Es ist mit Sicherheit nicht einfach, und unsereins tut sich sehr schwer damit, sich in diese Situation hineinzuversetzen. Man könnte sagen, dass rassistische Vorurteile hier vielleicht nicht an der Tagesordnung sind, aber wir wissen genau, dass nicht alle mit der Entwicklung der Dinge einverstanden sind.«

»Meinungsumfragen zeigen, dass junge Isländer in der Mehrzahl finden, dass es jetzt reicht«, warf Sigurður ein. »Dies beweist, dass junge Leute nicht gerade begeistert von der multikulturellen Gesellschaft sind.«

»Wir sind dafür, dass die Ausländer hierherkommen und die Drecksarbeiten erledigen, beim Bau von Kraftwerken, in der Fischverarbeitung und als Putzleute, solange Arbeitskräfte gebraucht werden, aber dann sollen sie wieder verschwinden«, sagte Elínborg. »Vielen Dank für die Hilfe, aber kommt bloß nicht wieder! Um Himmels willen keine Eingliederung! Falls sie dennoch unbedingt bleiben wollen, sollen sie sich gefälligst von uns fernhalten. Genau wie die Amis in der Basis, die wurden ja auch immer innerhalb der Umzäunung gehalten. Stand es nicht sogar in den Verträgen, dass keine Schwarzen in Island stationiert sein durften? Ich glaube, es ist noch immer eine ganz verbreitete Meinung, dass man Ausländer am besten in einem Ghetto hält.«

»Nicht auszuschließen, dass sie die Umzäunung selber errichten«, sagte Sigurður Óli. »Es geht keineswegs um eine Maßnahme nur von der einen Seite, ich glaube, das vereinfacht die Sache zu sehr. Es gibt genauso gut Beispiele dafür, dass diese Zuwanderer sich nicht eingliedern lassen wollen, sie heiraten untereinander und dergleichen. Sie wollen unter sich sein und halten sich von der Gesellschaft fern.«

»In den Westfjorden hat es meines Erachtens am besten geklappt«, sagte Elínborg. »Da leben Menschen vieler Nationalitäten, soweit ich weiß aus ein paar Dutzend Ländern, auf einem relativ kleinen Gebiet zusammen, und dort respektiert man andere Kulturen und die andere Herkunft der Leute, die sich hier in Island eine Existenzgrundlage verschaffen wollen.«

»Was meiner Meinung nach geschehen ist, wenn ich damit fortfahren darf«, sagte Erlendur, »ist Folgendes: Sunee hat Schutz bei ihren Leuten gesucht. Sie vertraut uns nicht und hat Niran an einen Ort gebracht, von dem sie glaubt, dass er sicherer ist. Ich denke, wir sollten unsere Fahndung darauf ausrichten. Sie sucht Schutz bei den Menschen, denen sie vertraut, und das sind ihre eigenen Leute.«

Elínborg nickte zustimmend.

»Das klingt nicht unwahrscheinlich«, sagte sie. »Es dreht sich also nicht zwangsläufig um etwas, was Niran weiß oder getan hat.«

»Das wird sich herausstellen«, sagte Erlendur.

Gegen Mittag erhielten sie von der Schule eine Liste mit den Namen der Jungen, von denen man annahm, dass Niran den meisten Umgang mit ihnen hatte, in der Schule und in seiner Freizeit. Die Liste war Sigurður Óli und Elínborg ausgehändigt worden, und sie machten sich auf den Weg. Vier Namen befanden sich darauf, alles Jungen aus Zuwandererfamilien. Einer war thailändischer Abstammung, zwei kamen von den Philippinen und einer aus Vietnam. Außer dem thailändischen Jungen waren alle in Asien geboren und mehr als zehn Jahre alt gewesen, als sie nach Island zogen. Sie hatten Probleme damit, sich in der isländischen Gesellschaft zurechtzufinden.

Erlendur verbrachte den Rest des Morgens damit, Marian

Briems Beerdigung vorzubereiten. Er setzte sich telefonisch mit einem Bestattungsunternehmen in Verbindung. Der Tag für die Beerdigung wurde festgelegt. Danach formulierte er die Todesanzeige für die Zeitungen. Er rechnete nicht damit, dass viele zur Beerdigung kommen würden, deswegen verwarf er den Gedanken an einen Leichenschmaus. Marian hatte Anweisungen hinterlassen, wie die Trauerfeier vonstattengehen sollte, den Pastor genannt und die Lieder, die gespielt werden sollten. Erlendur hielt sich in allen Einzelheiten daran.

Nachdem er diese Vorbereitungen so weit wie möglich erledigt hatte, widmete er sich wieder der Suche nach Andrés' Stiefvater, an den sich Marian Briem erinnert hatte. Möglicherweise war es der Mann, den Andrés aus purem Zufall in seinem Stadtviertel gesehen hatte. Erlendur fand den Namen von Andrés Mutter heraus und das Geburtsdatum des Sohnes. Anschließend blätterte er im Einwohnerverzeichnis von Reykjavík des Zeitraums, in dem Andrés aufgewachsen war. Den Angaben zufolge hatte Andrés im Alter von vier Jahren seinen Vater verloren, danach war die Mutter allein mit ihrem Sohn eingetragen. Soweit Erlendur feststellen konnte, war Andrés ihr einziges Kind. Falls sie für eine kürzere oder längere Zeit mit einem oder verschiedenen Männern zusammengelebt hatte, waren er oder sie nicht angemeldet gewesen, abgesehen von einem Mann, von dem sich aber herausstellte, dass er vor dreizehn Jahren gestorben war. Erlendur ging die Adressen durch, unter denen die Frau eingetragen war. Sie war anscheinend ständig umgezogen. Sie hatte in der Altstadt und im Skuggahverfi gelebt, dann im Breiðholt-Viertel, als es gerade gebaut wurde. Von da aus zog sie ins Vogar-Viertel und schließlich nach Grafarvogur. Gestorben war sie in den frühen neunziger Jahren. Auf den ersten Blick fand er keine Spur dieses Stiefvaters, den Marian auf dem Sterbebett erwähnt hatte.

Da er nun schon einmal im Archiv der Polizei war, beschloss Erlendur, sich die Polizeiprotokolle anzusehen, die über Zwischenfälle mit rassistischem und ausländerfeindlichem Hintergrund berichteten. Er wusste zwar, dass andere Mitarbeiter der Kriminalpolizei mit diesem Aspekt des Falls befasst waren, ließ sich aber dadurch nicht beirren. Er ging meistens seine eigenen Wege und scherte sich nicht darum, welche Aufgaben man ihm im Rahmen einer Ermittlung zugeteilt hatte. Insgesamt waren über zwanzig Mitarbeiter mit Elías' Fall befasst, und jeder hatte seinen fest definierten Aufgabenbereich. Sie ließen sich darüber informieren, wer das Land verließ und wer einreiste, sie checkten die Autoverleihfirmen und die Hotels in Reykjavík und Umgebung. Unter anderem hatte man sich auch mit der Polizei in Bangkok in Verbindung gesetzt und Erkundigungen eingezogen, ob Sunees Angehörige aus- oder eingereist waren. Bei der Polizei gingen täglich zahlreiche Hinweise ein, denen allen nachgegangen wurde, gleichgültig, wie zeitraubend das war. Die Leute meldeten sich telefonisch, wenn sie Nachrichten gehört oder Zeitung gelesen hatten, und waren davon überzeugt, etwas beitragen zu können. Manche Hinweise waren allerdings vollkommen abwegig – Betrunkene, die sich für so genial hielten, den Fall kraft ihrer Intelligenz gelöst und den Täter gefunden zu haben. Sie wiesen namentlich auf Anverwandte oder Intimfeinde hin, die sie als »Pack« bezeichneten. Allem wurde nachgegangen.

Erlendur wusste, dass nicht viele Personen bei der Polizei geführt wurden, die als gefährlich oder in Sachen Ausländerfeindlichkeit als zu allem fähig eingestuft waren.

Den einen oder anderen Gewaltverbrecher hatte man festgenommen, manchmal in seiner Wohnung; bei der Gelegenheit wurden diverse Schusswaffen, Knüppel, Messer und Schlagringe entdeckt, und bei einigen fand man rechtsradikales Propagandamaterial, das teilweise aus dem Internet stammte, aber auch Broschüren, Bücher und fotokopiertes Material, Fahnen und andere Objekte mit ausländerfeindlichen Inhalten. Ein organisiertes Verteilernetz für solche Hetzkampagnen existierte nicht, und nur wenige hatten direkt wegen Ausländerfeindlichkeit mit der Polizei zu tun gehabt. Bei den Beschwerden über rassistische Anfeindungen handelte es sich zumeist um zufällige und individuelle Fälle.

Erlendur wühlte in einer ganzen Reihe von Kästen. In einem fand er eine ordentlich zusammengefaltete Südstaatenflagge und eine Fahne mit einem Hakenkreuz, außerdem ein paar Broschüren auf Englisch, in denen es, den Titeln nach zu urteilen, darum ging, dass der Holocaust ein zionistisches Lügengespinst sei. Auch Informationsmaterial über Rassen mit Fotos von afrikanischen Stämmen waren dabei. Erlendur förderte Hetzpropaganda aus amerikanischen und englischen Zeitschriften zutage und schließlich das Protokollbuch einer Vereinigung, die sich »Väter Islands« nannte.

Das Heft enthielt die Protokolle einiger Versammlungen aus dem Jahre 1990, bei denen unter anderem über Hitlers Leistung beim Aufbau Deutschlands nach der Weimarer Republik die Rede war. An einer Stelle gab es eine Eintragung über die ausländischen Zuwanderer in Island, die als Problem bezeichnet wurden. Man hatte darüber diskutiert, den weiteren Zustrom zu unterbinden, da bei fortgesetzter Rassenmischung die Gefahr bestünde, dass die Isländer als nordische Rasse im Lauf der nächsten hundert Jahre ausstürben. Es ging auch um die Frage, auf welche Weise man das verhindern könne, ob man eine Verschärfung der Gesetze fordern oder sogar das Land völlig dicht machen solle, gleichgültig, ob die Ausländer wegen der Arbeit kamen, aus familiären Gründen oder als Asylsuchende. Die Eintragungen hörten so abrupt auf, dass es ganz den Anschein hatte, als sei die Vereinsarbeit plötzlich zum Erliegen gekommen. Erlendur stellte fest, dass es sich um eine schöne Schrift handelte, der Stil war knapp und präzise und ohne überflüssige Schnörkel.

Ein Mitgliederverzeichnis war nicht dabei, aber ein Protokoll war mit einem Namen unterzeichnet, der Erlendur bekannt vorkam. Während er noch dasaß und überlegte, in welchem Zusammenhang er den Namen schon gehört hatte, begann sein Handy zu klingeln. Er erkannte die Stimme sofort.

»Ich weiß, ich darf nicht anrufen, aber ich weiß nicht, was ...«

Die Frau begann zu schluchzen.

»... ich weiß nicht, was ich tun soll.«

»Komm und sprich mit mir«, sagte Erlendur.

»Das kann ich nicht. Ich kann es einfach nicht. Es ist so furchtbar, wie ...«

»Was?«, fragte Erlendur.

»Ich möchte ja gerne«, sagte die Stimme. »Ich will es tun, aber es ist nicht möglich.«

»Wo bist du jetzt?«

»Ich ...«

Die Frau führte den Satz nicht zu Ende, und es herrschte Schweigen in der Leitung.

»Ich kann dir helfen«, sagte Erlendur. »Sag mir, wo du bist, und ich helfe dir.«

»Das kann ich nicht«, sagte die Stimme. Erlendur hörte,

dass die Frau angefangen hatte zu weinen. »Ich kann nicht ... so leben ...«

Wieder verstummte sie.

»Aber trotzdem rufst du an«, sagte Erlendur. »Du fühlst dich schlecht, sonst würdest du nicht anrufen. Ich kann dir helfen. Versteckst du dich seinetwegen? Bist du seinetwegen auf der Flucht?«

»Ich würde alles für ihn tun, deswegen ...«

Die Frau verstummte.

»Wir müssen mit dir reden«, sagte Erlendur.

Schweigen.

»Wir können dir helfen. Ich weiß, dass es schwierig ist, aber ...«

»Das sollte nicht so laufen. Niemals ...«

»Sag mir, wo du bist, und dann unterhalten wir uns«, sagte Erlendur. »Es wird alles in Ordnung kommen, das verspreche ich dir.«

Er wartete in atemloser Spannung und hörte nur das Schluchzen der Frau am anderen Ende der Leitung. Geraume Zeit verging, ohne dass Erlendur sich traute, etwas zu sagen. Die Frau ging sicher die Möglichkeiten, die sie hatte, nacheinander durch. Er suchte krampfhaft nach Worten, die ihr helfen würden weiterzureden. Etwas über ihren Mann. Über die Familie. Über ihre beiden Kinder.

»Die Kinder wollen bestimmt wissen ...«

»Großer Gott«, stöhnte die Frau, und ehe Erlendur sichs versah, hatte sie aufgelegt.

Erlendur starrte auf das Telefon in seiner Hand. Das Display zeigte genau wie bei dem vorigen Anruf ›unbekannter Teilnehmer‹. Er ging davon aus, dass die Frau von einem öffentlichen Fernsprecher aus anrief, das war den Hintergrundgeräuschen während des Gesprächs zu entnehmen. Er hatte eruieren lassen, dass die Frau beim vorigen Mal aus dem Einkaufscenter Smáralind angerufen hatte. Meist halfen solche Informationen nicht weiter. Die Leute, die von einem öffentlichen Fernsprecher aus bei der Polizei anriefen, taten das aus ganz bestimmten Gründen und benutzten dazu eben keine Telefonzelle in der Nähe der Wohnung oder des Arbeitsplatzes. Der Ort sagte der Polizei so gut wie nichts.

Nachdenklich steckte er das Handy wieder in die Tasche. Weshalb rief die Frau ihn an? Es ging ihr offensichtlich nicht darum, ihm etwas mitzuteilen. Sie äußerte sich nicht dazu, weshalb sie sich versteckt hielt. Sie sprach nicht über ihren Ehemann und ließ mit keinem Wort durchblicken, was sie dachte. Vielleicht war sie der Meinung, dass es genügte, ihn wissen zu lassen, dass sie noch am Leben war, damit er aufhören würde, nach ihr zu suchen. Was hatte sie zu verbergen? Weshalb hatte sie ihn verlassen?

Diese Fragen hatte er auch dem Ehemann gestellt, aber keine Antwort darauf bekommen. Der Mann schüttelte nur völlig verständnislos den Kopf, und das war nahezu seine einzige Reaktion auf ihr Verschwinden. Nach der Jahreswende hatte Erlendur sich mit den früheren Ehefrauen unterhalten und sie gefragt, was ihrer Meinung nach geschehen sein könnte. Die eine hatte er in ihrem Haus in Hafnarfjörður besucht, während der Ehemann auf einer Dienstreise im Ausland war. Die Frau war ganz erpicht darauf, Erlendur bei den Ermittlungen behilflich zu sein und ihm zu sagen, was für ein gemeiner Dreckskerl ihr früherer Ehemann sei. Erlendur hörte sich das alles an und fragte sie anschließend, ob sie glaube, dass er seiner neuen Frau etwas angetan haben könne. Die Antwort ließ nicht auf sich warten.

»Bestimmt«, sagte sie, »da bin ich mir völlig sicher.«

»Wieso?«

»Solche Männer wie er«, sagte sie verächtlich, »denen ist alles zuzutrauen.«

»Hast du einen bestimmten Grund für diese Annahme?«

»Nein«, entgegnete die Frau, »das weiß ich bloß. Er ist so. Er geht bestimmt schon wieder fremd, diese Kerle können nicht damit aufhören. Das ist wie eine Krankheit bei diesen verdammten Typen.«

Was die andere Frau, die auf eigenen Wunsch zu Erlendur ins Dezernat kam, ausgesagt hatte, war relevanter gewesen. Sie wollte nicht, dass er zu ihr nach Hause kam. Sie hörte ihm aufmerksam zu, während er ihr den Fall darlegte, vor allem, als Erlendur sich wie eine Katze um den heißen Brei herumschlich, als es um die Frage ging, ob der Mann an dem Verschwinden der Frau beteiligt gewesen sein könnte.

»Habt ihr denn keinerlei Anhaltspunkte, was aus ihr geworden ist?«, fragte sie und blickte sich im Büro um.

»Kannst du dir vorstellen, dass er ihr etwas angetan hat?«, fragte Erlendur.

»Geht ihr davon aus?«

»Wir gehen von nichts aus«, sagte Erlendur.

»Da muss aber doch was sein, sonst würdest du nicht danach fragen.«

»Es handelt sich um eine ganz normale Recherche«, sagte Erlendur. »Wir versuchen, alles so gut wie möglich auszuleuchten. Es geht nicht um das, was wir glauben oder nicht glauben.«

»Du glaubst, er hat sie umgebracht«, sagte die Frau und schien dabei richtiggehend aufzuleben.

»Ich glaube gar nichts«, sagte Erlendur noch nachdrücklicher als zuvor.

»Dem ist alles zuzutrauen«, erklärte die Frau.

»Weshalb sagst du das?«

»Er hat mir einmal gedroht«, sagte die Frau. »Er hat mir gedroht, mich umzubringen, als ich mich weigerte, mich scheiden zu lassen, damit er diese Nutte heiraten konnte, nach der ihr jetzt sucht. Ich habe gesagt, ich würde mich niemals von ihm scheiden lassen, und er würde nie wieder heiraten können. Ich war furchtbar wütend, vielleicht sogar hysterisch. Meine Freundin hatte mir davon erzählt, dass er fremdging, sie hatte den Klatsch bei der Arbeit gehört und mir davon erzählt. Alle wussten es, nur ich nicht. Weißt du, wie erniedrigend das ist, wenn alle Bescheid wissen, nur diejenige nicht, die betrogen wird? Ich bin ausgerastet. Er hat mich geschlagen. Und dann hat er gesagt, er würde mich umbringen, wenn ich Schwierigkeiten machen würde.«

»Hat er dir damit gedroht, dich umzubringen?«

»Er hat gesagt, er würde mir so lange den Hals zudrücken, bis ich tot wäre.«

Erlendur schreckte aus seinen Überlegungen hoch und schaute auf das Heft, das er durchgeblättert hatte, und den Namen, der unter dem Protokolleintrag stand. Jetzt erinnerte er sich, wer es sein könnte. Sigurður Óli hatte seinen Namen erwähnt und gesagt, wie abstoßend und unangenehm er gewesen war. Falls es sich um denselben Mann handelte, musste Erlendur sich so schnell wie möglich Kjartan, den Isländischlehrer an der Schule, vorknöpfen.

Sein Handy klingelte wieder, diesmal war es Elínborg. Ihr lag ein Ausdruck mit der Liste der Anrufer vor, die im vergangenen Monat mit Sunee telefoniert hatten. Einige Anrufe kamen von der früheren Schwiegermutter, andere aus der Süßwarenfabrik oder von ihren Freundinnen, und zweimal war aus der Schule angerufen worden.

»Und dann ist hier achtmal dieselbe Nummer.«

»Wem gehört dieser Anschluss?«

»Er hat vom Arbeitsplatz aus angerufen, von einer Versicherung. Das ist die einzige ungewöhnliche Nummer auf
der Liste. Es sind ja nicht viele Telefonnummern.«

»Hast du Sunee danach gefragt?«

»Sie sagt, sie weiß nicht, wer das war. Möglicherweise sei
es darum gegangen, ihr eine Versicherung zu verkaufen.«

»Glaubst du, dass das ihr Freund ist?«

»Wir werden sehen.«

*Siebzehn*

Die Nachricht vom Mord an Elías hatte sich wie ein Lauffeuer im ganzen Land verbreitet, und schon bald kamen Menschen mit Blumen und Trauerkarten, die sie vor dem Wohnblock an der Stelle ablegten, wo der Junge gefunden worden war. Zwischen den Sträußen war auch Kinderspielzeug zu sehen, Teddybären und kleine Autos. Für abends hatte man einen Trauerzug geplant.
Elínborg und Sigurður waren in dem Viertel unterwegs. Zweimal fuhren sie an Sunees Haus vorbei und sahen, wie Leute Blumen niederlegten. Sie verbrachten den Großteil des Tages damit, Nirans Freunde in Einzelgesprächen zu vernehmen. Was sie aussagten, stimmte größtenteils überein. Keiner von ihnen wusste etwas darüber, was Niran an dem Nachmittag unternommen hatte, als Elías ermordet worden war. Sie konnten auch nichts dazu sagen, wohin Sunee ihn eventuell gebracht haben könnte, und stritten rundheraus ab, Drogen in der Schule zu verkaufen, das sei eine Lüge. Sie gaben aber zu, dass es einmal auf dem Schulhof zu Auseinandersetzungen gekommen sei, an denen sie aber keine Schuld gehabt hätten. Keiner hatte an diesem Tag Elías gesehen. Zwei von ihnen hatten Niran getroffen, und zwar bei der Apotheke, aber sie hatten sich so etwa um dieselbe Zeit von ihm getrennt, zu der Elías gefunden wurde. Die beiden waren danach den Rest des Tages zusammen gewesen und hatten Niran nicht mehr getroffen.

Keiner hatte etwas davon gehört, dass Elías in der Schule besonders behelligt worden wäre. Sie erklärten, nichts von Niran gehört zu haben, seitdem Elías tot aufgefunden worden war. Und ihrer Meinung nach war die Beziehung zwischen den Brüdern gut gewesen.

Einer von den Jungen, der Kári hieß, war besonders offen und gesprächig. Er schien der Polizei tatsächlich behilflich sein zu wollen. Die anderen waren im Gegensatz dazu sehr zurückhaltend, gaben kurze Antworten und sagten nur das, wonach sie gefragt wurden. Kári hatte eine andere Einstellung. Er stand als Letzter auf Sigurður Ólis Liste, weswegen er ein weiteres lapidares Gespräch erwartete, aber es sollte anders kommen. Káris Eltern waren auch anwesend, die Mutter war Thailänderin, der Vater Isländer. Die beiden kannten Sunee und ihren Bruder, und sie sprachen zunächst über die unfassbare Tragödie, die passiert war.

»Es ist ja meistens doch nur leeres Geschwätz, wenn die Leute sagen, sie hätten nichts gegen Ausländer«, sagte der Mann. Er war Ingenieur und war extra von der Arbeit nach Hause gekommen, um seinem Sohn zur Seite zu stehen. Die Eheleute saßen am Küchentisch, der Mann war ziemlich groß und korpulent, seine Frau dagegen klein und zierlich. Sie sah freundlich aus. Beide waren augenscheinlich sehr besorgt. Sie arbeitete als Abteilungsleiterin bei einer Pharmafirma und hatte sich ebenfalls freigenommen. Der Mann sprach über seine Erfahrungen mit Isländern aus der Sicht eines Mannes, der mit einer Ausländerin verheiratet war.

Sigurður Óli nickte zustimmend. Er führte das Gespräch allein, da Elínborg anderweitig im Einsatz war.

»Wir sagen zwar gerne, dass wir nichts gegen die Zuwanderer aus Asien hätten oder dagegen, dass sie hierherkommen und sich hier niederlassen. Angeblich ist es spannend, dass hier Restaurants mit thailändischer Küche aufmachen, und interessant, eine andere Kultur kennenzulernen, andere Musik zu hören. Aber wenn es darauf ankommt, heißt es immer, dass nicht zu viele von ›diesen Menschen‹ hierherkommen dürfen«, sagte der Mann, indem er die Anführungszeichen mit den Fingern andeutete.

»Wir haben sehr oft darüber gesprochen«, sagte die Frau und sah ihren Mann an. »Vielleicht ist es in gewissem Sinne auch verständlich. Isländer gibt es nicht so viele, und sie sind sehr stolz auf ihre Geschichte und wollen sie in Ehren halten. Weil es keine große Nation ist, sträubt man sich hier besonders gegen Veränderungen. Die sind für sie gleichbedeutend mit Problemen. Und dann kommen die Zuwanderer und zerstören das Bild. Viele, die nach Island kommen, egal, ob sie aus Asien kommen oder von anderswo, leben isoliert, weil sie die Sprache meist nicht richtig lernen und deswegen immer Außenseiter bleiben. Einigen gelingt es freilich besser, sich zu integrieren, aber sie tun oft selbst etwas dafür, weil sie wissen, wie wichtig es ist. Im Grunde genommen dreht sich alles um die Sprache.«

Ihr Mann nickte. Kári saß daneben, schaute auf den Fußboden und wartete darauf, dass die Reihe an ihn kam.

»War da nicht neulich etwas in den Nachrichten?«, sagte der Mann. »Über die Probleme von Isländern, die nach Dänemark auswandern? Ihre Kinder haben sich geweigert, Dänisch zu lernen. Ist das nicht genau dasselbe?«

»Einwanderungsprobleme können natürlich überall auftreten«, fuhr die Frau fort und sah wieder ihren Mann an. »Das ist nichts Neues, das passiert in der ganzen Welt. Es ist eine Grundvoraussetzung, dass diesen Leuten dabei geholfen wird, sich zu integrieren. Im Gegenzug müssen die Leute aber auch den Willen haben, sich anzupassen, wenn sie tatsächlich auf Dauer in Island leben wollen.«

»Was ist das Schlimmste, das du zu hören bekommst?«, fragte Sigurður Óli.

»Verpiss dich nach Hause, du thailändische Nutte«, antwortete die Frau prompt, und es hatte fast den Anschein, als sei sie schon mehrfach danach gefragt worden und habe sich gegen solche Äußerungen gewappnet, so als seien sie unvermeidlich. Kári sah seine Mutter an.

»Seid ihr der Meinung, dass die Vorurteile zunehmen?«, fragte Sigurður Óli.

»Ich weiß es nicht«, antwortete der Mann.

»Merkst du in der Schule was davon?«, wandte sich Sigurður Óli an den Jungen.

Kári zögerte. »Neee«, sagte er etwas unsicher.

»Ich finde es nicht richtig, von ihm zu erwarten, dass er so etwas zugibt«, erklärte der Mann. »Niemand möchte gern andere verpfeifen. Und schon gar nicht, wenn so etwas Schreckliches passiert ist.«

»Andere Kinder behaupten, dass Kári und seine Freunde in der Schule mit Drogen handeln. Die haben keinen Augenblick gezögert, das zu sagen.«

»Wer behauptet denn so etwas?«, fragte die Frau.

»Das haben wir gehört«, sagte Sigurður Óli. »Vielleicht ist es zu diesem Zeitpunkt auch gar nicht nötig, darauf genauer einzugehen. Ich kann aber so viel sagen, dass es keine sehr zuverlässige Zeugin war.«

»Ich habe noch nie was mit Dope zu tun gehabt«, sagte Kári.

»Und deine Freunde?«, sagte Sigurður Óli.

»Nein, die auch nicht.«

»Und Niran?«

»Keiner von uns«, sagte Kári. »Das ist einfach eine Lüge. Wir haben nie Dope verkauft. Das ist gelogen.«

»Kári rührt so etwas nicht an«, sagte sein Vater, »das ist absurd. Und genauso wenig dealt er damit.«

»Ihr würdet das wissen?«, fragte Sigurður Óli.

»Ja, das würden wir wissen«, sagte der Mann.

»Erzähl uns doch was über diese Zwischenfälle in der Schule, von denen wir gehört haben«, sagte Sigurður Óli zu Kári. »Was war da eigentlich los?«

Kári schaute zu Boden.

»Sag ihm, was du weißt«, forderte seine Mutter ihn auf. »Er hat sich in diesem Winter nicht sehr wohl in der Schule gefühlt, manchmal wollte er sogar gar nicht hingehen. Er hat Angst, dass ihm da welche auflauern. Einige Jungs sind hinter ihm her.«

»Mama!«, sagte Kári und sah seine Mutter an, als würde sie seine peinlichsten Geheimnisse preisgeben.

»Über einen Freund von Kári haben sie sich schon hergemacht«, sagte der Mann. »Die Schulleitung scheint da nichts ausrichten zu können. Wenn irgendwas schiefläuft, hat man fast den Eindruck, als sei kein Eingreifen möglich. Ein Junge erhielt für ein paar Tage Schulverbot, und damit hatte es sich.«

»In der Schule behaupten sie, dass es keine direkte Ausländerfeindlichkeit oder derartige Zwischenfälle gibt«, sagte Sigurður Óli. »Angeblich gibt es keine Schlägereien oder Querelen, jedenfalls nicht mehr als in jeder anderen Schule. Dieser Meinung seid ihr nach dem, was Kári euch gesagt hat, wohl nicht?«

Der Mann zuckte mit den Achseln.

»Was ist mit Niran?«

»Jungen wie Niran haben es schwer«, sagte die Frau. »Es ist nicht einfach, sich einer so völlig anderen und fremden Gesellschaft anzupassen, die Sprache ist schwierig zu lernen, und man wird dauernd mit ausländerfeindlichen Sprüchen und Ähnlichem konfrontiert.«

»Solche Jungen können schon zu Problemfällen werden«, fügte ihr Mann hinzu.

»Kannst du uns etwas dazu sagen, Kári?«

Kári räusperte sich verlegen. Sigurður Óli dachte wie schon so oft, dass es viel besser wäre, mit den Kindern zu reden, ohne dass die Eltern danebensitzen.

»Ich weiß nicht, ob du begreifst, wie ernst die Sache ist«, sagte Sigurður Óli.

»Ich glaube, er versteht sehr gut, was auf dem Spiel steht«, sagte der Mann.

»Ich wäre dir sehr dankbar, wenn du uns weiterhelfen könntest.«

Káris Blicke wanderten zwischen seinen Eltern und Sigurður Óli hin und her. »Ich weiß nicht, wie er gestorben ist«, sagte er. »Ich hab Elías gar nicht gekannt, er war nie viel mit Niran zusammen. Niran wollte ihn nicht dabeihaben. Er war ja so viel jünger. Trotzdem hat er auf Elías aufgepasst. Er hat aufgepasst, dass ihn niemand ärgert. Ich weiß nicht, wie er gestorben ist oder wer ihn überfallen hat. Das weiß niemand von uns, keiner weiß, was passiert ist. Wir wissen auch nicht, wo Niran abgeblieben ist.«

»Wie hast du Niran kennengelernt?«

Kári stöhnte. Dann erzählte er, wie er den neuen Jungen kennengelernt hatte. Niran kam in seine Klasse. Sie waren die einzigen Kinder von Zuwanderern und freundeten sich rasch an. Kári wohnte ebenfalls erst seit Kurzem in dem Viertel, und er hatte sich auch schon ab und zu mit Jungen getroffen, die nicht aus Zuwandererfamilien stammten. Außerdem war er mit zwei Jungen befreundet, die von den Philippinen kamen, und hatte einen weiteren Freund aus

Vietnam. Die wiederum kannten Nirans Freunde aus der alten Schule. Niran war bald der Anführer der Gruppe, und machte sie immer wieder auf ihre Sonderstellung als Ausländerkinder aufmerksam. Seiner Meinung nach waren sie nichts richtig: Sie seien keine Isländer, auch wenn sie es gerne wären. Ein großer Teil der Isländer sähe sie wiederum in erster Linie als Ausländer an, auch wenn sie hierzulande geboren waren. Die meisten von ihnen hatten die Vorurteile am eigenen Leibe zu spüren bekommen, die schrägen Blicke, die Schimpfworte oder unverhohlenen Feindseligkeiten ihnen und ihren Familien gegenüber.

Niran war kein Isländer und hatte auch kein Interesse, es zu werden. Aber hier oben auf der Insel im Nordmeer war er wohl auch kein richtiger Thai mehr. Er war zu dem Ergebnis gekommen, dass er im Grunde genommen keine richtige Identität hatte. Er gehörte weder der einen noch der anderen Nation an, sondern befand sich auf einem unsichtbaren und schwer greifbaren Grenzgebiet. Früher hatte er nie darüber nachzudenken brauchen, woher er kam. Er war Thai, geboren in Thailand. Er fand Unterstützung bei anderen Zuwandererkindern, die ähnliche Erfahrungen gemacht hatten. Er interessierte sich mehr und mehr für seinen Hintergrund, für die Geschichte Thailands und die seiner Vorfahren – darin ging er auf. Als er in der früheren Schule ältere Kinder von Zuwanderern kennenlernte, wurde dieses Gefühl immer stärker.

»Soweit wir wissen, hat er sich nicht mit seinem Stiefvater verstanden«, sagte Sigurður Óli.

»Das kann stimmen«, antwortete Kári.

»Weißt du, warum?«

Kári zuckte die Achseln. »Niran hat gesagt, er hätte sich über die Scheidung gefreut, weil er den Mann dann nicht mehr treffen müsste.«

»Weißt du was über einen anderen Mann, mit dem Sunee sich trifft und der vielleicht ihr neuer Freund ist?«, fragte Sigurður Óli.

»Nein«, sagte Kári.

»Hat Niran nie erwähnt, dass seine Mutter mit einem anderen zusammen ist?«

»Nein, ich glaube nicht. Darüber weiß ich nichts.«

»Wo hast du Niran zuletzt gesehen?«

»Ich bin krank gewesen und nicht zur Schule gegangen. Ich hab auch die anderen Jungs nicht getroffen. Niran hab ich vor ein paar Tagen gesehen. Wir haben uns nach der Schule getroffen, sind dann aber jeder zu sich nach Hause gegangen.«

»Bei der Apotheke?«

»Ja.«

»Was macht ihr da eigentlich immer bei der Apotheke?«

»Gar nichts, wir treffen uns nur manchmal da. Wir machen gar nichts.«

»Wo seid ihr denn sonst so, und was macht ihr tagsüber, wenn ihr euch trefft?«, fragte Sigurður Óli.

»Och, wir hängen herum und gammeln, ziehen uns vielleicht ein Video rein oder spielen Fußball. Alles Mögliche, was uns so einfällt. Oder gehen ins Kino.«

»Kannst du dir vorstellen, dass Niran seinem Bruder etwas angetan hat?«

»Solche Fragen kann und braucht er nicht zu beantworten«, griff der Vater ein. »Das geht zu weit. Ich finde es unakzeptabel, das von ihm zu verlangen.«

»Auf gar keinen Fall«, sagte Kári, »er würde Elías nie etwas tun können. Das weiß ich. Er hat sich immer um Elías gekümmert und viel von ihm gehalten.«

»Ihr seid in der Schule oder hier im Viertel in Prügeleien verwickelt gewesen, kannst du mir darüber etwas erzählen?«, fragte Sigurður Óli. »Ist man über einen deiner Freunde hergefallen? Du hattest Angst, in die Schule zu gehen?«

»Es war nichts Schlimmes«, antwortete Kári. »Es ist bloß … Es gibt da manchmal Randale, und damit will ich nichts zu tun haben. Ich will in Ruhe gelassen werden.«

»Hast du Niran und den anderen das auch gesagt?«

»Nein.«

»Und wer hat das Sagen bei der anderen Gruppe, wenn Niran bei euch der Anführer ist?«

Kári schwieg.

»Willst du uns das nicht sagen?«

Kári schüttelte den Kopf. »Es gibt keine Anführer«, sagte er. »Niran ist nicht unser Anführer, wir sind bloße Freunde.«

»Wer geht euch besonders auf die Nerven?«, fragte Sigurður Óli.

»Der heißt Raggi«, sagte Kári. »Der hat die größte Klappe.«

»War er es, der auf einen von euch losgegangen ist?«

»Ja.«

Sigurður Óli schrieb sich seinen Namen auf. Die Eltern warfen einander Blicke zu, die zu besagen schienen, dass es ihrer Meinung jetzt reichte.

»Du hast gefragt, ob ich in der Schule was von Vorurteilen mitkriege«, sagte Kári auf einmal von sich aus.

»Ja«, sagte Sigurður Óli.

»Es ist nicht bloß so, dass … Wir motzen ja auch«, sagte er. »Es sind nicht bloß die anderen, wir sind es auch. Ich weiß nicht, wie es angefangen hat. Niran hat sich mit Gummi geprügelt wegen etwas, was irgendeiner gesagt hat. Das ist alles so bescheuert.«

»Was ist mit den Lehrern?«

Kári nickte zögernd. »Die sind in Ordnung, bis auf einen, der hasst Zuwanderer«, sagte er.

»Wer ist das?«

»Kjartan.«

»Und was macht er?«

»Er hat einfach was gegen uns«, sagte Kári.

»Wie zeigt sich das? Tut er irgendwas, oder sagt er was?«

»Er sagt Sachen, wenn niemand anderes dabei ist.«

»Was für Sachen?«

»Du stinkst nach Scheiße.«

»Das darf ja wohl nicht wahr sein!« Káris Vater sog hörbar die Luft ein. »Warum hast du uns nichts davon gesagt?«

»Sie haben sich gestritten«, sagte Kári.

»Wer?«

»Kjartan und Niran. Ich weiß nicht, worum es ging, aber sie hätten sich beinahe geprügelt. Niran wollte nicht darüber reden.«

»Wann war das?«

»Am gleichen Tag, an dem Elías gestorben ist.«


Die Versicherung hatte einen Referenten für Öffentlichkeitsarbeit, der Elínborg mit bunter Krawatte und extrem korrekt gekleidet gegenübersaß. Auf seinem Schreibtisch befand sich nichts außer einer Tastatur und einem Flachbildschirm, in den Regalen hinter ihm waren einige Aktenkästen, von denen ein paar irgendwelche Papiere enthielten, die meisten aber leer waren. Elínborg dachte im Stillen, dass er wohl nicht allzu viel zu tun hatte. Es konnte natürlich auch sein erster Arbeitstag sein. Sie teilte ihm mit, um was es ging: dass von einem der Anschlüsse der Firma eine bestimmte Nummer angewählt worden sei, und sie erwähnte Sunee. Sie hatten nicht herausfinden können, von welchem Apparat die Anrufe getätigt worden waren, sondern nur die Hauptnummer der Firma, und sie wollten in Erfahrung bringen, wer der Anrufer war.

»Hat es was mit dem ermordeten Jungen zu tun?«, fragte der Referent.

»Genau«, sagte Elínborg.

»Und ihr wollt wissen ...?«

»Ob jemand von hier aus bei ihm zu Hause angerufen hat«, sagte Elínborg.

»Ich verstehe«, erklärte der Referent. »Du möchtest wissen, von welchem Anschluss hier innerhalb des Hauses telefoniert worden ist.«

Elínborg glaubte, das bereits hinlänglich klargemacht zu haben. Sie überlegte jetzt, ob dieser Mann ungewöhnlich begriffsstutzig sei oder ob er, da es endlich mal etwas zu tun gab, die Sache in die Länge ziehen wollte.

Sie nickte. »Zunächst müssen wir wissen, ob die Frau hier bei der Firma versichert ist.«

»Wie war ihr Name?«, fragte der Öffentlichkeitsreferent und legte seine perfekt manikürten Hände auf die Tastatur.

Elínborg gab Sunees Namen an.

»Hier ist niemand dieses Namens versichert«, sagte der Referent.

»Hat es im vergangenen Monat eine Marketingkampagne bei euch gegeben, bei der ihr Leute angerufen habt und so etwas?«

»Nein, die letzte Aktion war vor drei Monaten. Seitdem ist nichts dergleichen gelaufen.«

»Dann muss ich dich bitten, für uns in Erfahrung zu bringen, ob irgendein Mitarbeiter hier im Haus diese Frau kennt. Ist das machbar?«

»Ich frage herum«, sagte der Referent und lehnte sich zurück.

»Mach aber auf keinen Fall eine große Sache daraus. Wir möchten uns nur mit dieser Person unterhalten, weiter nichts. Sie steht unter keinem Verdacht. Es könnte sich um einen Freund von Sunee handeln, möglicherweise ihren Liebhaber. Glaubst du, dass du das unauffällig in Erfahrung bringen kannst?«

»Es dürfte kein Problem sein«, erklärte der Öffentlichkeitsreferent.

Erlendur betätigte die Klingel. Im gleichen Augenblick, als er auf den Knopf drückte, vernahm er drinnen in der Wohnung ein leichtes Quietschen. Nach einiger Zeit klingelte er noch einmal, und wieder vernahm er dieses Quietschen, und er begann zu lauschen. Kurz darauf hörte er ein Schlurfen, und endlich öffnete sich die Tür. Erlendur hatte den Mann geweckt, obwohl es helllichter Tag war. Der Mann machte den Eindruck, als sei er Rentner, deshalb konnte er wahrscheinlich schlafen, wann er wollte, dachte Erlendur im Stillen.

Er stellte sich vor, aber weil der Mann noch ziemlich schlaftrunken war, musste Erlendur ihm zweimal sagen, dass er von der Kriminalpolizei sei, und fragen, ob er ihm vielleicht mit ein paar Auskünften weiterhelfen könne. Der Mann in der Tür starrte ihn an. Er machte nicht den Eindruck, als würden sich die Besucher bei ihm die Klinke in die Hand geben. Wahrscheinlich quietschte die Klingel, weil sie nie benutzt wurde.

»Hä ... was?«, brachte er mit heiserer Stimme heraus und kniff die Augen zusammen. Weiße Bartstoppeln bedeckten das Kinn, und das schlohweiße Haar stand wirr nach allen Seiten ab.

Erlendur wiederholte ein weiteres Mal, was er gesagt hatte, und daraufhin begriff der Mann endlich, was er wollte. Er hielt die Tür auf, bat Erlendur einzutreten, und führte ihn ins Wohnzimmer. Die Wohnung sah heruntergekommen aus und roch muffig. Der Mann setzte sich aufs Sofa und lehnte sich etwas vor. Erlendur nahm ihm gegenüber Platz. Ihm fielen die enormen Augenbrauen des Mannes auf. Wenn er sie bewegte, hatte es den Anschein, als würden sich zwei winzige Pelztierchen über seinen Augen hin und her schieben.

»Mir ist eigentlich immer noch nicht klar, was los ist«, sagte der Mann, der Helgi hieß. »Was will die Kriminalpolizei von mir?«

Die Wohnung befand sich in einem alten Mehrfamilienhaus an einer verkehrsreichen Straße im östlichen Teil der Stadt. Der Verkehrslärm drang zu ihnen herein. Das Alter des Hauses ließ sich innen und außen ablesen, denn es war nicht sonderlich gut instand gehalten worden. Vom Verputz an der Straßenseite waren große Flächen abgeblättert, doch das schien den Bewohnern nichts auszumachen. Das enge und schäbige Treppenhaus war mit einem völlig verschlissenen Teppichboden ausgelegt. In der Wohnung war es trotz der Helligkeit draußen dämmrig, denn die Fenster waren verrußt und dunkel vom Straßendreck.

»Du lebst schon lange in diesem Haus«, sagte Erlendur und beobachtete die Pelztierchen über den Augen. »Ich möchte dich fragen, ob du dich an deine Nachbarn von vor vielen Jahren erinnern kannst, eine Frau mit einem Kind, einem Jungen. Sie hat vermutlich mit einem Mann zusammengelebt, der der Stiefvater des Jungen war. Das ist sehr lange her, wir sprechen vielleicht von etwa … fünfunddreißig Jahren.«

Der Mann sah Erlendur an, ohne ein Wort zu sagen. So verging eine ganze Weile, und Erlendur überlegte schon, ob er mit offenen Augen wieder eingeschlafen sein könnte.

»Die lebten hier unten im Erdgeschoss«, fügte er schließlich hinzu.

»Wieso fragst du mich nach diesen Leuten?«, sagte der Mann, der also doch nicht eingeschlafen war, sondern nur versucht hatte, sich zu erinnern.

»Aus keinem besonderen Grund«, entgegnete Erlendur, »wir müssen nur bestimmte Informationen an den Stiefvater weiterleiten. Die Frau ist bereits vor einiger Zeit gestorben.«

»Und das Kind?«

»Das Kind hat uns darum gebeten, den Mann zu finden«, log Erlendur. »Kannst du dich an diese Leute erinnern? Sie wohnten im Erdgeschoss.«

Wieder sah der Mann Erlendur in die Augen, ohne ein Wort zu sagen.

»Eine Frau mit ihrem Sohn?«, fragte er schließlich.

»Und dem Stiefvater.«

»Das ist verdammt lange her«, sagte der Mann, der jetzt so langsam aus seinem Mittagsschlaf erwacht zu sein schien.

»Ich weiß«, pflichtete Erlendur bei.

»War er denn hier nicht zusammen mit ihr gemeldet?«

»Nein, zu dieser Zeit hat laut dem Einwohnermeldeverzeichnis nur die Frau mit ihrem Sohn da gewohnt. Wir wissen aber, dass sie zusammengelebt haben.«

Erlendur wartete auf eine Reaktion.

»Uns fehlt der Name des Stiefvaters«, sagte er, als es nicht so aussah, als würde Helgi noch etwas sagen wollen. Er saß reglos da und starrte auf den Wohnzimmertisch.

»Weiß das Kind den denn nicht?«, fragte Helgi schließlich. Also doch wach, dachte Erlendur bei sich.

»Der Junge war klein«, sagte er und hoffte, der Mann würde sich damit zufriedengeben.

»Da unten lebt jetzt irgendwelches Gesocks«, erklärte Helgi, weiterhin auf den Wohnzimmertisch vor sich starrend. »Mieses Pack, das nächtelang Remmidemmi macht. Egal, wie oft man sich bei euch beschwert, es nutzt nichts. Dieser Kerl besitzt aber die Wohnung, irgend so ein Taugenichts, und deswegen kann man ihn nicht rauswerfen.«

»Man hat nicht immer Glück mit seinen Nachbarn«, sagte Erlendur, um irgendetwas zu sagen. »Kannst du uns in Bezug auf diesen Mann weiterhelfen?«

»Wie hieß die Frau?«

»Sigurveig. Der Sohn hieß Andrés. Ich versuche nur, auf dem schnellsten Weg an diese Informationen heranzukommen. Diesen Mann im Dschungel des Systems ausfindig zu machen, würde uns sehr viel Zeit kosten.«

»Ich kann mich an sie erinnern«, sagte der Mann und blickte hoch. »Sigurveig, ja, richtig. Aber Moment, der Junge war doch nicht so klein, dass er sich nicht an den Namen dieses Mannes erinnern könnte, mit dem sie zusammenlebte.«

Helgi blickte Erlendur lange an. »Du sagst mir vielleicht nicht die ganze Wahrheit?«, fragte er dann.

»Nein, das tue ich nicht«, gab Erlendur zu.

Ein schwaches Lächeln huschte über Helgis Lippen.

»Dieser Kerl da unten ist eine richtige Landplage«, sagte er dann.

»Man kann nie wissen, ob da vielleicht nicht doch etwas zu machen ist«, sagte Erlendur.

»Der Mann, nach dem du fragst, hat einige Jahre mit dieser Frau zusammengelebt«, sagte Helgi. »Ich habe ihn eigentlich kaum kennengelernt, er war immer so viel weg. War er Seemann?«

»Ich habe keine Ahnung«, sagte Erlendur, »das kann aber gut sein. Erinnerst du dich, wie er geheißen hat?«

»Nein, ums Verrecken nicht«, sagte Helgi. »Tut mir leid. Ich hatte auch den Namen von Sigurveig vergessen, erst, als du ihn mir gesagt hast, erinnerte ich mich, dass der Junge

Andrés hieß. So was hält bei mir nicht lange vor, geht sozusagen zum einen Ohr rein und zum anderen raus.«

»Und dann sind vermutlich auch seitdem viele ein- und ausgezogen«, sagte Erlendur.

»Darauf kannst du Gift nehmen«, sagte Helgi, der sich inzwischen davon erholt zu haben schien, quietschend aus dem Mittagsschlaf geholt worden zu sein. Jetzt hatte es den Anschein, als sei er froh, dass ein Gesprächspartner bis zu ihm vorgedrungen war – und außerdem einer, der ihm mehr Interesse entgegenzubringen schien als irgendjemand anderes seit langer Zeit. »Aber ich kann mich nicht an sehr vieles im Zusammenhang mit diesen Leuten erinnern. Ehrlich gesagt, nur ganz wenig.«

»In meinem Beruf ist es in der Regel so, dass alles irgendwie weiterhilft, wie geringfügig die Information auch scheinen mag«, sagte Erlendur. Das hatte er einmal von einem Fernsehkommissar gehört und fand es brauchbar.

»Hat er vielleicht irgendetwas verbrochen, dieser Mann?«

»Nein«, sagte Erlendur. »Dieser Andrés hat sich an uns gewandt. Wir haben im Grunde genommen gar keine Zeit für so etwas, aber ...« Erlendur zuckte mit den Achseln. Er sah, dass Helgi lächelte. Sie waren jetzt beinahe schon dicke Freunde.

»Wenn ich mich richtig erinnere, kam der Mann vom Land«, sagte Helgi. »Einmal erschien er mit ihr zusammen auf einer Eigentümerversammlung, damals gab es noch so was. Heutzutage kriegt man bloß einen Zahlungsbescheid, falls jemand sich dazu aufrafft, was reparieren zu lassen, was aber sehr selten vorkommt. Das war eines der wenigen Male, wo ich ihm begegnet bin.«

»Kannst du ihn mir beschreiben?«

»Kaum. Ziemlich groß und kräftig gebaut. Machte einen ganz guten Eindruck, er war sogar ziemlich zuvorkommend, wenn ich mich richtig erinnere. Er ist dann irgendwann ausgezogen, weil sie sich, glaube ich, getrennt haben, ich weiß aber nicht, warum. Du solltest dich mit Emma unterhalten, die wohnte damals in der Wohnung gegenüber.«

»Emma?«

»Emma ist schwer in Ordnung. Sie ist vor zwanzig Jahren oder so hier ausgezogen, meldet sich aber regelmäßig, schickt einem Weihnachtskarten und was nicht alles. Sie lebt jetzt in Kópavogur. Die hat das bestimmt noch alles im Kopf. Sprich mit ihr. Ich kann mich ganz einfach nicht so gut an diese Leute erinnern.«

»War da vielleicht irgendetwas Besonderes bei dem Jungen?«

»Bei dem Jungen? Nein ... Es sei denn ...« Helgi zögerte.

»Ja?«, sagte Erlendur.

»Er war immer ziemlich bedrückt, der kleine Kerl, wenn ich mich recht erinnere. Ein ziemlich traurig wirkender kleiner Junge, er sah auch ziemlich vernachlässigt aus, so als würde sich niemand um ihn kümmern. Die wenigen Male, die ich versucht habe, mit ihm zu reden, hatte ich immer den Eindruck, als hätte er Angst vor mir.«

In der Nähe eines wellblechverkleideten Holzhauses an der Grettisgata stand Andrés in der winterlichen Eiseskälte und starrte auf ein Kellerfenster. Er konnte nicht zum Fenster hineinsehen und traute sich nicht näher heran. Vor rund einem halben Jahr war er dem Mann, von dem er der Kriminalpolizei erzählt hatte, bis zu diesem Haus gefolgt und hatte gesehen, wie er in der Kellerwohnung verschwand. Er war ihm von dem Wohnblock aus, wo er ihn plötzlich gesehen hatte, bis zum Bus auf den Fersen geblieben. Der Mann hatte ihm keine Beachtung geschenkt. Bei der Buszentrale am Hlemmur war er ausgestiegen, und Andrés war ihm bis zu diesem Haus nachgeschlichen.

Jetzt hielt er sich in gebührendem Abstand, vergrub die Hände in den Taschen und versuchte, sich gegen den Nordwind zu schützen. Er hatte seitdem mehrmals diesen Weg von der Busstation am Hlemmur aus zurückgelegt und herausgefunden, dass der Mann eine Zweitwohnung in der Grettisgata besaß.

Andrés vergrub die Hände tiefer in den Taschen.

Er zog die Nase hoch. Die Augen tränten vor Kälte, und er stampfte mit den Füßen auf, bevor er sich wieder auf den Weg machte.

*Achtzehn*

Kjartan, der Isländischlehrer, war nicht zu Hause, und als sie erklärten, auf ihn warten zu wollen, sah die Frau die beiden verwundert an.

»Hier vor dem Haus?«, fragte sie mit einem Gesicht, das vor Verwunderung immer länger zu werden schien.

Erlendur zuckte die Achseln.

»Was wollt ihr eigentlich immer von Kjartan?«, fragte sie.

»Es hat etwas mit dem zu tun, was in der Schule vorgefallen ist«, antwortete Elínborg. »Reine Routinesache. Wir unterhalten uns mit allen Lehrern und Schülern.«

»Aber ich dachte, ihr hättet bereits mit ihm geredet.«

»Es muss noch einmal sein«, sagte Elínborg.

Die Frau sah von einem zum anderen, und sie spürten, dass sie ihnen am liebsten die Tür vor der Nase zugeschlagen hätte, um sie nie wiederzusehen.

»Vielleicht ist es besser, wenn ihr hereinkommt«, sagte sie nach verlegenem Schweigen.

»Vielen Dank«, sagte Erlendur und ließ Elínborg vorgehen. Die beiden Kinder, ein Mädchen und ein Junge, sahen zu, wie sie ins Wohnzimmer gingen und dort Platz nahmen. Erlendur hätte es vorgezogen, sich im Dezernat oder in der Schule mit Kjartan zu unterhalten, aber er war ihnen den ganzen Tag aus dem Weg gegangen. Er hatte sie im Dezernat vergeblich warten lassen, und als er aus der Schule abgeholt werden sollte, war er nicht dort. Auf Anrufe reagierte er nicht, deshalb schlug Elínborg vor, zu ihm nach Hause zu gehen. Erlendur war damit einverstanden.

»Er ist mit dem Auto zur Werkstatt gefahren«, erklärte seine Frau.

»Ach so«, sagte Erlendur.

Da es auf den Abend zuging, war die Frau in der Küche mit dem Abendessen beschäftigt gewesen, als sie anklingelten. Sie gab keine weiteren Erklärungen wegen des Autos ab, sondern sagte, Kjartan habe sich zuletzt am Nachmittag telefonisch gemeldet und seitdem nicht mehr. Erlendur sah ihr an, dass sie wegen des Besuchs der Kriminalpolizei besorgt war. Er versuchte, sie zu beruhigen, indem er Elínborgs Worte, dass es sich um reine Routine handele, wiederholte.

Die Frau schien nicht so recht überzeugt, und als sie wieder in die Küche ging, nahm sie ihr Handy mit. Die beiden Kinder folgten ihr, aber an der Küchentür blieben sie stehen und starrten Elínborg und Erlendur mit großen Augen an. Elínborg lächelte ihnen zu. Die Stimme der Frau drang bis ins Wohnzimmer, und sie hörten, wie sie einmal gereizt zischte, dann verstummte sie. Es verging eine Weile, bis sie wieder zu ihnen hereinkam. Sie schien sich beruhigt zu haben.

»Kjartan ist etwas aufgehalten worden«, sagte sie und versuchte zu lächeln. »Er kommt in fünf Minuten.«

»Vielen Dank«, sagte Elínborg.

»Kann ich euch etwas anbieten?«, fragte die Frau.

»Kaffee, vielen Dank, wenn es keine Mühe macht«, antwortete Erlendur.

Die Frau ging zurück in die Küche, während die Kinder immer noch an der Tür standen und die beiden Polizisten anstarrten.

»Vielleicht geht das hier ein bisschen zu weit«, sagte Elínborg nach längerem Schweigen leise zu Erlendur, ohne die Kinder aus den Augen zu lassen.

»Es war deine Idee«, sagte Erlendur.

»Ich weiß nicht, ist das nicht ein bisschen *too much*?«

»Tumatsch?«, sagte Erlendur.

»Wir können ja so tun, als müssten wir zu einem dringenden Einsatz. Ich hätte mir nicht träumen lassen, dass es so peinlich werden könnte. Wenn er kommt, schnappen wir ihn uns draußen vor der Tür.«

»Vielleicht hättest du die Geologie doch nicht an den Nagel hängen sollen?«, sagte Erlendur.

»Die Geologie?«

»Ist das nicht ein Fach, bei dem es keine unangenehmen Situationen gibt?«, sagte Erlendur.

»O Mann!«, seufzte Elínborg.

Sie hatte es geschafft, ihn unterwegs im Auto gründlich zu verärgern, indem sie damit angefangen hatte, ihn nach Valgerður zu fragen und was sie für die Zukunft planten. Erlendur verfiel prompt in Schweigen, aber Elínborg ließ nicht locker, auch nicht, als er ihr sagte, sie solle mit dieser verdammten Fragerei aufhören. Sie wollte trotzdem unbedingt wissen, ob Valgerður noch Verbindung zu ihrem Exmann habe, was Erlendur hätte zugeben müssen, falls er sich zu einer Antwort bequemt hätte. Und ob Valgerður vorhabe, zu ihm in seine Wohnung zu ziehen, woran er aber noch keinen Gedanken verschwendet hatte. Elínborgs Versuche, etwas über sein Privatleben in Erfahrung zu bringen, nervten ihn, auch die Fragen nach Eva Lind und Sindri Snær oder nach seiner eigenen Befindlichkeit. Sie schien ihn einfach nicht in Ruhe lassen zu können.

»Ihr wollt vielleicht eine Beziehung auf Distanz?«, bohrte Elínborg weiter. »Viele finden das besser, als zusammenzuwohnen.«

»Hör jetzt endlich auf damit«, sagte Erlendur. »Ich hab keine Ahnung, wovon du redest.«

Elínborg schwieg eine Weile, und dann begann sie, ein paar Zeilen aus einem bekannten Gedicht von Steinn Steinarr zu trällern, in dem es um Kadett Jón Kristófer von der Heilsarmee ging und um Leutnant Valgerður, die Zeugnis ablegte.

Das ging so lange, bis Erlendur die Geduld verlor.

»Ich weiß nicht, was daraus wird«, erklärte er. »Und dich geht das auch gar nichts an.«

»In Ordnung«, sagte Elínborg, immer noch summend.

»Leutnant Valgerður legt Zeugnis ab!«, stieß Erlendur hervor.

»Was?«

»Was dir nicht alles einfällt!«

Kjartans Frau kam mit zwei Tassen aus der Küche zu ihnen. Jetzt hatte ihr Gesicht einen zutiefst beunruhigten Ausdruck angenommen. Die Kinder kamen hinter ihr her und wussten mitten im Wohnzimmer nichts mit sich anzufangen. Als ihre Mutter kehrtmachte, um den Kaffee zu holen, öffnete sich die Haustür und Kjartan erschien. Elínborg und Erlendur standen auf.

»Muss das wirklich sein?«, fragte Kjartan, der sichtlich erregt war.

»Wir haben den ganzen Tag versucht, dich zu erreichen«, anwortete Elínborg.

Kjartans Frau kam mit der Kaffeekanne herein.

»Was ist eigentlich los?«, fragte sie ihren Mann.

»Nichts«, sagte er, riss sich zusammen und wandte sich in beruhigendem Ton an seine Frau. »Ich hab dir das doch schon am Telefon gesagt, es ist wegen des Jungen, der überfallen worden ist.«

»Und was hat das mit dir zu tun?«

»Gar nichts«, sagte Kjartan und sah hilfesuchend zu Elínborg und Erlendur hinüber.

»Wir unterhalten uns mit sämtlichen Lehrern der Schule, wie ich dir vorhin schon gesagt habe«, erklärte Elínborg. »Können wir uns vielleicht irgendwo in Ruhe unterhalten?«

Sie richtete ihre Worte an Kjartan, der zögerte. Er ließ seine Blicke von einem zum anderen wandern. Alle drei warteten darauf, dass er etwas sagte. Schließlich nickte er.

»Ich habe ein Arbeitszimmer im Keller«, sagte er widerstrebend. »Dahin können wir uns zurückziehen. In Ordnung?«, wandte er sich an seine Frau.

»Nehmt den Kaffee mit nach unten«, sagte sie.

Er nahm das jüngere Kind in den Arm und gab ihm einen Kuss, dem älteren streichelte er über den Kopf.

»Papa kommt gleich wieder«, sagte er. »Er muss nur mit diesen Leuten reden, und dann kommt er wieder nach oben.«

Wie rührend, dachte Erlendur im Stillen.

Kjartan ging vor ihnen die Kellertreppe hinunter. Er hatte sich dort einen kleinen Raum als Arbeitszimmer eingerichtet, mit Schreibtisch, auf dem ein Computer und ein Drucker standen, und Bücherregalen voller Bücher und Zeitschriften. Er setzte sich auf den einzigen Stuhl, der sich in dem kleinen Raum befand. Elínborg und Erlendur blieben an der Tür stehen. Auf dem Weg nach unten hatte Kjartan geschwiegen, aber jetzt brach die Wut aus ihm heraus.

»Was hat das eigentlich zu bedeuten, dass ihr einen derart im eigenen Heim belästigt?«, stieß er hervor. »Vor den Augen der Familie! Habt ihr nicht die Mienen der Kinder gesehen? Findet ihr so ein Verhalten normal?«

Erlendur schwieg. Elínborg wollte etwas darauf entgegnen, aber Kjartan schnitt ihr das Wort ab.

»Bin ich ein Krimineller? Hab ich vielleicht irgendwas verbrochen, das eine solche Behandlung rechtfertigt?«

»Wir haben den ganzen Tag versucht, dich zu erreichen«, sagte Erlendur. »Du hast auf keinen Anruf reagiert. Es blieb uns nichts anderes übrig, als nachzusehen, ob du zu Hause bist. Deine Frau hat uns liebenswürdigerweise hereingebeten und Kaffee gekocht, und dann kamst du. Gibt's da einen Grund, sich aufzuregen? Wir sind nur gekommen, um zu sehen, ob du zu Hause warst. Hast du vor, deswegen eine Beschwerde einzureichen?«

Kjartans Blicke gingen von einem zum anderen.

»Was wollt ihr von mir?«, fragte er.

»Vielleicht sollten wir mit etwas beginnen, was sich ›Väter Islands‹ nennt.«

Kjartan lächelte. »Damit glaubst du sicher, den Fall gelöst zu haben, nicht wahr?«

»Ich glaube gar nichts«, entgegnete Erlendur.

»Ich war damals achtzehn«, erklärte Kjartan. »Das waren jugendliche Torheiten, das kannst du dir doch wohl vorstellen. ›Väter Islands‹! Nur Kinder kommen auf so etwas. Jugendliches Gehabe.«

»Ich kenne viele Achtzehnjährige, die ›Weimarer Republik‹ nicht einmal buchstabieren könnten.«

»Wir waren eine Gruppe von Jungen aus dem Gymnasium«, sagte Kjartan. »Das sollte ein Jux sein, und es ist fünfzehn Jahre her. Ich kann es nicht fassen, dass ihr mir nun damit kommt, weil das mit dem Jungen passiert ist.«

Kjartans zynischer Tonfall gab ihnen zu verstehen, dass er es vollkommen absurd fand, ja, sogar fast grotesk, dass sie ihn mit dem Fall in Verbindung brachten und er Elínborg und Erlendur für nichts anderes als Witzfiguren hielt, die völlig im Dunkeln tappten. Die Art, wie er da mit gespreizten Beinen saß, sich zurücklehnte und sich offenbar das Grinsen über ihre Blödheit nicht verkneifen konnte, hatte etwas ungeheuer Überhebliches an sich. Er schien sie zu bemitleiden, weil sie von nichts eine Ahnung hatten. Elías' Schicksal schien ihn nicht im Geringsten zu berühren.

»Was hast du damit gemeint, als du uns gesagt hast, dass ein solcher Überfall, wie er auf Elías verübt worden ist, nur eine Frage der Zeit war?«, fragte Elínborg.

»Das liegt doch wohl auf der Hand. Was erwarten die Leute eigentlich, wenn man diese Typen ins Land holt? Alles Friede, Freude, Eierkuchen? Wir sind überhaupt nicht imstande, die damit verbundenen Probleme in den Griff zu bekommen. Diese Leute strömen haufenweise aus allen Ecken und Enden der Welt in unser Land, um die Niedriglohnarbeiten zu verrichten, und wir tun so, als sei gar nichts dabei. Alle sollen in Frieden zusammenleben und sich lieb haben. So ist es aber nicht, und so wird es auch nie sein. Diese Typen aus Asien isolieren sich, sie pflegen ihre Traditionen und Gebräuche und achten darauf, dass sie sich nur innerhalb ihrer kleinen Welt verheiraten. Die lernen kein Isländisch und machen natürlich keine Ausbildung. Wie viele von denen sind wohl an der Uni? Die meisten schmeißen nach den Pflichtschuljahren alles hin und sind heilfroh, wenn sie sich nicht mehr mit der dämlichen isländischen Geschichte herumschlagen müssen! Oder mit diesem Scheißisländisch!«

»Du hast die isländischen ›Väter Islands‹ immer noch nicht drangegeben, höre ich«, warf Erlendur ein.

»Genau, aber wenn man so etwas zur Sprache bringt, wird man zu einem verdammten Rassisten abgestempelt. Keiner darf was sagen, alle müssen sich diplomatisch verhalten. Eine prima Ergänzung zur isländischen Kultur und so weiter! So ein verfluchter Quatsch!«

»Glaubst du, dass Elías von jemandem mit asiatischer Abstammung ermordet worden ist?«

»Diese Möglichkeit habt ihr selbstverständlich ausgeschlossen, nicht wahr?«, gab Kjartan höhnisch zurück.

»Redest du so mit deinen Schülern?«, fragte Elínborg. »Redest du so über die Zuwanderer mit deinen Schülern?«

»Ich weiß nicht, ob dich das auch nur im Geringsten etwas angeht«, erwiderte Kjartan.

»Stiftest du die Kinder in der Schule zu Feindseligkeiten an?«

Kjartan starrte sie unverwandt an.

»Mit was für Leuten habt ihr eigentlich geredet? Und woher weißt du das mit den ›Vätern Islands‹? Wieso wühlt ihr in meiner Vergangenheit herum?«

»Beantworte die Frage«, sagte Erlendur.

»Ich habe nichts dergleichen getan«, sagte Kjartan. »Falls jemand das behauptet, ist es eine Lüge.«

»Das haben wir aber gehört«, sagte Elínborg.

»Ja, und es ist eine Lüge. Ich stifte niemanden zu nichts an. Wer behauptet so etwas?«

Elínborg und Erlendur schwiegen.

»Habe ich kein Recht darauf, das zu wissen?«, fragte Kjartan.

Erlendur sah ihn an, ohne ein Wort zu sagen. Er hatte sich das Strafregister angesehen und außer einem Bußgeld wegen zu schnellen Fahrens nichts gefunden. Kjartan war nie mit dem Gesetz in Konflikt geraten, er war ein solider, ehrenwerter Bürger dieses Landes, Familienvater – und ein kinderlieber dazu, hatte Erlendur den Eindruck.

»Wie kommst du zu dem Schluss, dass du besser bist als andere?«

»Das habe ich nicht gesagt.«

»Aus dem, was du sagst und tust, kann man aber keine anderen Schlüsse ziehen.«

»Geht dich das vielleicht etwas an?«

Erlendur blickte ihn an.

»Nein, nicht die Bohne.«

Ragnar, der in der Schule nur Raggi genannt wurde, saß Sigurður Óli im Wohnzimmer bei sich zu Hause gegenüber. Ragnar war das älteste von drei Geschwistern. Seine Mutter, die mit besorgter Miene neben ihm saß, war eine geschiedene Frau und musste nun alleine für die Familie sorgen. Sie und Sigurður Óli hatten sich eine Weile unterhalten, bevor Raggi nach Hause kam. »Es ist nicht leicht, drei Kinder durchzubringen«, hatte die Mutter entschuldigend gesagt, obwohl Sigurður Óli sich mit der bekannten Floskel, es handele sich nur um eine Routineermittlung, vorgestellt hatte. Die Kriminalpolizei unterhalte sich mit vielen Kindern und Jugendlichen an der Schule. Die Frau hörte aufmerksam zu, aber nachdem nun schon einmal die Polizei in ihrer kleinen Souterrainwohnung aufgetaucht war, die sie für teures Geld von dieser reichen alten Frau im ersten Stock mietete, die nicht nur das ganze Haus besaß, sondern mindestens auch drei Pelze, konnte es nicht schaden, die Gelegenheit zu nutzen, auf ihre Situation hinzuweisen. Die Mutter war dick und kurzatmig. Sie rauchte wie ein Schlot, und die Luft war zum Schneiden. Die beiden anderen Kinder sah Sigurður Óli nicht, während er sich in der Wohnung aufhielt. Sie war übersät mit schmutziger Wäsche, Werbeprospekten und Zeitungen. Die Mutter drückte eine weitere Zigarette aus. Sigurður Óli dachte an seinen Anzug, der Zigarettengestank würde noch lange darin hängen.

Raggi erschrak zunächst, als er jemanden von der Kriminalpolizei bei sich zu Hause vorfand, aber er fing sich schnell wieder. Er war groß für sein Alter und hatte eine dichte, schwarze Mähne und viele Pickel, vor allem um die Mundpartie. Er schien nervös zu sein. Sigurður Óli begann damit, ihn allgemein nach der Schule zu befragen, nach der Atmosphäre dort, den Lehrern und den älteren Jahrgängen. Auf diese Weise tastete er sich zielstrebig an das Thema »Zuwandererkinder« heran, um schließlich nach Niran zu fragen. Raggis Antworten fielen größtenteils einsilbig aus, aber durchaus höflich. Seine Mutter kam ihnen nicht in die Quere, sie verhielt sich still und zündete sich eine Zigarette nach der anderen an, dazu trank sie Kaffee. Als Sigurður Óli geklingelt hatte, war sie gerade von der Arbeit nach Hause gekommen. Der Kaffee, den sie gekocht hatte, war gut und stark, und Sigurður Óli wartete darauf, noch eine Tasse angeboten zu bekommen. Früher war er Teetrinker gewesen, aber Bergþóra mit ihrem Wissen über Kaffeesorten und Kaffeezubereitung hatte ihm beigebracht, auch Kaffee zu genießen.

»Wie gefällt dir Kjartan, der Isländischlehrer?«, fragte er.

»Der ist in Ordnung«, sagte Raggi.

»Er hat was gegen dunkelhäutige Menschen, oder nicht?«

»Vielleicht.«

»Wie zeigt sich das? Sagt er so was oder macht er etwas?«

»Nein, nur so.«

»›Nur so‹, was?«

»Nix.«

»Hast du Elías gekannt?«

»Nein.«

»Aber Niran, seinen Bruder?«

Raggi zögerte. »Ja.«

Sigurður Óli überlegte, ob er Kári erwähnen sollte, nahm

aber Abstand davon. Er wollte nicht, dass Raggi glaubte, er käme direkt von ihm.

»Wie denn?«

»Nur so«, sagte Raggi.

»Was heißt ›nur so‹?«

»Er hält sich für was Besonderes.«

»Und wie zeigt sich das?«

»Er nennt uns Eskimos.«

»Und wie nennt ihr ihn?«

»Blödmann.«

»Weißt du etwas über den Überfall auf seinen Bruder?«

»Nein.«

»Kannst du mir sagen, wo du warst, als er angegriffen wurde?«

Raggi überlegte. Mit dieser Frage hatte er offensichtlich nicht gerechnet, und Sigurður Óli dachte, dass er ganz schön abgebrüht sein müsste, wenn er imstande war, ihm etwas vorzuspielen. Endlich kam die Antwort.

»Wir waren in der Kringla. Ich, Ingvar und Danni.«

Das stimmte mit den Aussagen von Ingvar und Daníel überein, mit denen Sigurður Óli bereits gesprochen hatte. Beide stritten rundheraus ab, etwas mit dem Angriff auf Elías zu tun gehabt zu haben, sie wussten angeblich nichts von Drogenhandel in der Nähe der Schule und sagten, dass es nur zu kleineren Zusammenstößen mit Schülern ausländischer Abstammung gekommen sei. Die drei Freunde waren als Unruhestifter in der Schule bekannt, und man sah freudig dem nächsten Frühjahr entgegen, denn dann würden sie ihre Schulpflichtjahre abgesessen haben und auf Nimmerwiedersehen verschwinden. Sie piesackten andere Schüler und hatten sich kurz nach der Jahreswende ganz besonders hervorgetan: Zwei von ihnen erhielten Schulverbot für eine Woche, weil sie auf dem

Schulgelände und sogar im Schulgebäude Feuerwerks-
körper abgefeuert hatten, die noch von Silvester übrig geblieben waren, darunter sogar welche, an denen sie selber
herumgebastelt hatten, um die Wirkung noch zu ver-
stärken. Einer richtete eine solche Rakete in den Korridor,
und als sie losging, gingen zwei riesige Fenster zu Bruch.
Das ganze Gebäude wackelte, aber glücklicherweise war
der Unterricht in vollem Gang, und alle befanden sich in
ihren Klassenräumen.

»Wann hast du Elías zuletzt getroffen?«, fragte Sigurður
Óli.

»Elías? Keine Ahnung. Den kenn ich gar nicht. Und den
treff ich nie.«

»Gibt es in der Schule oft Zoff zwischen euch und Niran?«

»Nee, eigentlich nicht, aber diese Typen machen sich immer
so wichtig.« Raggi verstummte.

»Die Zuwanderer?«, hakte Sigurður Óli nach.

»Island gehört uns. Nicht irgendwelchen Ausländern.«

»Wir wissen, dass es zu Auseinandersetzungen gekommen ist«, sagte Sigurður Óli. »Wir wissen auch, dass sie
manchmal ausarten. Nicht nur hier. Das muss aber nicht
unbedingt etwas bedeuten. Bist du damit nicht einverstanden?«

»Ich ... äh ... Keine Ahnung.«

»Aber dann passierte das mit Elías.«

»Ja.«

»Glaubst du, dass das etwas mit euren Streitereien zu tun
hat?«

»Weiß ich nicht. Nee, bestimmt nicht. Ich mein, so was
machen wir nicht, wir würden nie einen umbringen. Das
ist hirnrissig. Das machen wir nicht. Darum geht's überhaupt nicht.«

»Bist du dir da sicher?«

Bislang hatte die Mutter schweigend danebengesessen und geraucht, aber jetzt hatte sie etwas beizusteuern.

»Willst du damit etwa andeuten, dass mein Raggi über den Jungen hergefallen ist?«, sagte sie und schien endlich begriffen zu haben, weshalb die Kriminalpolizei bei ihr aufgetaucht war und jede Menge Fragen stellte.

»Ich will gar nichts andeuten«, entgegnete Sigurður Óli.

»Weißt du etwas über Drogenhandel in der Schule?«

»Mein Raggi hat nichts mit Drogen zu tun«, erklärte die Mutter prompt.

»Danach habe ich auch gar nicht gefragt«, sagte Sigurður Óli.

»Ich weiß nix über Dope an der Schule«, sagte Raggi.

»Du feuerst da also nur Raketen ab«, sagte Sigurður Óli.

»Ich...«, setzte Raggi an, aber seine Mutter kam ihm zuvor.

»Dafür ist er bestraft worden«, sagte sie. »Und außerdem war es gar nicht er, der den meisten Schaden angerichtet hat.«

»Kann es sein, dass irgendjemand da Drogen verkauft, jemand anderes ihm Geld schuldet und dass diese Schulden dann zu dem geführt haben, was mit Elías geschehen ist?«, fragte Sigurður Óli, der auf einmal verstand, warum die Mutter ihren Sohn verteidigte.

Nun musste Raggi zum ersten Mal während dieses Gesprächs heftig nachdenken.

»Da ist niemand an der Schule, der Stoff verkauft«, sagte er schließlich. »Manchmal hängen da aber welche vor der Schule herum, die was verkaufen. Oder bei den Schulfesten. Das ist es aber dann auch. Über was anderes weiß ich nix. Mir hat niemand versucht, was zu verkaufen.«

»Weißt du, wie das mit Elías passiert ist?«

»Nein.«

»Weißt du, wer ihn überfallen hat?«

»Nein.«

»Weißt du, wo Niran an dem Tag war, als sein Bruder ermordet wurde?«

»Nein. Ich hab bloß gesehen, wie Kjartan ihn umgestoßen hat.«

»Euer Isländischlehrer?«

»Niran hatte sein Auto eingeritzt, die ganze Seite. Kjartan ist total ausgerastet.«

Sigurður Óli starrte Raggi an, und er erinnerte sich an das, was Kári über Kjartan und Niran gesagt hatte.

»Kannst du das bitte noch mal wiederholen?«

Raggi begriff sofort, dass er etwas gesagt hatte, was wichtig war, und versuchte gleich, einen Rückzieher zu machen.

»Gesehen hab ich's nicht, ich hab nur davon gehört«, sagte er. »Irgendeiner hat mir gesagt, dass Kjartan über Niran hergefallen ist, weil Niran sein Auto zerkratzt hat.«

»Und wann war das?«

»Morgens, an dem Tag, als der Junge gestorben ist.«

»Noch etwas Kaffee?«, fragte die Mutter und blies den Zigarettenrauch in die Luft.

»Vielen Dank, vielleicht noch eine halbe Tasse«, sagte Sigurður Óli und holte sein Handy heraus, um Erlendurs Nummer anzuwählen.

»Und was weiter?«, fragte er Raggi.

»Ich weiß nix«, erklärte Raggi, »ich hab das bloß gehört.«

*Neunzehn*

Die Fahndung nach Niran hatte am Abend immer noch keinen Erfolg gezeigt, als die Gedenkstunde für Elías und der anschließende Schweigemarsch zu dem Ort, wo er aufgefunden worden war, stattfanden. Viele Menschen nahmen daran teil, an der Spitze ging der Gemeindepfarrer. Sunee, Óðinn, Virote und Óðinns Mutter waren tief berührt, als sie die Solidarität und das Mitgefühl spürten, das all diese Menschen ihnen erwiesen.

Aber auch das führte nicht dazu, dass Sunee ihren Sohn der Polizei anvertraute. Sie weigerte sich standhaft, das Versteck Nirans zu verraten, und genauso verweigerten auch ihr Bruder und andere, die mit den Geschwistern in Verbindung standen, jegliche Auskunft.

Elínborg und Erlendur nahmen an der Gedenkstunde teil und beobachteten, wie sich der Schweigemarsch in Bewegung setzte. Elínborg hatte ein Taschentuch in der Hand, mit dem sie sich einige Male die Tränen wegwischte.

Als er wieder im Büro war, rief Erlendur Valgerður an. Er wusste, dass sie noch im Krankenhaus bei der Arbeit war. Während er darauf wartete, zu ihr durchgestellt zu werden, war ihm zunächst gar nicht bewusst, dass er angefangen hatte, Elínborgs Lied über Kadett Jón Kristófer und Leutnant Valgerður zu pfeifen, die Zeugnis ablegte. Als er es merkte, verwünschte er Elínborg nach Strich und Faden.

»Hallo«, erklang Valgerðurs Stimme am anderen Ende der Leitung.

»Mir war gerade danach, dich anzurufen«, sagte Erlendur. »Ich bin auf dem Weg nach Hause.«

»Ich muss wahrscheinlich die ganze Nacht durcharbeiten«, sagte Valgerður. »Hier wurde ein kleiner Junge eingeliefert, der ganz offensichtlich ein Opfer von häuslicher Gewalt ist. Sieben Jahre alt. Wir haben die Polizei und das Jugendamt...«

»Bitte, Valgerður, nicht solche Geschichten«, sagte Erlendur.

»Entschuldige ... Ich ...«

Valgerður geriet ins Stocken. Es war nicht das erste Mal, dass er so reagierte. Sie hatte etwas bei der Arbeit erlebt und wollte ihm davon erzählen, aber er unterbrach sie abrupt. Er erzählte äußerst selten von dem menschlichen Elend, mit dem er im Rahmen seiner Arbeit bei der Kriminalpolizei konfrontiert wurde. Das war etwas, was seiner Meinung nach aus ihrer Beziehung herausgehalten werden sollte. Er schien sie nicht mit den abstoßenden Erlebnissen, die seine Arbeit beinhaltete, belasten zu wollen. Das war nicht unbedingt eine Flucht vor dem Scheußlichen und Bösen in der Welt, sondern bedeutete eher eine Verschnaufpause für ihn.

»Es ist nur ... Wenn man ständig damit zu tun hat, möchte man lieber mal etwas anderes hören«, sagte Erlendur. »Man möchte sich gern vergewissern, dass das Leben noch etwas anderes ist als nur ein einziger, ewiger Sumpf.«

»Habt ihr in dem Fall mit dem Jungen schon etwas herausgefunden?«

»Nein, wir sind kein Stück weitergekommen.«

»Wir haben hier den Schweigemarsch im Fernsehen gesehen. Den Bruder habt ihr noch nicht gefunden?«

»Die Mutter hat Angst«, sagte Erlendur. »Sie wird sich aber wieder beruhigen, und dann wird sie reden.«

Sie schwiegen beide. Erlendur fand es gut, mit Valgerður zu sprechen, es reichte ihm schon, ihre schöne, leise und beruhigende Stimme am Telefon zu hören, dann fühlte er sich besser. Er wusste nicht ganz genau, weshalb, aber manchmal sehnte er sich einfach danach, ihre Stimme zu hören. Genau wie jetzt.

»Marian Briem ist tot«, sagte er schließlich. »Ich hab dir gesagt, wer das ist.«

»Ja, ich erinnere mich an den Namen. Seltsamer Name.«

»Marian ist gestern nach langer Krankheit gestorben. Wahrscheinlich war es in gewissem Sinne eine Erlösung. Ein ziemlich einsamer Tod, denn Marian hatte keine Angehörigen und ist schon vor etlichen Jahren pensioniert worden. Ich war auch sehr sparsam mit meinen Besuchen, das ist mir aber erst klar geworden, als es zu spät war. Nicht viele haben Marian Briem besucht, ich gehörte dazu, vielleicht war ich sogar der Einzige. Es kam mir zumindest manchmal so vor, als sei ich der Einzige.«

Erlendur verstummte, und Valgerður wartete darauf, dass er weitersprach. Sie wollte ihn nicht unterbrechen, denn sie spürte, dass er das Bedürfnis hatte, mit ihr zu reden. Auf diese Weise verstrich geraume Zeit, bis es fast schon den Anschein hatte, als sei Erlendur gar nicht mehr in der Leitung.

»Erlendur?«, fragte Valgerður, als ihr das Schweigen am anderen Ende doch zu lange dauerte.

»Ja, entschuldige, mir geht so vieles durch den Kopf. Marian Briem hat mich darum gebeten, alles Erforderliche in die Wege zu leiten, und das habe ich getan. So endet also das Leben, das lange Leben, irgendwo auf einem Krankenlager, ganz allein und verlassen.«

»Wovon redest du, Erlendur?«

»Ich weiß nicht. Über den Tod.«

Erlendur verstummte wieder für eine Weile.

»Eva Lind hat mich besucht«, sagte er schließlich.

»Warst du nicht froh?«

»Doch, aber ich bin etwas verunsichert. Sie sieht jetzt besser aus. Ich hab sie so lange nicht gesehen, und dann taucht sie plötzlich wieder auf, das sieht ihr ähnlich. Es ist ... Sie ist zur Frau geworden. Das habe ich auf einmal gesehen, denn sie war irgendwie so verändert. Sie wirkte reifer, ruhiger. Vielleicht ist das Ganze jetzt tatsächlich ausgestanden. Vielleicht hat sie endlich genug davon.«

»Älter werden wir alle.«

»Nur zu wahr.«

»Was wollte sie?«

»Ich glaube, sie wollte mir von einem Traum erzählen, den sie geträumt hat.«

»Was heißt hier, du glaubst es?«

»Sie ging, bevor sie ihn mir erzählt hat. Ich glaube, ich habe sie gebeten zu gehen. Ich weiß ganz genau, was sie damit will. Sie hat mich danach gefragt, was damals geschehen ist, als Bergur zu Tode kam. Sie ist überzeugt, etwas geträumt zu haben, das damit in Verbindung steht, und ich wollte nicht wissen, was es war.«

»Es war aber doch nur ein Traum«, sagte Valgerður.

»Ich habe ihr nicht alles gesagt. Ich habe ihr nicht gesagt, weshalb er nie gefunden wurde. Da gab es die unterschiedlichsten Spekulationen. Es war, als hätte sie davon gehört.«

»Spekulationen?«

»Er hätte gefunden werden müssen«, sagte Erlendur.

»Aber ...?«

»Er wurde nie gefunden.«

»Und was waren das für Spekulationen?«

»Es hatte mit den Bergen zu tun. Und dann war da noch der Fluss.«

»Aber du willst nicht darüber reden?«

»Das geht niemanden etwas an«, sagte Erlendur. »Das ist eine alte Geschichte, die niemanden etwas angeht.«

»Und du willst sie für dich behalten.«

Erlendur schwieg.

»Eva ist deine Tochter«, sagte Valgerður, »und du hast ihr seinerzeit davon erzählt.«

»Genau das bereitet mir Kopfschmerzen«, erwiderte Erlendur.

»Finde heraus, was sie sagen wollte. Hör auf das, was Eva zu sagen hat.«

»Das muss ich wohl«, sagte Erlendur, wieder zögernd. »Aber außerdem geht mir auch dieser Junge nicht aus dem Kopf, der bei diesem eisigen Frost allein und verlassen hinter dem Haus lag. Ich begreife nicht, was sich da abgespielt hat, ich kriege es nicht auf die Reihe, beim besten Willen nicht.«

»Das alles ist ja auch grauenvoller als alles, was Worte zum Ausdruck bringen können.«

»Ich ... Das hat mich dazu gebracht, wieder an meinen Bruder zu denken, er war im gleichen Alter wie Elías, vielleicht ein wenig jünger. Ich musste an all diese einsamen Tode denken. An Marian Briem.«

»Erlendur, es gibt nichts, was du hättest ändern können. Das wäre unmöglich gewesen. Es hat auch nichts mit deiner Verantwortung zu tun. Das musst du begreifen.«

Erlendur schwieg.

»Heute Abend wird es bei mir wie gesagt sehr spät«, sagte Valgerður und klang entschuldigend. Sie war viel zu lange am Telefon gewesen.

»So ist das als medizinisch-technische Assistentin«, sagte Erlendur.

»Wir sind keine MTAs mehr.«

»Nicht? Was seid ihr dann?«

»Biomedizinische Analytikerinnen.«

»Was?«

»Die Zeiten ändern sich.«

»Und was wird dann aus den MTAs?«

»Wir bleiben dieselben, wir ändern nur die Bezeichnung.«

»Medizinisch-technische Assistentin war doch eine gute Bezeichnung.«

»Die wirst du nie wieder hören.«

»Schade.«

Sie schwiegen beide.

»Entschuldige, dass ich dich da hineingezogen habe«, sagte Erlendur. »Wir reden später miteinander.«

»Du ziehst mich in nichts hinein«, sagte Valgerður. »Sag nicht so etwas. Morgen Abend habe ich frei.«

»Dann sehen wir uns vielleicht«, sagte Erlendur.

»Hör auf das, was Eva zu sagen hat«, sagte Valgerður.

Erlendur trat auf den Korridor hinaus und ging zum Verhörraum, wo Elínborg und Sigurður Óli Kjartan gegenübersaßen. Kjartan war nicht verhaftet worden. Es ging um die Schramme am Auto und darum, dass ihnen zu Ohren gekommen war, er habe Niran für den Schuldigen gehalten und sich zu Tätlichkeiten hinreißen lassen. Sigurður Óli hatte die Information telefonisch an Erlendur weitergegeben, der Kjartan sofort damit konfrontiert hatte. Der wurde wütend und ausfällig, äußerte sich lautstark über Lügen und Verschwörungen, gab aber zum Schluss zu, dass er Niran verdächtigt hatte. Er habe ihm aber kein Härchen gekrümmt, Geschichten, dass er Niran angegriffen habe, seien nicht wahr.

Er fuhr widerstandslos mit ihnen ins Dezernat. Sigurður
Óli war mit der Vernehmung beauftragt worden. Das besagte Auto war ein ziemlich neuer Volvo, den Kjartan seit
knapp einem Jahr besaß. Er war bereits in Reparatur bei
einem Verwandten von ihm. Die Überprüfung ergab, dass
die Kratzer bereits beseitigt waren und das Auto nur noch
lackiert werden musste. Man hatte aber die Schäden für
Kjartans Versicherung fotografiert. Die Aufnahmen zeigten einen langen, schmalen Ritzer von den Rücklichtern
am Kotflügel und den Türen entlang bis zu den Scheinwerfern. Die Instandsetzung war nicht billig, und Kjartan
schlug sich mit seiner Versicherung herum, die eine Ver-
tragslücke zu ihren Gunsten gefunden zu haben glaubte.
Anhand der Fotos konnte man nämlich nicht erkennen,
mit welchem Gegenstand das Auto zerkratzt worden war.
Man hielt ein Messer für sehr wahrscheinlich, es hätte aber
auch ein Schraubenzieher gewesen sein können oder sogar
ein Schlüssel.
Es stand noch nicht fest, ob Untersuchungshaft für Kjartan
beantragt werden würde. Er hielt vehement an seiner Be-
hauptung fest, dass es völlig aberwitzig sei, diese Beschädigung mit dem Überfall auf Elías in Verbindung zu bringen.
Er hatte die Schramme nicht bemerkt, als er morgens zur
Schule fuhr, weil es stockfinster war. Er konnte bei der Be-
fragung aber auch nicht mit Bestimmtheit sagen, dass die
Sachbeschädigung auf dem Schulgelände stattgefunden
habe. Er wohnte in einem anderen Stadtviertel, etwa eine
halbe Stunde Fußweg entfernt. Als er mittags kurz in die
Stadt fahren wollte, hatte er die Schramme bemerkt. Er behauptete, Niran und einen Freund von ihm in der Nähe des
Parkplatzes gesehen und ihn gefragt zu haben, ob er etwas
über diese Kratzer wüsste, habe aber von Niran nur eine ab-
fällige Bemerkung als Antwort bekommen. Er sei nicht auf

den Jungen losgegangen. Es sei lediglich zu einem Wortwechsel zwischen ihnen gekommen, bei dem nicht gerade höfliche Ausdrücke fielen, das gab Kjartan zu, aber er habe den Jungen nicht zu Boden gestoßen. Die Polizei brauche nur mit dem Jungen zu sprechen, der Zeuge dieser Szene gewesen sei.

Erlendur öffnete die Tür und betrat den Verhörraum.

»Warum hast du uns nichts davon erzählt?«, fragte Sigurður Óli in diesem Augenblick. »Warum müssen wir das erst durch andere herausfinden?«

»Meiner Meinung nach hat das mit all dem nichts zu tun«, sagte Kjartan und sah Erlendur an, der sich mit verschränkten Armen gegen die Wand lehnte. »Es ist absurd, das mit dem Überfall auf den Jungen in Verbindung zu bringen. Ich begreife nicht, wie ihr da einen Zusammenhang sehen könnt. Ich hab Niran gefragt, ob er das Auto zerkratzt hätte, und er hat nur höhnisch gelacht. Ich habe nichts aus ihm herausbekommen.«

»Und du bist wütend geworden«, sagte Sigurður Óli.

»Selbstverständlich«, sagte Kjartan und hob die Stimme. »Das wärst du an meiner Stelle auch geworden. Oder denkst du vielleicht, dass es Spaß macht, so etwas hinnehmen zu müssen?«

»Wir haben Informationen darüber, dass du an besagtem Morgen in der Schule ungewöhnlich reizbar gewesen sein sollst.«

»Beziehst du dich auf die Sache mit Finnur?«

Sigurður Óli nickte.

»Das hat überhaupt nichts zu bedeuten. Wir streiten uns dauernd.«

»Hatte Niran einen Gegenstand dabei, oder hat er etwas angedeutet, woraus zu schließen gewesen wäre, dass er das Auto beschädigt hat?«

»Ich habe ihn mir geschnappt, weil ich mich vergewissern wollte, ob er ein Messer oder einen Schraubenzieher bei sich hatte«, erklärte Kjartan. »Er hat sich gewehrt, aber ich habe ihn nicht zu Boden geschleudert. Er riss sich los und fiel dabei hin. Danach habe ich mich nicht mehr um ihn gekümmert. Ich habe auch nicht feststellen können, ob er ein Messer oder dergleichen dabeigehabt hat. Wollt ihr mich etwa deswegen festnehmen?«

Sigurður Óli sah Erlendur an, der keinerlei Reaktion zeigte.

»Ich habe diesem Jungen nichts getan«, sagte Kjartan. »Wenn ihr mich festnehmt, reicht das, um mich als Mörder abzustempeln. Und sei's auch nur für einen Tag, das reicht. Was ist, wenn ihr den, der es wirklich getan hat, nie findet? Dann hängt mir das für den Rest meines Lebens an, obwohl ich überhaupt nichts damit zu tun habe!«

»Du bist gegen Zuwanderer«, sagte Erlendur. »Und es ist durchaus etwas mehr als nur eine ablehnende Haltung, das ist richtiggehender Hass bei dir, und das streitest du auch gar nicht ab. So redest du, und du bist sogar stolz darauf, du zeigst das auf unterschiedlichste Weise. Meinst du wirklich, dass es in unserer Macht steht, deinen Ruf zu verbessern?«

»Ihr könnt es aber auch nicht an mir auslassen, dass ihr eine andere Meinung darüber habt als ich.«

»Niemand lässt etwas an dir aus«, sagte Sigurður Óli.

Erlendur bat Sigurður Óli, einen Augenblick auf den Flur hinauszukommen. Kjartan sah ihnen nach.

»Ich habe nichts getan!«, schrie er, als sich die Tür des Verhörzimmers schloss.

»Da ist schon etwas dran an dem, was er sagt«, sagte Sigurður Óli, als sie im Korridor standen.

»Natürlich«, sagte Erlendur. »Das ist der erbärmlichste

Grund für einen Mord, von dem ich je gehört habe. Kjartan ist nichts als ein typischer Maulheld, er ist nie gewalttätig geworden, und deswegen gibt es nichts über ihn in den Akten der Polizei. Wir lassen ihn laufen, aber lass ihn trotzdem noch etwas schmoren, bis wir ihn freilassen müssen.«

»Erlendur, wir können nicht . . .«

»Na schön«, sagte Erlendur mit verkniffener Miene und stapfte davon. »Dann lass ihn eben sofort laufen.«

Bergþóra war noch auf, als Sigurður Óli spätabends nach Hause kam. Sie hatte auf ihn gewartet. Er war in letzter Zeit wenig zu Hause gewesen, nicht nur wegen des Mordes an Elías, sondern auch wegen anderer Dinge. Sie glaubte, dass er ihr aus dem Weg ging. Sie war der Meinung, dass ihre Beziehung an einem Wendepunkt angelangt war, und das hatte sie ihm auch gesagt. Es hatte sich herausgestellt, dass sie keine Kinder bekommen konnten, und jetzt ging es darum, sich über den nächsten Schritt Gedanken zu machen.

Sigurður Óli ging in die Küche und goss sich ein Glas Fruchtsaft ein. Auf dem Weg nach Hause war er erst noch ins Fitnessstudio gefahren, das er dann als Letzter verlassen hatte. Er hatte sich auf dem Laufband ausgetobt und Hanteln gestemmt, bis er schweißgebadet war.

»Seid ihr schon weitergekommen mit den Ermittlungen?«, fragte Bergþóra, als sie im Bademantel in der Küche erschien.

»Nein«, sagte Sigurður Óli. »Überhaupt nicht. Wir wissen nicht einmal im Ansatz, was passiert ist.«

»Es hat doch bestimmt etwas mit Fremdenfeindlichkeit zu tun?«

»Ich weiß es nicht. Das muss sich noch herausstellen.«

»Der arme Junge. Und die Mutter, das muss die reinste Hölle für sie sein.«

»Ja. – Wie geht es dir?«

Sigurður Óli hatte eigentlich vorgehabt, ihr zu sagen, dass Elías in dieselbe Schule gegangen war wie er früher und dass es irgendwie merkwürdig gewesen sei, in die alte Schule zurückzukehren und ein Bild von sich zu sehen, das aus den siebziger Jahren stammte. Aber er sagte nichts darüber – ohne wirklich zu wissen, warum. Vielleicht war er müde.

Aber nicht zu müde, um ins Fitnessstudio zu gehen, hätte Bergþóra dies kommentiert.

Es hatte Zeiten gegeben, wo er ihr froh alles berichtet hatte, was ihm tagsüber passiert war.

»Mir geht's ausgezeichnet«, sagte Bergþóra.

»Ich glaube, ich geh direkt in die Falle«, sagte Sigurður Óli und stellte das Glas in die Spüle.

»Wir müssen miteinander reden«, sagte Bergþóra.

»Können wir das nicht morgen tun?«, fragte Sigurður Óli.

»Morgen ist jetzt«, entgegnete sie. »Ich habe wer weiß wie oft mit dir reden wollen, aber du bist ja nie zu Hause. So langsam habe ich den Eindruck, dass du dein Zuhause meidest.«

»Es ist wahnsinnig viel los bei der Arbeit. So ist es halt manchmal bei mir. Wir arbeiten im Übrigen beide viel. Ich meide gar nichts.«

»Was willst du tun?«

»Ich weiß es nicht, Begga«, antwortete Sigurður Óli. »Meiner Meinung nach ist das ein sehr großer Schritt.«

»Jahraus, jahrein adoptieren alle möglichen Leute Kinder«, sagte Bergþóra. »Warum sollten wir das nicht tun?«

»Ich sage ja nicht … Ich will bloß nichts überstürzen.«

»Vor was hast du Angst?«

»Ich habe noch nie darüber nachgedacht, ein Kind zu adoptieren. Das ist ein ganz neuer und ziemlich fremder Gedanke für mich. Für dich anscheinend nicht, und das kann ich gut verstehen, aber für mich ist er das.«

»Ich weiß, was für ein großer Schritt das ist.«

»Möglicherweise zu groß.«

»Was meinst du damit?«

»Vielleicht ist Adoption nicht jedermanns Sache.«

»Du meinst, vielleicht ist es nichts für dich.«

»Ich weiß es nicht. Können wir nicht darüber schlafen?«

»Das sagst du immer.«

»Ja.«

»Dann geh doch schlafen!«

»Wir streiten uns schon viel zu lange darüber. Kinderkriegen, Adoptieren ...«

»Ja.«

»Das liegt mir den ganzen Tag im Magen.«

»Ja.«

»Können wir das nicht einfach vergessen?«

»Nein«, erklärte Bergþóra, »das können wir nicht.«

*Zwanzig*

Immer noch wurde das Haus, in dem Sunee wohnte, bewacht. Erlendur wechselte ein paar Worte mit dem Beamten im Treppenhaus, doch es gab nichts Bemerkenswertes zu berichten. Die Leute waren einer nach dem anderen am späten Nachmittag von der Arbeit zurückgekehrt, und diverse Kochdüfte hatten sich im Treppenhaus ausgebreitet. Sunee war den ganzen Tag zu Hause geblieben, und ihr Bruder war bei ihr. Der Polizist erklärte, zwar Stimmen unterscheiden zu können, aber er könne nicht hören, was gesagt würde.

Es war bereits sehr spät. Auf dem Weg nach Hause hatte Erlendur noch einiges zu erledigen. Zuerst fuhr er ins Leichenschauhaus am Barónsstígur. Er sah gleich, dass etwas Schlimmes passiert sein musste, denn zwei mit Laken zugedeckte Leichen wurden auf Bahren hineingebracht, und immer mehr Menschen trafen ein. Erlendur erfuhr den Grund: Unweit von Mosfellsbær war auf der Ringstraße ein schwerer Verkehrsunfall passiert. Er hatte keine Nachrichten gehört. Es hatte drei Tote gegeben, eine ältere Frau und zwei junge Männer, der eine davon hatte erst kürzlich den Führerschein gemacht. Vor dem Haus fuhr ein weiterer Wagen mit der dritten Leiche vor. Die Angehörigen waren fassungslos. Irgendjemand erbrach sich.

Erlendur wollte gerade wieder gehen, als ihm der obduzierende Pathologe über den Weg lief. Erlendur kannte ihn beruflich und glaubte zu wissen, dass er mit dem schwarzen Humor, den er manchmal an den Tag legte, das, was er bei seiner Tätigkeit zu Gesicht bekam, kompensierte. Jetzt war aber nichts davon zu spüren. Der Arzt sah Erlendur ratlos an, der schnell erklärte, er würde später noch einmal wiederkommen.

»Dein Junge ist da drinnen«, sagte der Arzt und machte eine Kopfbewegung in Richtung einer geschlossenen Tür.

»Ich komme später wieder«, wiederholte Erlendur.

»Ich habe nichts finden können«, sagte der Arzt.

»Ist schon in Ordnung, ich ...«

»Er hatte Dreck unter den Nägeln, aber meiner Meinung nichts Ungewöhnliches. Zwei Nägel waren abgebrochen. Wir haben Stoffpartikel gefunden. Es ist zu tätlichen Auseinandersetzungen gekommen, das sieht man auch an dem Anorak, der ist zerrissen. Hat nicht die Mutter erklärt, dass der Anorak heil gewesen ist? Da lassen sich sicher Rückschlüsse draus ziehen, wenn die Kleidung des anderen gefunden wird. Deine Kollegen von der Spurensicherung untersuchen gerade, um was für einen Stoff es sich handeln könnte. Möglich aber auch, dass die Partikel von seiner eigenen Kleidung stammen.«

»Und der Stich?«

»Keine neuen Ergebnisse diesbezüglich«, sagte der Arzt, der Erlendur inzwischen bis zur Tür begleitet hatte. Er öffnete sie. »Der Stich ist bis zur Leber vorgedrungen, und der Junge ist innerhalb kurzer Zeit verblutet. Die Wunde ist nicht sehr groß, und das Blatt war ziemlich breit, muss aber nicht besonders lang gewesen sein. Ich kann mir überhaupt nicht vorstellen, was für ein Gegenstand das gewesen sein soll.«

»Ein Schraubenzieher?«

Das Gesicht des Arztes verzerrte sich. Er wurde anderweitig gebraucht.

»Das glaube ich kaum, es war etwas Schärferes. Der Schnitt ist nämlich sehr fein.«

»Aber er ist nicht durch den Anorak gegangen?«

»Nein, der muss offen gewesen sein. Der Stich ging durch einen ziemlich dünnen Pullover und ein Unterhemd, mehr Widerstand gab es nicht. Das war seine einzige Rüstung.«

»Hat es Blutspritzer gegeben?«

»Nicht unbedingt. Es handelt sich um einen glatten Stich, und es waren wohl vor allem innere Blutungen. Deswegen muss es nicht sein, dass der Täter Blutspritzer abbekommen hat. Trotzdem ist es denkbar, dass er sich gründlich säubern musste.«

Der Arzt schloss die Tür. Erlendur ging zu der Leiche, hob das Laken, das über sie gebreitet war, und sah sich die kleine Stichwunde an. Ihm ging die Frage durch den Kopf, ob der Gegenstand, mit dem Kjartans Auto eingeritzt worden war, auch dazu verwendet worden war, auf den Jungen einzustechen. Die Wunde war so klein, dass man sie kaum sehen konnte, aber sie war genau an der Stelle, an der sie die schlimmsten Folgen hatte. Ein paar Zentimeter höher oder tiefer, und Elías hätte eine Überlebenschance gehabt. Darüber hatte Erlendur bereits mit dem Arzt gesprochen, der sich zwar nicht festlegen wollte, aber durchaus nicht ausschloss, dass der Täter möglicherweise genau gewusst hatte, was er tat.

Während Erlendur Elías' Leiche wieder zudeckte, dachte er daran, was Sunee wohl dabei empfinden musste, ihren Sohn an diesem schrecklichen Ort zu wissen. Früher oder später würde sie mit der Polizei zusammenarbeiten, etwas anderes war undenkbar. Vielleicht war sie der Ansicht, dass ihr Sohn in Gefahr war. Vielleicht ging es ihr darum, Niran vor dem Aufruhr in der Öffentlichkeit zu schützen, der auf den Tod von Elías gefolgt war. Möglicherweise wollte sie vermeiden, dass Bilder von ihm in den Zeitungen und Medien erschienen. Vielleicht wollte sie dieses öffentliche Interesse vermeiden. Und vielleicht, ja vielleicht wusste Niran etwas, was Sunee dazu veranlasst hatte, ihn zu verstecken.

Als Erlendur losfuhr, hatte sich der Frost noch verschärft, und das blaukalte Grauen des Leichenschauhauses spiegelte sich in seinen Augen.

Sunee nahm ihn an der Tür in Empfang. Sie glaubte, er würde ihr etwas Neues über die Ermittlungen mitteilen können, aber Erlendur gab ihr gleich zu verstehen, dass es nichts zu berichten gäbe. Sie war noch auf, aber ihr Bruder schlief bereits in ihrem Zimmer. Erlendur spürte, dass sie froh war, nicht allein sein zu müssen. Er hatte nie mit ihr gesprochen, ohne dass der Bruder oder die Dolmetscherin dabei gewesen waren. Sie führte ihn ins Wohnzimmer und ging dann in die Küche, um Tee zu machen. Als sie zurückkam, setzte sie sich aufs Sofa und goss ihnen Tee ein.

»Viele Leute kommen draußen«, sagte sie.

»Alle sind gegen Gewalt«, sagte Erlendur. »Niemand will das.«

»Ich danken alle«, sagte Sunee. »War schön.«

»Wirst du mir deinen Sohn anvertrauen?«, fragte Erlendur.

Sunee schüttelte den Kopf.

»Du kannst ihn nicht ewig verstecken.«

»Du Mörder finden«, sagte Sunee. »Ich Niran aufpassen.«

»In Ordnung.«

»Elías guter Junge. Nichts tun.«

»Ich glaube nicht, dass er deshalb überfallen wurde, weil er etwas getan hat. Es ist denkbar, dass er angegriffen wurde wegen dem, was er war. Verstehst du mich?«

Sunee nickte.

»Hast du irgendeine Idee, wer ihn angegriffen haben könnte?«

»Nein«, sagte Sunee.

»Ganz bestimmt nicht?«

»Nein.«

»Die Kinder in der Schule?«

»Nein.«

»Irgendwelche Lehrer?«

»Nein. Keine. Alle gut zu Elías.«

»Was ist mit Niran? Er scheint sich nicht wohlzufühlen.«

»Niran guter Junge. Nur Wut. Nicht in Island bleiben wollen.«

»Wo ist er?«

Sunee gab ihm keine Antwort darauf.

»In Ordnung«, sagte Erlendur, »du musst wissen, was du tust. Denk darüber nach. Vielleicht sagst du es mir morgen. Wir müssen mit ihm reden, es ist sehr wichtig.«

Sunee schaute ihn schweigend an.

»Ich weiß, dass es furchtbar schwierig für dich ist, und du tust natürlich das, was du für richtig hältst. Du musst aber auch verstehen, dass es sich um eine sehr komplizierte Ermittlung handelt.«

Sunee schwieg weiterhin.

»Hat Niran etwas über Kjartan, den Isländischlehrer, gesagt?«

»Nein.«

»Nichts über eine Auseinandersetzung zwischen ihnen?«

»Nein.«

»Was hat er dir denn gesagt?«

»Nicht viel. Er Angst haben. Ich auch.«

Sunee blickte in Richtung Flur, wo ihr Bruder aufgetaucht war, und streckte die Hand nach ihm aus.

»Hättest du etwas dagegen, wenn ich mir noch einmal das Zimmer der Jungen ansehe?«, fragte Erlendur und stand auf.

»Okay«, sagte Sunee und schaute ihn an. »Ich helfen will«, sagte sie, »aber ich auch aufpassen Niran.«

Erlendur lächelte und ging den kleinen Flur entlang zum Zimmer der Jungen. Er knipste die kleine Schreibtischlampe an, die eine schwache Helligkeit im Zimmer verbreitete. Er wusste nicht genau, wonach er suchte. Sie hatten das Zimmer bereits vorher untersucht, ohne einen Hinweis darauf zu finden, wo Niran sich aufhalten konnte. Er ließ sich auf einem Stuhl nieder und erinnerte sich daran, dass damals in den Ostfjorden sein Bruder und er auch gemeinsam so ein Zimmer gehabt hatten.

Erlendur blickte sich um, während er über die Grausamkeit nachdachte, die Elías das Leben gekostet hatte. Er versuchte, sie in der Welt der Verbrechen einzuordnen, die er so gut kannte, aber er stand vor einem Rätsel. Elías war schwer verwundet zusammengebrochen, ohne dass jemand Mitleid mit ihm gezeigt hatte. Niemand war ihm zu Hilfe gekommen, als er sich mit letzter Kraft nach Hause zu schleppen versuchte. Niemand war da, um ihn zu wärmen, als er auf dem vereisten Boden hinter seinem Haus festfror.

Erlendur blickte sich um. In Elías' Ecke standen überall Dinosaurier aller Arten und Größen herum. Zwei Plakate mit Dinosauriern waren außerdem an der Wand über dem Etagenbett befestigt worden. Ein furchterregender Tyrannosaurus Rex fletschte seine Zähne über einem Opfer.

In Elías' Bett sah er ein Spiralheft und streckte die Hand danach aus. Auf der Vorderseite stand »Geschichtenbuch« und Elías' Name; es enthielt kurze Aufsätze mit Zeichnungen. Er hatte über das Weltall geschrieben und eine bunte Zeichnung vom Saturn gemacht. In einer anderen Geschichte erzählte er darüber, wie er mit seiner Mutter in die Kringla gefahren war. Und ein Aufsatz hieß »Mein Lieblingsfilm«. Es ging um einen Abenteuerfilm, den Erlendur nicht kannte. Er las die Aufsätze, die mit einer schönen Kinderhandschrift geschrieben worden waren, und blätterte bis zu der Stelle, wo Elías aufgehört hatte. Dort stand nur der Titel des neuesten Aufsatzes, weiter war er nicht gekommen.

Erlendur schloss das Heft, legte es wieder auf Elías' Bett und stand auf. Was hatte er werden wollen? Vielleicht Arzt. Vielleicht Busfahrer. Vielleicht Polizist. Es gab unendlich viele Möglichkeiten, die Welt stand ihm offen und war spannend. Das Leben hatte kaum begonnen.

Er ging zurück zu Sunee ins Wohnzimmer. Ihr Bruder war in der Küche.

»Weißt du, was er werden wollte?«, fragte Erlendur.

»Ja«, sagte Sunee. »Hat oft sagen. Lange Wort, aber ich lernen.«

»Und was war das?«

»Dinosaurierforscher.«

Erlendur lächelte. »Früher waren es Polizisten. Oder Busfahrer.«

Auf dem Weg nach unten fragte er den Polizisten im Treppenhaus noch einmal, ob er etwas Verdächtiges im oder beim Treppenaufgang bemerkt hatte, aber das war nicht der Fall. Er fragte nach Sunees Etagennachbar Gestur, aber der Polizist hatte ihn nicht gesehen.

»Niemand ist bis hier nach oben gekommen«, erklärte der Polizist, bevor Erlendur sich von ihm verabschiedete.

Obwohl es bereits ziemlich spät war, musste Erlendur noch einen Besuch machen. Er hatte den Mann am späten

Nachmittag angerufen und sich beim ihm zu Hause mit ihm verabredet. Er kam sofort zur Tür, als Erlendur klingelte, und ließ ihn eintreten. Erlendur war früher einmal dort gewesen und hatte sich auch da schon nicht wohlgefühlt. Er wusste nicht genau, was es war. Er spürte, dass da irgendetwas nicht stimmte. Irgendetwas mit dem Wohnungsinhaber.

Der Mann hatte ferngesehen, schaltete den Apparat aber jetzt ab und bot Erlendur Kaffee an. Der lehnte dankend ab, indem er auf seine Uhr schaute und erklärte, nur ganz kurz bleiben zu können. Er entschuldigte sich nicht dafür, dass er so spät gekommen war. Ihm fiel ein gerahmtes Foto des Ehepaars auf einem Beistelltisch auf. Beide lächelten. Sie waren vor der Trauung zu einem Fotografen gegangen und hatten sich fotografieren lassen. Sie hielt einen Blumenstrauß in der Hand.

»Du bist bei deinen Exfrauen nicht sehr beliebt«, sagte Erlendur. »Ich habe so einiges von ihnen gehört.«

»Das überrascht mich nicht«, sagte der Mann.

Erlendur konnte verstehen, wieso Frauen auf ihn flogen, wenn er denn ihrem Typ entsprach. Er war ein schlanker, gepflegter und liebenswürdig wirkender Mann mit dunklem Haar und braunen Augen, feingliedrigen Händen und südländischem Teint. Der exquisite Geschmack seiner Kleidung war Erlendur völlig fremd. Die Wohnung war elegant und topmodern eingerichtet, insbesondere die Küche war luxuriös eingerichtet, den Bodenbelägen sah man an, wie teuer sie gewesen sein mussten. An den Wänden hingen Grafiken. Das Einzige, was fehlte, war eine Spur von Leben und persönlicher Atmosphäre.

Erlendur überlegte, ob er dem Mann von den Anrufen erzählen sollte, die aller Wahrscheinlichkeit nach von seiner Ehefrau stammten. Der Mann hatte ein Recht darauf, Bescheid zu wissen. Falls Erlendurs Verdacht sich bestätigte, war seine Frau am Leben, was ihn freuen müsste. Erlendur wusste selber nicht ganz genau, warum er ihm nicht alles sagte. Dieser Mann hatte etwas Erbarmungsloses an sich, das er nicht imstande war zu ergründen.

»Nein, sicherlich nicht«, sagte Erlendur. »Die eine von ihnen hat gesagt, du hättest damit gedroht, sie umzubringen.«

Er sagte das gerade so, als rede er über das Wetter, doch der Mann zeigte keinerlei Reaktion. Vielleicht hatte er damit schon gerechnet.

»Silla tickt nicht richtig«, sagte er nach längerem Überlegen.

»Das war schon immer so.«

»Du gibst es also zu?«

»So was sagt man doch, ohne darüber nachzudenken, du hast das bestimmt auch schon mal gesagt. Damit meint man doch nichts.«

»Sie behauptet das Gegenteil.«

»Darf ich fragen, ob ich es jetzt bin, den ihr unter die Lupe nehmt? Glaubst du womöglich, dass ich ihr etwas angetan hätte? Meiner Frau?«

»Ich weiß ni...«

»Es geht um einen Vermisstenfall!«, fiel ihm der Mann ins Wort. »Ich habe ihr nichts angetan. Das ist ein ganz normaler Vermisstenfall!«

»Meines Wissens gibt es keine normalen Vermisstenfälle«, entgegnete Erlendur.

»Du weißt ganz genau, was ich meine. Alles, was ich sage, erscheint dir verdächtig.«

Erlendur wusste, was er meinte. Ein normaler Vermisstenfall. Ob es wohl sonst noch auf der Welt ein Land gab, wo man von »normalen Vermisstenfällen« redete?, dachte er bei sich. Vielleicht hatte die Geschichte die Menschen in Island tatsächlich gelehrt, sich nicht allzu sehr über Vermisstenfälle aufzuregen.

»An ihrem Verschwinden ist nichts Normales«, sagte Erlendur.

Er zögerte einen Augenblick. Das Gespräch hatte eine Wendung genommen, die nicht mehr umzukehren war. Von jetzt an würde es von Grund auf anders und weitaus ernster werden.

»Hast du ihr damit gedroht, sie umzubringen?«, fragte Erlendur.

Der Mann starrte Erlendur sichtlich wütend an. »Behandelst du den Fall jetzt als Mord?«, fragte er.

»Weshalb ist sie von zu Hause fortgegangen?«

»Ich habe euch schon wer weiß wie oft gesagt, dass ich keine Ahnung habe, was passiert ist. Ich kam nach Hause, und sie war nicht hier! Das ist das Einzige, was ich weiß. Das müsst ihr mir glauben. Ich habe ihr nichts angetan, und ich finde es empörend, falls du etwas anderes andeuten willst!«

Der Mann machte einen Schritt auf Erlendur zu.

»Das ist mein Ernst! Empörend!«

»Wir müssen alle Möglichkeiten in Betracht ziehen«, sagte Erlendur. »Das musst du verstehen. Es ist ist intensiv nach ihr gefahndet worden, ihr Bild erschien in den Zeitungen und im Fernsehen, man hat die Küsten abgesucht. Sie taucht aber nicht auf. Es kann sein, dass sie tot ist. Wenn Leute auf diese Weise verschwinden, ist es häufig ein Zeichen dafür, dass es ihnen schlecht ging, und zwar so schlecht, dass sie imstande sind, verrückte Dinge zu tun. Fühlte sich deine Frau schlecht? Wenn ja, weshalb? Hat es etwas mit dir zu tun? War sie unzufrieden mit sich selbst? Hat sie alles bereut? Hat sie den Seitensprung, die Scheidung, die neue Ehe bereut? Vermisste sie ihre Kinder? War das alles nur Leichtsinn mit tödlichen Folgen?«

»Du hast mit ihren Freundinnen gesprochen, nicht wahr?«, sagte der Mann.

Erlendur antwortete nicht auf die Frage. Bislang war er nicht so hart in dieser Sache vorgegangen, aber die Anrufe hatten die Situation verändert.

»Die spinnen doch!«, fuhr der Mann fort. »Ich habe sie nie gemocht, und das beruhte auf Gegenseitigkeit. Was kann man da anderes erwarten?«

»Sie war depressiv«, sagte Erlendur. »Sie vermisste ihre Familie, und sie ging davon aus, dass du wieder fremdgingst.«

»Verdammter Quatsch!«

»Hast du eine Neue?«, fragte Erlendur.

»Eine Neue? Worüber redest du eigentlich?«

»Bist du nicht wieder fremdgegangen?«

»Ich weiß nicht, wovon du redest.«

»Ihre Freundinnen haben gesagt, sie habe den Verdacht gehabt, dass wieder eine andere im Spiel sei«, sagte Erlendur. »Stimmt das?«

»Das ist eine verdammte Lüge. Da ist keine andere Frau im Spiel!«

Erlendur zögerte einen Augenblick.

»In den vergangenen Tagen hat eine Frau bei mir angerufen, die ihren Namen nicht sagen will«, sagte er schließlich. »Sie klingt sehr bedrückt, sie weiß, dass ich mit diesem Fall befasst bin, traut sich aber nicht, ihre Identität preiszugeben. Ich weiß nicht, ob sie es nicht wagt oder ob sie es nicht darf. Das wenige, was sie sagt, gibt nicht viel her, denn wenn sie anruft, ist sie immer sehr aufgeregt, hat sich wahrscheinlich dazu durchgerungen, aber im entscheidenden Augenblick macht sie einen Rückzieher und legt auf.«

»Ist sie das?«, fragte der Mann bass erstaunt. »Hat sie sich mit dir in Verbindung gesetzt? Ist … Ist sie am Leben?! Ist sie wohlauf?«

»Falls sie es ist«, sagte Erlendur, der sofort bereute, die Anrufe erwähnt zu haben. Er hätte damit warten sollen, hätte zumindest noch einen Anruf der Frau abwarten und sie dazu überreden sollen, sich mit ihm zu treffen und ihm die Wahrheit zu sagen.

»Falls?«, sagte der Mann. »Falls sie das ist? Du bist dir also nicht sicher?«

»Ich bin mir so sicher, wie ich sein kann«, entgegnete Erlendur, »aber das will nicht viel besagen.«

»Großer Gott! Was denkt sie sich dabei? Und was … Was sagt sie? Warum macht sie das?«

»Ist das ein abgekartetes Spiel von euch beiden?«, fragte Erlendur.

»Abgekartetes Spiel? Nein. Behauptet sie etwa, dass es ein abgekartetes Spiel ist? Behauptet sie das?«

»Nein«, sagte Erlendur, und versuchte, den Mann zu beruhigen. »Sie sagt nicht viel. Sie …«

Er hatte vorgehabt zu sagen, dass sie am Telefon kaum etwas anderes machte, als zu weinen, unterließ es aber.

»Was … Was sagt sie denn? Weshalb ruft sie dich an?«

»Ihr geht es nicht gut«, antwortete Erlendur. »So viel steht fest, wenn man mit ihr spricht. Aber sie will mir nichts erzählen. Kannst du mir verraten, was da gespielt wird? Weißt du mehr, als du mir gesagt hast? Was hast du mir bislang verschwiegen?«

»Warum spricht sie nicht mit mir?«, fragte der Mann.

Erlendur schwieg und blickte ihn an, als wolle er die Frage an ihn zurückgeben. Warum spricht sie nicht mit dir?

»Ich hab ihr doch gar nichts getan!«, rief der Mann. »Das ist gelogen! Ich gehe nicht fremd. Okay, ich hab's zwar früher getan, aber das ist momentan nicht der Fall. Ich habe nichts dergleichen getan, das musst du begreifen! Du musst mir glauben!«

»Ich habe keine Ahnung, was ich glauben muss«, erwiderte Erlendur.

»Du musst mir glauben«, wiederholte der Mann und versuchte, so aufrichtig zu klingen, wie er es vermochte.

»Es könnte natürlich auch diese neue Frau sein, auf die du dich eingelassen hast«, sagte Erlendur. »Du gehst fremd, das ist keine Lüge. Mit der Zeit bist du wieder in deine alten Gewohnheiten verfallen und triffst dich mit einer anderen Frau. Ihr habt dieses kleine Geheimnis miteinander. Deine Frau findet das heraus. Und sie verschwindet.«

»Das ist Schwachsinn«, erklärte der Mann.

»Deine neueste Liebschaft wird nervös. Schuldgefühle überwältigen sie. Sie ruft mich an und ...«

»Was fantasierst du dir da eigentlich zusammen?«, stöhnte der Mann.

»Geht es nicht eher darum, was du dir zusammenfantasiert hast?«

»Ich habe nie damit gedroht, jemanden umzubringen«, sagte der Mann. »Das ist gelogen!«

»Hast du deine Frau betrogen?«, fragte Erlendur. »Hat sie dich deshalb verlassen?«

Der Mann sah ihn lange an, ohne etwas zu sagen. Erlendur hatte sich nicht gesetzt, und sie standen einander gegenüber wie zwei Platzhirsche, die nicht von der Stelle weichen wollten. Erlendur sah, wie der Zorn in seinem Gegenüber kochte. Es war ihm gelungen, ihn in Rage zu bringen.

»Oder hat deine neue Flamme bei ihr angerufen?«, fragte Erlendur.

»Du weißt überhaupt nicht, wovon du redest«, stieß der Mann zwischen zusammengebissenen Zähnen hervor.

»So was passiert manchmal.«

»Das ist Blödsinn!«

»Ist deine Frau also dahintergekommen, dass du sie betrügst?«

»Ich glaube, du solltest jetzt gehen«, entgegnete der Mann.

»Es ist also kein simples Verschwinden, nicht wahr«, sagte Erlendur.

»Raus.«

»Du musst doch sehen, dass da irgendetwas nicht stimmt.«

»Ich habe dir nichts mehr zu sagen. Raus!«

»Ich kann gerne gehen«, sagte Erlendur, »aber damit ist dieser Fall nicht aus der Welt. Den setzt du nicht vor die Tür. Früher oder später kommt die Wahrheit ans Licht.«

»Es ist die Wahrheit!«, schrie der Mann. »Ich weiß nicht, was vorgefallen ist. Versuch, das zu kapieren! Versuch endlich, das zu kapieren, Mensch! Ich weiß nicht, was passiert ist!«


Als Erlendur endlich nach Hause kam, setzte er sich, ohne das Licht anzumachen, in seinen Sessel und lehnte sich zurück. Er war froh über die Ruhe und blickte zum Fenster hinaus. Seine Gedanken kreisten um Eva Lind und den Traum, den sie ihm erzählen wollte.

Er sah das Pferd noch vor sich, wie es sich mit weit aufgerissenen Augen und geblähten Nüstern im Sumpf aufbäumte. Hörte das saugende Geräusch, als es ein Vorderbein losbekam, aber nur, um noch tiefer zu versinken.

Er sehnte sich nach Frieden in seiner Seele. Er sehnte sich danach, zu den Sternen hochblicken zu können, die von Wolken verhüllt waren. Bei ihnen wollte er den inneren Frieden finden, Gewissheit über etwas Größeres und Wichtigeres als sein eigenes Bewusstsein, Gewissheit über die unendlichen Weiten von Zeit und Raum, zu denen er eine Weile aufblicken konnte.

Es war nicht viel Platz für die Familie in dem kleinen Haus, das jetzt verlassen dalag. Die beiden Brüder mussten in einem Zimmer schlafen. Ein weiteres Zimmer gehörte ihren Eltern, und dann gab es noch die große Küche und dahinter eine Vorratskammer und ein kleines Wohnzimmer mit alten Möbeln und Familienfotos, von denen etliche jetzt in Erlendurs Wohnung hingen. Im Abstand von einigen Jahren zog es ihn immer wieder in den Osten des Landes, und er übernachtete dann in der Ruine des Hauses, das früher einmal sein Heim gewesen war. Von dort aus ging er zu Fuß in die Berge, manchmal auch zu Pferd, und schlief unter freiem Himmel. Er genoss es, allein umherzustreifen und nach und nach die tiefe Einsamkeit zu spüren, die in seinen heimatlichen Gefilden über ihn hereinbrach, wo er von Orten und Zeiten aus der Vergangenheit umgeben war, die ihn immer noch in ihren Bann zogen und die er vermisste. Er wusste, dass sie nur noch in seinen Erinnerungen existierten. Wenn er nicht mehr da war, würde nichts mehr davon bleiben. Wenn er nicht mehr war, würde alles so sein, als wäre es nie gewesen.
Wie der Abend, als sein Bruder Bergur und er im Dunkeln in ihrem Zimmer lagen und eigentlich schon eingeschlafen sein sollten, aber noch putzmunter waren. Auf einmal hörten sie ein Auto vorfahren. Die Tür wurde geöffnet, und sie hörten die Stimmen ihrer Eltern, als sie den Gast begrüßten und ihn einließen. Die dunkle Stimme des Gastes kannten sie nicht. Zu dieser späten Stunde kam äußerst selten jemand zu Besuch. Die Brüder trauten sich nicht aus dem Zimmer, aber Erlendur öffnete die Tür ein wenig und sie horchten. Durch den Spalt konnten sie in der Küche

die übereinandergeschlagenen Beine des Gastes sehen, der eine schwarze Hose und feste Schuhe trug, und eine große Hand, die auf dem Küchentisch lag. An der wulstigen Hand fiel ein goldener Ring auf, der in den Finger einschnitt. Sie hörten nicht, was gesagt wurde. Ihre Mutter stand am Küchentisch und wandte ihnen halb den Rücken zu, und sie sahen eine Schulter ihres Vaters, der dem Gast schräg gegenübersaß. Erlendur schlich auf Zehenspitzen zum Fenster, um sich das Auto anzusehen. Er kannte die Marke nicht und hatte das Auto noch nie gesehen.

Er beschloss, auf den Flur hinauszuschleichen, er wollte das allein tun, aber als Bergur ihm drohte, ihn zu verpetzen, erlaubte er ihm mitzukommen. Sie machten die Tür ganz vorsichtig noch weiter auf und betraten leise den Flur. Ihre Mutter bemerkte sie nicht, und ihr Vater und der Gast saßen in der Ecke hinter der Küchentür und konnten sie nicht sehen. Jetzt konnte Erlendur einzelne Worte unterscheiden. Die tiefe Stimme des Gastes wurde deutlicher, die Worte verständlicher, sogar Sätze fügten sich zusammen. Er sprach so ruhig und artikuliert, als wolle er sicherstellen, dass das, was er sagte, die richtige Wirkung erzielte. Erlendur nahm einen Geruch wahr, der mit dem Gast ins Haus gekommen war, einen seltsam süßlichen Duft, der in der Luft schwebte. Er schlich sich näher. Bergur in seinem gestreiften Schlafanzug blieb ihm auf den Fersen und war so darauf bedacht, kein Geräusch zu machen, dass er auf allen vieren vorwärtskroch.

Erlendur war sieben Jahre, als er zum ersten Mal vom schrecklichsten aller Verbrechen hörte.

»... was bedeutet, dass es gut sein kann«, sagte der Gast.

»Wann war das?«, fragte ihre Mutter.

»Um die Abendbrotzeit. Der Mord ist wahrscheinlich nachmittags verübt worden. Der Anblick war furchtbar. Er hat den Verstand verloren. Vollkommen den Verstand verloren und wie ein Berserker in dem Zimmer gewütet.«

»Mit einem Filetiermesser?«, flüsterte ihr Vater.

»Man weiß ja nie bei diesen Zugereisten«, sagte der Gast.

»Er hat zwei Monate im Gefrierhaus gearbeitet. Alle sagen, dass er ein ganz ruhiger Mensch war, der wenig redete und sich kaum mit den anderen abgab.«

»Das arme Mädchen«, stöhnte ihre Mutter.

»Wie gesagt, bei uns in der Nähe ist heute niemand unterwegs gewesen«, sagte ihr Vater.

»Kann es sein, dass er sich hier in der Gegend versteckt hält?«, fragte ihre Mutter, und Erlendur hörte ihr an, wie besorgt sie war.

»Falls er zu Fuß über die Berge will, kann es gut sein, dass er hier vorbeikommt, vielleicht ist es sogar wahrscheinlich. Wir wollten euch nur Bescheid sagen, denn man hat beobachtet, wie er diese Richtung einschlug. Wir bewachen die Straße, aber wir wissen keineswegs, ob das etwas nützt.«

»Was sollen wir tun?«, fragte ihr Vater.

»Um Himmels willen«, hörte Erlendur ihre Mutter flüstern. Er sah sich nach Bergur um und bedeutete ihm, keinen Mucks von sich zu geben.

»Wir schnappen ihn«, sagte der Gast hinter der Küchentür. Erlendur starrte auf die festen, schwarzen Schuhe. »Es ist nur eine Frage der Zeit. Wir erwarten Verstärkung aus Reykjavík. Aber es ist natürlich wahr, es ist einfach furchtbar, dass so etwas hier in den Ostfjorden passiert.«

»Ihr wisst aber doch zumindest, wer es ist«, sagte ihr Vater.

»Verschließt das Haus heute Nacht und verfolgt die Meldungen in den Nachrichten«, sagte der Gast. »Ich will euch nicht unnötig ängstigen, aber es ist besser, auf der Hut zu sein. Es kann gut sein, dass der Mörder noch bewaffnet ist, wahrscheinlich mit einem Messer. Wir wissen nicht, was er im Sinn hat.«

»Und das Mädchen?«, fragte ihre Mutter zögernd.

Der Gast schwieg eine Weile, bevor er antwortete. »Die Tochter von Sigga und Leifur«, sagte er schließlich.

»Nein!«, schrie ihre Mutter auf. »Was sagst du da? Dagmar? Es war die kleine Dagmar?«

Erlendur sah seine Mutter auf die Küchenbank sinken und den Gast entsetzt anstarren.

»Wir wissen nicht, wo Leifur ist«, sagte der Gast. »Er ist mit seiner Schrotflinte unterwegs. Es kann gut sein, dass er hier vorbeikommt. Falls ihr ihn seht, versucht, ihm gut zuzureden. Es macht die ganze Sache nur noch schlimmer, wenn er diesem Mann etwas antut. Sigga hat gesagt, er sei völlig außer sich.«

»Der arme Mann«, hörte Erlendur seine Mutter flüstern.

»Ich kann ihn gut verstehen«, sagte ihr Vater.

Erlendur stand wie versteinert an der Küchentür und wusste nicht, was er tun sollte. Bergur neben ihm war aufgestanden. Er war noch zu jung, um wie Erlendur zu begreifen, was da Schreckliches gesagt worden war. Bergur fasste nach der Hand seines Bruders. Erlendur sah ihn an und bedeutete ihm noch einmal, ganz still zu sein. Er hörte, wie sein Vater die Frage stellte, die Erlendur auch in den Sinn gekommen war.

»Sind wir in Gefahr?«

»Ich glaube nicht«, sagte der Fremde. »Aber trotzdem ist Vorsicht geboten. Man weiß ja nie, wenn so etwas passiert. Ich wollte nur, dass ihr Bescheid wisst. Ich muss noch zu einem anderen Hof, und dann ...«

Ein Stuhl wurde gerückt, der Gast stand auf. Erlendur drückte die Hand seines Bruders, und sie huschten durch den Flur zurück in ihr Zimmer und machten die Tür zu.

Sie hörten, wie sich die Eltern an der Tür von diesem Mann verabschiedeten, und als die Jungen aus dem Fenster blickten, sahen sie, wie eine Schattengestalt rasch zum Auto ging und einstieg. Das Auto sprang an, die Scheinwerfer leuchteten auf, dann fuhr es los und verschwand hinter der Auffahrt zum Hof.

Erlendur öffnete die Tür wieder einen kleinen Spalt und spähte auf den Flur hinaus. Er sah, wie seine Eltern an der Haustür standen und halblaut miteinander redeten. Er sah seinen Vater etwas tun, was er nie zuvor getan hatte, er verschloss sorgfältig die Türen, sowohl beim Haupteingang als auch beim Hintereingang zur Waschküche. Seine Mutter kontrollierte die Fenster und schloss alle, die offen standen. Als sie sich anschickte, zu ihnen ins Zimmer zu kommen, sprangen Bergur und er in die Betten. Kurz darauf ging die Tür auf, und ihre Mutter schaute durch den Türspalt zu ihnen herein. Sie betrat das Zimmer, ging zum Fenster und vergewisserte sich, dass es geschlossen war. Dann ging sie leise wieder hinaus und zog die Tür hinter sich zu.

Erlendur konnte nicht einschlafen. Er hörte seine Eltern in der Küche flüstern, traute sich aber nicht, zu ihnen zu gehen. Sein Bruder, der gar nichts von allem begriffen hatte, war bald eingeschlafen. Erlendur lag im Dunkeln und dachte an den Mörder, der möglicherweise zu ihnen unterwegs war. Und an den Vater des Mädchens, der mit einer Schrotflinte herumlief, übermannt von Zorn, Hass und Schmerz. Er lauschte den Geräuschen der Nacht um ihn herum, die immer lauter zu werden schienen. Was zuvor das freundliche Quietschen einer Wellblechplatte am Schafstall gewesen war, wurde jetzt zu einem grauenerregenden Beweis dafür, dass sich da draußen jemand herumtrieb. Wenn er ein Schaf blöken hörte, lag es bestimmt daran, dass der Mörder da unterwegs war, und wenn der Wind am Haus rüttelte, versetzte es ihn in Panik.

Er sah Dagmar vor sich und ein Filetiermesser, und er stellte sich die entsetzliche Szene so lange vor, bis sein Herz ihm aus der Brust zu springen drohte. Sie kannten das Mädchen gut. Sie war aus dem nächsten Fjord, die Tochter von guten Bekannten, und hatte einige Male auf die Brüder aufgepasst, wenn ihre Eltern wegmussten.

Nie zuvor hatte Erlendur etwas von Verbrechen, geschweige denn von Mord, gehört, und jetzt auf einmal, an diesem Abend, hatte sich das schlagartig geändert, und seine Welt war eine andere und grausamere geworden. Es gab da also etwas im Menschen, von dem er bislang nichts gewusst hatte, etwas, wovor er nun Angst hatte, was er nicht verstand. Seine Eltern sprachen am nächsten Tag mit ihren Söhnen über das, was vorgefallen war, sparten aber die Details aus. An diesem Tag blieben alle im Haus. Erlendur fragte, weshalb Leute so etwas taten, aber seine Eltern wussten keine Antwort darauf. Er fragte immer wieder danach, denn er wollte verstehen, was geschehen war, obwohl es unbegreiflich war und seine Eltern ihm die Antworten nicht geben konnten, nach denen er suchte. Er fand heraus, dass der Mann mit den schwarzen Schuhen und dem goldenen Ring der Bezirksamtmann gewesen war. Im Radio wurde von dem Mord berichtet und gesagt, dass eine umfangreiche Fahndung nach dem Mörder in die Wege geleitet worden war. Sie saßen in der Küche und lauschten. Erlendur sah die besorgten Mienen seiner Eltern. Er spürte das Grauen, die Trauer, das Unwiederbringliche und wusste, dass von nun an nichts wieder so sein würde, wie es gewesen war.

Zwei Tage später wurde der Mörder gefasst. Er war niemals in ihre Nähe gekommen, sondern wurde in Akureyri verhaftet. Man war sich sicher, dass ihn der Vater des Mädchens, falls er seiner habhaft geworden wäre, erschossen hätte. Der Vater war bis zum Mittag des nächsten Tages mit seiner Flinte umhergeirrt, dann wurde er von der Polizei aufgegriffen, er war ein gebrochener Mann.

Damals hatte Erlendur gelernt, dass es etwas gab, was Mord genannt wurde. Im späteren Verlauf seines Lebens hatte er Mördern Auge in Auge gegenübergestanden. Äußerlich war ihm nichts anzumerken, aber innerlich fühlte er sich manchmal immer noch so wie an jenem Abend, als der Bezirksamtmann unerwartet zu Besuch gekommen war und vor dem Mann mit dem Filetiermesser gewarnt hatte.

Erlendur war tief in seine Erinnerungen versunken. Er starrte zum Fenster hinaus in die Finsternis und wünschte sich, die Sterne sehen zu können.

»Diese schweren Tage«, sagte er zu sich selbst.

Er lehnte sich im Sessel zurück und schloss die Augen.

All diese schweren Tage ...

*Einundzwanzig*

Erlendur hörte im Schlaf das Klingeln des Telefons und brauchte lange, um wach zu werden. Er war in seinem Sessel eingeschlafen, und ihm taten sämtliche Knochen weh. Er sah auf seine Uhr, es war schon nach neun. Er warf einen Blick aus dem Fenster, und einen Augenblick lang war er sich nicht sicher, ob es Nacht oder Tag war. Als das Klingeln nicht aufhören wollte, stand er langsam auf und ging an den Apparat.

»Hast du etwa noch geschlafen?«

Sigurður Óli war als Frühaufsteher bekannt. Er trat seinen Dienst meist lange vor allen anderen an und hatte dann bereits etliche Bahnen in einem der vielen Schwimmbäder von Reykjavík und ein nahrhaftes Frühstück hinter sich.

»Was ist denn los?«, fragte Erlendur schlaftrunken.

»Ich kann dir ein neues Müsli empfehlen, das ich heute Morgen probiert habe, das baut einen für den Tag auf.«

»Sigurður.«

»Ja?«

»Wolltest du mir etwas sagen, bevor ich …?«

»Es geht um die Autokratzer«, beeilte Sigurður Óli sich zu sagen.

»Was ist damit?«

»In unmittelbarer Nähe der Schule wurden in den vergangenen Tagen drei andere Autos auf dieselbe Weise beschädigt«, sagte Sigurður Óli. »Das hat sich bei einer

Besprechung hier herausgestellt, auf der man dich sehr vermisst hat.«

»Sind die Beschädigungen identisch?«

»Ja, es wurde der Länge nach an der Seite entlanggeritzt.«

»Wissen wir, wer dahintersteckt?«

»Nein, noch nicht. Die von der Spurensicherung nehmen sich die anderen Autos vor, falls sie noch nicht wieder repariert worden sind. Möglicherweise handelt es sich um dasselbe Werkzeug. Ansonsten: Kjartan hat sein Einverständnis gegeben, dass wir uns seinen Volvo näher anschauen. Er sagt, dass Elías nie an seinem Auto gewesen ist, aber ich denke, wir gehen da besser ganz auf Nummer sicher.«

»Ist er kooperativ?«, fragte Erlendur.

»Es geht so. Aber da ist noch was.«

»Mensch, bist du fleißig gewesen. Liegt das an deinem Müseli?«

»Müsli«, korrigierte Sigurður Óli. »Vielleicht sollten wir die Verbindung zwischen Niran und seinem Stiefvater etwas näher in Augenschein nehmen.«

»Warum das?«

Erlendur wachte allmählich auf. Es war ihm peinlich, dabei erwischt zu werden, verschlafen zu haben, und ihm war klar, dass Sigurður Óli ihn zu Recht aufzog.

»Elínborg meint, dass wir uns noch einmal intensiver mit Óðinn unterhalten sollten. Ich werde mich darum kümmern und ihn wegen Niran befragen.«

»Ist er denn zu Hause?«

»Ja, ich habe vorhin angerufen.«

»Wir treffen uns bei ihm.«


Óðinn sah müde aus. Seine Augen waren gerötet, und er klang heiser. Er hatte sich ein paar Tage Urlaub genommen und schaute hin und wieder zusammen mit seiner Mutter bei Sunee vorbei, harrte aber die meiste Zeit zu Hause aus und wartete auf neue Nachrichten. Er führte Erlendur und Sigurður Óli ins Wohnzimmer, ging in die Küche und setzte Kaffee auf.

»Erzähl uns etwas über Niran«, sagte Erlendur, als Óðinn wieder ins Wohnzimmer kam.

»Was mit Niran?«

»Was ist er für ein Junge?«

»Ein ganz normaler Junge«, antwortete Óðinn. »Sollte er etwa...? Was meinst du eigentlich?«

»War die Beziehung zwischen euch gut?«

»Das kann man wohl kaum sagen. Ich habe mich nicht um ihn gekümmert.«

»Weißt du, ob der Junge in letzter Zeit irgendwelchen Ärger gemacht hat?«

»Ich habe eigentlich keine Verbindung zu ihm gehabt«, erklärte Óðinn.

»Gab es für Niran vielleicht einen Grund, warum er sich dir gegenüber so feindselig verhalten hat?«, fragte Erlendur. Er überlegte, ob er die Frage vielleicht etwas geschickter hätte formulieren können. Vielleicht war sie plump und unfair.

Óðinn sah von einem zum anderen. »Er hat sich mir gegenüber nicht feindselig verhalten«, sagte er. »Zwischen uns war alles in Ordnung. Er hat sich nicht um mich gekümmert beziehungsweise ich mich nicht um ihn.«

»Glaubst du, dass er sich möglicherweise deinetwegen versteckt?«, fragte Erlendur. »Glaubst du, dass der Grund dafür etwas sein kann, was von dir ausging?«

»Nein, das kann ich mir nicht vorstellen«, sagte Óðinn. »Es war natürlich ein ganz schöner Schock, als ich von seiner Existenz erfuhr. Und dann hat sie ihn nach Island geholt. Da habe ich mich aber nicht eingemischt.«

»Weswegen habt ihr euch scheiden lassen?«, fragte Sigurður Óli.

»Weiß nicht, es war wohl einfach zu Ende.«

»Also aus keinem bestimmten Grund?«

»Vielleicht. Aus verschiedenen Gründen, genau wie in anderen Ehen. Man lässt sich scheiden und fängt wieder von vorne an. So ist es halt. Sunee ist eine selbstständige Frau. Sie weiß, was sie will. Manchmal haben wir uns wegen der Jungen gestritten, vor allem wegen Elías. Sie wollte, dass er Thailändisch sprach. Ich habe gesagt, dass ihn das durcheinanderbringen würde und dass er in erster Linie Isländisch können müsse.«

»Ging es nicht eher darum, dass du Angst davor hattest, sie nicht zu verstehen? Nicht mehr der Herr im Hause zu sein? Außen vor zu sein?«

Óðinn schüttelte den Kopf. »Sunee fühlt sich in Island wohl, nur das Wetter stört sie manchmal. Sie kann ihre Familie in Thailand unterstützen, und sie hat enge Verbindung zu ihren Leuten. Sie möchte ihre Wurzeln nicht verlieren.«

»Geht uns das nicht allen so?«, fragte Erlendur.

Eine Weile herrschte Schweigen.

»Du glaubst also nicht, dass Niran sich deinetwegen versteckt?«, wiederholte Erlendur.

»Auf keinen Fall«, erklärte Óðinn. »Ich hab ihm nie was getan.«

In Erlendurs Tasche klingelte das Handy. Es dauerte eine ganze Weile, bis er begriff, wer der Mann in der Leitung war. Er hieße Egill, sie hätten sich vor Kurzem im Auto miteinander unterhalten. Der Werklehrer.

»Ja, guten Morgen«, sagte Erlendur, als der Groschen endlich fiel.

»Also so was, das kommt hier eigentlich ständig vor«, sagte

Egill. Erlendur sah ihn vor sich mit seinem Bart, im Auto sitzend und rauchend. »Und ich weiß auch nicht, ob es eine Rolle spielt«, fuhr Egill fort. »Ich wollte aber trotzdem mit dir reden.«

»Worum geht es denn?«, fragte Erlendur. »Was kommt ständig vor?«

»Diese Messer werden hier dauernd geklaut«, sagte Egill.

»Was für Messer?«

»Na, die Schnitzmesser«, sagte Egill. »Deswegen weiß ich auch nicht, ob euch das weiterhilft.«

»Was ist los? Was ist passiert?«

»Ich kontrolliere sie aber immer«, sagte Egill, als hätte er die Frage nicht gehört. »Ich passe gut auf die Messer auf. Sie sind nicht billig. Ich habe sie neulich gezählt, vor zwei Wochen etwa, aber jetzt habe ich festgestellt, dass eins verschwunden ist. In dem Kasten fehlt ein Schnitzmesser. Das war eigentlich alles, was ich dir sagen wollte.«

»Und?«

»Und nichts. Ich habe nicht herausgefunden, wer der Dieb war, oder so. Ich wollte dir bloß sagen, dass ein Messer im Kasten fehlt. Ich dachte, es würde dich interessieren.«

»Selbstverständlich«, sagte Erlendur, »und danke, dass du mir Bescheid gesagt hast. Wer stiehlt denn solche Messer?«

»Na, wahrscheinlich die Schüler.«

»Ein bestimmter? Hast du jemals einen erwischt? Handelt es sich immer wieder um dieselben Schüler, oder ...«

»Willst du nicht einfach herkommen und es dir selbst anschauen?«, fragte Egill. »Ich bin heute den ganzen Tag hier.«

Zwanzig Minuten später parkten Erlendur und Sigurður Óli das Auto vor der Schule. Der Unterricht war in vollem Gange, und auf dem Schulhof herrschte gähnende Leere.

Egill war im Werkraum. Neun Kinder waren an den Werktischen mit Holzarbeiten beschäftigt, sie hantierten mit Meißeln und kleinen Sägen, hörten aber damit auf, als Erlendur und Sigurður Óli eintraten. Egill warf einen Blick auf seine Armbanduhr und erklärte den Schülern, dass sie zehn Minuten eher aufhören dürften. Die Kinder starrten Egill verwundert an, als könnten sie es nicht fassen, dass er ihnen einen derartigen Vorschlag gemacht hatte. Dann aber kapierten sie und begannen, alles zusammenzuräumen. Der Werkraum leerte sich innerhalb weniger Minuten.

Egill macht die Tür hinter den Kindern zu und musterte Sigurður Óli eine ganze Weile.

»Habe ich dich nicht irgendwann mal unterrichtet?«, fragte er, während er zu einem Schrank in der Ecke ging, sich bückte und einen Holzkasten herausnahm, den er auf den Tisch stellte.

»Ich war vor vielen Jahren an dieser Schule«, sagte Sigurður Óli. »Ich weiß nicht, ob du dich an mich erinnern kannst.«

»Doch, ich kann mich an dich erinnern«, sagte Egill. »Du warst bei dem Krawall von 1979 dabei.«

Sigurður Óli warf Erlendur einen Seitenblick zu, aber der tat so, als habe er nichts gehört.

»Hier drin bewahre ich die Schnitzmesser auf«, sagte Egill und begann, eins nach dem anderen aus dem Kasten zu holen und auf den Tisch zu legen. »Es sollten dreizehn sein. Ich bin einfach nicht auf die Idee gekommen, das nach dem Überfall auf Elías zu kontrollieren.«

»Wir auch nicht«, sagte Erlendur und sah Sigurður Óli an.

»Es muss ja nichts zu bedeuten haben«, sagte Sigurður Óli, als wolle er sich dafür entschuldigen. »Auch wenn hier im Werkraum was fehlt«, fügte er hinzu.

»Heute früh haben wir die Messer gebraucht«, sagte Egill, »und da kam ein Schüler zu mir und sagte, es sei kein Messer für ihn da. Es waren dreizehn Schüler in der Gruppe, und ich wusste, dass die Messer genau ausreichen mussten. Dann habe ich nachgezählt, und es waren tatsächlich nur noch zwölf da. Ich habe sie eingesammelt und wieder in den Kasten gelegt. Anschließend habe ich den ganzen Werkraum nach dem Messer abgesucht und dann euch angerufen. Ich habe sie vor etwa zwei Wochen gezählt, und damals waren es dreizehn. Länger ist es nicht her.«

»Ist dieser Schrank verschlossen?«, fragte Erlendur.

»Nein, also zumindest nicht während des Unterrichts. Ansonsten sind alle Schränke hier verschlossen, ja.«

»Haben alle Schüler Zugang dazu?«

»Ja, eigentlich. Bislang haben wir Schnitzmesser nicht als Mordwaffen betrachtet.«

»Aber sie werden gestohlen?«, fragte Sigurður Óli.

»Das ist nichts Besonderes«, sagte Egill und strich sich den Bart. »Hier verschwinden Gegenstände. Meißel. Schraubenzieher, sogar Sägen. Das kommt in jedem Schuljahr vor.«

»Wäre es dann nicht besser, die Schränke verschlossen zu halten und die Werkzeuge unter Aufsicht auszuteilen?«, fragte Erlendur.

Egill blickte ihn scharf an. »Geht dich das etwas an?«, fragte er.

»Es handelt sich um Messer«, sagte Erlendur, »sogar scharfe Schnitzmesser.«

»Der Raum wird aber zugeschlossen, oder nicht?«, beeilte sich Sigurður Óli einzuwerfen.

»Schnitzmesser sind nur in Händen von Vollidioten Waffen«, erklärte Egill, ohne auf Sigurður Óli einzugehen. »Müssen wir denn immer wegen solcher Vollidioten den Schwanz einziehen?«

»Und was ist mit...«, setzte Sigurður Óli an, kam aber nicht weiter.

»Außerdem arbeiten die Schüler hier mit diesen Werkzeugen«, fuhr Egill fort, »und sie können sie jederzeit einstecken oder in der Schultasche verschwinden lassen. Es ist schwierig, das ständig zu kontrollieren.«

»Wahrscheinlich muss man davon ausgehen, dass sämtliche Kinder in der Schule hier bei dir Werkunterricht gehabt haben, seit du zuletzt die Messer gezählt hast«, sagte Erlendur.

»Ja«, erwiderte Egill, der dunkelrot angelaufen war. »Zwischen den Stunden ist der Raum verschlossen. Ich verlasse ihn erst, wenn der letzte Schüler draußen ist, aus Sicherheitsgründen. Ich schließe immer hinter mir ab, und ich bin es, der die Tür aufschließt, wenn ich morgens komme – und nach allen Pausen. Niemand anderes.«

»Und die Putzkolonne?«, fragte Sigurður Óli.

»Ja, die natürlich«, sagte Egill. »Aber ich habe noch nie feststellen können, dass hier in die Schränke eingebrochen worden ist.«

»Du bist also der Meinung, dass das Messer höchstwahrscheinlich während einer Unterrichtsstunde verschwunden ist?«, fragte Sigurður Óli.

»Jetzt fang bloß nicht an und gib mir die Schuld daran!« Egills Stimme war vor Empörung laut geworden. »Ich kann hier nicht alles im Auge behalten, das kann ich ums Verrecken nicht! Wenn irgendwelche dämlichen Kinder hier in dem Raum etwas klauen wollen, dürfte es nicht besonders schwierig sein. Ja, ich rechne damit, dass es während einer Unterrichtsstunde passiert ist. Ich sehe nicht, wann es sonst hätte sein können.«

Erlendur nahm eines der Messer in die Hand und versuchte, sich an das zu erinnern, was der Pathologe über die Mordwaffe gesagt hatte: die Messerklinge breit, aber nicht unbedingt besonders lang. Das Schnitzmesser war sehr spitz und die Klinge kurz, aber am Schaft ziemlich breit. Es war sehr scharf. Erlendur stellte sich vor, dass man nicht besonders kräftig sein müsste, um es tief in menschliches Fleisch eindringen zu lassen. Er überlegte, ob mit so einem Schnitzmesser womöglich auch Autos zerkratzt worden waren.

»Wie viele Kinder kommen deiner Meinung nach infrage, wenn wir davon ausgehen, dass es während einer Stunde gestohlen worden ist?«, fragte er laut.

Egill überlegte. »Fast alle Kinder an der Schule, denke ich«, sagte er.

»Wir müssen ein solches Messer fotografieren und das Foto weiterleiten«, sagte Erlendur.

»Ist das der Junge, nach dem du mich im Auto gefragt hast?«, fragte Egill Erlendur, während er Sigurður Óli anblickte.

Ein schwaches Lächeln zuckte um Erlendurs Lippen. Sigurður Óli hatte den Werklehrer damals provoziert, der sich jetzt an ihm rächen wollte.

»Gehen wir«, sagte Erlendur zu Sigurður Óli.

»Hat er davon erzählt, was 1979 hier an der Schule los war?«, fuhr Egill fort. »Von der Schlägerei?«

Sie waren schon an der Tür. Sigurður Óli öffnete sie und trat in den Korridor hinaus.

»Danke für die Hilfe«, sagte Erlendur, halb zu Egill gewandt. »Die Sache mit dem Messer kann außerordentlich wichtig sein. Wer weiß, was sich daraus ergibt.«

Erlendur sah zu Sigurður Óli hinüber, der gar nicht zu wissen schien, um was es hier ging, und machte Egill die Tür vor der Nase zu.

»Ein unangenehmer Zeitgenosse«, sagte er, während sie den Korridor entlanggingen. »Was war denn das für ein Krawall?«, fragte er dann.

»Ach, nichts«, sagte Sigurður Óli.

»Was ist passiert?«

»Nichts, es waren bloß jugendliche Dummheiten.«

Sie hatten das Schulgebäude verlassen und gingen in Richtung Auto.

»Ich tu mich etwas schwer damit, dich mit jugendlichen Dummheiten in Verbindung zu bringen«, erklärte Erlendur. »Du warst auch gar nicht lange auf dieser Schule. Hat es Ärger gegeben?«

Sigurður Óli stöhnte. Er öffnete die Tür des Wagens und schwang sich hinters Steuer, Erlendur setzte sich auf den Beifahrersitz.

»Ich und drei andere«, sagte Sigurður Óli. »Wir haben uns geweigert, in der Pause hinauszugehen, wir haben uns überhaupt nichts dabei gedacht. Draußen war blödes Wetter, und wir haben einfach gesagt, wir würden nicht rausgehen.«

»Ganz schön bescheuert wart ihr«, sagte Erlendur.

»Wir hatten uns nur den falschen Lehrer ausgesucht«, sagte Sigurður Óli ernst. »Er unterrichtete uns eine kurze Zeit als Vertretungslehrer, und wir kannten ihn gar nicht. Irgendwie ging er uns total auf die Nerven, damit hat's wohl angefangen. Da gab es aber auch Jungen, die im Unterricht gestört haben und sich über ihn lustig gemacht haben und so etwas. Es stellte sich heraus, dass er keinerlei Humor hatte. Als wir uns weigerten, ist ihm der Kragen geplatzt, und er hat uns wüst beschimpft. Wir waren aber auch nicht auf den Mund gefallen, und je mehr wir uns ihm widersetzten, desto wütender wurde er. Er versuchte, uns mit Gewalt rauszuzerren, aber dagegen haben wir uns natürlich zur Wehr gesetzt. Dann kamen auch noch andere Lehrer dazu, und daraus entwickelte sich eine regelrechte Schlägerei auf allen Korridoren. Verletzte hat es auch gegeben. Irgendwie schienen da alle Dampf ablassen zu wollen, die Schüler an den Lehrern und die Lehrer an den Schülern. Es wurde zwar versucht, Ruhe und Ordnung wiederherzustellen, aber ohne Erfolg, deswegen wurde die Polizei geholt. Es war sogar in den Zeitungen.«

»Und alles war deine Schuld«, sagte Erlendur.

»Ich war daran beteiligt und hatte anschließend für zwei Wochen Schulverbot«, sagte Sigurður Óli. »Wir vier und ein paar andere, die sich bei der Prügelei besonders hervorgetan hatten, kriegten Schulverbot. Mein Vater war stinkwütend.«

Erlendur hatte Sigurður Óli nie zuvor über seinen Vater reden gehört, er hatte ihn nie auch nur beim Namen genannt, geschweige denn so etwas. Erlendur überlegte, ob er sich hier weiter vortasten sollte. Das war alles ganz neu für ihn. Er konnte sich nicht vorstellen, dass Sigurður Óli jemals aus der Schule geflogen war.

»Das ... Ich ...« Sigurður Óli wollte noch etwas sagen, schien aber nicht zu wissen, wie er es formulieren sollte. »Ich weiß gar nicht, was mit mir los war. Ich war nie zuvor in so etwas hineingeraten, und seitdem habe ich auch nie wieder die Beherrschung verloren.«

Erlendur schwieg.

»Ich war schuld, dass einer der Lehrer sich schwer verletzte«, sagte Sigurður Óli.

»Was ist passiert?«

»Deswegen erinnern sich ja auch alle daran. Er musste ins Krankenhaus eingeliefert werden.«

»Weshalb?«

»Er knallte mit dem Kopf auf den Boden«, sagte Sigurður Óli. »Ich habe ihm ein Bein gestellt, und er landete mit dem Kopf zuerst auf dem Boden. Erst hab ich geglaubt, er würde es nicht überleben.«

»Das wäre schlimm für dich gewesen, mit so etwas auf dem Gewissen.«

»Ich … Mir ging es damals ziemlich dreckig. Da war so einiges, was …«

»Du musst mir das nicht sagen.«

»Sie ließen sich scheiden«, fuhr Sigurður Óli fort, »meine Eltern. Genau in diesem Sommer.«

»Ach so«, sagte Erlendur.

»Ich bin mit meiner Mutter von zu Hause ausgezogen. Wir haben nur zwei Jahre hier in diesem Viertel gewohnt.«

»Kinder leiden sehr darunter, wenn Eltern sich scheiden lassen.«

»Hast du mit diesem Werklehrer über mich gesprochen?«, fragte Sigurður Óli.

»Nein, er erinnerte sich nur an dich«, sagte er, »an dich und diesen Krawall.«

»Hat er meinen Vater erwähnt?«

»Kann sein«, antwortete Erlendur vorsichtig.

»Mein Vater arbeitete damals von früh bis spät. Ich glaube, er hat nie verstanden, weshalb sie ihn verlassen hat.«

»Hat das eine lange Vorgeschichte gehabt?«, fragte Erlendur, der sich sehr wunderte, dass Sigurður Óli mit ihm über diese Dinge sprach.

»Die Vorgeschichte kenne ich nicht. Ich weiß immer noch nicht richtig, was eigentlich vorgefallen ist. Meine Mutter wehrte sich dagegen, darüber zu reden.«

»Du bist ein Einzelkind, nicht wahr?«

Erlendur erinnerte sich, dass Sigurður Óli das irgendwann einmal erwähnt hatte.

»Ich war viel allein zu Haus«, sagte Sigurður Óli und nickte zustimmend. »Besonders nach der Scheidung und dem Auszug. Und dann sind wir wieder umgezogen. Wir sind danach dauernd umgezogen.«

Sie schwiegen eine Weile.

»Komisch, nach all diesen Jahren wieder an diesen Ort zu kommen«, sagte Sigurður Óli.

»Kleine Welt, kleine Stadt.«

»Was hat er über meinen Vater gesagt?«

»Nichts weiter.«

»Papa war Klempner. Er wurde der Dauertropf genannt.«

»Was du nicht sagst«, erwiderte Erlendur und tat so, als würde er das erste Mal davon hören.

»Egill konnte sich gut an mich erinnern, das habe ich gleich gesehen. Ich kann mich auch gut an ihn erinnern. Wir hatten alle ein bisschen Bammel vor ihm.«

»Mit dem ist nicht gut Kirschen essen«, sagte Erlendur.

»Ich weiß, dass Papa so genannt wurde. So war er auch. Man konnte sich über ihn lustig machen. Manche sind einfach so. Er hatte nichts dagegen. Ich konnte es nicht ertragen.«

Sigurður Óli sah Erlendur an.

»Ich habe mich immer darum bemüht, all das zu sein, was er nicht war.«

Die kleine Frau, die auf die siebzig zuging, nahm Erlendur mit einem Lächeln an der Tür in Empfang. Ihr dichtes, braunes Haar fiel ihr bis auf die Schultern. Aus ihren freundlichen Augen sprach völlige Verständnislosigkeit über diesen Besuch. Erlendur war allein. Er hatte sich in der Mittagszeit auf gut Glück auf den Weg gemacht. Die Frau wohnte in Kópavogur und hieß Emma. Mehr wusste er nicht.

Er stellte sich vor, und als sie hörte, dass er von der Kriminalpolizei war, führte sie ihn in ihr überheiztes Wohnzimmer. Er beeilte sich, den Mantel auszuziehen, und knöpfte sich das Jackett auf. Draußen waren minus neun Grad. Sie nahmen Platz. Die Frau strahlte eine Bedächtigkeit aus, die zu erkennen gab, dass sie alleinstehend war.

»Hast du immer allein gelebt?«, fragte er, um das Eis zu brechen, und merkte erst viel zu spät, dass die Frage reichlich aufdringlich war. Der Meinung schien sie auch zu sein.

»Ist das etwas, was die Polizei unbedingt wissen muss?«, fragte sie und drückte sich dabei so aus, dass er nicht wusste, ob sie sich über ihn lustig machte oder nicht.

»Nein«, sagte Erlendur verlegen, »selbstverständlich nicht.«

»Und was will die Kriminalpolizei von mir?«, fragte die Frau.

»Wir sind auf der Suche nach einem Mann«, sagte er. »Er war früher einmal dein Nachbar, du hast im gleichen Haus gewohnt. Das ist aber so lange her, dass ich nicht weiß, ob du dich noch an ihn erinnern kannst. Ich wollte es aber auf einen Versuch ankommen lassen.«

»Hat es etwas mit dieser furchtbaren Sache zu tun, von der sie in den Nachrichten reden, mit diesem toten Jungen?«

»Nein«, sagte Erlendur, der nicht der Ansicht war, dass er log. Er wusste nicht genau, wonach er eigentlich suchte, wusste nicht, weshalb er in das Leben dieser Frau eindrang.

»Ganz einfach schrecklich, dass so etwas passieren kann«, sagte die Frau. »So über ein Kind herzufallen, das ist eine ganz und gar unbegreifliche Grausamkeit.«

»Das ist wahr«, pflichtete Erlendur ihr bei.

»Ich habe nur an drei Orten gelebt«, sagte die Frau, »da, wo ich geboren bin, dann in diesem Haus, von dem du sprichst, und jetzt hier in Kópavogur. Mehr nicht. Wann war das?«

»Ich bin mir da nicht ganz sicher, wahrscheinlich gegen Ende der sechziger oder Anfang der siebziger Jahre. Es handelt sich um eine kleine Familie, eine Mutter und ihren Sohn. In der Zeit, als sie dort wohnte, lebte sie wahrscheinlich mit einem Mann zusammen, und den suche ich. Er war nicht der Vater des Jungen.«

»Und warum sucht ihr nach ihm?«

»Das geht nur die Polizei etwas an«, sagte Erlendur und lächelte. »Aber nichts Ernstes. Wir müssen uns nur einmal mit ihm unterhalten. Die Frau hieß Sigurveig und ihr Sohn Andrés.«

Emma zögerte.

»Ja?«

»Ich kann mich gut an sie erinnern«, sagte sie langsam. »Ich kann mich gut an diesen Mann erinnern. Und auch an das Kind. Die Mutter trank, diese Sigurveig. Ich habe oft gesehen, wie sie spätabends nach Hause kam und immer betrunken. Ich glaube, sie hat den Jungen vernachlässigt. Der Kleine hat es nicht gut gehabt.«

»Was kannst du mir über den Mann sagen, mit dem sie zusammenlebte?«

»Er hieß Rögnvaldur, aber ich weiß nicht mehr, wessen Sohn er war. Wahrscheinlich habe ich es auch nie gewusst. Fuhr er nicht zur See? Er war nicht viel zu Hause. Ich glaube, er war nicht so schlimm wie sie, was das Trinken betrifft. Ich hab nie richtig begriffen, weshalb die beiden zusammen waren, sie waren so verschieden.«

»Meinst du damit, dass sie nichts für einander übrighatten?«

»Ich habe diese Beziehung nicht verstanden. Manchmal habe ich gehört, wie sie sich stritten, das konnte ich durch die Tür hören, wenn ich im Treppenhaus war ...«

Sie hörte mitten in ihren Ausführungen auf und schien etwas erklären zu wollen. »Ich habe nicht gelauscht«, sagte sie mit einem kleinen Lächeln. »Sie haben sich ziemlich laut gestritten. Die Waschküche war im Keller, und wenn man nach unten musste oder wenn ich nach Hause kam ...«

»Ich verstehe«, sagte Erlendur, der im Geiste die Frau im Treppenhaus mit den Ohren an der Tür der Nachbarin vor sich sah.

»Er hat immer so mit ihr geredet, als bedeute sie ihm gar nichts. Hat sie immer runtergemacht, sie verhöhnt und wie Dreck behandelt. Ich mochte ihn nicht, auch wenn ich ihn kaum kannte, eigentlich fast gar nicht. Ich hörte nur, wie er war. Ein gemeiner Mensch.«

»Und der Junge?«, fragte Erlendur.

»Den armen Kleinen hat man kaum wahrgenommen. Er ist einem immer aus dem Weg gegangen. Ich hatte das Gefühl, dass er arm dran war. Ich weiß nicht wieso, er war irgendwie so bemitleidenswert. Ach, sind nicht viele von diesen kleinen Knirpsen mutterseelenallein . . .«

»Kannst du mir diesen Rögnvaldur näher beschreiben?«, fragte Erlendur, als sie mitten im Satz verstummte.

»Ich kann sogar noch mehr als das«, sagte Emma, »ich habe nämlich irgendwo ein Bild von ihm.«

»Tatsächlich?«

»Er ging gerade auf dem Bürgersteig vor dem Haus vorbei, als meine Freundin vor der Haustür ein Foto von mir machte, und hinterher stellte sich heraus, dass er ins Bild gelaufen war.«

Sie stand auf und ging zum Wohnzimmerschrank, in dem sich einige Fotoalben befanden. Sie nahm eines heraus. Erlendur sah sich unterdessen um, die Wohnung war tadellos aufgeräumt. Er nahm daher an, dass eine Frau wie sie Fotos sofort ins Album klebte, sobald sie entwickelt worden waren. Wahrscheinlich sogar nummeriert, mit Datum und kurzem Kommentar versehen. Was konnte man in so einer Wohnung an winterlangen Abenden anderes mit sich anfangen?

»Ihm fehlte ein Zeigefinger«, sagte Emma, als sie mit dem Album kam. »Das ist mir irgendwann aufgefallen. Er muss einen Unfall gehabt haben.«

»Aha«, sagte Erlendur.

»Vielleicht hat er an irgendwas herumgewerkelt. An der linken Hand, da war nur noch ein Stummel.«

Emma setzte sich mit dem Album hin und suchte nach dem Foto. Erlendur hatte recht gehabt, die Bilder waren zeitlich der Reihe nach eingeordnet und ordentlich beschriftet. Vermutlich hatte jedes einzelne seinen festen Platz in ihren Erinnerungen.

»Ich habe immer Spaß daran, mir Fotos anzusehen«, sagte Emma und bestätigte damit indirekt Erlendurs Überlegungen.

»Erinnerungen können sehr wertvoll sein«, sagte er.

»Hier ist es«, sagte sie. »Eigentlich ein ganz gutes Bild von ihm.«

Sie reichte Erlendur das Album und deutete auf das Foto, auf dem Emma zu sehen war, dreißig Jahre jünger und in die Kamera lächelnd. Sie war genauso schlank wie jetzt, trug ein Kopftuch, eine Strickjacke, die bis zur Taille reichte, und eine enge Hose. Es war ein Schwarz-Weiß-Foto. Hinter ihr sah Erlendur den Mann, den sie Rögnvaldur genannt hatte. Er blickte auch in die Kamera und hatte die Hand erhoben, wie um sie vors Gesicht zu halten. Es hatte ganz den Anschein, als hätte er zu spät gemerkt, dass er auf dem Foto landen könnte. Er war hager und hatte eine hohe Stirn mit Geheimratsecken, große, vorspringende Augen und schmale Augenbrauen.

Als Erlendur das Gesicht des Mannes betrachtete, durchfuhr ihn ein eiskalter Schauder, denn ihm war sofort klar, dass er ihm schon einmal begegnet war, und zwar erst vor kurzer Zeit. Er sah sich trotz der vielen Jahre, die dazwischenlagen, immer noch sehr ähnlich.

»Ist was?«, fragte Emma.

»Das ist er!«, stöhnte Erlendur.

»Er?«, sagte Emma. »Wer?«

»Dieser Mann! Ist das möglich? Was hast du gesagt, wie er hieß?«

»Rögnvaldur.«

»Nein, er heißt nicht Rögnvaldur.«

»Na schön, dann habe ich das falsch in Erinnerung. Kennst du ihn?«

Erlendur schaute von dem Album hoch. »Kann es wirklich sein?«, flüsterte er.

Er sah sich wieder den Mann auf dem Foto an. Er war in seiner Wohnung gewesen und wusste, wer er war.

»Hat er sich Rögnvaldur genannt?«

»Ja, so hat er geheißen«, sagte Emma. »Ich bin mir da eigentlich ziemlich sicher.«

»Ich kann es nicht glauben«, sagte Erlendur.

»Was? Was ist denn los?«

»Er hieß nicht Rögnvaldur, als ich ihn getroffen habe«, sagte Erlendur.

»Kennst du diesen Mann?«

»Ja, ich kenne ihn.«

»Und was weiter? Wenn er nicht Rögnvaldur hieß, wie hieß er dann?«

Erlendur antwortete nicht gleich.

»Wie hieß er dann?«, wiederholte Emma ihre Frage.

»Er hieß Gestur«, sagte Erlendur und starrte gedankenverloren auf das Bild, auf dem Sunees Nachbar zu sehen war, der Mann, der ihn in seine Wohnung gelassen hatte und sowohl Elías als auch Niran kannte.

*Zweiundzwanzig*

Erlendur war anwesend, als sie die Tür zu Gesturs Wohnung öffneten, Elínborg ebenfalls. Der Hausdurchsuchungsbefehl war am Nachmittag vom Amtsgericht ausgestellt worden. Die Polizisten, die den Treppenaufgang bewacht hatten, seit Elías' Leiche gefunden worden war, sagten aus, dass der Nachbar von Sunee sich nicht hatte blicken lassen. Nur Erlendur hatte ihn getroffen und mit ihm gesprochen. Seitdem keine Spur von ihm.

Sie brauchten die Tür nicht aufzubrechen. Wie alle anderen Hausbewohner war Gestur nur Mieter, und Erlendur hatte sich einen Zweitschlüssel besorgt. Als sie die notwendigen Papiere in den Händen hatten und auf Klingeln und Klopfen niemand reagierte, steckte Erlendur den Schlüssel ins Schloss und öffnete die Tür. Ihnen lag nur Andrés' vage Aussage über einen Kinderschänder vor. Andrés war zwar ein exzellenter Lügner, Erlendur tendierte aber trotzdem dazu, ihm in diesem Fall Glauben zu schenken. Da war etwas in Andrés' Benehmen, eine alte Angst, die ihn zu packen schien, wenn er über diesen Mann redete.

In der Wohnung war zwar alles unverändert seit Erlendurs letztem Besuch, aber es hatte ganz den Anschein, als habe sich jemand gründlich mit Scheuerlappen und Putzmitteln zu schaffen gemacht. Der Geruch der Putzmittel lag noch in der Luft. Die Küche war blitzsauber, ebenso das Badezimmer. Der Teppich im Wohnzimmer schien erst vor Kurzem gesaugt worden zu sein, und Gesturs Schlafzimmer machte den Eindruck, als habe nie jemand darin geschlafen. Erlendur schaute sich dieses Mal genauer um und sah, wie karg die Wohnung möbliert war. Beim ersten Mal hatte er das Gefühl gehabt, sie sei größer als Sunees, obwohl sie völlig identisch geschnitten waren. Er stand mitten im Zimmer und wusste nun, woran es gelegen hatte. Gesturs Wohnung war so spartanisch eingerichtet. Es war seinerzeit dunkel gewesen, und Gestur hatte nur eine Lampe eingeschaltet, aber die Leere hatte er gespürt. An den Wänden hingen keine Bilder. Es gab nur zwei Sessel, einen Couchtisch und einen kleinen Esstisch mit drei Stühlen im Wohnzimmer und außerdem einen Bücherschrank mit ausländischen Taschenbüchern. Im Schlafzimmer befanden sich nur das Bett und ein leerer Nachttisch. In der Küche gab es drei Teller, drei Gläser und drei Bestecke, eine kleine Pfanne und zwei verschieden große Töpfe, alles stand ordentlich gespült an seinem Platz.

Erlendur sah sich in der Wohnung um und bemerkte nichts Neues. Tische und Stühle hätten vom Gebrauchtmöbelhändler stammen können. Das Bett im Schlafzimmer hatte eine alte Federkernmatratze. Er überlegte, ob sich Gestur sofort nach ihrem Gespräch ans Werk gemacht und sämtliche Spuren seiner Anwesenheit beseitigt hatte. Im Badezimmer gab es weder einen Rasierapparat noch eine Zahnbürste. In der Wohnung fehlten jegliche persönlichen Gegenstände. Der Mann hatte keinen Computer besessen, und die Schubladen waren leer, es fanden sich keine Rechnungen, Briefe oder dergleichen, weder Tageszeitungen noch Zeitschriften, es gab keinen einzigen Hinweis darauf, dass jemand je in der Wohnung gewohnt hatte.

Der Leiter der Spurensicherung gesellte sich zu Erlendur.

Drei seiner Mitarbeiter waren mit der Durchsuchung beschäftigt.

»Nach was suchen wir, sagst du?«, fragte er Erlendur.

»Einem Kinderschänder«, antwortete der.

»Es hat nicht den Anschein, als habe er hier viel liegen gelassen«, sagte der Leiter der Spurensicherung.

»Vielleicht war er darauf vorbereitet, die Wohnung Hals
über Kopf verlassen zu müssen.«

»Ich bezweifle, dass wir hier auch nur einen einzigen Fin-
gerabdruck finden.«

»Wahrscheinlich nicht, aber versucht es trotzdem.«

Elínborg wanderte schweigend in der Wohnung auf und
ab, als ihr Handy sich meldete. Sie telefonierte eine ganze
Weile, bevor sie es wieder in die Tasche steckte und nach
Erlendur Ausschau hielt.

»Ich wünschte, bei mir zu Hause sähe es auch einmal so
aus«, sagte sie. »Glaubst du, dass dieser Gestur Elías umgebracht hat?«

»Denkbar ist es, aber es kann auch ganz anders gewesen
sein«, antwortete Erlendur.

»Er scheint sich aus dem Staub gemacht zu haben, oder?«

»Möglich, dass er sofort, nachdem ich weg war, zum Putz-
eimer gegriffen hat.«

»Oder könnte es sein, dass er ein extrem ordnungslieben-
der Mensch und nur ein paar Tage verreist ist?«

»Ich weiß es nicht«, sagte Erlendur.

»Sigurður Óli hat nichts über diesen Mann herausgefunden«, sagte Elínborg und wedelte dabei mit ihrem Handy.
»In unseren Akten über Sexualstraftäter findet sich keiner
der von ihm verwendeten Namen, obwohl die Listen Jahre,
sogar Jahrzehnte zurückreichen. Im Augenblick vergleicht
er das Foto mit unseren Files. Schöne Grüße.«

»Sag doch nicht ›Files‹«, sagte Erlendur, »das macht mich

krank. Wie wäre es mit ›unserem Bildarchiv‹? Warum redest du so?«

»Mensch … Lass die Leuten doch reden, wie sie wollen.«

»Das ist wahrscheinlich ein Kampf gegen Windmühlen wie so vieles andere«, sagte Erlendur.

»Es hat nicht den Anschein, als habe er Kinder hier in die Wohnung gelockt«, sagte Elínborg.

Das war nicht einfach so dahingesagt. Erlendur wusste, auf was sie anspielte. Sie hatten die Wohnungen solcher Päderasten durchsucht, die einer kindlichen Traumwelt entsprachen, in der sich alle Wünsche zu erfüllen schienen. Nichts dergleichen war in dieser Wohnung zu finden, nicht mal eine Tüte mit Süßigkeiten oder ein spannendes Computerspiel.

»Falls Gestur mich nicht angelogen hat, kannte er Elías«, sagte Erlendur. »Das ist der Grund für diese Hausdurchsuchung. Aber wie du schon gesagt hast, falls Elías jemals hier in der Wohnung gewesen ist, hat Gestur inzwischen die Spuren alle gründlich beseitigt.«

»Es kann natürlich sein, dass er noch irgendwo anders einen Unterschlupf hat, wo er die Bonbons und die Schokolade aufbewahrt.«

»So was hat es schon gegeben.«

»Müssen wir uns nicht noch mal Andrés vorknöpfen?«, fragte Elínborg.

»Ja, das müssen wir«, sagte Erlendur und klang, als freue er sich nicht sonderlich darauf.

Solange sie auf die Genehmigung zur Hausdurchsuchung gewartet hatten, hatten sie versucht, mehr über Gestur in Erfahrung zu bringen. Sie hatten mit dem Vermieter gesprochen, dem Mann, der die meisten Wohnungen in diesem Treppenaufgang besaß. Elínborg und Erlendur waren zu seinem Büro in der Innenstadt gefahren. Der

Vermieter war ein etwas hektischer Mann Mitte dreißig, der einen Fangquotenanteil aus einem kleinen Fischerort in Nordisland geerbt und ihn verkauft hatte. Jetzt war er Immobilienmakler in Reykjavík und allem Anschein nach sehr erfolgreich. Er sagte ihnen, dass er vorhabe, die Wohnungen in dem Block eine nach der anderen zu verkaufen, der Mietmarkt sei ihm zu anstrengend, weil die Mieter unzuverlässige Zeitgenossen seien. Er besaß auch noch andere Mietobjekte in der Stadt und musste sich ständig mit Mietrückständen, Prozessen und Zwangsräumungen befassen, was aber alles nichts einbrachte.

»Dieser Gestur hat aber immer pünktlich bezahlt?«, fragte Elínborg.

»Immer. Er hat die Wohnung vor anderthalb Jahren angemietet, und es hat nie Probleme mit ihm gegeben.«

»Zahlt er die Miete auf ein Konto ein?«

Der Vermieter zögerte.

»Oder bezahlt er bar auf die Hand?«, fragte Erlendur.

»Kommt er hierher und bezahlt bar?«

Der Vermieter nickte. »Er wollte es so haben«, sagte er. »Er hat es selber so gewünscht, es war gewissermaßen seine Bedingung.«

»Du hast aber nicht nach seiner Personenkennziffer gefragt, als er den Mietvertrag unterschrieben hat?«, fragte Elínborg.

»Das habe ich versäumt«, antwortete der Vermieter.

»Willst du damit sagen, dass du schwarz vermietest?«, fragte Erlendur.

Der Vermieter schwieg zunächst, dann räusperte er sich.

»Also, kann das hier unter uns bleiben?«, fragte er zögernd. Elínborg und Erlendur hatten ihm nicht erzählt, weshalb sich die Kriminalpolizei für diesen Mieter interessierte.

»Oder gebt ihr das ans Finanzamt weiter oder so etwas?«

»Höchstens, wenn du uns was vorlügst und uns für dumm verkaufen willst«, sagte Erlendur.

»Es ist …«, begann der Vermieter verlegen. »Es ist so, dass ich alle möglichen Verträge laufen habe. Okay, dieser Mann ist hier in mein Büro gekommen und hat angefragt, ob wir zu einer Übereinkunft kommen könnten. Es war ihm egal, dass er den vollen Preis bezahlte, er wollte bloß keine schriftlichen Unterlagen. Ich verlangte eine Bürgschaft von ihm, aber der Alte war sehr überzeugend. Er bot mir stattdessen an, ein halbes Jahr im Voraus zu bezahlen und drei weitere Monatsmieten als Kaution zu hinterlegen. Er hat bar auf die Hand bezahlt. Behauptete, zu alt zu sein für diesen modernen elektronischen Schnickschnack. Ich habe ihm geglaubt. Er ist einer der zuverlässigsten Mieter, die ich je hatte. Der hat immer pünktlich bezahlt.«

»Hast du ihn öfter getroffen?«, fragte Elínborg.

»Ich hab ihn seitdem vielleicht zwei- oder dreimal gesehen, mehr nicht. Werdet ihr das ans Finanzamt weiterleiten?«

»War denn niemand als Mieter angemeldet?«

»Nein«, sagte der Vermieter achselzuckend. Seiner Miene nach zu urteilen, schien es sich um ein vollkommen unbedeutendes Vergehen zu handeln.

»Sag mir noch was ganz anderes«, sagte Erlendur. »Sunee wohnt ihm genau gegenüber, bezahlt sie auch immer pünktlich?«

»Meinst du die aus Thailand?«, fragte der Vermieter. »Die bezahlt immer.«

»Auch schwarz?«, fragte Elínborg.

»Nein, nein«, sagte der Vermieter, »da ist alles auf dem Tisch – und ansonsten auch. Nur nicht bei diesem einen Kerl.« Der Vermieter zögerte. »Vielleicht noch zwei, drei andere, aber nicht mehr. Ich hab ihr auch klargemacht, dass ich sie sofort rauswerfen würde, wenn sie nicht bezahlt. Ich bin dagegen, solchen Leuten was zu vermieten, aber der Markt ist knallhart. Ich mach da auch nicht weiter, ich werde die Wohnungen verkaufen. Hab keine Lust mehr, mich damit rumzuschlagen.«

Das war alles, was sie für die Hausdurchsuchung in der Hand hatten. Und jetzt standen sie hier in der Wohnung rum und hatten keine Ahnung, wie es weitergehen sollte, wussten nicht, wo sie nach ihm suchen sollten, wussten nicht, wer er war. Abgesehen von der Aussage eines Kleinkriminellen lag ihnen im Grunde genommen nichts vor, was einen Anhaltspunkt bot.

»Komisch, wie die Leute in diesem Fall einfach verschwinden«, sagte Elínborg. »Erst Niran, jetzt dieser Mann.«

»Ich fürchte, es wird schwieriger sein, ihn wiederzufinden als Niran«, entgegnete Erlendur. »Es sieht ganz so aus, als habe er das schon öfter gemacht. Als habe er sich schon früher einmal Hals über Kopf aus dem Staub machen müssen.«

»Du meinst, falls er das ist, was Andrés über ihn behauptet?«

»Irgendwie ist das alles etwas zu perfekt vorbereitet bei ihm. Zu kalkuliert. Er hat vermutlich einen anderen Unterschlupf, wohin er sich zurückziehen kann, falls sich Umstände ergeben, bei denen sich die Aufmerksamkeit aus welchem Grund auch immer auf ihn richtet.«

»Hier ist nichts Persönliches mehr zu finden«, sagte Elínborg. »Er hat die Wohnung so leer hinterlassen, als existiere er gar nicht, als habe er nie existiert.«

Als der Vermieter ihnen den Schlüssel zu der Wohnung überreicht hatte, hatte er ihnen erklärt, dass die wenigen Möbelstücke in der Wohnung in seinem Besitz waren. Sogar die Taschenbücher im Bücherschrank gehörten ihm. Im Wohnzimmer stand ein alter Fernseher, der auf den Wohnungsbesitzer angemeldet war, und in der Küche befand sich ein vorsintflutliches Radio mit Kassettenrekorder.

»Wir müssen uns mit den anderen Hausbewohnern unterhalten«, sagte Erlendur seufzend. »Uns danach erkundigen, was er den Tag über so gemacht hat. Ob er sich den Kindern gegenüber hier im Haus und überhaupt in der Gegend irgendwie komisch verhalten hat. Das Übliche. Kümmerst du dich darum?«

Elínborg nickte. »Glaubst du, dass Sunee ihren Niran wegen dieses Mannes versteckt hat?«, fragte sie.

»Ich weiß es nicht«, sagte Erlendur. »Wir tappen noch komplett im Dunkeln.«

»Warum sagt sie uns nicht einfach, wovor sie sich fürchtet, damit wir ihr helfen können?«

»Ich weiß es nicht.«

Erlendur verließ die Wohnung und ging zu Sunee hinüber. Im gleichen Moment kam Guðný die Treppe herauf. Er hatte um ihre Anwesenheit gebeten. Er wusste nicht, wie er die Fragen formulieren sollte, um herauszufinden, was er wissen wollte, ohne Sunee dabei zu verletzen. Er ließ sich mit ihr und Guðný unter dem gelben Drachen nieder und berichtete, unter welchem Verdacht ihr Nachbar stand. Sunee lauschte aufmerksam, stellte Fragen, antwortete prompt. Als sie sich wieder erhoben, war Erlendur zu der Überzeugung gekommen, dass der Mann den beiden Jungen gegenüber nie irgendein unnatürliches Verhalten an den Tag gelegt hatte.

»Ich wissen«, sagte Sunee entschlossen, »das nie passiert sein.«

»Er schien Niran und Elías zu kennen.«

»Sie haben ihn gekannt, weil er hier auf derselben Etage wohnt«, übersetzte Guðný, als Sunee wieder ins Thailän-

dische wechselte. »Sie sind bestimmt nie in seiner Wohnung gewesen. Elías hat ein paarmal für ihn eingekauft.«
Die anderen Mieter hatten kaum etwas über den Mann zu berichten, er war gekommen und gegangen, ohne dass jemand ihm besondere Beachtung geschenkt hatte. Nie hatte man aus seiner Wohnung irgendwelche Geräusche gehört. »Bei ihm war immer alles mucksmäuschenstill«, erklärte Fanney.
Elínborg sah, dass Erlendur ganz in Gedanken versunken war, als er aus Sunees Wohnung kam.
»Hat Sigurður Óli jemals mit dir über seinen Vater gesprochen?«, fragte er, als sie die Treppe hinuntergingen. »Weißt du etwas über ihn?«
»Sigurður Óli? Nein, jedenfalls kann ich mich nicht daran erinnern. Er redet ja nie über sich selbst. Weshalb fragst du? Was ist mit seinem Vater?«
»Nichts. Ich habe mich heute mit Sigurður Óli unterhalten, und mir fiel auf einmal auf, dass ich ihn überhaupt nicht kenne.«
»Ich kenne niemandem, der das tut«, sagte Elínborg.
Es sollte ein Scherz sein, aber als sie sah, wie ernst es Erlendur war, bereute sie ihre Worte. Sie hatte Sigurður Óli oft aufgezogen, aber das hatte er mit seinen kategorischen Ansichten auch herausgefordert, so stur und emotionslos, wie er sich oft gab. Gleichgültig, was passierte, er ließ sich bei der Arbeit nie durch irgendetwas aus der Fassung bringen und schien vollkommen immun gegen alles zu sein. Elínborg wusste, dass darin vor allem der Unterschied zwischen Erlendur und Sigurður Óli bestand und dass die Animositäten zwischen ihnen daher rührten.
»Ach, ich weiß nicht«, sagte Erlendur. »Er ist ja kein schlechter Bulle. Und vielleicht ist er auch nicht so schlimm, wie es einem vorkommt.«

»Das habe ich auch nie behauptet«, sagte Elínborg. »Man hat bloß keine Lust, zu engen Kontakt mit ihm zu haben.«

»Als ich heute mit ihm sprach, fand ich es auf einmal so komisch, dass ich ihn eigentlich überhaupt nicht kenne. Ich weiß nichts über ihn. Genauso wenig, wie ich Marian Briem richtig gekannt habe. Du weißt, dass Marian nicht mehr unter uns weilt.«

Elínborg nickte. Die Nachricht hatte sich im Dezernat herumgesprochen. Die wenigsten erinnerten sich an Marian Briem, nur noch die Dienstältesten. Außer Erlendur hatte niemand den Kontakt aufrechterhalten, und seit Marians Tod hatte er viel darüber nachgedacht, was es mit ihrer Zusammenarbeit und ihrer Freundschaft auf sich gehabt hatte. Das wiederum brachte seine Gedanken zu Elínborg und Sigurður Óli, den beiden Kollegen, die ihm am nächsten standen. Man konnte kaum behaupten, dass er sie kannte, und ihm war klar, dass das in erster Linie an ihm selber lag. Er wusste nur zu gut, wie gleichgültig ihm solche sozialen Kontakte waren.

»Macht es dir etwas aus?«, fragte Elínborg.

Sie waren in die Winterkälte hinausgetreten. Erlendur hielt inne und zog den Mantel enger um sich. Er hatte noch keine Zeit gehabt, über diese Frage nachzudenken, mit der er jetzt konfrontiert wurde.

»Ja, das tut es«, sagte er, »es macht mir etwas aus. Ich werde es vermissen, dass ich ...«

»Was?«, fragte Elínborg, als Erlendur mitten im Satz verstummte.

»Keine Ahnung, weshalb ich dich damit belaste«, sagte er und machte sich auf den Weg zu seinem Auto.

»Du belastest mich nicht«, sagte Elínborg. »Das hast du noch nie gemacht«, fügte sie hinzu, sicher, dass Erlendur sie nicht mehr hörte.

»Elínborg«, sagte Erlendur, indem er sich umdrehte.

»Ja.«

»Was ist mit deiner Tochter? Geht es ihr inzwischen etwas besser?«

»Ja, sie ist auf dem Weg der Besserung«, antwortete Elínborg. »Danke der Nachfrage.«

Kurz nach dem Abendessen fuhren Erlendur und Sigurður Óli zu Andrés. Er war zu Hause, hatte ein wenig getrunken, war aber imstande, sich mit ihnen zu unterhalten. Es hatte keine ausreichende Veranlassung bestanden, ihn nach der ersten Vernehmung festzuhalten, deswegen war er freigelassen worden. Er ließ sie mit einem Grinsen eintreten, das Erlendur sofort auf die Nerven ging. Er hatte den ganzen Tag nach Spuren gesucht, die ihn zu Gestur führen konnten, und jetzt war er müde. Elínborg war nach Hause gefahren. In Andrés' Wohnung war es dunkel, und ein aufdringlicher Essensgeruch schlug ihnen entgegen. Es stank so, als hätte er fermentierten Rochen mit ausgelassenem Hammelschmalz gegessen. Sie blieben im Wohnzimmer stehen, während Andrés sich in einen Sessel warf, der direkt vor dem Fernseher platziert war. Neben ihm standen Bierdosen auf dem Tisch, und leere Schnapsflaschen lagen herum. Vom Sessel aus starrte er auf den Fernseher, als seien sie gar nicht anwesend. Nur die flimmernde Helligkeit des Bildschirms tauchte sie ein wenig in Licht. Der Fernsehsessel hatte eine hohe Rücklehne, über die nur Andrés' Kopf herausragte.

»Wie kommt ihr vorwärts?«, fragte Andrés, öffnete eine Bierdose, nahm schlürfend einen Schluck und rülpste.

»Wir haben ihn gefunden«, sagte Erlendur, »deinen ehemaligen Stiefvater.«

Andrés stellte die Bierdose ab. »Das ist eine Lüge«, sagte er.

»Er nennt sich Gestur und wohnt im gleichen Haus wie der Junge, der ermordet wurde.«

»Und was weiter?«

»Sag du uns das.«

»Was meinst du damit?«

»Wo steckt er jetzt?«

»Was denn, ihr habt ihn doch gerade gefunden?«

»Wir haben seine Wohnung gefunden«, sagte Erlendur. Andrés streckte seine Hand nach der Bierdose aus. »Aber nicht ihn selbst?«

»Nein«, sagte Erlendur.

Sie schwiegen.

»Ihr findet ihn nie«, sagte Andrés nach einer Weile.

»Weißt du, wo er ist?«, fragte Erlendur.

»Was, wenn ich es wüsste?«

»Dann hast du uns das gefälligst zu sagen«, sagte Sigurður Óli ärgerlich.

»Wart ihr drinnen bei ihm?«

»Das tut nichts zur Sache«, sagte Erlendur.

»Wie sieht es drinnen bei ihm aus, vielleicht so wie bei mir?«, fragte Andrés. Er machte eine großzügige Bewegung mit der Hand, in der er die Bierdose hielt, als fordere er sie auf, die Müllhalde zu bewundern, die sein Zuhause darstellte.

»Wir können dich einbuchten, weil du eine polizeiliche Ermittlung behinderst«, sagte Sigurður Óli.

»Ach nee.«

»Und weil du dich weigerst, auszusagen«, fügte Sigurður Óli hinzu.

»Ich mach mir gleich in die Hose vor Schiss«, kicherte Andrés.

»Weißt du, wo er ist?«, fragte Sigurður Óli.

»Der Vogel war also ausgeflogen, und jetzt soll Klein-Drési

euch aus der Patsche helfen«, sagte Andrés. »Ist es nicht so?
So hättet ihr's wohl gern, ihr miesen Bullen. Wann habt
ihr jemals einem aus der Patsche geholfen?«

Erlendur warf Sigurður Óli einen Blick zu, formte mit den
Lippen die Worte »Klein-Drési« und schüttelte verständnislos den Kopf.

»Was für einen Namen hat er verwendet, als du ihn gekannt
hast?«, fragte Erlendur.

»Er hat sich Rögnvaldur genannt«, sagte Andrés. »Damals
hieß er Rögnvaldur. Ihr seid drinnen bei ihm gewesen,
oder nicht? Aber finden tut ihr gar nichts. Ihr habt keinen
blassen Schimmer, wer dieser Mann ist. Nur Klein-Drési
kann euch helfen. Aber jetzt will ich euch mal was sagen.
Drési hilft euch nicht. Klein-Drési denkt nicht daran, auch
nur einen Finger für euch krumm zu machen. Und wisst
ihr, warum?«

»Warum?«, fragte Erlendur.

»Was soll dieser Quatsch mit Klein-Drési?«, fragte Sigurður Óli, griff nach dem Sessel, auf dem Andrés saß, und
drehte ihn vom Fernseher weg. Erlendur packte Sigurður
Óli am Arm, um ihn daran zu hindern, aber zu spät. Der
Stuhl schwang langsam herum, und Andrés schaute verblüfft zu ihnen hoch.

»Verfluchter Idiot!«, fuhr Erlendur Sigurður Óli an.

»Ja, gib's ihm ordentlich«, kreischte Andrés.

»Warte draußen auf mich«, befahl Erlendur.

»Was soll ...«, begann Sigurður Óli zu protestieren, verstummte aber gleich wieder. Er starrte erst Erlendur an,
dann Andrés, drehte sich um und verließ schweigend die
Wohnung. Andrés lachte ihm höhnisch nach. »Ja, mach,
dass du rauskommst«, rief er ihm nach.

»Weshalb willst du uns nicht helfen?«, fragte Erlendur, als
Sigurður Óli vor der Tür war.

»Es geht euch einen Scheißdreck an, was ich mache«, sagte Andrés und drehte sich wieder zum Fernseher.

»Lügst du uns was vor, Andrés?«

Der flimmernde Fernseher beleuchtete die verdreckte und heruntergekommene Wohnung. Erlendur fühlte sich zutiefst unwohl. Hier gab es nichts als Verwahrlosung und Elend.

»Ich lüge nicht«, sagte Andrés.

»Wer ist dieser Mann, der sich Rögnvaldur nennt?«, fragte Erlendur. »Wer ist das?«

Andrés gab ihm keine Antwort.

»Du hast gesagt, du hättest ihn neulich wieder gesehen. Weißt du, wo er sich aufhält?«

»Keine Ahnung«, sagte Andrés. »Ich hab nicht vor, euch da irgendwie behilflich zu sein, kapiert?«

»Wann hast du ihn hier im Viertel gesehen?«

»Vor einem Jahr oder so.«

»Und seitdem hast du ihn beobachtet?«

»Ich habe nicht vor, euch zu helfen.«

»Weißt du, wo er arbeitet? Weißt du, was er tagsüber macht? Wovon lebt er? Hat er eine Arbeit?«

Andrés antwortete nicht.

Erlendur holte das Foto des Mannes aus der Tasche, der sich Rögnvaldur genannt hatte, als er mit Andrés' Mutter zusammengelebt hatte. Einen Moment lang betrachtete er noch einmal das Gesicht des Mannes, nach dem er suchte, dann reichte er das Foto über die hohe Rückenlehne zu Andrés hinüber, der es entgegennahm.

»Ist er das?«, fragte Erlendur.

Andrés gab keine Antwort.

»Erkennst du ihn auf dem Bild?«

»Das ist er«, sagte Andrés endlich.

»Hat er so ausgesehen, als du ihn gekannt hast?«

»Ja, das ist er«, wiederholte Andrés.

»Wer ist er?«, fragte Erlendur noch einmal. »Was kannst du mir über ihn sagen?«

Andrés antwortete ihm nicht. Erlendur sah nur seinen Kopf von oben, stellte sich aber vor, dass er das Foto vor sich in der Hand hielt.

»Könnte er ein Kind umbringen?«, fragte Erlendur.

Es verging eine Weile, bevor der Stuhl vom Fernseher weggedreht wurde und Andrés wieder zum Vorschein kam. Das Grinsen war verschwunden. Er starrte Erlendur mit finsterer Miene an. Das Bild hielt er in der Hand und reichte es Erlendur zurück.

»Ich glaube, er würde das fertigbringen«, sagte Andrés.

»Und vielleicht hat er das getan. Vor vielen Jahren.«

»Was sagst du? Was hat er vielleicht getan?«

»Raus mit dir. Aus mir bekommst du nichts mehr heraus. Mach, dass du rauskommst. Das ist meine Angelegenheit. Ich krieg das schon hin.«

»Was hat er getan?«

»Lass mich in Ruhe«, erklärte Andrés.

»Willst du damit sagen, dass er ein Mörder ist?«

Andrés drehte sich wieder zum Fernseher, und Erlendurs weitere Versuche, etwas über den Mann, der gegenüber von Sunee wohnte, herauszubekommen, scheiterten.

*Dreiundzwanzig*

Einer der jüngeren Angestellten im Recycling-Center war durchaus zufrieden mit seinem Tag. Er hatte zwei alte Vinylplatten gefunden, die es sich durchaus lohnte, mitgehen zu lassen. Zwar durfte eigentlich niemand etwas privat an sich nehmen, da verwertbare Sachen noch verkauft werden sollten, aber niemand achtete darauf, was man aus dem Müll herausfischte. Eigentlich konnte sich sogar jeder in der Anlage umtun und alles durchwühlen. Es kam hin und wieder vor, dass irgendwelche Schallplattensammler schon fast in der Müllpresse steckten, so wie Büchersammler und alle möglichen schrägen Typen. Er würde die beiden Platten später zu einem Sammlerladen bringen und dafür gutes Geld bekommen. Er selber hatte kein besonderes Interesse an Platten und Musik, aber nach zweijähriger Tätigkeit bei der Firma wusste er, was etwas wert war. Einmal hatte er beim Container für das Metall ein ganzes Golfset gefunden, das jemand vergessen hatte, wieder in den Kofferraum zu packen, nachdem er die Müllsäcke ausgeladen hatte. Es steckte zwar in einer schäbigen Tasche, war aber ansonsten durchaus vorzeigbar, und er hatte später ordentlich daran verdient, besonders der Driver brachte ihm einiges ein. Zwei Tage nach dem Fund kam der Besitzer des Golfsets und suchte danach. Der blöde Kerl schluckte problemlos die Lüge, das Set sei leider wahrscheinlich beim Schrott gelandet.

Seitdem er im Recycling-Center arbeitete, hatte er gelernt, die Augen offenzuhalten nach verwertbaren Dingen, die er entweder zu Geld machen oder selber verwenden konnte. Er wusste zwar, dass einige Sammler sich darüber beschwert hatten, dass nicht mehr alles wie vorgeschrieben auf den Markt kam, aber diese komischen Gestalten waren ihm egal. Es brachte ihm einen hübschen Nebenverdienst, wenn er ein Auge darauf hatte, was die Leute wegwarfen, und die Firma bezahlte wahrhaftig kein fürstliches Gehalt. Scheißlöhne für Scheißjobs.

Es überraschte ihn immer wieder aufs Neue, was die Leute alles wegwarfen, buchstäblich alles. Er selber interessierte sich nicht sonderlich für Bücher, aber er sah immer wieder, wie ganze Bibliotheken in Lieferwagen angekarrt wurden. Oder völlig intakte Möbel, Klamotten, die noch gut in Schuss waren, Küchengeräte und sogar relativ neue Stereoanlagen.

Den ganzen Tag war trotz Kälte und Nordwind, der an seinem blauen Arbeitsoverall zerrte, ziemlich viel los gewesen. Die Leute entsorgten Müll zu jeder Jahreszeit und bei jedem Wetter und ließen ganze Wagenladungen mit geerbten Hinterlassenschaften zum Recycling fahren. Einer entsorgte seine Badewanne, ein anderer die alte Kücheneinrichtung. Und dann die Typen mit den Dosen. Die mieseste Arbeit war, Dosen und Flaschen entgegenzunehmen. Die Leute versuchten dauernd, einem Lügen aufzutischen, was deren Anzahl betraf. Manchmal, wenn er sich die Mühe machte nachzuzählen – was eine Sauarbeit war – waren es Dutzende von Flaschen weniger als angegeben. Die Leute schämten sich dann nicht einmal, sondern grinsten bloß und sagten, das könnten sie ja gar nicht verstehen.

Ein Auto fuhr am Tor vor und hielt. Ein großes Schild am Eingang besagte, dass alle dort anhalten und auf Anweisungen warten sollten. Die meisten hielten sich daran. Als er sah, dass kein anderer sich um den Mann zu kümmern gedachte, setzte er sich widerwillig in Bewegung.

»Ich habe hier ein altes Bett«, sagte der Mann, als er die Scheibe heruntergelassen hatte. Er fuhr einen großen Jeep und hatte das Bett zerhackt, damit es hinten ins Auto passte. Also keine Weiterverwendung möglich.

»Mit Matratze und allem?«

»Ja, der ganze Krempel«, sagte der Mann.

»Geradeaus, die Matratze da rechts, das Holz links, okay?« Der Mann kurbelte die Scheibe wieder hoch. Er sah dem Auto nach und warf dann einen Blick in das Torhäuschen an der Einfahrt. Im Fernsehen begannen die Nachrichten, und er überlegte, ob er sich nicht einen Augenblick drinnen aufwärmen sollte. Von draußen hörte er nicht den Ton, sondern sah nur die Bilder; im Nahen Osten bewarf man sich mit Steinen, der amerikanische Präsident hielt eine Rede, isländische Schafe, ein Messer auf einem Tisch, ein isländischer Minister, der ein Band durchschnitt, der isländische Staatspräsident gab einen Empfang ...

Wieder fuhr ein Auto am Tor vor. Scheibe runter.

»Ich habe hier einen Kühlschrank«, sagte der Mann.

»Ist er kaputt?«, fragte er. Kühlschränke kontrollierte er immer, ihm fehlte nämlich ein guter.

»Total kaputt«, sagte der Mann lächelnd, »leider.«

Aus den Augenwinkeln sah er, dass das Messer wieder im Bild erschien, und plötzlich kam es ihm irgendwie bekannt vor.

»Wohin mit dem Kühlschrank?«

»Da hinten rechts«, sagte er und wies mit dem Finger in die Ecke, wo Küchengeräte in der Kälte hockten wie verwaiste Haustiere.

Er ging rasch ins Torhäuschen und setzte sich vor den kleinen Fernseher. Der Nachrichtensprecher informierte darüber, dass die Mordwaffe vermutlich so ausgesehen habe, es handle sich um ein Schnitzmesser, und solche Messer würden in allen Schulen des Landes verwendet. Er wusste, um welchen Mord es ging. Der asiatische Junge hinter dem Wohnblock, er hatte die Bilder in den Nachrichten gesehen.

Er nahm das Messer aus dem Futteral und betrachtete es. Es sah genauso aus wie das im Fernsehen. Er hatte es im Metallcontainer gefunden und eine Hülle dafür gemacht, damit er es an dem Gürtel befestigen konnte, den er ebenfalls aus einem Container gefischt hatte und über seinem Overall trug. Auf diese Weise hatte er ein erstklassiges Werkzeug zur Hand, um Schnüre zu durchschneiden, Tüten mit Dosen zu öffnen oder ganz einfach ein bisschen herumzuschnitzen, wenn nur wenig zu tun war. Er starrte auf das Messer in seiner Hand, und langsam, aber sicher dämmerte es ihm, dass er womöglich die Mordwaffe in der Hand hielt.

Ein Auto fuhr vor und hielt.

Das Messer würde er wahrscheinlich abliefern müssen, überlegte er. Die Polizei verständigen. Aber musste er das wirklich tun? Ging ihn das überhaupt etwas an? Es war ein verdammt gutes Messer.

Der Autofahrer sah, dass er keine Anstalten machte, herauszukommen, und drückte auf die Hupe.

Er hörte das Hupen gar nicht, denn es ging ihm durch den Kopf, dass die Polizei glauben könnte, er habe den Jungen umgebracht, weil er im Besitz der Mordwaffe war. Würden sie ihm Glauben schenken, dass er das Messer im Metallcontainer gefunden hatte und hineingestiegen war, weil er es dort glitzern gesehen hatte und weil er Routine darin hatte, brauchbare Dinge zu finden? Die Container wurden alle paar Tage ausgetauscht, und dieser hier war etwa halb voll. Irgendjemand hatte das Messer dort hineingeworfen. Der Mörder?

Der Nachrichtensprecher hatte gesagt, dass ein Messer dieser Art vermutlich die Mordwaffe sei, und wenn das so wäre, stünde der Täter in irgendeiner Verbindung mit der Schule.

Der Mann im Auto war mittlerweile reichlich ungeduldig geworden und hupte wieder, diesmal länger.

Er schrak zusammen und schaute hinaus.

Vielleicht würden sie ihm nicht glauben. Man hatte ihn sogar schon bezichtigt, ein Rassist zu sein, als er davon erzählt hatte, wie solche Asiaten mit Säcken voller Dosen und Flaschen ankamen und einem falsche Zahlen vorlogen.

Aber auf der anderen Seite konnte er berühmt werden.

Berühmt werden! Er sah zu dem Autofahrer hinüber, der ihn wütend anstarrte und ihm mit Handbewegungen zu verstehen gab, dass er herauskommen und sich mit ihm befassen solle.

Er lächelte.

Der Fahrer brüllte laut, als er sah, wie der Mann im Torhäuschen ein idiotisches Lächeln aufsetzte und vor seiner Nase zum Telefonhörer griff, um jemanden anzurufen.

Er wählte die Notrufnummer 112.

Er konnte berühmt werden.


Sigurður Óli wartete unten im Hausflur auf Erlendur.

»Wie ist es gelaufen?«, fragte er, während sie die Treppe hinuntergingen.

»Ich weiß es nicht«, sagte Erlendur gedankenverloren. »Ich glaube, bei Andrés ist mehr als nur eine Schraube locker.«

»Hast du was aus ihm rausholen können? Hat er was gesagt?«

»Nichts, was mit Elías zu tun hat.«

»Was dann? Was hat er denn noch gesagt?«

»Zum einen kannte er den Mann auf dem Foto«, sagte Erlendur, »es ist sein Stiefvater. Er hat angedeutet, dass der Mann vor vielen Jahren einen Mord begangen hat.«

»Hä?«

»Ich weiß es nicht«, sagte Erlendur. »Ich weiß nicht, was ich davon halten soll.«

»Was für einen Mord?«

»Ich weiß es nicht.«

»Ist das nicht alles Blödsinn?«

»Kann gut sein«, sagte Erlendur, »trotzdem: Das wenige, was bis jetzt aus ihm herauszuholen war, hat gestimmt.«

»Ja, aber es war auch kaum der Rede wert.«

»Außerdem hat er gesagt, er würde das selber hinkriegen, was auch immer das bedeutet. Vielleicht sollten wir ihn ein paar Tage beschatten lassen.«

»Ja. Na, wie auch immer, sie glauben, das Messer gefunden zu haben.«

»Wirklich?«

»Sie haben gerade angerufen. Irgendjemand hat es in einem Müllcontainer entsorgt. Wir müssen noch feststellen, ob es tatsächlich dasselbe Messer ist, aber das ist ziemlich wahrscheinlich. Zumindest sieht es genauso aus, wenn ich es richtig verstanden habe. Ein Messer dieser Art wurde im Fernsehen gezeigt, und daraufhin hat sich irgendein Typ von einer Recycling-Firma gemeldet, weil er genau so ein Messer aus einem Container herausgefischt hatte. Kann sein, dass wir DNA-Spuren daran finden. Der Finder hat es allerdings selber bei der Arbeit verwendet, und es wahrscheinlich gesäubert, bevor er es in Gebrauch nahm. Aber die mit ihrer technischen Ausstattung finden ja immer was.«

Sie fuhren zum Recycling-Center. Die Mitarbeiter der Spurensicherung hatten das Gelände gesichert, und das Absperrband der Polizei flatterte heftig im Wind. Die Spurensicherungsbeamten suchten nach Hinweisen auf denjenigen, der das Messer weggeworfen hatte, aber das war wohl müßig. Es war bereits zwei Tage her, dass der Mann das Messer gefunden hatte, und seit dem Mord waren jede Menge Autos und Menschen da gewesen. Von den Angestellten hatte keiner etwas Ungewöhnliches bemerkt, niemand war dabei beobachtet worden, wie er sich an einem der Container zu schaffen machte. Überwachungskameras gab es nicht. Die Polizei hatte nichts in der Hand.

Man hatte sich wegen des Funds mit dem Werklehrer Egill in Verbindung gesetzt. Als ihm das Messer gezeigt wurde, meinte er, dass es tatsächlich aus dem Schnitzmesserkasten des Werkraums stammen könnte. Er wies aber darauf hin, dass solche Messer im Rahmen des Werkunterrichts vermutlich an allen Schulen des Landes benutzt würden.

Als Erlendur sich mit dem jungen Angestellten des Recycling-Centers unterhielt, kam er bald zu der Überzeugung, dass der ihm nichts vorlog. Er fragte Erlendur, ob er seine Story an die Zeitungen verkaufen könne, ob Erlendur wisse, ob man dafür bezahlt würde und wie viel Geld es dafür geben würde. Er hatte ja schließlich das Messer mit sich herumgetragen und benutzt, und zwar schon von dem Moment an, da er es gefunden hatte.

Idiot, dachte Erlendur bei sich.

Kurze Zeit später konnte er endlich nach Hause fahren. Es war bereits sehr spät, und er hatte sich in einem Geschäft, das rund um die Uhr geöffnet hatte, ein Mikrowellengericht gekauft, isländische Fleischsuppe. Er stellte es für drei Minuten in die Mikrowelle. Valgerður rief an, und sie unterhielten sich eine Weile. Er erzählte ihr, was sich ereignet hatte, gab aber nicht zu viel preis. Sie fragte, ob er sich mit Eva Lind in Verbindung gesetzt habe. Valgerður hatte eine weitere Nachtschicht übernommen, deswegen konnten sie sich nicht treffen. Sie verabredeten sich für den nächsten Abend, an dem sie vermutlich freihaben würde. Valgerður wollte, dass er zu ihr kam.

»Du kommst«, sagte sie entschlossen.

»In Ordnung«, sagte er. »Ich komme. Aber es könnte spät werden.«

»Macht nichts«, sagte sie, und dann verabschiedeten sie sich.

Er nahm die Suppe aus der Mikrowelle, holte sich einen Löffel und begann, in aller Ruhe seine Suppe aus der Kunststoffverpackung zu löffeln. Obwohl er versuchte, nicht an die Fälle zu denken, mit denen er beschäftigt war, kreisten seine Gedanken immer wieder um den Hof hinter dem Wohnblock. Er dachte über Männer nach, die drei oder vier Frauen wie Sunee nach Island brachten, sie heirateten und dann sitzen ließen, wenn der Reiz vorüber war. Oder die Frauen verließen sie ihrerseits, weil ihnen nur an der Aufenthalts- und Arbeitserlaubnis gelegen war. Wie lief so etwas ab? Er dachte an Niran, den Sunee nach Jahren der Trennung zu sich geholt hatte, dem es aber nicht gelungen war, in dem neuen Land Fuß zu fassen. Er war zu einem Außenseiter geworden und suchte die Gesellschaft anderer Kinder mit gleichem Hintergrund und gleichen Erfahrungen. Die das Land nicht verstanden, weil sie kaum Zugang zu dessen Sprache und Geschichte hatten, denn ihr Interesse daran, sich damit auseinanderzusetzen, war sehr begrenzt. Darin bestand ihr Zusammengehörigkeitsgefühl.

Er dachte an Sunee und ihre Trauer.

Sein Handy begann zu klingeln. Er nahm an, dass es Sigurður Óli war, der so spät anrief. Aber es war wieder die

Frauenstimme, sie flüsterte, als telefonierte sie heimlich. Erlendur konnte nicht verstehen, was sie sagte.

»Was?«, fragte er. »Was ist ...?«

»... und mit ... Aber das will er nicht. Das will er auf gar keinen Fall. Ich habe versucht, mit ihm zu reden. Es ist hoffnungslos.«

»Mir reicht es jetzt«, sagte Erlendur. Er beschloss, eine neue Methode anzuwenden. Er suchte die Frau inzwischen immerhin schon seit Mitte Dezember. »Entweder du erklärst dich bereit, dich mit mir zu treffen, oder wir vergessen es. Ich mache diesen Zirkus nicht mehr mit!«

»Ich sage doch, er will nicht ...«

»Ich glaube ...«, sagte Erlendur.

»Ich brauche nur etwas mehr Zeit.«

»Ich glaube, du solltest aufhören, mich dauernd mit diesem Blödsinn zu belästigen.«

»Entschuldige«, sagte die Stimme am Telefon. »Es ist bloß so furchtbar schwierig. Ich bin nicht damit einverstanden.«

»Was steckt eigentlich dahinter?«, fragte Erlendur. »Was bezweckt ihr damit? Was spielt ihr für ein idiotisches Spiel?«

Die Frau schwieg.

»Komm zu mir und rede mit mir.«

»Ich versuche ja, ihn dazu zu bringen, aber er will das nicht.«

»Das ist alles andere als witzig«, sagte Erlendur. »Sieh zu, dass du wieder zu ihm gehst und damit aufhörst, mich zu belästigen. Das ist ja eine einzige Farce!«

Schweigen.

»Ich habe mit deinem Mann gesprochen«, sagte Erlendur.

Immer noch schwieg die Frau.

»Ja, ich habe ihn besucht. Ich weiß nicht, was ihr da ausgeheckt habt, und will auch nichts damit zu tun haben. Hör auf, mich dauernd anzurufen, und stör mich nicht mit diesem Blödsinn.«

Wieder langes Schweigen, dann legte die Frau auf.

Erlendur blickte auf das Telefon in seiner Hand und hatte keine Ahnung, was er getan hatte. Er war sogar darauf gefasst, dass die Frau gleich wieder anrufen würde. Als das nicht geschah, legte er das Handy auf den Küchentisch und stand auf. Er nahm das Buch zur Hand, aus dem er Marian Briem im Krankenhaus vorgelesen hatte, und setzte sich damit in den Sessel. Er ließ die Seiten durch die Finger gleiten, wie er es schon so oft getan hatte, und schlug den Bericht auf, den er so gut kannte, der aber nur einen Teil von dem enthielt, was vorgefallen war.

TRAGISCHER UNGLÜCKSFALL
IN DEN BERGEN VON ESKIFJÖRÐUR

Wieder einmal begann er mit der Lektüre, wurde aber bald durch ein leises Klopfen an der Tür unterbrochen. Er legte das Buch hin, stand auf und ging zur Tür. Eva Lind stand auf dem Treppenabsatz. Zusammen mit Sindri Snær.

»Ihr schlaft wohl nie?«, fragte er und hielt ihnen die Tür auf.

»Genau wie du«, sagte Eva und schlüpfte an ihm vorbei. »Hast du Fleischsuppe gegessen?«, fragte sie schnuppernd.

»Aus der Mikrowelle«, antwortete Erlendur, »kann man kaum Essen nennen.«

»Ich bin sicher, dass du dir ein ganz ordentliches Essen kochen könntest, wenn du nur wolltest«, sagte Eva und ließ sich auf dem Sofa im Wohnzimmer nieder. »Was liest du da gerade?«, fragte sie, als sie das aufgeschlagene Buch auf dem Tisch neben dem Sessel liegen sah. Sindri setzte sich neben Eva. Es war lange her, dass die beiden zusammen zu Besuch gekommen waren.

»Irgendwelche Geschichten«, sagte Erlendur. »Und was treibt ihr so?«

»Nichts Besonderes, wir dachten bloß, wir könnten ein Drop-in machen.«

»Drop-in?«

»Geht's um Katastrophenfälle in den Bergen?«, fragte Sindri.

»Ja.«

»Du hast mir mal erzählt, es gäbe auch so eine Geschichte über deinen Bruder«, sagte Eva.

»Das stimmt, die gibt es.«

»Aber du willst sie mir nicht zeigen?«

Er wusste nicht, weshalb er nicht einfach Eva Lind das Buch hinüberreichte. Es lag aufgeschlagen auf dem Tisch zwischen ihnen, und selbst, wenn es nicht die ganze Wahrheit enthielt, reichte es doch aus, um ihr und Sindri ein einigermaßen gutes Bild von dem zu geben, was vorgefallen war. Erlendur selber hat ihnen nur das Allernotwendigste gesagt. Der Bericht gab auch nicht viel mehr preis. Er wusste inzwischen gar nicht mehr, was er da eigentlich für sich behalten wollte, falls er es denn überhaupt jemals gewusst hatte. Sindri hatte von der alten Geschichte erfahren, als er eine Zeit lang in den Ostfjorden war. Es hatte nicht den Anschein, als sei es noch ein Geheimnis.

»Ich habe von ihm geträumt«, sagte Eva. »Das habe ich dir schon gesagt. Ich bin mir ganz sicher, dass es dein Bruder war.«

»Willst du jetzt schon wieder damit anfangen? Ich weiß nicht, was du ihr da eingeredet hast, Sindri.«

»Ich hab ihr gar nichts gesagt«, erklärte Sindri und griff nach seiner Zigarettenschachtel.

»Es ist doch bloß ein Traum. Warum hast du solche Angst vor Träumen? Ich kann gar nicht glauben, dass du so etwas ernst nimmst.«

»Das tue ich auch nicht, etwas in mir sträubt sich dagegen, an diesen Dingen zu rühren.«

»Ach nee«, sagte Eva Lind und deutete mit dem Kopf auf das aufgeschlagene Buch. »Aber du liest ständig darüber. Oder zumindest über so ähnliche Fälle. Es hat wahrhaftig nicht den Anschein, als hättest du das total verdrängt!«

»Ich möchte diese Dingen nicht zusammen mit anderen aufleben lassen«, berichtigte Erlendur sich.

»Aha, du willst es also für dich allein behalten. Ist das der Punkt?«

»Ich weiß nicht, was der Punkt ist.«

»Du möchtest nicht, dass jemand dir das wegnimmt?«

»Ich glaube, du weißt nicht, wovon du redest«, sagte Erlendur.

»Ich möchte dir doch bloß meinen Traum erzählen. Ich hab noch nie so was geträumt. Ich kapier nicht, warum du mir nicht zuhören willst. Und es war ja fast noch nicht mal ein Traum. Es war so ein Bild, das in meinem Kopf auftauchte, und damit bin ich aufgewacht.«

»Woher weißt du, dass es mein Bruder war?«

»Ich wüsste nicht, wer es sonst gewesen sein könnte«, sagte Eva.

»Träume sind Schäume, das weißt du doch«, ließ sich Sindri vernehmen.

»Genau das versuch ich ihm ja zu verklickern«, sagte Eva. Sie schwiegen.

»Auf welche Weise ist er zu Tode gekommen?«, fragte Eva.

»Das hab ich dir doch gesagt. Er ist im Schneesturm erfroren. Er war acht Jahre alt. Wir haben uns verirrt. Ich wurde gefunden, er nie. Vielleicht hast du von ihm geträumt. Das spielt keine Rolle, reg dich deswegen nicht auf. Erzählt mir lieber was über euch selbst. Was treibt ihr denn so zurzeit?«

»Kann es sein, dass er ertrunken ist?«, fragte Eva Lind.

Erlendur starrte seine Tochter an. Obwohl sie wusste, dass er nicht auf dieses Thema eingehen wollte, ließ sie sich nicht beirren. Sie starrte unverwandt zurück. Sindri blickte vor sich auf den Tisch.

»Sindri hat gesagt, das sei eine von den Spekulationen gewesen, die er da in den Ostfjorden gehört hat«, fügte sie hinzu.

Sindri schaute hoch.

»Da kennen noch viele Leute die Geschichte«, sagte er, »Leute, die sich an alles erinnern, was passiert ist.«

Erlendur antwortete ihm nicht.

»Was ist deiner Meinung nach geschehen?«, fragte Eva Lind.

Erlendur schwieg immer noch.

»Es war dunkel«, begann Eva. »Ich war im Wasser. Erst habe ich geglaubt, ich wäre im Schwimmbad, aber es war etwas anderes. Ich gehe nie schwimmen, nicht, seit ich in der Grundschule war. Aber auf einmal war ich da im Wasser, und es war unglaublich kalt...«

»Eva...« Erlendur sah seine Tochter bittend an.

»Du hast gesagt, dass ich dir den Traum später erzählen dürfte, hast du das vergessen?«

Erlendur schüttelte langsam den Kopf.

»Und dann ist da ein Junge zu mir gekommen und hat mich angeschaut und gelächelt, und er hat mich sofort an dich erinnert. Erst dachte ich, dass du es wärst. Wart ihr euch ähnlich?«

»So sagten die Leute.«

»Auf jeden Fall waren wir nicht im Schwimmbad«, fuhr

Eva Lind fort. »Wir waren bloß in irgendwelchem Wasser, das sich in Schlamm und Matsch verwandelte. Der Junge hörte auf zu lächeln, und alles wurde schwarz. Es kam mir so vor, als würde ich keine Luft mehr bekommen, als würde ich ertrinken oder ersticken. Und ich wachte auf und schnappte nach Luft. Ich hab noch nie einen Traum gehabt, der mir so zugesetzt hat. Nie. Ich werde es nie vergessen, diesen Ausdruck.«

»Diesen Ausdruck?«

»Diesen Gesichtsausdruck, als alles schwarz wurde. Das war ...«

»Was?«

»Das warst du«, sagte Eva Lind.

»Ich?«

»Ja, auf einmal warst du es.«

Sie schwiegen.

»War es, nachdem Sindri dir von den Sümpfen erzählt hat?«, sagte Erlendur und blickte Sindri fragend an.

»Ja«, sagte Eva. »Wie ist dein Bruder ums Leben gekommen? Was für Sümpfe sind das?«

»Ist er ertrunken?«, fragte Sindri.

»Es kann sein, dass er ertrunken ist«, sagte Erlendur leise.

»Es gibt da Flüsse, die in den Fjord münden«, sagte Sindri.

»Ja«, sagte Erlendur.

»Einige meinen, dass er in einen dieser Flüsse gefallen ist.«

»Das ist eine der Theorien. Dass er in die Eskifjarðará gefallen ist.«

»Aber da gibt's noch eine andere und schlimmere, nicht wahr?«, bohrte Eva Lind weiter.

Erlendurs Gesicht verzerrte sich zu einer Grimasse. Wieder stieg diese alte Erinnerung an das Pferd in ihm hoch, das schon zu tief in den Sumpf geraten war, als man es zu retten versuchte. Das große und starke Tier, das einem Mann im Ort gehörte. Es schlug wie wild aus, und der Morast spritzte in alle Richtungen, aber je mehr das Tier kämpfte, desto tiefer versank es, bis nur noch der Kopf herausragte, mit den geblähten Nüstern und den wild rollenden Augen, die zum Schluss auch untergingen. Ein grauenvoller Anblick, ein grauenvoller Tod. Immer, wenn er an seinen Bruder dachte, kam dieses Bild des Pferdes in ihm hoch, das tiefer und tiefer im Morast versank, bis es verschwand.

»Oben in den Bergen gibt es Sumpfgebiete«, sagte Erlendur schließlich. »Schwingmoore, die gefährlich sein können. Sie frieren zu, können aber zwischendurch auch wieder auftauen. Es kann sein, dass sie aufgetaut waren und Bergur in sie hineingeriet. Das ist eine Theorie, denn seine sterblichen Überreste wurden nie gefunden.«

»Er ist also von der Erde verschlungen worden?«

»Wir haben Wochen und Monate gesucht«, sagte Erlendur. »Die Leute in der Gegend. Unsere Freunde und Verwandten. Es hat nichts genützt, wir haben nichts gefunden. Nicht das Geringste. Es war buchstäblich so, als hätte die Erde ihn verschluckt.«

Sindri sah seinen Vater lange an.

»Genau das haben die Leute im Osten auch gesagt.«

Wieder herrschte eine Weile Schweigen.

»Warum ist das nach all diesen Jahren immer noch so schwierig?«, fragte Eva.

»Ich weiß es nicht«, sagte Erlendur, »vielleicht, weil man ihn sich vorstellt, irgendwo ganz allein da oben in den Bergen, verirrt, und der Tod ist ihm gewiss.«

Sie schwiegen lange, und das einzige Geräusch, das man noch hörte, war das Heulen des Nordwinds.

Eva Lind stand auf und ging zum Wohnzimmerfenster.

»Der arme Junge«, sagte sie in die kalte Winternacht hinaus.

Als die beiden gegangen waren, setzte er sich wieder in seinen Sessel. Ihm kam ein Satz aus Elías' Aufsatzheft in den Sinn, eine kleine Bemerkung oder eine Überlegung, die Elías ganz unten auf eine Seite geschrieben hatte, so als hätte er einen Gedanken festhalten wollen, der ihm zwischendurch eingefallen war. Vielleicht hatte er seine Mutter danach fragen wollen.
Wie viele Bäume braucht man für einen Wald?

## Vierundzwanzig

Erlendur erwachte nach einer traumlosen Nacht. Auf dem Nachttisch neben ihm lag ein aufgeschlagenes Buch über Lawinenkatastrophen in Island. Außerdem noch einige andere Bücher, andere Zeitzeugenberichte von Bergkatastrophen, ferner Volkssagen und Gespenstergeschichten sowie alte Reiseerzählungen. Meist ging es um tragische Dinge, um Tod und bedrohliche Situationen in extremen Unwettern. Valgerður hatte ihn danach gefragt, ob diese Erzählungen sich nur um Tod und Vernichtung drehen würden, woraufhin Erlendur geantwortet hatte, dass es in vielen Fällen durchaus auch um glückliche Rettung, unendliches Durchhaltevermögen und Zähigkeit von Menschen ginge, die derartige Strapazen überlebt hatten. Darin lag seiner Meinung nach die Bedeutung dieser Berichte, deswegen waren sie so wichtig.

Erlendur musste zugeben, dass in den meisten Geschichten keinerlei Humor zu finden war. Trotzdem konnte man aber hin und wieder auf komische Aspekte in furchtbaren Situationen stoßen. Er hatte vor dem Einschlafen einen solchen Bericht aus dem Amtsbuch eines Pfarrers von 1847 gelesen. Dort ging es um einen Knecht, der in die Berge geschickt worden war, um Schafe zu suchen, und ihm war wegen der Lawinengefahr eingeschärft worden, besonders vorsichtig zu sein. Als der Knecht nicht zur erwarteten Zeit zurückkehrte, wurden zwei Männer losgeschickt, um nach ihm zu suchen. Sie durchkämmten die ganze Gegend und kamen zu dem Schluss, dass er wahrscheinlich mit einer Schneewechte in eine Schlucht abgestürzt sein musste. Die Männer scharrten mit den bloßen Händen im Schnee und sahen, als sie etwa drei Ellen tief gekommen waren, die Fußsohlen des Knechts. Sie gingen davon aus, dass er tot war und hörten auf zu graben. Als sie zum Hof zurückkehrten, berichteten sie, dass sie den Knecht gefunden hatten, er sei aber wohl tot. Nun entspann sich eine heftige Diskussion, denn die Leute auf dem Hof waren sich keineswegs einig darüber, dass der Mann tot sein musste. Die beiden wurden wieder losgeschickt, diesmal mit Schaufeln und Kampfer- und Hoffmannstropfen ausgerüstet. Als sie den Mann ausgegraben hatten, stellte sich heraus, dass er mit der Lawine kopfüber in die Schlucht gestürzt und trotz allem noch am Leben war. »Und als man ihn freigeschaufelt hatte, plauderte er sofort drauflos.«

Erlendur konnte sich ein Lächeln nicht verkneifen, als er aufstand und die Kaffeemaschine anstellte. Sigurður Óli rief an, und sie unterhielten sich kurz über das Messer aus dem Metallcontainer. Praktisch jeder in der Schule hätte das Messer aus dem Werkraum mitgehen lassen können, falls es denn tatsächlich aus dieser Schule stammte. Im Werkraum herrschte ein ständiges Kommen und Gehen, Schüler, Lehrer und anderes Personal. Egill hatte ebenfalls recht damit gehabt, dass die Schnitzmesser in allen Schulen die gleichen waren. Es war ungewiss, ob man es mit dem Mord an Elías in Verbindung bringen konnte. Der Angestellte des Recycling-Centers hatte es ja bereits bei seiner Arbeit benutzt und außerdem gesagt, dass es so ausgesehen habe, als sei es speziell gesäubert worden, bevor es im Müllcontainer landete, blank poliert sei es gewesen.

Wieder klingelte das Telefon, diesmal war es Elínborg.

»Sie wurde gefunden«, sagte sie ohne Umschweife, »die vermisste Frau.«

»Wer?«

»Die vermisste Frau. Genau da, wo ich gesagt habe, dass wir sie finden würden. Auf Reykjanes, in den Lavaklippen südlich des Aluminiumwerks.«

Die Mitarbeiter der Spurensicherung standen dick vermummt neben der Leiche. Ein Stativ mit zwei Scheinwerfern, das vom Wind umgeworfen worden war, lag mit zerbrochenen Birnen am Boden. Erlendur war dem holperigen Weg durch die Lava in seinem alten Ford so lange gefolgt, bis er sich nicht weitertraute, und war das letzte Stück zu Fuß gegangen. Die Gegend südlich der Aluminiumhütte hieß Hraun. In der zerklüfteten Lavaküste gab es viele kleine Buchten mit spitzen Schären. Immer wieder gingen dichte Schneeschauer nieder, und das aufgewühlte Meer brach sich an den Klippen. Erlendur wusste, dass man in früheren Zeiten von dort zum Fischen hinausgerudert war, und man konnte sogar noch die Grundmauern der primitiven Unterkünfte erkennen. Hier hatte es früher ein Gehöft, Fischerhütten und Trockenplätze gegeben.

Die Leiche war in einer kleinen Bucht angeschwemmt worden. Die offizielle Suche war zwar schon eingestellt, aber eine kleine Gruppe von Mitgliedern einer Rettungsmannschaft aus Hafnarfjörður hatte die Küstenlinie in der Nähe des Aluminiumwerks abgesucht und die Leiche gefunden. In einem der Polizeiwagen, die es bis zum Meer geschafft hatten, saß Elínborg und unterhielt sich mit den Mitgliedern des Suchtrupps. Nicht weit von der Leiche standen ein Krankenwagen und zwei weitere Streifenwagen, deren Scheinwerfer die schmale Bucht, die Brandung am Ufer und die Menschen, die sich über die Leiche beugten, erleuchteten.

Als Elínborg sah, dass Erlendur sich näherte, stieg sie aus dem Auto.

»Ist der Ehemann verständigt worden?«, fragte er und blieb stehen.

»Soweit ich weiß, ist er auf dem Weg.«

»Es handelt sich ganz bestimmt um die Frau?«

»Da gibt es keinen Zweifel. Wir haben sogar einen Ausweis bei ihr gefunden. Willst du sie dir nicht ansehen?«

»Doch, gleich«, sagte Erlendur, holte die Zigaretten aus der Tasche und zündete sich eine an. Vor diesem Augenblick hatte er sich gefürchtet. Jetzt sah er diese Frau zum ersten Mal, und er wünschte sich, dass es nicht unter diesen Umständen wäre, als Leiche an der Küste von Reykjanes. Er erinnerte sich an den letzten Anruf. Er war rüde gewesen und bereute es zutiefst.

Der Amtsarzt aus Hafnarfjörður war hinzugezogen worden, um den Totenschein auszustellen. Er hatte die Inspektion der Leiche beendet und trat jetzt zu ihnen.

»Hast du äußere Verletzungen festgestellt?«, fragte Erlendur.

»Nein, auf den ersten Blick nichts dergleichen«, antwortete der Arzt.

Die Telefongespräche waren kurz gewesen, im Telegrammstil. Erlendur zerbrach sich den Kopf darüber, ob er anders hätte reagieren sollen. Hätte er ihr helfen können? Hätte er ihr besser zuhören sollen?

»Ich bin nur hier, um den Totenschein auszustellen«, sagte der Arzt. »Der Gerichtsmediziner wird bei der Autopsie die genaue Todesursache feststellen.«

Ein Jeep näherte sich. Erlendur warf die Kippe weg. Der Jeep hielt bei den Polizeiwagen, der Ehemann sprang heraus und rannte auf sie zu.

»Habt ihr sie gefunden?«, rief er.

Elínborg und Erlendur sahen sich an. Polizisten traten ihm in den Weg.

»Ist sie das?«, schrie der Mann und starrte in die Richtung, wo die Leiche lag. »Großer Gott! Was hat sie getan?«

Er versuchte, an den Polizisten vorbeizukommen, aber sie hielten ihn zurück.

»Was hast du getan?«, rief er in Richtung der Leiche.

Elínborg und Erlendur standen bewegungslos in der beißenden Kälte und blickten sich an. Der Mann wandte sich an Erlendur.

»Sieh doch, was sie getan hat!«, rief er vollkommen außer sich. «Warum hat sie das gemacht? Warum?«

Die Polizisten nahmen den Mann beiseite und versuchten, ihn zu beruhigen.

Erlendur, Elínborg und der Arzt standen im Windschatten des Krankenwagens. Erlendur dachte an die Kinder der Frau, die die ganze Zeit seit ihrem Verschwinden in der Angst gelebt hatten, dass ihrer Mutter etwas zugestoßen sein musste.

Erlendur hatte den Ehemann von den Anrufen informiert und wusste jetzt nicht, wie er sich verhalten sollte, nachdem die Frau tot aufgefunden worden war. Am besten kam er nicht darauf zu sprechen. Er hatte noch ihre Stimme im Ohr, die Verzweiflung, die Angst und dieses seltsame Zögern. Halbe Sätze, aus denen er kaum heraushören konnte, was sie von ihm wollte. Er stöhnte auf, steckte sich eine weitere Zigarette an und inhalierte tief.

»Was geht in dir vor?«, fragte Elínborg.

»Diese verfluchten Anrufe«, sagte Erlendur.

»Von ihr?«, fragte Elínborg.

»Die werde ich nicht los. Als ich zuletzt mit ihr gesprochen habe, war ich … Ja, ich war etwas grob zu ihr.«

»Das sieht dir ähnlich«, sagte Elínborg.

»Sie schien sich herumzuquälen, aber ich hatte das Gefühl, dass sie mit mir spielte. Ich habe ihr nicht genug Zeit gegeben. Wie dämlich man sein kann.«

»Du hättest nichts daran ändern können.«

»Entschuldigung«, mischte sich der Arzt ein, »wann hast du mit ihr gesprochen?«

»Gestern Abend«, antwortete Erlendur.

»Du hast gestern Abend mit dieser Frau telefoniert?«

»Ja.«

»Sehr merkwürdig.«

»Wieso?«

»Diese Frau hier hat in letzter Zeit nicht telefonieren können.«

»Wie bitte?«

»Und auf gar keinen Fall gestern.«

»Aber ich sag dir doch, sie hat mich in den letzten Tagen einige Male angerufen.«

»Ich bin natürlich nur ein ganz normaler Arzt und keineswegs ein Experte«, erklärte der Amtsarzt. »Für meine Begriffe ist das völlig ausgeschlossen. Vergiss es. Sie ist nicht mehr zu erkennen.«

Erlendur trat die Zigarette aus und starrte den Arzt an. »Was sagst du da?«

»Sie ist mindestens schon seit zwei Wochen im Meer«, erklärte der Amtsarzt, »und es ist völlig undenkbar, dass sie in den letzten Tagen am Leben war. Ausgeschlossen. Weshalb haben sie dem Mann nicht gestattet, zu ihr zu gehen?«

Erlendur trat die Zigarette mit dem Fuß aus und starrte den Arzt an. »Was geht hier eigentlich vor?«, stöhnte er und ging auf die Leiche zu.

»Es war also gar nicht sie?«, fragte Elínborg, die Erlendur

gefolgt war.

»Was?«

»Wer war es dann?«

»Ich weiß es nicht.«

»Wenn sie es nicht war, die angerufen hat, wer war es dann?«

Erlendur starrte wie vor den Kopf geschlagen auf die Leiche. Das Meer hatte ihr übel mitgespielt.

»Wer war es dann?«, stöhnte er. »Welche Frau ruft mich an und redet über … über … über … wie hat sie sich noch ausgedrückt? So kann es nicht weitergehen?«

Der Mann, der sich als Erster wegen der Schrammen an seinem Auto beschwert hatte, ließ sich eingehend über das Desinteresse der Polizei in dieser Sache aus, als er den Vorfall seinerzeit gemeldet hatte. Die Polizei hatte sich überhaupt nicht damit befasst, sondern nur ein Protokoll für die Versicherung aufgenommen. Und seitdem hatte er keine Rückmeldung erhalten. Er hatte telefonisch nachgehakt, ob sie dieses Arschloch, das sein Auto beschädigt hatte, schon geschnappt hätten, sei aber niemals zu jemandem durchgestellt worden, der auch nur eine Spur von einer Ahnung hatte.

Der Mann zeterte schon eine ganze Weile vor sich hin, und Sigurður Óli machte sich nicht die Mühe, ihn zu unterbrechen. Er hörte dem Mann auch nur mit halbem Ohr zu, denn seine Gedanken kreisten um Bergþóra und die Adoption. Nach eingehenden Untersuchungen hatte sich herausgestellt, dass das Problem bei Bergþóra lag. Sie konnte keine Kinder bekommen, sehnte sich aber zutiefst danach. Diese Entwicklung der Dinge hatte ihre Beziehung sehr belastet, schon bevor nach bitteren Erfahrungen und unzähligen Terminen bei Spezialärzten endgültig feststand, dass Bergþóra keine Kinder bekommen konnte. Nicht weniger belastend war jedoch die augenblickliche Situation. Sigurður Óli glaubte zu wissen, dass Bergþóra sich keineswegs schon von diesem Schock erholt hatte. Er selber war zu dem Schluss gekommen, dass sie sich, so, wie die Dinge lagen, damit abfinden mussten und es dabei bewenden lassen sollten. Am Abend zuvor hatte Bergþóra aber wieder damit angefangen, darüber zu diskutieren. Als er nach Hause kam, brachte sie die Rede darauf, dass isländische Eltern in der Mehrzahl Kinder aus den asiatischen Ländern, aus China und Indien adoptierten, was Sigurður Óli sehr wohl bekannt war.

»Ich denke nicht so viel darüber nach wie du«, sagte er so vorsichtig wie möglich.

»Es ist dir also völlig egal?«, hatte Berþóra gefragt.

»Natürlich ist es mir nicht egal«, hatte Sigurður Óli geantwortet. »Mir ist es nicht egal, wie es dir geht und wie es uns geht. Ich bin bloß …«

»Was?«

»Ich weiß nicht, ob du schon wieder so weit im Gleichgewicht bist, um die Entscheidung über eine Adoption zu treffen. Es ist ein großer Schritt.«

Bergþóra holte tief Atem. »Und wir gehen offensichtlich nicht im Gleichschritt.«

»Ich finde, dass wir mehr Zeit brauchen, um uns wieder zu fangen und die Sache zu durchdenken.«

»Du kannst natürlich jederzeit Kinder bekommen«, sagte Bergþóra sarkastisch.

»Hä?«

»Falls du irgendein Interesse daran hättest, aber das hast du wohl noch nie gehabt.«

»Bergþóra …«

»Du hast doch nie richtig Interesse daran gehabt, oder?«

Sigurður Óli schwieg.

»Du kannst dir irgendeine andere Frau zulegen«, sagte Bergþóra, »und Kinder mit ihr bekommen.«

»Das ist genau das, was ich die ganze Zeit sage, du bist noch nicht wieder ... Du bist nicht imstande, vernünftig darüber zu reden. Es macht doch keinen Unterschied, wenn wir noch etwas Zeit verstreichen lassen.«

»Fang bloß nicht wieder damit an, mir zu sagen, wie es mir geht. Weshalb nimmst du mich nie ernst?«

»Das tu ich doch.«

»Du denkst immer, du seist was Besseres als ich.«

»So, wie die Dinge liegen, bin ich im Augenblick nicht auf eine Adoption eingestellt«, sagte er.

Bergþóra schaute ihn lange an, ohne ein Wort zu sagen. Dann lächelte sie schwach.

»Ist es deswegen, weil es Kinder aus dem Ausland sind?«, fragte sie. »Mit anderer Hautfarbe? Chinesische Kinder? Indische? Ist es deswegen?«

Sigurður Óli stand auf. »So können wir nicht miteinander reden«, sagte er.

»Ist es deswegen? Möchtest du isländische Kinder?«

»Bergþóra. Warum redest du so? Glaubst du nicht, dass mir ...«

»Was?«

»Dass mir das auch wehgetan hat? Glaubst du nicht, dass es mir wehgetan hat, als es nicht klappte, als du die Fehl...«

Er verstummte mitten im Satz.

»Du hast nie einen Ton gesagt«, sagte Bergþóra.

»Was soll man denn auch sagen?«, fragte Sigurður Óli. »Was nutzt das ewige Reden?«

Sigurður Óli schreckte aus seinen Gedanken hoch, als der Mann immer lauter redete.

»Ja, äh ... nein, entschuldige«, sagte Sigurður Óli gedankenverloren.

Der Mann mit dem verkratzten Auto starrte ihn an.

»Du hörst mir ja nicht einmal zu«, sagte er empört. »Es ist doch immer dasselbe mit euch Bullen.«

»Entschuldige, ich hab überlegt, ob du den, der deinen Wagen so zugerichtet hat, gesehen hast?«

»Nichts hab ich gesehen«, erklärte der Mann. »Ich hab den Wagen so vorgefunden, total zerkratzt.«

»Hast du einen Verdacht, wer es getan haben könnte? Jemand, der dir übel gesinnt ist? Oder Jugendliche in der Nachbarschaft?«

»Ich habe nicht die geringste Ahnung. Ist das nicht euer Job? Ist es nicht euer Job, diese Arschlöcher zu finden?«

Als Nächstes sprach Sigurður Óli bei einer jungen Frau vor, die direkt nebenan in einem Mietshaus lebte und Medizin an der Universität Islands studierte. Sigurður Óli versuchte, sich besser zu konzentrieren als zuvor bei dem Mann, der das Gespräch abrupt abgebrochen hatte.

Die Frau war Mitte zwanzig und ziemlich kräftig gebaut. Sigurður Óli hatte einen kurzen Blick in die Küche der kleinen Wohnung geworfen, und ihm war aufgefallen, wie viele Fast-Food-Verpackungen dort herumlagen.

Sie erzählte Sigurður Óli, dass sie kein besonders tolles Auto besäße, aber trotzdem seien solche Schrammen ärgerlich.

»Wieso habt ihr eigentlich jetzt auf einmal Interesse daran?«, fragte sie. »Als ich die Sache gemeldet habe, wart ihr kaum dazu zu bewegen, hierherzukommen.«

»Es sind noch weitere Wagen beschädigt worden«, sagte Sigurður Óli. »Einer beispielsweise hier im Haus nebenan. Wir müssen das unterbinden«, sagte er.

»Ich glaube, ich habe sie gesehen«, erklärte die Frau und zog eine Schachtel Zigaretten heraus. Die Wohnung war verraucht.

»Tatsächlich?«, fragte Sigurður Óli und sah zu, wie sie sich eine Zigarette anzündete. Er sah auch die Fastfood-Verpackungen in der Küche vor sich und mokierte sich im Stillen darüber, dass diese Frau Medizin studierte.

»Zwei junge Burschen haben hier vor dem Haus herumgelungert«, sagte sie und blies den Rauch in die Luft. »Ich war nämlich zu Hause, als das passierte. Es war ganz komisch, ich musste noch mal ins Haus, weil ich mein Essen vergessen hatte. Das Auto hatte ich für die kurze Zeit nicht abgeschlossen, sogar der Schlüssel steckte, obwohl man so was ja nicht machen soll.«

Sie sah Sigurður Óli dabei an, als wolle sie ihn darüber belehren.

»Und als ich nur ein paar Minuten später wieder nach draußen kam, da war auf einmal dieser irre Kratzer am Auto.«

»Es war also frühmorgens?«, fragte Sigurður Óli.

»Ja, ich war auf dem Weg zur Uni.«

»Wie lang ist das her?«

»Eine Woche ungefähr.«

»Und du hast diejenigen gesehen, die das gemacht haben?«

»Es waren auf jeden Fall zwei«, erklärte die Frau und drückte die Zigarette aus. Auf dem Tisch stand eine kleine Schale mit Karamellbonbons, von denen sie sich eins in den Mund steckte. Sigurður Óli lehnte dankend ab.

»Was hast du gesehen?«

»Ich habe euch das auch schon neulich gesagt, aber da schient ihr nicht so viel Interesse an so einem Kratzer zu haben.«

»Es geht nicht nur um einen«, wiederholte Sigurður Óli. »Sie haben noch weitere Autos beschädigt. Wir wollen sie schnappen.«

»Es war so gegen acht«, sagte die Frau. »Es war natürlich

stockfinster, aber über dem Hauseingang ist eine Lampe, und als ich wieder ins Haus rannte, kamen zwei Jungen vorbei. Sie waren nicht älter als fünfzehn und hatten beide Schultaschen dabei. Das habe ich euch alles gesagt.«

»Hast du bemerkt, in welche Richtung sie gingen?«

»Richtung Apotheke.«

»Apotheke?«

»Und Schule«, sagte die Frau und kaute auf dem Karamellbonbon herum. »Da, wo der Junge umgebracht worden ist.«

»Warum glaubst du, dass es diese beiden waren, die dein Auto beschädigt haben?«

»Weil an dem Auto nichts war, als ich nach oben sauste, aber die Schramme war da, als ich wieder nach unten kam. Außer ihnen habe ich niemanden gesehen. Sie haben sich bestimmt da in der Nähe versteckt und sich über mich lustig gemacht. Wer macht sich einen Spaß daraus, Autos zu beschädigen, kannst du mir das sagen? Was sind das bloß für Typen?«

»Das sind Deppen«, sagte Sigurður Óli. »Würdest du sie wiedererkennen, wenn du sie sehen würdest?«

»Es ist natürlich nicht sicher, dass sie es waren.«

»Nein, das weiß ich.«

»Der eine war blond und hatte lange Haare. Sie hatten Parkas an. Der andere hatte eine Mütze auf. Ziemlich schlaksig.«

»Würdest du sie auf Fotos wiedererkennen?«

»Wahrscheinlich. So was kam aber neulich gar nicht für euch infrage.«

Erlendur betrat sein Büro im Dezernat an der Hverfisgata und machte die Tür hinter sich zu. Er setzte sich an seinen Schreibtisch, legte die Hände in den Schoß und starrte vor sich hin. Er hatte einen kapitalen Fehler begangen und gegen die Grundregel verstoßen, die er immer hochgehalten hatte. Die erste Regel, die Marian Briem ihm beigebracht hatte. Nichts ist so, wie du glaubst, dass es ist. Er war sich seiner viel zu sicher gewesen, zu überheblich. Er hatte nicht die Vorsicht an den Tag gelegt, die einen vor Fehlern bewahren konnte, wenn man unbekanntes Terrain betrat. Seine Hybris hatte ihn auf Abwege geführt. Er hatte andere Möglichkeiten außer Acht gelassen, und das hätte ihm eigentlich nicht passieren dürfen.

Er versuchte, sich an die Telefongespräche zu erinnern, an das, was die Frau gesagt hatte, was aus der Stimme herauszulesen gewesen war, zu welchen Tageszeiten sie angerufen hatte. Er hatte alles, was sie gesagt hatte, falsch ausgelegt. »So kann es nicht weitergehen«, hatte sie beim ersten Anruf gesagt, erinnerte er sich auf einmal. Beim letzten Anruf hatte er sich geweigert, ihr zuzuhören.

Er hatte gewusst, dass diese Frau Hilfe bei ihm suchte. Sie hatte irgendetwas zu verbergen, womit sie nicht fertig wurde, und deswegen wandte sie sich an ihn. Dafür gab es nur einen möglichen Grund. Da es sich nicht um die vermisste Frau gehandelt hatte, konnte es nur mit einem anderen Fall zu tun haben. Ihm unterstand die Ermittlung im Fall Elías. Diese Anrufe mussten damit in Verbindung stehen, etwas anderes kam nicht infrage. Die Frau wusste etwas über den Mord an einem Kind, was bei der Ermittlung eine wichtige Rolle spielen konnte, und er hatte den Hörer aufgeknallt.

Erlendur ließ die geballten Fäuste mit solcher Wucht auf den Schreibtisch niederkrachen, dass Papiere und Zettel durch die Gegend flogen.

Er überlegte hin und her, was die Frau ihm zu sagen versucht hatte, kam aber zu keinem Ergebnis. Er konnte nur hoffen, dass sie noch einmal anrufen würde, obwohl das in Anbetracht dessen, wie er das Gespräch beendet hatte, sehr unwahrscheinlich war.

Erlendur hörte ein Klopfen an der Tür. Elínborg steckte den Kopf herein. Sie sah die Papiere auf dem Boden und blickte Erlendur forschend an.

»Alles in Ordnung bei dir?«, fragte sie.

»Brauchst du etwas?«

»Alle machen Fehler«, sagte Elínborg, trat ein und schloss die Tür hinter sich.

»Gibt's was Neues?«

»Sigurður Óli geht mit der Besitzerin eines der Autos, die zerkratzt wurden, Fotos von den älteren Jahrgängen an der Schule durch. Sie hat da welche vor der Tür ihres Hauses gesehen, bevor ihr Auto beschädigt wurde.«

Elínborg begann, die Blätter vom Boden aufzusammeln.

»Lass das«, sagte Erlendur, stand aber auf und begann, ihr dabei zu helfen.

»Der Gerichtsmediziner ist gerade mit der Autopsie beschäftigt«, sagte sie. »Es hat den Anschein, als sei die Frau ertrunken, und auf den ersten Blick finden sich keine Anzeichen für ein Verbrechen. Es ist mindestens zwei oder drei Wochen her, seit sie ins Meer gegangen ist.«

»Ich hätte es besser wissen müssen«, sagte Erlendur.

»Was soll das heißen?«

»Ich lag total falsch.«

»Du hättest es nicht besser wissen können, nun hab dich nicht so.«

»Ich hätte mit ihr reden sollen, anstatt mich so abweisend aufzuführen. Ich habe mich abfällig über ihr Verhalten geäußert. Und dann war es nicht einmal sie.«

Elínborg schüttelte den Kopf.

»Diese Frau hat mich angerufen, damit ich sie darin bestärke, uns weiterzuhelfen, weil sie meinte, dass es das Beste für sie wäre. Stattdessen habe ich sie abgeblockt. Sie weiß etwas über den Mord an Elías. Eine Frau unbestimmten Alters mit einer leicht heiseren Stimme, möglicherweise, weil sie raucht. Im Nachhinein wird mir erst klar, wie besorgt und angstvoll sie klang. Ich war überzeugt, die beiden hätten da irgendein Spielchen inszeniert, die vermisste Frau und ihr Mann. Ich hab das nicht kapiert, ich wusste nicht, was das sollte, und ließ mich dadurch nerven. Und jetzt stellt sich heraus, dass ich vollkommen danebenlag. Ganz und gar.«

»Aber was steckte dann dahinter? Warum ist sie ins Meer gegangen?«

»Ich glaube ...« Erlendur verstummte.

»Was?«

»Ich glaube, sie hat ihn geliebt. Sie hatte alles für die Liebe geopfert: Familie, Kinder, Freunde, alles. Irgendjemand hat ausgesagt, dass sie sich verändert hätte. Als wäre sie auf einmal aufgeblüht und genösse das Leben in vollen Zügen, als sei sie endlich zu sich selbst gekommen.«

Erlendur verstummte wieder und starrte gedankenverloren in die Ferne.

»Und? Was ist dann passiert?«

»Sie hat herausgefunden, dass sie betrogen wurde. Ihr Mann ging wieder fremd. Sie fühlte sich gedemütigt. Ihr ganzes ... Alles, was sie getan hatte, alles, was sie geopfert hatte, für nichts und wieder nichts.«

»Ich habe von solchen Männern gehört«, sagte Elínborg. »Die gehen eine Weile im Liebesrausch auf, aber wenn der abflaut, sind sie sofort hinter einer Neuen her.«

»Ihre Liebe war echt«, sagte Erlendur. »Sie ertrug es nicht, als sie herausfand, dass sie nicht erwidert wurde.«

*Fünfundzwanzig*

Sigurður Óli betätigte die Klingel in einem vierstöckigen Haus ganz in der Nähe der Schule. Er stand vor der Haustür, wartete eine Weile, klingelte dann wieder und versuchte, sich warm zu halten, indem er von einem Fuß auf den anderen trat. In der Nische beim Eingang pfiff der Wind aus allen Richtungen. Niemand schien zu Hause zu sein. Das Haus ähnelte dem Wohnblock, in dem Sunee lebte, und es sah von außen genauso vernachlässigt aus. Es war lange nicht gestrichen worden, und der Verschlag für die Mülltonnen, in dem es irgendwann einmal gebrannt hatte, wies noch Rußspuren auf.

Es wurde schon wieder dunkel. Die Schneeschauer des Vormittags hatten sich in dichtes Schneetreiben verwandelt. Der Verkehr war schon fast zum Erliegen gekommen, weil viele Autos stecken blieben. Sigurður Óli dachte an Bergþóra, von der er den ganzen Tag nichts gehört hatte. Sie war bereits aufgestanden und zur Arbeit gegangen, als er aufwachte.

Es knisterte in der Gegensprechanlage, und er hörte ein »Hallo?«.

Sigurður Óli sagte seinen Namen und erklärte, dass er von der Kriminalpolizei sei.

Schweigen in der Gegensprechanlage.

»Und was willst du?«, fragte schließlich die Stimme aus dem Gerät.

»Ich will, dass du mich reinlässt«, sagte Sigurður Óli und trat wieder von einem Fuß auf den anderen.

Es verging geraume Zeit, bis er ein Klicken im Türschloss hörte. Sigurður Óli betrat das Haus, ging die Stufen zu dem Treppenabsatz hinauf, wo die Stimme aus der Gegensprechanlage zu Hause war, und klopfte an die Tür. Sie öffnete sich, und ein nervös wirkender Junge von etwa fünfzehn Jahren erschien im Türspalt.

»Bist du Anton?«, fragte Sigurður Óli.

»Ja«, sagte der Junge.

Er sah keineswegs krank aus und war angezogen, hatte aber ein wenig gerötete Wangen. Sigurður Óli bemerkte den Pizzageruch, der aus der Wohnung kam, und als er hineinspähte, sah er einen Parka auf einem Stuhl liegen und eine offene Pizzaschachtel. Ein Stück fehlte. Ihm war gesagt worden, dass Anton in den letzten Tagen krank gewesen sei und in der Schule gefehlt habe.

»Geht's dir wieder besser?«, fragte Sigurður Óli.

Der Junge wich vor ihm zurück. Sigurður Óli trat ein und schloss die Tür hinter sich. Er sah, dass der Junge es sich mit der Pizza, Cola und zwei oder drei weiteren Videokassetten vor dem Fernseher gemütlich gemacht hatte, wo ein Actionfilm lief.

»Was ist denn los?«, fragte der Junge verwundert.

»Autos einzuritzen, ist eine Sache, Anton, aber eine ganz andere Sache ist es, Leute umzubringen«, sagte Sigurður Óli und nahm sich ein Stück von der Pizza. »Deine Eltern sind nicht zu Hause?«, fragte er.

Der Junge schüttelte den Kopf.

»Du bist dabei beobachtet worden, wie du hier vor ein paar Tagen ein Auto beschädigt hast«, fuhr Sigurður Óli fort und biss in die Pizza. Er sah den Jungen unverwandt an, während er kaute.

»Ich habe keine Autos zerkratzt«, entgegnete Anton.

»Wo hast du das Messer her?«, fragte Sigurður Óli. »Komm bloß nicht auf die Idee, mir etwas vorzulügen.«

»Ich . . .« Anton geriet ins Stocken.

»Ja?«

»Weshalb redest du von Leute *umbringen*?«

»Der kleine thailändische Junge, der erstochen worden ist, ich glaube, das warst du auch.«

»Das war ich nicht.«

»Doch.«

»Ich hab nichts getan«, sagte Anton.

»Wo kann ich deine Mutter erreichen?«, fragte Sigurður Óli. »Sie muss ebenfalls mit uns aufs Polizeidezernat.«

Anton starrte Sigurður Óli ratlos an, der sich das Pizzastück weiter zu Gemüte führte und sich gelassen in der Wohnung umblickte, als interessiere ihn der Junge überhaupt nicht. Die Medizinstudentin hatte Anton auf einem Klassenfoto erkannt, das erst kürzlich aufgenommen worden war. Sie hielt ihn für den einen der beiden Jungen, die sie vor ihrem Haus gesehen hatte, als ihr Auto zerkratzt wurde. Sie war sich nicht ganz so sicher, was Antons Freund Þorvaldur betraf, wollte aber nicht ausschließen, dass er der andere Junge gewesen war. Die Zeugenaussage stand auf höchst unsicheren Füßen, und Sigurður Óli hatte nicht sonderlich viel in der Hand, als er bei Anton klingelte. Er entschloss sich dazu, so zu tun, als bestünden nicht die geringsten Zweifel, als ginge es nur noch darum, die beiden ins Dezernat zu schaffen. Reine Formsache. Es schien bei dem Jungen zu wirken.

Sigurður Óli hatte noch nicht viele Informationen über Anton und Þorvaldur, der Doddi genannt wurde, sammeln können. Sie waren in derselben Klasse, steckten dauernd zusammen und waren manchmal mit Lehrern oder der

Schulleitung aneinandergeraten. »Störung des Schulbetriebs« wurde so etwas genannt. In einem Fall hatten sie einen Hausmeister angegriffen und erhielten zwei Tage Schulverbot. Die beiden schienen notorische Faulpelze und Störenfriede zu sein, die nur in der Schule aufkreuzten, um anderen das Leben schwer zu machen.

»Ich habe keinen erstochen«, sagte Anton, als Sigurður Óli die Mutter und das Hauptdezernat ins Spiel brachte.

»Du rufst jetzt deine Mutter an«, sagte Sigurður Óli, »und sagst ihr, dass sie ins Dezernat kommen muss.«

Anton sah, dass es Sigurður Óli ernst war mit dieser Drohung. Der Kripobeamte glaubte offenbar, dass er diesen asiatischen Jungen erstochen hatte. Er versuchte fieberhaft, sich darüber klar zu werden, in was für einer Lage er auf einmal steckte, aber das gelang ihm nicht. Sie hatten ein paar Autos beschädigt, vor allem Doddi, er selbst höchstens eins, und jetzt hatte man sie aufgespürt, und die Polizei glaubte, dass sie auch den Jungen umgebracht hätten. Anton war völlig verunsichert und wog die Lage ab. Seine Mutter würde wieder einmal an die Decke gehen, sie hatte schon oft damit gedroht, ihn vor die Tür zu setzen. Er sah auf die Videos, die er sich geholt hatte, und auf die Pizza, die kalt wurde. Seltsamerweise bedauerte er am meisten, dass nichts aus dem lauen Tag vor der Glotze werden würde.

»Ich hab nix gemacht«, sagte er.

»Das kannst du deiner Mutter erzählen«, sagte Sigurður Óli. »Dein Freund Doddi hat dich gleich verpetzt. Der hat die ganze Zeit geflennt und geplärrt. Er behauptet, dass du die ganzen Autos zerkratzt hast. Er sagt, er sei nur dabei gewesen.«

»Hat Doddi das echt gesagt?«

»Der uncoolste Typ, der mir je untergekommen ist«, sagte

Sigurður Óli, dem es noch bevorstand, diesen Doddi ausfindig zu machen.

Anton trat von einem Fuß auf den anderen.

»Er lügt, das kann er doch nicht einfach so sagen!«

»Genau«, sagte Sigurður Óli. »Darüber könnt ihr euch im
Dezernat unterhalten.«

Er packte Anton am Arm, aber der riss sich los.

»Ich hab nur ein Auto zerkratzt«, sagte er. »Alles andere hat
Doddi gemacht. Er lügt!«

Sigurður Óli atmete tief durch.

»Wir haben dem Jungen nichts getan«, fügte Anton hinzu,
als wolle er etwas klarstellen.

»Du meinst, du und dein Freund?«, fragte Sigurður Óli.

»Ja, Doddi. Der lügt! Er hat nämlich die Kratzer gemacht.«

Es war an der Zeit, hier etwas Spannung rauszunehmen.
Sigurður Óli trat einen Schritt von dem Jungen weg.

»Wie viele Autos waren es?«

»Ich weiß nicht, ein paar.«

»Kennst du das Auto von Kjartan, der bei euch Isländisch
unterrichtet?«

»Ja.«

»Habt ihr sein Auto auch beschädigt? Vor der Schule?«

Anton zögerte ein wenig, bevor er antwortete.

»Das war Doddi. Ich habe gar nix davon gewusst, er hat
mir's nur hinterher erzählt. Er kann Kjartan nicht ausste-
hen. Muss meine Mama das unbedingt wissen?«

»Womit habt ihr den Lack verkratzt?«, fragte Sigurður Óli,
ohne auf seine Frage einzugehen.

»Mit 'nem Messer«, sagte Anton.

»Was für einem Messer?«

»Es gehört Doddi.«

»Er sagt, dass es deins wäre«, log Sigurður Óli.

»Es war sein Messer.«

»Was für ein Messer war das?«

»So eins wie das da im Fernsehen«, sagte Anton.

»Im Fernsehen?«

»Das Messer, das sie da gezeigt haben. So hat unseres auch ausgesehen.«

Sigurður Óli verschlug es die Sprache. Er starrte den Jungen an, der ganz allmählich begriff, dass er etwas Wichtiges gesagt hatte. Er überlegte krampfhaft, was es wohl gewesen sein könnte, und als es ihm plötzlich aufging, war es, als habe er einen Schlag ins Gesicht erhalten. Daran hatte er nicht gedacht. Natürlich war es dasselbe Messer! Er hatte die Bilder im Fernsehen gesehen, aber sie nicht mit den Beschädigungen an den Autos in Verbindung gebracht, die auf Doddis und sein Konto gingen. So langsam dämmerte es ihm, dass es da größere und ernstere Zusammenhänge gab.

Sigurður Óli griff zu seinem Handy.

»Ich war's nicht«, sagte Anton, »ich schwör's!«

»Weißt du, wo das Messer, das ihr verwendet habt, jetzt ist?«

»Doddi hat es, er hat es die ganze Zeit gehabt.«

Sigurður Óli wartete darauf, dass Erlendur an den Apparat ging. Er betrachtete den Jungen und blickte sich in der kleinen Wohnung um, wo Anton es sich gemütlich gemacht hatte. Aber damit war es nun vorbei.

»Ruf deine Mama an«, sagte Sigurður Óli. »Du musst jetzt mitkommen. Sag ihr, sie soll zu uns ins Dezernat kommen.«

»Ja«, meldete sich Erlendur am Telefon.

»Ich glaube, ich bin da auf was gestoßen«, sagte Sigurður Óli. »Bist du im Büro?«

»Was gibt es?«

»Haben wir das Messer da?«

»Ja. Was hast du vor?«

»Bin schon unterwegs«, sagte Sigurður Óli.

Als die Polizei eine gute Stunde später Doddi abholen wollte, war er nicht zu Hause. Ein Mann um die vierzig kam zur Tür und musterte die zwei Polizeibeamten, die gekommen waren, um den Jungen abzuholen, von Kopf bis Fuß. Auch Doddis Mutter kam zur Tür. Die beiden wussten nicht, wo der Junge war, und wollten wissen, was er ausgefressen hätte. Die Polizisten gaben vor, darüber nichts zu wissen, sie hätten nur den Auftrag, den Jungen ins Hauptdezernat zu bringen, in Begleitung eines Erziehungsberechtigten.

»Weil er noch nicht mündig ist«, fügte einer der Polizisten erklärend hinzu.

Die uniformierten Beamten waren in einem Streifenwagen vorgefahren, um Doddi einzuschüchtern. Sie standen immer noch auf der Treppe des kleinen Reihenhauses, in dem Doddi wohnte, und erklärten, um was es ging, als auf einmal der Mann, der sich als Stiefvater des Jungen entpuppte, rief: »Da ist er ja! Komm her, Junge«, schrie er, »Doddi, komm her!«

Ein Junge bog gerade um die Ecke des Nachbarhauses, wo ein Fußgängerweg endete, der durch das Viertel führte. Er blieb wie angewurzelt stehen, als er seinen Stiefvater rufen hörte, sah das Polizeiauto und die Beamten in Uniform, die zu ihm hinüberschauten, und seine Mutter, die den Kopf zur Tür hinausstreckte. Er überlegte blitzartig, was zu tun war, und dachte einen Augenblick an Flucht, kam aber zu dem Schluss, dass es nichts bringen würde.

Nachdem Sigurður Óli Doddi drei Stunden lang verhört hatte, gab er endlich zu, ein Schnitzmesser in der Schule

geklaut und es dazu verwendet zu haben, Autos zu zer-
kratzen, an denen er und sein Freund Anton auf dem Weg
zur Schule vorbeikamen. Beide stritten vehement ab, über
Elías hergefallen zu sein. Sie behaupteten, ihn weder zu
kennen noch zu wissen, wer seinen Tod auf dem Gewissen hatte. Es war gut eine Woche her, seit sie das Auto der
jungen Frau beschädigt hatten, die ins Haus gerannt war
und das Auto mit laufendem Motor zurückgelassen hatte.
Sie hatten keine Ahnung, dass sie von ihr gesehen worden
waren. Zuerst hatten sie eigentlich das Auto stehlen wollen, das wäre eine coole Sache gewesen, trauten sich dann
aber doch nicht. Doddi war am Auto entlanggegangen und
hatte mit der Messerspitze den Lack verkratzt, und danach
hatten sie sich versteckt. Bislang hatten sie noch nie einen
Besitzer der Autos gesehen, die sie beschädigt hatten, das
machte die Sache natürlich wesentlich spannender. Sie
warteten darauf, dass die Frau zurückkam, um ihre Reaktion zu beobachten, wenn sie die Kratzer bemerkte. Kurze
Zeit später stürzte sie aus dem Haus und riss die Autotür
auf, hielt aber abrupt inne, als sie die lange Kratzspur sah.
Sie bückte sich, um sie näher in Augenschein zu nehmen.
Dann sah sie sich um, ging auf den Parkplatz und spähte
in alle Richtungen, bevor sie gehetzt auf die Uhr schaute
und losfuhr.

Das Schnitzmesser, das im Recycling-Center gefunden
worden war, lag in einer Schachtel im Verhörraum, und
Doddi identifizierte es sofort. Der Gerichtsmediziner war
der Ansicht, dass es sich durchaus um das Objekt handeln
könnte, das bei dem Überfall auf Elías verwendet worden
war.

Elínborg befand sich mit Anton in einem anderen Verhörraum. Die Aussagen der beiden stimmten in den wesentli-
chen Punkten überein. Doddi hatte das Messer gestohlen,

und meistens ging die Initiative von ihm aus, wenn sie ihrer Zerstörungswut freien Lauf ließen.

»Aber wie ist das Messer in den Müllcontainer gekommen?«, fragte Elínborg Anton, der sehr bereitwillig redete, seitdem man ihn ins Dezernat gebracht hatte.

»Keine Ahnung«, sagte Anton.

»Hast du es dazu verwendet, Elías anzugreifen?«

»Nein«, sagte Anton, »ich habe ihm nichts getan.«

»Weswegen hast du das Messer weggeworfen?«

»Hab ich nicht gemacht.«

»Aber Doddi, dein Freund?«

»Keine Ahnung. Er hat das Messer zuletzt gehabt.«

»Er behauptet, du hättest es gehabt.«

»Das ist gelogen.«

»Hast du gewusst, dass dieses Messer dazu verwendet wurde, Elías zu töten?«

»Nein.«

»Kennst du Elías' Bruder Niran?«

»Nein, überhaupt nicht. Klar, er ist an der Schule, aber ich kenne ihn gar nicht.«

Im anderen Verhörraum wurde Doddi mit ähnlichen Fragen bombardiert. Er behauptete, Anton habe das Messer zuletzt gehabt.

»Wie lange ist es her, dass du das Messer aus dem Werkraum entwendet hast?«, fragte Sigurður Óli.

»Zehn Tage oder so ...« Doddi überlegte. »Ja, irgendwie so was. Gleich nach den Weihnachtsferien.«

»Wo hast du es zuletzt gesehen?«

»Anton ist damit nach Hause gegangen.«

»Er sagt, dass du es gehabt hättest.«

»Er lügt.«

»Du weißt, wer Elías war?«

»Ja.«

»Hast du ihn gekannt?«

»Nein, kein bisschen.«

»Hast du ihn erstochen?«

»Nein.«

»Hast du ihn mit dem Messer erstochen, das du aus dem Werkraum gestohlen hast?«

»Nein, ich hab gar nix gemacht.«

»Weswegen hast du den Lack an den Autos beschädigt?«

»Nur so.«

»Nur so?«

»Weil sonst nix los war.«

In dem anderen Raum schaute Elínborg Anton lange und eingehend an, ohne etwas zu sagen. Zum Schluss stand sie auf. Sie hatte zu lange gesessen und spürte das am ganzen Körper. Sie lehnte sich gegen die Wand und verschränkte die Arme.

»Wo bist du gewesen, als Elías überfallen wurde?«, fragte sie.

Auf diese Frage konnte Anton keine klare Antwort geben. Zunächst erklärte er, in der Schule gewesen und von da aus direkt nach Hause gegangen zu sein. Später erinnerte er sich plötzlich, dass er mit Doddi in einen Laden mit Computerspielen gegangen war.

»Ihr werdet des Mordes an Elías angeklagt«, sagte sie. »Ihr hattet das Messer, ihr habt ihn umgebracht.«

»Ich hab nichts gemacht«, sagte Anton.

»Und dein Freund?«

»Bestimmt auch nicht.«

»Was hältst du von Zuwanderern, von Leuten mit anderer Hautfarbe?«

»Weiß nicht.«

Als Sigurður Óli Doddi eine ähnliche Frage stellte, zögerte der Junge. Sigurður Óli wiederholte die Frage, aber Doddi sah ihn nur an, ohne zu antworten. Sigurður Óli fragte ein drittes Mal.

»Keine Ahnung«, gab Doddi schließlich zur Antwort, »hab noch nie drüber nachgedacht.«

»Bist du schon mal auf Ausländerkinder losgegangen?«

»Nein, nie«, erklärte Doddi.

Weder er noch Anton waren je mit dem Gesetz in Konflikt geraten. Antons Mutter war eine alleinstehende Frau mit zwei Kindern. Sie hatte einen schlecht bezahlten Job und musste sich sehr abrackern. Antons Halbbruder war drei Jahre alt. Seinen Vater traf er einmal im Monat, aber immer nur kurz. Doddi hatte insgesamt drei Geschwister. Sein Vater kümmerte sich wenig um ihn, er war nach Doddis Angaben Vorarbeiter im Kárahnjúkar-Kraftwerk.

»Weshalb bist du über Elías hergefallen?«, fragte Sigurður Óli.

»Das hab ich doch gar nicht getan.«

»Gegen euch wird Anklage erhoben wegen dem Mord an Elías«, erklärte Sigurður Óli. »Uns bleibt nichts anderes übrig.«

Doddi starrte ihn an. Seiner Miene nach zu urteilen, wusste er ganz genau, worüber Sigurður Óli redete. Er hielt sich wacker. Sigurður Óli hatte unzählige Male Jugendliche verhört, denen alles scheißegal war, die ausfällig wurden und sogar Drohungen ausstießen. Er hatte das Gefühl, dass Doddi von anderem Kaliber und noch nicht so abgebrüht war. Die Beschädigungen an den Autos waren Dummejungenstreiche, aber nicht mehr, zumindest im Augenblick noch nicht.

»Er hat das Messer verschenkt«, sagt Doddi.

»Verschenkt?«

»Ich hab's geklaut, aber Anton hat es zuletzt gehabt und

verschenkt. Ich hatte keine Ahnung, dass der Mord damit begangen worden ist. Er bestimmt auch nicht.«

Elínborg stand immer noch mit verschränkten Armen an der Wand, als Sigurður Óli das Verhörzimmer betrat. Er nahm Anton gegenüber Platz und sah den Jungen lange Zeit an, ohne etwas zu sagen. Elínborg hielt sich ebenfalls zurück. Anton rutschte sichtlich unruhig auf seinem Stuhl hin und her, und seine Blicke irrten von Sigurður Óli zu Elínborg. Ihm war nicht wohl in seiner Haut.

»Kennst du einen Jungen, der Hallur heißt?«, fragte Sigurður Óli.

Kurze Zeit später verließ Elínborg das Verhörzimmer, und im gleichen Augenblick klingelte ihr Handy. Sie brauchte eine Weile, bis ihr klar wurde, wer am anderen Ende der Leitung war, aber zum Schluss sah sie die farbenfrohe Krawatte des Öffentlichkeitsbeauftragten der Versicherung vor sich, von der aus Sunee mehrere Anrufe erhalten hatte.

»Das hat mich jede Menge Recherchen gekostet«, erklärte der Referent in ernstem Ton.

»Tatsächlich?«, entgegnete Elínborg.

»Ja. Ich habe mich mit etlichen Leuten hier in der Firma unterhalten, selbstverständlich alles streng vertraulich, und meiner Meinung nach hat niemand hier eine Verbindung zu dieser Frau.«

»Wirklich nicht?«

»Nein. Jedenfalls nicht offiziell.«

»Aber inoffiziell?«

»Ja, man munkelt hier etwas über einen bestimmten Mann.«

»Und?«

»Ich kenne ihn nicht. Er arbeitet seit Jahren in der Schadensabteilung, geht auf die fünfzig zu. Sie sagen, dass er was mit einer Asiatin hat.«

»Wer sagt das?«

»Die Kundenberaterinnen. Eine von denen hat ihn vor einem Monat mit so einer Frau in einem Lokal gesehen.«

»Mit so einer Frau?«

»Vielleicht eine Thailänderin.«

»Hast du mit ihm gesprochen?«

»Nein.«

»Gut. Wie heißt er?«

»Die wollen wissen, ob es etwas mit der Mutter des Jungen zu tun hat, der tot ist.«

»Sag ihnen, dass sie das gar nichts angeht!«

*Sechsundzwanzig*

Erlendur fuhr langsam an dem Haus vorbei, hielt einige
Häuser weiter und stieg aus dem Auto. Er ging ohne Hast
auf dem Bürgersteig zurück und sah sich alles genau an.
Seine Blicke schweiften über den Stýrimannastígur und
das große Holzhaus, das einmal eine Navigationsschule
gewesen war. Der Angestellte der Versicherungsfirma
lebte in einem gepflegten Holzhaus, das mit Wellblech
verkleidet war. Von seinem Beobachtungsposten draußen
in der Kälte hatte Erlendur den Eindruck, dass es liebevoll
restauriert und instand gesetzt worden war. Hinter zwei
Fenstern brannte Licht. Nicht viele Menschen waren auf
der Straße unterwegs, und Erlendur befürchtete, dass es
auffallen würde, wenn er hier auf und ab liefe. Er wollte die
Sache vorsichtig angehen.

Es ging bereits auf den Abend zu. Wieder hatten stür-
mische Schneeschauer eingesetzt, und laut der Vorhersage
konnte jeden Augenblick ein regelrechter Blizzard herein-
brechen. Im Rundfunk wurden die Leute darauf hingewie-
sen, keine losen Gegenstände draußen herumliegen zu
lassen und möglichst im Haus zu bleiben. Auf dem Land
waren die Straßen wegen des Unwetters, das sich jetzt der
Stadt näherte, bereits unpassierbar.

Erlendur überlegte immer noch, wer die Frau war, die
ihn angerufen hatte, und was sie von ihm gewollt hatte.
Er kam zu keinem Ergebnis und konnte nur hoffen,

dass sie sich noch einmal mit ihm in Verbindung setzen und ihm eine Chance geben würde, er war sich aber darüber im Klaren, dass die Wahrscheinlichkeit nicht sonderlich groß war. Er wusste aber, wie er zu reagieren hatte, falls sie wider Erwarten noch einmal anrufen würde.

Im gleichen Augenblick, als er die Straße überqueren wollte, öffnete sich die Kellertür des Hauses, und ein menschliches Wesen trat heraus. Die Person war schmächtig, und Erlendur überlegte, ob es Niran sein könnte. Das Gesicht konnte er nicht sehen. Die Gestalt war in eine Windjacke gekleidet und trug eine Baseballkappe mit großem Schirm. Sie schloss die Tür sorgfältig hinter sich und machte sich auf den Weg in Richtung Innenstadt. Erlendur ging hinterher und war sich nicht sicher, wie er sich verhalten sollte. Er sah jetzt, dass die Gestalt ein Tuch vor das Gesicht gebunden hatte, sodass nur die Augen zu sehen waren. Sie hielt etwas in der Hand, von dem Erlendur nicht erkennen konnte, was es war.

Die Gestalt marschierte mit hochgezogenen Schultern geradewegs in Richtung Zentrum. Die Restaurants und Vergnügungslokale hatten am Samstagabend alle geöffnet, und trotz der Wettervorhersage waren zahlreiche Menschen unterwegs. Als die Gestalt ausbreitete, was sie in der Hand hielt, erkannte Erlendur, dass es sich um einen großen, schwarzen Plastiksack handelte. Sie ging zu einem Abfallbehälter und sah hinein, wühlte ein wenig darin herum und setzte ihren Weg dann fort. Zwei Bierflaschen unter einer Bank wanderten in den Sack, dann bewegte sie sich weiter zum nächsten Abfallbehälter. Erlendur beobachte die Szene. Die Person sammelte also leere Dosen und Flaschen. Sie ging so geräuschlos und zielstrebig zu Werke, als sei es eine gewohnte Tätigkeit, und sie verhielt sich so unauffällig wie möglich. Niemand nahm Notiz von ihr.

Erlendur beobachtete die Gestalt auf ihrem Weg durch die Innenstadt eine ganze Weile. Der Plastiksack füllte sich rasch. Erlendur betrat einen Kiosk und kaufte zwei Sprudeldosen. Als er wieder auf der Straße stand, leerte er sie in den Rinnstein und näherte sich damit der Gestalt, die bei einem Müllbehälter in einer kleinen Seitengasse am Austurvöllur stehen geblieben war.

»Hier sind noch zwei«, sagte Erlendur und streckte die Dosen vor.

Die Gestalt blickte ihn verwundert an. Das Tuch verhüllte das Gesicht, und der Schirm der Baseballmütze reichte bis zu den Augen. Die Gestalt nahm die Dosen zögernd in Empfang, steckte sie in den Sack und setzte sich wortlos wieder in Bewegung.

»Ich heiße Erlendur«, sagte er. »Kann ich einen Augenblick mit dir reden?«

Die Gestalt blieb stehen und sah Erlendur forschend an.

»Ich würde gern mit dir reden, wenn du nichts dagegen hast«, sagte Erlendur.

Die Gestalt wich vor ihm zurück und antwortete nicht.

»Keine Angst«, sagte Erlendur und trat näher.

Daraufhin machte sein Gegenüber Anstalten zur Flucht, wurde aber durch den prallvollen Sack behindert. Erlendur gelang es, nach der Windjacke zu greifen. Die Gestalt versuchte, mit dem Sack auszuholen, um Erlendur zu treffen und sich loszureißen, aber der hielt sie mit beiden Händen fest. Die Gestalt schlug um sich, aber vergebens. Erlendur sprach in ruhigem Ton auf sie ein.

»Ich versuche, euch zu helfen«, sagte er. »Ich muss mit dir reden. Verstehst du mich?«

Er erhielt keine Antwort.

»Verstehst du Isländisch?«, fragte Erlendur.

»Ich möchte nicht, dass du etwas Unüberlegtes tust«, sagte er. »Ich möchte dir helfen.«

Wieder kam keine Antwort.

»Ich lass dich jetzt los«, sagte Erlendur. »Lauf bitte nicht weg. Ich muss mit dir reden.«

Nach und nach lockerte er seinen Griff und ließ die Gestalt schließlich los, die sofort losrannte. Erlendur lief ihr ein paar Schritte quer über den Austurvöllur hinterher. Er überlegte, ob er es mit dieser leichtfüßigen Person aufnehmen konnte, als sie ihre Schritte verlangsamte und schließlich bei der Statue von Jón Sigurðsson stehen blieb. Sie drehte sich um und sah zu Erlendur hinüber, der sich nicht vom Fleck gerührt hatte und abwartete. Geraume Zeit verging, bevor die Gestalt sich wieder in Bewegung setzte und langsam auf ihn zukam. Dabei nahm sie die Baseballkappe ab, und schwarzes, dichtes Haar kam zum Vorschein, und als sie Erlendur erreicht hatte, riss sie sich das Tuch vom Gesicht.

Hallur saß zwischen seinen Eltern und behauptete, nichts über das Schnitzmesser zu wissen, das Anton ihm angeblich geschenkt hatte. Name und Adresse hatten sie dem Schülerverzeichnis entnommen. Er gab zu, Doddi und Anton zu kennen, sie waren gleich alt, aber nicht in derselben Klasse. Er kannte sie nicht besonders gut, weil er noch nicht lange in dem Viertel lebte. Seine Familie war vor etwa einem halben Jahr in das Einfamilienhaus gezogen. Hallur war Einzelkind. Er war eher klein und hatte widerspenstiges, dunkles Haar, das ihm über die Augen reichte. Wenn er nichts mehr sehen konnte, warf er in regelmäßigen Abständen den Kopf nach hinten. Er wirkte ruhig und sah abwechselnd Elínborg und Sigurður Óli mit großen Augen an.

Seine Eltern waren sehr entgegenkommend. Es hatte ihnen nichts ausgemacht, dass Elínborg und Sigurður Óli sie verhältnismäßig spät am Abend gestört hatten. Sie sprachen darüber, dass ein Unwetter im Anzug sei. Die Mutter kochte einen Kaffee für sie.

»Ich denke, ihr habt sehr viel damit zu tun, euch mit den Kindern in der Schule zu unterhalten«, sagte die Frau. »Wegen diesem schrecklichen Vorfall. Habt ihr schon etwas herausgefunden?«

Der Mann blickte Elínborg und Sigurður Óli stumm an.

»Wir kommen vorwärts«, sagte Elínborg und beobachtete Hallur.

»Wir hatten euch eigentlich schon früher erwartet«, sagte die Frau. «Redet ihr nicht mit allen Kindern in der Schule? Weißt du etwas über dieses Messer, Hallur?«, fragte sie ihren Sohn.

»Nein«, gab Hallur zum zweiten Mal zur Antwort.

»Ich hab ihn nie mit einem Messer gesehen«, sagte sie. »Ich verstehe gar nicht, wieso jemand behauptet hat, dass es Hallur gehört. Ich ... Es ist wirklich ein bisschen schockierend, wenn man darüber nachdenkt. Ich meine, dass jemand einfach irgendwas behaupten kann. Findet ihr nicht?«

Sie sah Elínborg an, als müssten sie sich als Frauen gegenseitig unterstützen.

»Es ist aber nicht so schlimm, wie wenn ein Kind erstochen wird«, entgegnete Elínborg.

»Wir haben keinen Grund zu glauben, dass die Jungen, die uns das gesagt haben, lügen«, sagte Sigurður Óli.

»Kennst du diese Jungen, Doddi und Anton?«, fragte die Frau ihren Mann. »Ich habe diese Namen noch nie gehört. Wir kennen eigentlich alle Freunde von Hallur.«

»Es sind nicht seine Freunde«, sagte Sigurður Óli. »Einer

von ihnen, Anton, wäre aber gerne mit ihm befreundet. Deswegen hat er Hallur das Messer geschenkt. Es hat ziemlich lange gedauert, bis er uns davon erzählt hat. Stimmt das nicht?«, fragte er Hallur.

»Ich kenne Anton eigentlich gar nicht«, sagte Hallur. »Ich kenne kaum jemanden in der Schule.«

»Ihr seid im letzten Sommer umgezogen, nicht wahr?«

»Ja«, antwortete Hallurs Mutter.

»Und wie ist es dir in der neuen Schule ergangen?«, fragte Elínborg.

»Na ja, ganz okay«, sagte Hallur.

»Aber du hast noch keine Freunde in der Schule, oder?«

Die Frage hing in der Luft.

»Er hat sich ganz gut eingelebt«, sagte die Mutter schließlich und sah ihren Mann an, der immer noch keinen Ton von sich gegeben hatte.

»Hast du oft die Schule wechseln müssen?«, fragte Sigurður Óli.

Hallur sah seine Mutter an.

»Dreimal«, sagte er.

»Aber jetzt bleiben wir hier«, erklärte die Frau und blickte wieder zu ihrem Mann hinüber.

»Anton hat gesagt, du seist mit einem Jungen zusammen gewesen, als er dich traf und dir das Messer gegeben hat. Anton kannte ihn nicht und sagte, er sei bestimmt nicht an der Schule. Was war das für ein Junge?«

»Er hat mir kein Messer gegeben«, sagte Hallur, »das ist gelogen.«

»Bist du sicher?«, fragte Elínborg.

Anton hatte bei der Vernehmung zugegeben, dass er Hallur das Messer überlassen hatte. Bei Hallur war ein Junge gewesen, den er nie zuvor gesehen hatte. Hallur war neu in der Schule und ziemlich zurückhaltend. Anton erklärte, einmal zu ihm in das große, neue Haus gekommen zu sein. Hallur hatte ganz freimütig über seine Eltern gesprochen. Seine Mutter sei total anstrengend und mische sich dauernd in seine Sachen ein, so hatte sich Hallur laut Antons Aussagen ausgedrückt. Seine Eltern wären auch immer in finanziellen Schwierigkeiten, einmal war ihr Haus sogar zwangsversteigert worden. Das schien sie jedoch nicht davon abzuhalten, in ziemlich großem Luxus zu leben. Hallur besaß die umfangreichste Sammlung von Computerspielen, die Anton je gesehen hatte.

Er wusste nicht, weshalb Hallur das Messer unbedingt haben wollte, vielleicht, weil es geklaut war. Hallur hatte ihn mit dem Ding gesehen, und als Anton ihm sagte, dass Doddi es aus dem Werkraum geklaut hätte, war Hallur plötzlich sehr interessiert gewesen. Sie trafen sich zu Hause bei Anton, und zusammen mit Hallur war noch ein anderer Junge gekommen, dessen Namen Anton nicht kannte.

»Du bist zu Hause bei Anton gewesen«, sagte Sigurður Óli, »und du hast ihm ein Computerspiel gegeben und er dir das Messer.«

»Das ist gelogen«, sagte Hallur.

»Da war noch ein anderer Junge dabei, als du Anton besucht hast«, warf Elínborg ein. »Wer war das?«

»Ein Cousin von mir.«

»Wer ist das?«

»Gústi.«

»Und wann war das?«

»Ich weiß nicht mehr genau, vor ein paar Tagen vielleicht.«

»Der Sohn meines Bruders heißt Ágúst«, sagte die Frau. »Hallur und er sind viel zusammen.«

Sigurður Óli schrieb sich den Namen auf.

»Ich weiß nicht, warum dieser Anton sagt, dass er mir das

Messer gegeben hat«, sagte Hallur. »Das ist eine Lüge. Das Messer gehört ihm. Er versucht bloß, mir was anzuhängen.«

»Weshalb sollte er das tun?«

»Das weiß ich doch nicht.«

»Kannst du uns sagen, wo du am Dienstagnachmittag warst, als Elías erstochen wurde?«

»Ist das wirklich notwendig?«, ließ sich auf einmal Hallurs Vater vernehmen. »Ihr redet ja mit ihm, als hätte er etwas verbrochen.«

»Wir überprüfen nur den Wert einer Zeugenaussage, um etwas anderes geht es nicht«, sagte Elínborg, ohne die Augen von Hallur abzuwenden. »Wo warst du?«, fragte sie.

»Er war hier zu Hause«, antwortete die Frau. »Er war in seinem Zimmer und hat geschlafen. Er kam so gegen eins aus der Schule und hat bis vier Uhr geschlafen. Ich war zu Hause.«

»Stimmt das?«, fragte Elínborg den Jungen,

»Ja«, antwortete er.

»Schläfst du viel tagsüber?«, fragte Elínborg.

»Manchmal.«

»Er geht abends so spät schlafen und schlägt sich die Nächte um die Ohren«, warf seine Mutter ein. »Da ist es ja kein Wunder, dass er tagsüber schläft.«

»Gehst du nicht arbeiten?«, fragte Elínborg die Mutter.

»Ich arbeite halbtags«, erklärte sie. »Vormittags.«


Erlendur stand Sunees Bruder Virote gegenüber, der jetzt das Tuch vom Gesicht gezogen hatte und immer noch den schwarzen Sack mit den Dosen in der Hand hielt.

»Du?«, sagte Erlendur.

»Wie du mich finden?«, fragte Virote.

»Ich ... Was machst du denn bei diesem Wetter draußen?«

»Du mich folgen?«

»Ja«, sagte Erlendur. »Sammelst du Dosen?«

»Etwas Geld bringen.«

»Wo ist Niran?«, fragte Erlendur. »Weißt du das?«

»Niran alles in Ordnung«, sagte Virote.

»Weißt du, wo er ist?«

Virote schwieg.

»Weißt du etwas über Niran?«

Virote sah Erlendur lange an, bevor er zustimmend nickte.

»Warum versteckt ihr ihn?«, fragte Erlendur. »Ihr macht die ganze Sache nur noch schlimmer. Wir fangen so langsam an zu glauben, dass er seinen Bruder angegriffen hat. Zumindest deuten eure Reaktionen darauf hin. Ihr habt ihn weggebracht, ihn regelrecht versteckt.«

»Das nicht so sein«, erklärte Virote. »Er Elías nichts tun.«

»Wir müssen mit ihm reden«, sagte Erlendur. »Ich weiß, dass ihr versucht, ihn zu schützen, aber das hier geht zu weit. Es nützt gar nichts, wenn ihr ihn versteckt.«

»Er nicht Elías attacken.«

»Was dann? Was soll dieses Versteckspiel?«

Virote schwieg.

»Antworte mir«, befahl Erlendur. »Was hast du bei dem Freund deiner Schwester gemacht?«

»Ich ihn besuchen.«

»Ist Niran bei ihm?«, fragte Erlendur.

Als Virote ihm keine Antwort gab, wiederholte er die Frage. Erlendur war sich sicher, dass Virote bei dem scharfen Wind, der durch die Gasse fegte, erbärmlich frieren musste. Seine leichten Turnschuhe waren völlig durchnässt, und er trug nichts als Jeans, eine dünne Windjacke und das Tuch vor dem Gesicht. Als Virote immer noch zögerte, fragte Erlendur ein drittes Mal.

»Ihr müsst uns vertrauen«, sagte Erlendur. »Wir sorgen dafür, dass Niran nichts passiert.«

Virote sah ihn lange an, als ginge er mit sich zurate, was jetzt zu tun sei und ob er Erlendur vertrauen könne. Dann endlich schien er eine Entscheidung getroffen zu haben.

»Kommen. Du kommen mit.«

Erlendurs Handy klingelte in seiner Manteltasche. Es war Elínborg, die ihn über das Gespräch mit Hallur in Kenntnis setzen wollte. Erlendur bat sie, später wieder anzurufen. Nachdem Elínborg ihn informiert hatte, sie würden als Nächstes bei Hallurs Cousin Ágúst vorsprechen, der womöglich etwas über das Messer sagen könne, beendeten sie das Gespräch.

Erlendur steckte das Handy wieder in die Manteltasche.

»Wo ist Niran jetzt?«, fragte er.

»Bei Jóhann«, antwortete Virote.

»Dort, wo du herkamst?«

»Ja.«

»Jóhann ist bei ihm?«

»Ja.«

Auf dem Weg dorthin erzählte Virote Erlendur von Jóhann, den Sunee im vergangenen Frühjahr kennengelernt hatte. Sie standen seitdem in Verbindung, aber er war sehr zurückhaltend und wollte die Sache langsam angehen. Er war geschieden und hatte keine Kinder.

»Wollen er und Sunee zusammenziehen?«, fragte Erlendur.

»Vielleicht. Vielleicht heiraten.«

»Und Niran?«

»Jóhann Niran helfen. Sunee ihn hinbringen.«

»Weshalb?«

»Jóhann Niran helfen. Er ganz zornig. Ganz schwierig. Dann das passieren.«

Die Eltern von Hallurs Cousin Ágúst waren anwesend, als Elínborg ihren Sohn mit Fragen in die Mangel nahm. Die Mutter schnappte hörbar nach Luft, und der Vater erhob sich vor Empörung vom Stuhl, als Elínborg den Jungen rundheraus fragte, ob er Elías umgebracht habe. Ágúst antwortete auf alle Fragen ganz ähnlich wie Hallur, und in den Hauptpunkten stimmten sie überein. Weder er noch Hallur hatten ein Messer von Anton bekommen. Ágúst behauptete, nur dieses eine Mal bei Anton zu Hause gewesen zu sein und ihn getroffen zu haben, und er hatte keine Antwort auf die Frage, weswegen der andere Junge behauptete, dass er das Messer gegen ein Computerspiel eingetauscht habe. Er kannte ihn überhaupt nicht.

Ágúst besuchte eine andere Schule als sein Cousin. Er hatte einen ähnlichen familiären Hintergrund. Ágústs Eltern schienen nicht arm zu sein, sie lebten in einem gepflegten Einfamilienhaus, und vor der Tür standen zwei Autos.

»Kennst du einen Jungen aus der Schule deines Cousins, der Niran heiß?«, fragte Sigurður Óli.

Ágúst schüttelte den Kopf. Genau wie Hallur wirkte er trotz des Besuchs der Kriminalpolizei vollkommen ruhig. Er war allem Anschein nach höflich und gut erzogen. Auch er war Einzelkind, und es stellte sich heraus, dass Hallur und er fast wie Brüder waren und viel Zeit zusammen verbrachten. Eine kurze Überprüfung hatte ergeben, dass sie nie mit dem Gesetz in Konflikt geraten waren.

»Kennst du seinen Bruder Elías?«

Wieder schüttelte Ágúst den Kopf.

»Wo warst du, als der Mord verübt wurde?«

»Er war mit seinem Vater am Hafravatn. Wir haben ein Sommerhaus da am See.«

»Fahrt ihr da normalerweise mitten am Tag und mitten in der Woche hin?«, fragte Elínborg und sah den Vater an.

»Wir fahren da hin, wann immer es uns passt«, antwortete der Vater.

»Und ihr seid den ganzen Tag dort gewesen?«

»Bis zum Abend«, sagte der Vater. »Wir reparieren momentan den Kamin im Sommerhaus. Ist die Tatsache, dass euch ein paar Burschen etwas vorlügen, wirklich ein ausreichender Grund für euch, hier spätabends bei diesem verrückten Wetter aufzukreuzen und Fragen zu stellen, die total absurd sind?«

»Eins ist aber äußerst merkwürdig«, warf Sigurður Óli ein. »Weshalb sollten die beiden uns etwas über Hallur und Ágúst vorlügen, wenn sie sie gar nicht richtig kennen?«

»Ist das nicht etwas, dem ihr zuerst mal besser auf den Grund gehen solltet? Es ist eine Zumutung, dass ihr mitten in der Nacht mit unverständlichen Fragen über den Jungen herfallt, und das aufgrund der Aussagen irgendwelcher Burschen, die für meine Begriffe nur versuchen, sich aus irgendeiner Klemme herauszuziehen.«

»Das kann gut sein«, sagte Elínborg, »aber wir machen nur unsere Arbeit. Ihr dürft euch gern bei unseren Vorgesetzten beschweren.«

»Ja, vielleicht mach ich das.«

»Soll ich dich gleich mit einem von ihnen verbinden?«

»Nicht doch, Óttar«, bat die Frau.

»Nein, im Ernst«, sagte der Mann. »Dieses Auftreten geht ganz einfach zu weit.«

Elínborg hatte zu ihrem Handy gegriffen. Es war ein langer Arbeitstag gewesen, und sie wünschte sich nichts sehnlicher, als nach Hause zu kommen. Sie hätte sich auch mit

Sigurður Óli besprechen und vereinbaren können, am nächsten Tag wiederzukommen, um sich dann noch einmal für die Störung zu entschuldigen und zu gehen, aber der Mann ging ihr auf die Nerven. Es hatte zwar alles seine Richtigkeit, was er sagte, aber er klang anmaßend, und sie ließ sich davon provozieren. Bevor sie sichs versah, hatte sie Erlendurs Nummer angewählt und reichte dem Mann das Telefon.

»Das ist der Mann, mit dem du reden solltest«, erklärte sie.

Erlendur und Virote näherten sich dem Haus. Sie hatten zehn Minuten für den Fußweg aus der Innenstadt gebraucht. Als Virote klingelte, öffnete sich die Tür, und ein Mann erschien, von dem Erlendur annahm, dass es Jóhann war. Er war augenscheinlich sehr aufgeregt und redete in einem Wortschwall auf Virote ein. Er bemerkte Erlendur zunächst nicht, aber als der einen Schritt vortrat, schrak Jóhann zusammen.

»Bist du von der Kriminalpolizei?«, fragte er und blickte Erlendur argwöhnisch an.

Erlendur nickte. »Und du bist Jóhann, nicht wahr?«

»Ja.«

»Was geht hier vor?«

»Sunee wollte es so haben. Ich versuche, ihr zu helfen.«

»Wo Niran sein?«, fragte Virote.

»Niran ist verschwunden«, antwortete Jóhann.

»Weißt du, wo er hin ist?«, fragte Erlendur.

»Nein.«

»Vielleicht zu seiner Mutter?«, fragte Erlendur.

»Nein, ich habe Sunee angerufen. Sie macht sich große Sorgen.«

»Wohin kann er gegangen sein?«

»Schwer zu sagen. Er war heute irgendwie unruhiger als

sonst. Es geht ihm nicht gut. Er hat das Gefühl, dass er besser auf Elías hätte aufpassen müssen.«

»Wann ist er gegangen?«

»Ich habe nicht gehört, dass er das Haus verlassen hat.«

Jóhann führte Erlendur in die Küche.

»Es ist aber höchstens fünfzehn oder zwanzig Minuten her. Ich musste kurz ins Geschäft, und als ich zurückkam, war er verschwunden.«

Jóhann sah besorgt aus. Er hatte blonde Haare und einen gepflegten Bart, über den er sich ständig strich. Er war schlank und von mittlerer Größe und trug ein Jeanshemd und eine schwarze Hose.

»Ich habe auf der Arbeit erfahren, dass ihr Erkundigungen über mich eingezogen habt«, sagte er.

»Sunee und du, ihr müsst euch schon eine ganze Weile kennen, sonst hätte sie Niran dir nicht anvertraut.«

»Ja, gut neun Monate.«

»Aber ihr habt es geheim gehalten.«

»Nein, ich weiß nicht, ob man geheim halten sagen kann. Wir wollten bloß nichts übereilen. Ich bin seit vier Jahren geschieden und habe seitdem allein gelebt. Sunee ist die erste Frau, die ich nach der Scheidung kennengelernt habe, bei der ich mich wirklich wohlfühle. Sie ist eine außergewöhnliche Frau.«

»Habt ihr vor zusammenzuziehen?«

»Wir haben darüber gesprochen, dass wir vielleicht im Sommer zusammenziehen.«

»Du hast sie besucht?«

»Ja, einige Male. Ich kann immer noch nicht fassen, was mit ihrem Sohn passiert ist. Ich habe es erst einen Tag später erfahren. Ich war nämlich auf einer Dienstreise in den Westfjorden und habe keine Nachrichten gesehen. Die Leute redeten über den Mord, und ich musste sofort an Sunee denken. Und dann hat mich Virote von seinem Handy aus angerufen, und Sunee sagte mir, was geschehen ist. Sie sagte mir auch, dass Niran unter Schock stünde und schlimm dran sei, und sie fragte, ob ich ihn ein paar Tage bei mir aufnehmen könne. Er hatte Angst und war verstört, was nicht verwunderlich ist, und sie war besorgt, dass ihm auch etwas passieren könnte oder dass er etwas Verrücktes tun könnte. Als ich mittags nach Reykjavík zurückkam, standen die beiden schon bei mir vor der Tür. Der Junge sah furchtbar aus, er war am Boden zerstört. Sunee bat mich, auf ihn aufzupassen. Ich konnte mich nicht weigern, das für sie zu tun, und es war nicht möglich, mit ihr darüber zu diskutieren. Es musste einfach etwas getan werden.«

Jóhann blickte Erlendur ins Gesicht.

»Niran hatte keine ablehnende Haltung mir gegenüber, wie Sunee befürchtet hatte«, sagte er. »Zu Elías hatte ich sofort eine gute Verbindung, und sie machte sich mehr Sorgen wegen Niran, falls wir zusammenziehen würden. Niran war überhaupt nicht von vornherein negativ eingestellt. Vielleicht auch nicht sehr positiv, aber er hat nichts gegen mich gehabt. Die wenigen Male, die ich bei ihnen war, hat er kaum Notiz von mir genommen. Über Fußball konnte ich aber ein bisschen mit ihm reden. Ich hatte vor, ihnen einen Computer zu besorgen, damit sie ins Internet gehen können. Das hat ihn sehr interessiert.«

»Und ihr habt über Fußball geredet?«

»Wir sind beide für dieselbe englische Mannschaft«, sagte Jóhann achselzuckend.

»Dir ist nicht eingefallen, dich mit uns in Verbindung zu setzen?«

»Nein, ich habe es für Sunee getan, für sie und mich und für Niran.«

»Dir ist es nicht in den Sinn gekommen, dass sie etwas zu verbergen haben könnten?«

»Niran wäre nie imstande gewesen, Elías etwas anzutun, die Idee ist völlig abwegig. Das hättest du auch gewusst, wenn du sie zusammen erlebt hättest. Sie hatten ein ganz besonders gutes Verhältnis zueinander, und deswegen hat Niran auch so heftig reagiert. Sie haben zusammen gespielt, und Niran hat ihm abends aus thailändischen Zeitungen und Büchern vorgelesen. Ich hab oft zu Sunee gesagt, dass ich mir immer so einen netten großen Bruder gewünscht habe, als ich klein war.«

»Wie hast du Sunee kennengelernt?«

»In einem Tanzlokal. Sie war mit ein paar Freundinnen aus der Süßwarenfabrik ausgegangen, wir hatten in der Firma Betriebsfest gehabt. Ich kannte sie überhaupt nicht, aber sie hat mich zum Tanzen aufgefordert, und dann haben wir zusammen getanzt und uns unterhalten. Sie hat von Thailand erzählt. Zwei Tage später habe ich mich wieder bei ihr gemeldet und gefragt, ob sie sich an mich erinnerte. Dann haben wir uns wieder getroffen. Sie war ganz geradeheraus in allem, was sie mir sagte, über ihre beiden Jungen, über ihren früheren Mann und über ihre Arbeit in der Süßwarenfabrik.«

»Und was dann?«

»Seitdem haben wir uns regelmäßig getroffen. Es ist ... Sunee ... Sie ist ein positiver Mensch, sie ist aufrichtig und fröhlich und sieht an allem immer die guten Seiten. Vielleicht ist das eine thailändische Eigenart, das weiß ich nicht. Und dann passiert dieses Grauenvolle.«

»Du warst aber etwas zurückhaltend im Hinblick auf eure Verbindung?«

»Das waren wir eigentlich beide. Wir wollten nichts Unüberlegtes tun, und ich gebe auch offen zu, dass ich Zeit zum Nachdenken brauchte. Es war so neu für mich und so unerwartet.«

»Du hast an der Arbeit also niemandem davon erzählt?«

»Nur meinen besten Freunden und vor kurzer Zeit auch meiner Familie, und zwar nachdem Sunee und ich beschlossen hatten, zusammenzuziehen. Aber der Klatsch war wohl schon in vollem Gange, denn ihr habt nicht lange gebraucht, um mich aufzuspüren. Ich habe Sunee gebeten, mich zu heiraten. Wir haben schon überlegt, in diesem Sommer zu heiraten, aber ich weiß nicht ... Jetzt, wo das passiert ist.«

»Hast du eine Vorstellung, wohin Niran gegangen sein kann?«

»Nein. Wie gesagt, er war heute den ganzen Tag sehr unruhig.«

»Hat er über jemand Bestimmtes gesprochen? Vielleicht über einen oder mehrere, die er verdächtigt, die Tat begangen zu haben?«

Jóhann sah Erlendur an. »Er hat von Rache geredet. Er war mit einem Lehrer an der Schule aneinandergeraten, der ihm gedroht hatte. Niran wollte nicht damit herausrücken, wer es war, aber das war einer der Gründe, warum Sunee ihn verstecken wollte. Sie hatte Angst um ihn. Jetzt ist er ihr einziges Kind.«

In diesem Moment kam Virote mit einem Blatt Papier in der Hand in die Küche, das er Erlendur reichte.

»Ich in Niran Zimmer finden«, sagte er.

Es war eine Seite aus dem Telefonbuch, die Seite mit K, auf der Kjartan, der Isländischlehrer, stand.

Erlendurs Handy klingelte in der Manteltasche. Er fischte es heraus und drückte auf die Antworttaste.

»Hallo«, sagte er.

»... entschuldige, aber das will er gar nicht. Es gibt keinen

Anlass, sich zu beschweren ...«, hörte er eine bekannte Stimme sagen, und dann drückte jemand auf die Abschalttaste.

Erlendur blickte entgeistert auf den Apparat in seiner Hand. Er hatte die Stimme sofort erkannt, er hatte sie schon mehrmals gehört.

Eine Frau unbestimmten Alters mit etwas heiserer Stimme, vielleicht, weil sie rauchte.

Diese Stimme würde er nie vergessen können, sie verfolgte ihn im Schlaf wie im Wachen, weil er nicht gut genug zugehört hatte. In seiner Vorstellung war es die Stimme der schuldgequälten Frau gewesen, die ihren Ehemann verlassen hatte und an der Küste von Reykjanes tot aufgefunden worden war.

## Achtundzwanzig

Águsts Mutter trat dazwischen und nahm das Handy entgegen, das Elínborg ihrem Mann hatte reichen wollen, damit er sich bei Erlendur beschweren konnte.

Jetzt gab sie Elínborg den Apparat zurück und bat um Entschuldigung für ihren Mann. Es stünde ihm nicht zu, die Arbeit der Kriminalpolizei zu kritisieren, und erst recht nicht in so einem heiklen Fall.

»Es ist völlig in Ordnung«, sagte sie. »Entschuldige, aber das will er gar nicht. Es gibt keinen Anlass, sich zu beschweren.«

Elínborg nahm das Handy entgegen, beendete das Gespräch und ließ ihre Blicke zwischen den Eheleuten hin und her wandern. Dann steckte sie das Handy wieder in ihre Tasche. Kurze Zeit später klingelte es. Elínborg warf einen Blick auf das Display. Es war Erlendur.

Komisch, dachte sie und drückte auf die Empfangstaste.

Kjartan kam mit einem Taxi nach Hause, nachdem er den Abend mit einigen alten Kumpels in einer Kneipe in der Innenstadt verbracht hatte. Sie trafen sich manchmal, um sich das eine oder andere Bier zu genehmigen, und deswegen hatte er sein Auto zu Hause stehen lassen. Zu dritt hatten sie ein Taxi genommen, und er wurde als Letzter abgesetzt. Das Wetter war im Lauf des Abends in ein regelrechtes Unwetter ausgeartet, man sah die Hand vor

Augen nicht mehr. Die Scheibenwischer des Taxis kamen kaum gegen den Flockenwirbel an, der gegen die Windschutzscheibe flog, und es fehlte nicht viel, dass das Auto unterwegs in einer Schneewehe stecken geblieben wäre. Kjartan war nicht mehr ganz sicher auf den Beinen, als er aus dem Auto ausstieg, das langsam wegfuhr. Er streckte sich. Er hatte ein wenig zu viel getrunken. Wegen des Wetters hatten sie aber früher Schluss gemacht als gewöhnlich.

Der angekündigte Schneesturm war hereingebrochen. Erlendur in seinem Ford Falcon fuhr so schnell, wie es der Straßenzustand zuließ. Virote und Jóhann waren bei ihm. Im Radio wurde gesagt, dass ganze Stadtviertel wegen des Unwetters abgeschnitten seien. Erlendur hatte Einsatzwagen zu Kjartans Haus beordert und hoffte, dass sie noch rechtzeitig eintreffen würden.

»Die Frau, die ich da am Telefon gehört habe, ist dieselbe, die mich seit dem Überfall auf Elías mehrmals angerufen hat«, sagte er ohne weitere Einleitung zu Elínborg. »Das ist die Frau, die ich für die andere hielt, die Selbstmord begangen hat.«

»Wie bitte?«, sagte Elínborg.

»Ist sie die Mutter des Jungen, bei dem ihr jetzt seid?«

»Ja.«

»Halte das Gespräch in Gang, ich versuche, zu euch durchzukommen.«

»In Ordnung«, sagte Elínborg. »Wo bist du?«

»Ich bin unterwegs«, sagte Erlendur und beendete den Anruf.

Kjartan fummelte in seinen Taschen nach dem Schlüssel. Seine Frau bestand darauf, dass die Wohnung zu allen Tageszeiten abgeschlossen war. Sie hatte im Gegensatz zu ihm panische Angst vor Dieben. Als er den Schlüssel endlich gefunden hatte, bemerkte er eine menschliche Gestalt, die aus dem Schatten des Hauses trat und sich ihm in den Weg stellte.

»Wer bist du?«, fragte Kjartan.

In der Ferne hörte er Polizeisirenen.

Durch das dichte Schneetreiben hindurch sah Erlendur das Blaulicht der Einsatzwagen, die gerade in die Straße einbogen, in der Kjartan lebte. Er warf einen Blick zu Virote auf dem Beifahrersitz, und im Rückspiegel sah er Jóhanns besorgtes Gesicht.

»Wer bist du?«, wiederholte Kjartan.

Die Gestalt antwortete ihm nicht. Das Gesicht konnte er nicht erkennen. Die Sirenen wurden immer lauter, und Kjartan schaute in die Richtung, aus der sie kamen. Im gleichen Augenblick machte die Gestalt einen Satz auf ihn zu. Den Stich verspürte Kjartan in demselben Augenblick, als er sich wieder der Gestalt zuwandte. Im Schein der Straßenlaternen sah er, dass sie eine Schirmmütze trug und einen Schal vor das Gesicht gebunden hatte.

Er sank in die Knie und spürte etwas Warmes am Bauch, und er sah, wie sich der Schnee am Boden rot verfärbte.

Er streckte die Hand nach der dunklen Gestalt aus, er bekam den Schal zu fassen und riss ihn seinem Gegenüber vom Gesicht.

Die beiden Einsatzwagen gerieten ins Schleudern, als sie vor dem Haus bremsten. Vier Polizisten stiegen aus und liefen auf Kjartan zu, der zu Boden gesunken war. Im nächsten Augenblick fuhr Erlendurs Auto vor, und er, Virote und Jóhann sprangen heraus. Virote überholte die Polizisten, die sich vorsichtig der Gestalt im Schatten näherten.

»Niran!«, rief Virote.

Niran schaute hoch, als er seinen Namen hörte.

Virote sah, dass Kjartan blutend am Boden lag.

Auf Thailändisch rief er Niran etwas zu, der wie versteinert neben Kjartan stand und das Messer in den Schnee fallen ließ.

Eine halbe Stunde später klingelte es bei Ágústs Eltern. Elínborg und Sigurður Óli waren immer noch da und hatten schon eine geraume Zeit unter unangenehmem peinlichem Schweigen auf dem Sofa gesessen und versucht, die Zeit bis zu Erlendurs Eintreffen mit Fragen und Nachhaken zu überbrücken, aber als es sich hinauszögerte, versiegte der Gesprächsstoff. Als ihnen nichts mehr einfiel, gaben sie zu verstehen, dass sie noch einen Kriminalbeamten erwarteten, der mit ihnen sprechen müsse. Sie hatten aber keine Antwort darauf, als die Eltern wissen wollten, was der Mann im Sinn habe. Die Atmosphäre im Wohnzimmer war sehr angespannt. Als endlich die Türglocke erklang, schraken alle zusammen.

Der Herr des Hauses ging zur Tür, nahm Erlendur in Empfang und führte ihn ins Wohnzimmer. Seine Frau, die neben ihrem Sohn auf dem Sofa saß, war inzwischen unruhig geworden und stand auf, als sie Erlendur eintreten sah. Sie lächelte entschuldigend und sagte, sie wolle mehr Kaffee kochen. Sie war bereits auf dem Weg in die Küche, als Erlendur sie bat zu bleiben.

Er ging auf sie zu, und sie wich zwei Schritte zurück.

»Es ist alles in Ordnung, nun hat es ein Ende«, sagte Erlendur.

»Was? Ein Ende?«, sagte die Frau und blickte hilfesuchend zu ihrem Ehemann, aber der stand nur da und sagte keinen Ton.

Ágúst war ebenfalls aufgestanden.

»Ich habe die Stimme sofort erkannt«, sagte Erlendur. »Du

hast mich in den letzten Tagen einige Male angerufen, und das kann ich gut verstehen. Es ist eine sehr ernste Sache, in so etwas hineinzugeraten.«

»In so etwas hineinzugeraten?«, entgegnete die Frau. »Ich weiß gar nicht, wovon du redest.«

Sigurður Óli und Elínborg sahen einander an.

»Ich war zunächst überzeugt, dass es sich um eine ganz andere Frau handelt«, sagte Erlendur. »Ich bin froh, dass ich dich gefunden habe.«

»Mama?«, sagte Ágúst und starrte seine Mutter an.

»Ich glaube, ich weiß jetzt, was du gemeint hast, als du sagtest, du könntest so nicht leben«, sagte Erlendur. »Ich begreife aber nicht, wie ihr auf die Idee gekommen seid, ihr könntet so tun, als sei nichts vorgefallen.«

Die Frau starrte Erlendur an.

»Du wolltest Hilfe«, sagte er. »Deswegen hast du angerufen. Jetzt bekommst du diese Hilfe. Du kannst jetzt zeigen, was in dir steckt. Du kannst jetzt das tun, was du die ganze Zeit schon tun wolltest.«

Die Frau sah ihren Ehemann an, der sich immer noch nicht rührte. Dann wanderten ihre Blicke zu Elínborg und Sigurður Óli, die keine Ahnung hatten, was hier eigentlich vor sich ging, und sie sah zu ihrem Sohn hinüber, der angefangen hatte zu weinen. Als sie das sah, stiegen ihr ebenfalls die Tränen in die Augen.

»Es war von Anfang an keine gute Idee«, sagte Erlendur.

Die Tränen liefen ihr über die Wangen.

»Mama!«, flüsterte ihr Sohn.

»Wir haben es ihretwegen getan«, sagte sie leise, »wegen unserer Jungen. Was sie getan hatten, war nicht rückgängig zu machen, so grauenerregend und furchtbar es war. Wir mussten an die Zukunft denken. Wir mussten an ihre Zukunft denken.«

»Aber es war keine Zukunft, oder?«, sagte Erlendur. »Nur dieses schäbige Verbrechen.«

Die Frau blickte wieder auf ihren Sohn.

»Sie wollten es gar nicht tun«, sagte sie. »Es fing doch nur mit einem Dummejungenstreich an.«

»Ich will mit einem Rechtsanwalt sprechen«, sagte der Ehemann. »Kein Wort mehr jetzt.«

»Sie haben sich so verdammt idiotisch benommen«, sagte die Frau und schlug die Hände vors Gesicht.

Plötzlich war es, als lockere sich ihre innere Spannung, als könne sich das, was sich in den langen Tagen nach dem Mord an Elías in ihr angestaut hatte, endlich Bahn brechen.

»Immer!«, sagte sie und trat einen Schritt auf ihren Sohn zu. »Ihr benehmt euch immer wie die letzten Idioten!«, rief sie. »Seht doch nur, was ihr angerichtet habt!«

Der Ehemann lief zu ihr hin und versuchte, sie zu beruhigen.

»Seht, was ihr angerichtet habt!«, schrie sie ihren Sohn an. Sie fiel ihrem Ehemann in die Arme.

»Gott steh uns bei«, stöhnte sie und sank ohnmächtig zu Boden.

*Neunundzwanzig*

Hallur und Ágúst wurden sofort zu weiteren Vernehmungen ins Dezernat gebracht und anschließend der Fürsorge des Jugendamts überantwortet. Beide Elternpaare wurden verhört, und für sie wurde Untersuchungshaft beantragt. Sie beschuldigten sich gegenseitig, die Idee gehabt zu haben, alles zu vertuschen, und ihre Aussagen waren genauso wenig in Übereinstimmung zu bringen wie die ihrer Söhne, als es darum ging, wer das Messer geführt hatte. Nach dreitägiger Vernehmung gab Hallur es schließlich zu. Nach und nach fügte sich das Bild zusammen, wie Elías gestorben war.

Alle Jungen hatten der Polizei etwas vorgelogen. Hallur hatte Anton mit dem Messer gesehen, das Doddi geklaut hatte, und bot ihm ein Computerspiel dafür an. Sie hatten sich zu viert bei Anton zu Hause getroffen, und Anton sah sich die Computerspiele an, die Hallur mitgebracht hatte. Sie verhandelten über einen Tausch, aus dem aber nichts wurde. Doddi und Anton gaben zu, Kjartans Auto an dem Tag beschädigt zu haben, an dem Elías ermordet wurde. Nachdem sie das Auto des Lehrers beschädigt hatten, wollten sie das Messer loswerden und hatten es Hallur gegeben, als sie ihn auf dem Schulhof trafen.

Hallur war direkt nach der Schule mit Ágúst verabredet gewesen. Sie waren irgendwie aufgekratzt und gingen in einen Supermarkt, wo sie sowohl CDs als auch Süßigkeiten klauten. Das machten sie manchmal, obwohl sie genügend Taschengeld von ihren Eltern bekamen. Das hatte damit nichts zu tun. »Der Kick«, sagte Ágúst, mehr konnte er dazu nicht sagen. Sie waren ziemlich angetörnt, als sie aus dem Geschäft kamen, und dann lief ihnen Elías mit seinem Schulranzen über den Weg, der Anorak hing schief auf seinen schmalen Schultern.

Vielleicht wurden sie auf ihn aufmerksam, weil er dunkelhäutig war. Vielleicht spielte das aber auch gar keine Rolle. Ágúst erklärte beim Verhör, dass sie bestimmt das Gleiche getan hätten, wenn es sich nicht um ein Ausländerkind gehandelt hätte. Hallur zuckte nur mit den Achseln, er hatte keine Antwort auf diese Frage. Er konnte auch ihren Zustand nicht genau beschreiben, nur, dass sie supergut drauf gewesen wären, richtig high nach dem gelungenen Diebstahl und irgendwie zu allem bereit. Den Jungen, der vor ihnen herging, kannten sie nicht. Wussten nicht, dass er Elías hieß. Hallur ging zwar in dieselbe Schule, konnte sich aber nicht erinnern, ihn schon einmal gesehen zu haben. Es war nicht um irgendeine Abrechnung gegangen. Elías war ihnen nie zuvor begegnet. Er hatte ihnen nie etwas getan.

Sie waren supergut drauf.

Sie holten Elías auf dem Fußweg ein, da, wo er am schmalsten und das Gebüsch zu beiden Seiten am höchsten war. Es wurde schon dunkel und es war kalt, aber sie waren high und standen unter Strom. Sie fragten ihn nach seinem Namen und ob er Geld bei sich habe, und was er eigentlich in Island verloren habe.

Elías behauptete, kein Geld bei sich zu haben. Er versuchte, sich loszureißen, aber Ágúst hielt ihn fest. Hallur holte das Messer aus der Tasche, um Elías Angst zu machen. Sie hatten ihm gar nichts tun wollen, sie taten nur so, als ob, es war gar nicht ernst gemeint. Hallur hielt Elías das Messer vor die Nase und drohte ihm damit.

Als Elías das Messer sah, setzte er sich noch mehr zur Wehr und begann, um Hilfe zu rufen. Ágúst hielt ihm die Hand vor den Mund. Elías schlug wie wild um sich. Ágúst rief Hallur zu, dass er ihn jetzt loslassen werde, aber in dem Moment biss Elías ihn in die Hand, was fürchterlich wehtat. Er brüllte vor Schmerz laut auf.

Hallur hielt Elías noch am Anorak gepackt, und bevor ihm klar war, was er da eigentlich tat, hatte er zugestochen. Elías hörte auf, sich zu wehren. Er schrie auch nicht mehr, sondern hielt sich den Bauch und brach zusammen.

Hallur und Ágúst sahen sich an. Dann rannten sie los, den gleichen Weg zurück, den sie gekommen waren.

Sie nahmen den Bus und fuhren zu Ágúst nach Hause. Sie standen unter Schock. Ágústs Vater war zu Hause, und sie zögerten keinen Augenblick, ihm zu erzählen, was vorgefallen war. Hallur hatte Blut an der Hand. Das Messer hatte er unterwegs weggeworfen. Sie sagten ihm, dass sie in der Nähe der Schule mit einem Messer auf einen kleinen Jungen eingestochen hätten, aber nicht absichtlich. Es sei ein Unfall gewesen. Sie hätten dem Jungen nichts tun wollen. Es sei einfach so passiert. Ágústs Vater hörte ihnen fassungslos zu.

Dann kam Ágústs Mutter nach Hause und sah sofort, dass etwas Schlimmes vorgefallen war. Als sie erfuhr, was die Jungen getan hatten, wollte sie sofort die Polizei anrufen. Ihr Mann zögerte.

»Hat euch jemand gesehen?«, fragte er die Jungen.

Sie schüttelten die Köpfe.

»Nein, niemand«, sagte Hallur.

»Bist du sicher?«

»Ja.«

»Wo ist das Messer?«

Hallur beschrieb ihm, wo er es weggeworfen hatte.

»Ihr bleibt hier«, sagte Ágústs Vater. »Es wird nichts unternommen, bevor ich zurück bin.«

»Was hast du vor?«, stöhnte seine Frau.

Er nahm sie beiseite, damit die Jungen nichts hören konnten. »Überleg jetzt erst mal in Ruhe. Denk an die Zukunft der Jungen, solange ich fort bin. Ruf meine Schwester an. Sag ihr, sie soll kommen und ihren Mann mitbringen.«

Dann fuhr er los, kehrte eine Dreiviertelstunde später mit dem Messer zurück und sagte, er habe den Jungen nicht gesehen. Sie atmeten auf. Vielleicht war die Verwundung ja nicht so schlimm gewesen.

Hallurs Eltern trafen ein und waren außer sich, als sie erfuhren, was passiert war. Sie konnten es kaum glauben, sahen aber den Mienen der Jungen an, dass es stimmen musste, und spürten die Ohnmacht von Ágústs Eltern angesichts einer Sache, von der man sich nie hätte vorstellen können, dass sie je passieren könnte. Sie sahen ihren Sohn an und begriffen dann, dass es wahr sein musste. Das Entsetzliche und Unbegreifliche war passiert, und nichts würde jemals wieder so werden, wie es gewesen war. Niemals.

»Wir haben das wirklich nicht gewollt«, sagte Hallur.

»Es ist einfach so passiert«, sagte Ágúst.

Etwas anderes hatten sie nicht zu sagen.

»Es war also nicht Gústi, der zugestochen hat?«, fragte seine Mutter.

»Sie haben das zusammen gemacht«, erklärte Hallurs Vater resolut. »Dein Sohn hat den Jungen festgehalten.«

Es kam zu einem Wortwechsel. Die Jungen beobachteten ihre Eltern. Den Geschwistern gelang es schließlich, die Ehepartner zu beruhigen. Ágústs Vater schlug vor, nicht gleich zur Polizei zu gehen.

Wieder kam es zu einer Diskussion, die damit endete, dass die beiden Väter losfuhren, um nach Elías Ausschau zu halten.

Nachdem er nicht mehr auf dem Weg gelegen hatte, konnte es ja sein, dass er nicht ernsthaft verletzt war. Als sie durch das Viertel fuhren, bemerkten sie Streifenwagen mit blinkenden Blaulichtern bei einem Wohnblock. Im Vorbeifahren sahen sie die Polizisten hinter dem Haus. Die Blaulichter zuckten im Winterdunkel über die umliegenden Häuser.

Sie fuhren nach Hause.

Hin- und hergerissen zwischen Hoffnung und Angst warteten alle auf die Radionachrichten. Die erste Meldung war, dass Elías tot aufgefunden worden war. Es gab noch keine Verlautbarungen der Polizei, aber es hieß, dass der Überfall in jeder Hinsicht unmotiviert zu sein schien und möglicherweise mit Ausländerfeindlichkeit zu tun habe. Es sei nicht bekannt, wer dahinterstecke. Zeugen hatten sich noch nicht gemeldet.

Sie einigten sich zum Schluss darauf abzuwarten. Hallurs Vater übernahm es, sich um das Messer zu kümmern. Die beiden Jungen sollten sich in nächster Zeit nicht treffen. Alle würden sich so verhalten, als sei nichts vorgefallen. An dem, was passiert war, konnte man sowieso nichts ändern. Ihre Jungen hatten einen anderen Jungen getötet. Es war ein Unfall gewesen und kein vorsätzlicher Mord. Es hatte mit einem harmlosen Dummejungenstreich angefangen. Sie hatten dem Jungen nichts Böses gewollt. Natürlich würde man das, was geschehen war, nicht ignorieren können, aber es galt, an die Zukunft ihrer Söhne zu denken. Zumindest am Anfang, später konnte man weitersehen.

Erlendur war anwesend, als Ágústs Mutter verhört wurde.

Nach der Verhaftung wurde sie von einem Psychiater untersucht, der ihr ein Beruhigungsmittel verordnete.

»Wir hätten das nie tun dürfen«, sagte sie. »Wir haben es aber nicht für uns getan, wir haben nur an die Jungen gedacht.«

»Ihr habt sehr wohl an euch selbst gedacht«, sagte Erlendur.

»Nein«, sagte sie, »so war es nicht.«

»Habt ihr tatsächlich gedacht, dass ihr mit so etwas auf dem Gewissen leben könntet?«, fragte Erlendur.

»Nein, nie«, sagte sie. »Nicht ich. Ich ...«

»Du hast angerufen«, sagte Erlendur. »Du warst wahrscheinlich das schwächste Glied in dieser Kette.«

»Ich kann es nicht beschreiben«, sagte sie, während sie den Oberkörper vor und zurück wiegte. »Ich stand kurz davor, mich umzubringen. Es war ein Fehler. Seitdem das passiert ist, ist keine einzige Minute vergangen, in der ich nicht an den armen, kleinen Jungen und seine Familie gedacht habe. Selbstverständlich war es verantwortungslos von uns und moralisch überhaupt nicht vertretbar, aber ...«

Sie verstummte.

»Ich weiß, wir hätten das nie tun dürfen. Ich weiß, dass es falsch war, und das habe ich ja auch versucht, dir zu sagen. Du ... du hast sehr merkwürdig reagiert.«

»Ich weiß«, sagte Erlendur. »Ich habe dich für eine andere Frau gehalten.«

»Wir haben den Jungen geglaubt, als sie sagten, dass es ein Unfall gewesen sei. So etwas kann ja passieren. Sonst hätten wir das auch nicht gemacht, wir hätten nie versucht, einen Mord zu vertuschen. Mein Mann hat gesagt, dass alle Eltern verstehen würden, was wir getan haben. Unsere Reaktion verstehen würden.«

»Ich glaube das nicht«, sagte Erlendur. »Ihr wolltet nur,

dass es ausgelöscht und aus der Welt wäre, als ginge es euch nichts an. Der Mord war tragisch, aber was ihr getan habt, ist schändlich.«

Als alles vorüber war, als die Geständnisse vorlagen und der Fall als aufgeklärt galt, setzte sich Erlendur mit Hallur in einen der Vernehmungsräume der Jugendfürsorge. Sie gingen alles noch einmal durch, und Erlendur fragte zum Schluss, weshalb sie auf die Idee gekommen waren, über Elías herzufallen.

»Hab ich doch schon gesagt. Einfach so«, erwiderte Hallur.

»Einfach so?«

»Er war eben da.«

»Und das ist wirklich der einzige Grund?«

»Weil halt sonst nix los war.«

*Dreißig*

Erlendur hielt die Urne in der Hand, ein schmuckloses, grünes Keramikgefäß mit einem schönen Deckel. Sie war ihm in einem braunen Pappkarton ausgehändigt worden und enthielt die Asche von Marian Briem. Er blickte auf die kleine Grabstelle hinunter, bevor er sich bückte und die Urne darin versenkte. Der Pastor sah ihm dabei zu und schlug zum Schluss ein Kreuzzeichen darüber. Nur sie beide befanden sich an diesem frostigen Januarnachmittag auf dem Friedhof. Der Schnee, der in der Unwetternacht niedergegangen war, als Niran Kjartan attackiert hatte, war innerhalb von zwei Tagen zum größten Teil weggetaut, da die Temperaturen wieder gestiegen waren. Anschließend war es aber wieder kälter geworden, der Boden war gefroren, und ein eisiger Nordwind blies.

Erlendur stand in der Kälte neben dem Grab und suchte nach dem Sinn von allem, von Leben und Tod. Wie immer fand er keine Antworten. Es gab keine endgültige Antwort auf die lebenslange Einsamkeit der Person, deren Überreste sich in der Urne befanden. Oder auf den Tod seines eigenen Bruders vor vielen Jahren. Oder darauf, weshalb Erlendur so war, wie er war, und weshalb Elías erstochen wurde. Das Leben war ein ungeregeltes Gewirr von Zufällen, und die bestimmten die menschlichen Schicksale wie Unwetter, die unverhofft hereinbrachen und Vernichtung und Tod mit sich brachten.

Erlendur dachte an Marian Briem, an das, was sie verbunden hatte und was nun zu Ende war. Er verspürte Trauer und Verlust. Erst, als er die Urne in der Hand hielt, wurde ihm endgültig klar, dass es vorüber war. Er dachte an ihre Beziehung und die gemeinsame Erfahrung. Das war ein Teil von ihm, ohne den er nicht sein konnte und nicht sein mochte.

Bevor Erlendur zum Friedhof gefahren war, hatte er Andrés noch einmal aufgesucht, um ihn dazu zu bringen, etwas über seinen Stiefvater zu sagen. Dazu war Andrés nicht zu bewegen.

»Was willst du machen?«, fragte Erlendur.

»Ich weiß nicht, ob ich was mache«, antwortete Andrés.

Er stand in der Tür seiner Wohnung und sah Erlendur traurig an.

»Was werdet ihr machen?«, fragte er.

»Für uns besteht kein Grund, etwas in die Wege zu leiten, es sei denn, du willst es«, sagte Erlendur. »Uns liegt nichts gegen ihn vor. Wir wissen überhaupt nichts über diesen Mann. Warum willst du mir nicht sagen, wo er wohnt, wenn du es weißt?«

»Wozu?«, fragte Andrés.

Erlendur blickte ihn schweigend an.

»Hast du dich selber gemeint, als du gesagt hast, er habe jemanden umgebracht?«, fragte er.

Andrés gab ihm keine Antwort.

»Hat er dich umgebracht?«

Endlich nickte Andrés.

»Wirst du was unternehmen?«

Andrés sah Erlendur eine ganze Weile an, antwortete aber nicht auf seine Frage, sondern ließ langsam die Tür ins Schloss fallen.

Kjartan überlebte den Angriff. Er hatte viel Blut verloren, und zeitweilig gab man ihm kaum Überlebenschancen. Nur wenige Millimeter, und der Stich hätte den Herzmuskel getroffen. Dank der blitzschnellen Reaktion der Polizisten war er noch rechtzeitig in ärztliche Behandlung gekommen.

Niran befand sich immer noch in der Obhut der Jugendfürsorge. Er war der Überzeugung gewesen, dass Kjartan seinen Bruder umgebracht hatte, und nachdem er sich von seinem Schock erholt hatte, waren seine Gedanken nur noch um Rache gekreist. Er hatte mit Jóhann darüber gesprochen, der versucht hatte, ihn davon abzubringen, aber vergeblich. Niran hatte seiner Mutter gesagt, dass ihm gedroht worden sei, wollte aber nicht damit herausrücken, wer es gewesen war. Kjartan schäumte vor Wut wegen der Beschädigung seines Autos und war davon überzeugt, dass Niran der Schuldige war; er hatte gedroht, ihn umzubringen. Sunee hatte kein Risiko eingehen wollen, deswegen hatte sie Jóhann gebeten, ihn für ein paar Tage in seine Obhut zu nehmen.

Einige Tage nach Elías' Beerdigung stattete Erlendur Sunee einen Besuch ab. Sie setzten sich in das Zimmer der Jungen. Virote war bei seiner Schwester und goss Tee auf, und Elínborg unterhielt sich in der Küche mit ihm über die Trauerfeier. Óðinn und seine Familie hatten Sunee und ihren Angehörigen beigestanden, die aus Thailand angereist waren, um Elías das letzte Geleit zu geben. Seine sterblichen Überreste waren verbrannt und die Urne war Sunee überbracht worden.

»Du hast keine Tränen vergossen«, sagte Erlendur. Guðný saß bei ihnen und übersetzte.

»Ich habe genug geweint.«

Guðný sah Erlendur an, während sie diese Worte übersetzte.

»Ich möchte nicht, dass er sich zu viele Sorgen macht«, erklärte Sunee. »Dann wird es schwieriger für ihn, in den Himmel zu kommen. Es wird schwieriger, weil er dann durch die Tränen schwimmen muss.«

Sie sprachen über die Zukunft. Niran wollte wieder nach Thailand zurückkehren und war entschlossen, das zu tun, sobald seine Strafe abgeleistet war. Sunee war sich nicht sicher, ob es ihm ernst damit war. Sie selber wollte in Island bleiben und ihr Bruder ebenfalls. Und dann war da noch Jóhann. Sunee erklärte, er sei ein guter Mensch. Er hatte zuerst Bedenken gehabt, ihre Beziehung offiziell bekannt zu geben, weil sie aus Thailand stammte; das war alles so neu für ihn, und er war sich nicht sicher, wie seine Familie reagieren würde, und deswegen wollte er nichts überstürzen. Aber das lag jetzt alles hinter ihnen.

Erlendur hatte Sunee im Einzelnen noch einmal darüber informiert, dass die beiden Jungen mit einem Messer in der Tasche nach der Schule herumgelungert hatten, dass Elías ihnen aus purem Zufall über den Weg gelaufen war und sie völlig grundlos über ihn hergefallen waren. Sie wollten ihm nichts Böses, sondern ihm nur einen Schreck einjagen. »Solche Dummköpfe sind unberechenbar«, sagte er. »Elías hat Pech gehabt, dass er ihnen über den Weg gelaufen ist.«

Sunee zeigte keinerlei Reaktion. Sie hörte Erlendur zu, als er ihr sagte, weshalb sie ihren Sohn verloren hatte, und ihre Miene drückte vollkommenes Unverständnis aus.

»Warum Elías?«, fragte sie.

»Weil er zufälligerweise da war«, sagte Erlendur. »Aus keinem anderen Grund.«

Danach saßen sie eine lange Zeit schweigend da, bis Erlendur nach dem Satz über die Bäume und den Wald fragte, den er in Elías' Aufsatzheft gefunden hatte. Ob Sunee wüsste, was er mit der Frage gemeint habe, wie viele Bäume man für einen Wald bräuchte.

Sunee hatte keine Ahnung, worüber er redete. Erlendur nahm das Heft zur Hand und zeigte Sunee, was Elías geschrieben hatte. Wie viele Bäume braucht es für einen Wald?

Sunee lächelte seit langer Zeit zum ersten Mal.

»Wir in Thailändisch *Aran* sagen«, erklärte sie.

»Ja, das hat Guðný gesagt. Aber was bedeutet *Aran*?«

»Wald«, sagte Sunee. »*Aran* sein Wald.«


Erlendur schlug mit der rechten Hand ein Kreuz über Marian Briems Grab. Dann drehte er sich in den Wind, der ihm beißend ins Gesicht wehte, an seinen Haaren zerrte und durch die Kleidung drang. Er dachte an seine Bücher über Strapazen und Tod in erbarmungslosen Winterstürmen. Das waren Geschichten, die er begreifen konnte. Sie hielten die alten Gefühle von Trauer und Verlust in ihm wach. Er zog die Schultern hoch. Wie schon so oft zuvor in dieser dunkelsten Jahreszeit war es ihm ein Rätsel, wie die Menschen jahrhundertelang in einem Land mit dieser gnadenlosen Natur hatten ausharren können.

Im Lauf des Abends steigerte sich der Frost, angespornt durch die kalten Winde vom Polarmeer, die sich über die öde Winterlandschaft hermachten. Sie stürzten sich vom Skarðsheiði-Massiv an der Esja entlang ins Tiefland, wo sich die menschliche Siedlung ausbreitete, die glitzernde Winterstadt an einem der nördlichsten Strände der Welt. Der Wind tobte heulend und pfeifend zwischen den Häusern und durch menschenleere Straßen. Die Stadt verfiel in winterliche Starre, es war, als grassiere eine Seuche. Die Menschen blieben in ihren Wohnungen, verschlossen Türen und Fenster, zogen die Vorhänge zu und hofften, dass der Kälteeinbruch bald vorüber sein würde.

*Die Gletscher auf Island schmelzen und fördern dunkle Geheimnisse zutage ...*

Arnaldur Indriðason
VERBORGEN IM
GLETSCHER
Island Krimi
Aus dem Isländischen
von Anika Wolff
368 Seiten
ISBN 978-3-404-18397-5

In den Tiefen des Langjökull-Gletschers wird die Leiche eines seit Jahrzehnten vermissten Mannes entdeckt. Damals wurde die Suche nach ihm eingestellt. Zwar verdächtigte man seinen Kollegen, aber die Beweise fehlten. Der Fund des Vermissten reißt nun alte Wunden auf, auch bei Kommissar Konráð, der damals erfolglos ermittelt hatte. Inzwischen ist er pensioniert, will jedoch den Angehörigen endlich Gewissheit verschaffen. Der Fall gewinnt an Brisanz, als ein junger Mann, der womöglich als Kind dem Mörder begegnet war, auf ungeklärte Weise bei einem Autounfall ums Leben kommt. Konráð ermittelt unter Hochdruck ...

Lübbe

*Es ist nie zu spät, einem toten Kind Gerech-
tigkeit widerfahren zu lassen …*

Arnaldur Indriðason
DAS MÄDCHEN AN
DER BRÜCKE
Island Krimi
Aus dem Isländischen
von Anika Wolff
ISBN 978-3-404-18788-1

Eine junge Frau ist spurlos verschwunden. Verzweifelt wen-
den sich ihre Großeltern an den pensionierten Kommissar
Konráð, den sie von früher kennen. Sie wissen, dass ihre Enkelin
Drogen geschmuggelt hat, und nun ist sie unauffindbar.
Eigentlich hat Konráð mit seiner beruflichen Vergangenheit
abgeschlossen und widmet sich vor allem seiner eigenen
Familiengeschichte. Doch als er bei seinen Recherchen auf ein
kleines Mädchen stößt, das vor Jahrzehnten im Reykjavíker
Stadtsee Tjörnin ertrunken ist, will er die Wahrheit unbedingt
ans Licht bringen. War der Tod des Mädchens wirklich nur ein tragischer Unfall? Und gibt es eine Verbindung zum Verschwinden
der jungen Frau?

Lübbe

*Eine grausame Tat, die Jahrzehnte später noch unfassbar tragische Folgen hat ...*

Arnaldur Indriðason
TIEFE SCHLUCHTEN
Island Krimi
Aus dem Isländischen
von Kristof Magnusson
400 Seiten
ISBN 978-3-7857-2767-6

Als Konráð vom gewaltsamen Tod der Frau in ihrer Reykjavíker Wohnung erfährt, macht er sich große Vorwürfe. Die Frau hatte ihn, den pensionierten Kommissar, vor wenigen Wochen kontaktiert und angefleht, nach ihrem inzwischen erwachsenen Kind zu suchen. Sie es hatte es damals direkt nach der Geburt zur Adoption freigegeben. Konrad bereut es nun zutiefst, die Frau abgewiesen zu haben. Um ihrer verzweifelten Bitte wenigstens postum nachzukommen, beschließt er, sich auf die Suche nach dem Kind zu machen. Er ahnt nicht, welch einem tragischen Schicksal er damit auf die Spur kommt ...

Lübbe

*Ein hochspannendes Kammerspiel! Der*
*Tatort: ein Hotel in Reykjavík.*

Arnaldur Indriðason
ENGELSSTIMME
Island Krmi
Aus dem Isländischen
von Coletta Bürling
384 Seiten
ISBN 978-3-404-18556-6

In einem angesehenen Hotel in Reykjavík wird der Portier erstochen aufgefunden, als Weihnachtsmann verkleidet. Ein rätselhafter Mord, den Erlendur und seine Kollegen von der Kripo Reykjavík aufklären sollen, ohne die internationalen Gäste zu verschrecken? Island darf nicht zu spannend und zu abenteuerlich sein. Um den Tod des Mannes schert sich eigentlich niemand, kein Mensch will etwas mit ihm zu tun gehabt haben. Wer aber hat Interesse, einen zurückgezogen lebenden Portier aus dem Weg zu räumen? Erlendur quartiert sich kurzerhand im Hotel ein, um den Beweggründen auf die Spur zu kommen. Wieder einmal reichen die Fäden weit in die Vergangenheit zurück ...

Lübbe